人民艺术家·王蒙
创作70年全稿

诗文编

散文随笔
（二）

王　蒙

目 录

诗，数理化 …………………………………………（1）
敬礼，合金钢 ………………………………………（3）
论"眼不见为净" ……………………………………（6）
激动与沉思 …………………………………………（8）
北京——祖国 ………………………………………（12）
关于"自成一派"与"一鸣惊人" ……………………（14）
我们搞的都是人学 …………………………………（16）
论"费厄泼赖"应该实行 ……………………………（17）
伊岭岩的启示 ………………………………………（22）
历史在庄严地行进 …………………………………（26）
长的一解 ……………………………………………（30）
话说"一口咬定" ……………………………………（32）
点名与署名刍议 ……………………………………（34）
从这件不愉快的事所想起的 ………………………（38）
高楼与彩电 …………………………………………（41）
成功的路 ……………………………………………（43）
对于书的渴望 ………………………………………（44）
说"吹牛"及其他 ……………………………………（46）
随感三则 ……………………………………………（51）
且说长城与龙的评议 ………………………………（53）

1

诬告有益论 ……………………………………………	（56）
话说"红卫兵遗风" ………………………………………	（59）
民主的代价与选择的必要 ………………………………	（62）
福尔摩斯是无赖吗？ ……………………………………	（65）
商榷杂说 …………………………………………………	（67）
写作与不写作 ……………………………………………	（72）
也算下情 …………………………………………………	（74）
旅游 ………………………………………………………	（78）
"黄"及"黑""白""灰" ………………………………	（80）
接触与碰撞 ………………………………………………	（82）
名单学的新花活 …………………………………………	（84）
无为 ………………………………………………………	（86）
赞美绿叶 …………………………………………………	（88）
看电影 ……………………………………………………	（90）
"左爷"不左论 …………………………………………	（91）
十几个人来七八条枪 ……………………………………	（93）
关于苏联 …………………………………………………	（95）
名之梦 ……………………………………………………	（97）
活得更好一些 ……………………………………………	（100）
说团结 ……………………………………………………	（102）
穷与富 ……………………………………………………	（105）
也说歌星种种 ……………………………………………	（107）
美国人傻吗？ ……………………………………………	（110）
关于敬业 …………………………………………………	（112）
静下心来 …………………………………………………	（114）
爱国主义的内容 …………………………………………	（116）
活与做 ……………………………………………………	（118）
黑马与黑驹 ………………………………………………	（122）

说真话的风波 …………………………………… (125)
原子弹、健美操与精神食粮 …………………… (128)
我们这里会不会有奥姆真理教？ ……………… (131)
微笑与金钱 …………………………………… (133)
给孩子以更美好的童年 ………………………… (135)
以讹传讹 ……………………………………… (137)
调门与选择 …………………………………… (139)
只言片语 ……………………………………… (146)
你是哪一年人？ ……………………………… (151)
上集与下集 …………………………………… (159)
读书一法 ……………………………………… (161)
我看电脑 ……………………………………… (165)
中国心 ………………………………………… (167)
迎接二十一世纪 ……………………………… (169)
一点祝愿 ……………………………………… (170)
大师小议 ……………………………………… (172)
竞争的悖论 …………………………………… (179)
有无之间 ……………………………………… (181)
作家不是世界的审判官 ………………………… (185)
书要照读不误 ………………………………… (187)
我们的力量来自以人为本 ……………………… (189)
为什么中国人那样爱国？ ……………………… (191)
中国再也不能折腾了 …………………………… (193)
奥运随笔 ……………………………………… (195)
论老子之老 …………………………………… (219)
《老子》与现代化 ……………………………… (222)
说说"怀旧"情绪 ……………………………… (224)
这六十年，真不容易呀 ………………………… (226)

我说唱歌 …………………………………………………（228）
从热读《弟子规》说起 ……………………………………（230）
你好,海的女儿 ……………………………………………（232）
青春万岁 ……………………………………………………（234）
龙年说龙 ……………………………………………………（238）
中餐与西餐 …………………………………………………（240）
坦荡荡与长戚戚 ……………………………………………（243）
比赛与人生十原理 …………………………………………（245）
文墨家常 ……………………………………………………（249）

火之歌 ………………………………………………………（335）
瘦骨嶙峋 ……………………………………………………（347）
群山如潮 ……………………………………………………（355）
新的年代新的梦 ……………………………………………（365）

诗，数理化

星期天我看到两个年轻人，一个在写诗，一个在做数学题，忽然感慨万端……

在"四人帮"横行的时候，诗被戴上"黑话"的帽子"枪毙"了，数理化也挂上了"白专"的牌子被打入了冷宫。

诗被偷换了，我们这个具有悠久历史文化，产生过许多灿烂诗篇的伟大的中华民族，被塞给了一个不伦不类的"诗报告"的"狸猫"，换掉了革命诗篇的"太子"。按照"四人帮"的旨意炮制的那些"诗"里，崇高的思想境界被篡党夺权的阴谋所代替；革命的激情被声嘶力竭的叫喊所假冒；缤纷的色彩被千篇一律的滥调所排挤。

数理化也被抛弃了。塞给青年们的榜样是交白卷的"英雄"，传教给青年们的不是数理化而是说假话，是"宁要——不要——"的诡辩，是"民主派＝走资派"的武断。靠阴谋和欺骗过日子的"四人帮"，对讲科学、讲知识、讲逻辑的数理化有一种本能的、兽性的仇视。

随着"四人帮"的垮台，是诗的解放，诗的热潮。人们胸中久久隐伏着的革命激情迸发出来了，汇成了诗的海洋。听吧，到处是一次又一次的动人心弦的诗歌朗诵会，掌声、笑声，汇在一起。这是血液的沸腾，这是心底的涛声，这是对革命导师和老一辈无产阶级革命家的深情怀念，是对以华主席为首的党中央的衷心赞美，是击"四人帮"为齑粉的惊雷，是继承毛主席的遗志，把无产阶级专政下的继续革命进行到底的誓言。

为了实现四个现代化，落实华主席关于科学工作的一系列的重要指示，长期靠边站的数理化也神采奕奕地迈着大步走进了向科学进军的行列。它理直气壮地敲打着每个青年的窗子："课堂上听懂了么？作业做完了么？离四个现代化的要求还有多远？"

诗人们，写一些歌唱为革命而学习、研究数理化的诗篇吧！敬爱的叶副主席已经为我们做出了光辉的榜样。歌唱黎明和深夜里的教室的灯光吧，这灯光将照亮通向二十一世纪的大路；歌唱教师和科学家的皱纹和白发吧，他们顶住了"四人帮"的欺凌，为人民做了大量有益的事情；歌唱数理化的科学方法和科学体系吧，那种一切通过实验的严谨的、不苟分毫的态度和作风，那种建筑在最平凡、最一般的事实和公理上的令人神往的高、精、尖的大厦，不都是极其富有诗意的吗？

热心数理化的年轻人，也读一些真正的好诗吧，它同样会有鼓舞你的力量。

诗和数理化，这是劳动人民智慧的硕果，是工人、农民、知识分子们创造的人类文化的奇葩，在清除了"四人帮"那几条蛀虫的祖国的沃土上，在华主席为首的党中央的阳光照耀和雨露滋润下，已经绽开了新花，万紫千红。幸福的年轻人，展开你为革命而学的金色翅膀吧，高声朗诵着"世上无难事，只要肯登攀"的伟大诗篇，向着四个现代化的明天，勇敢地飞翔吧！

发表于《新疆日报》1977年12月4日

敬礼，合金钢

我们常常怀念五十年代初期。那时候，我们这些年轻人刚刚来得及体验了梦魇般的旧社会的日子，我们刚刚以自己幼小的身躯、微薄的力量、壮烈的心胸参加了埋葬蒋家王朝的英勇斗争。五星红旗升起，祖国的天空明朗得耀目，旧日的贫穷、愚昧和残酷好像在一个早上就被消灭得差不多了。我们怀着圣洁的明镜般的心情接受新社会的一切……如果我们乘电车时无意中购买了低额的车票，我们将感到无比的羞愧和痛苦——怎么能这样对待国家！我们甚至担心，再过十几年，小说和电影里将再不会有扣人心弦的故事，因为人和人之间只有友谊、信任、忠诚，革命事业只有从胜利走向胜利。悬念、风波、冲突……这些字眼儿似乎将逐渐从字典上消失……

多么真诚的信念，多么美好的岁月，多么纯洁的心！

……后来，在经过林彪、"四人帮"的浩劫之后，当我们看到说假话的青年、见人先递香烟的青年、不相信任何"主义"的青年、在恋爱的最后阶段进行冷冰冰的经济谈判的青年的时候，我们的心不禁缩成了一团儿。

五十年代初期的青春啊，你的美好已是不可逾越、不会再现的了。

然而，这是正确的么？上述几种青年的情况，能够代表当前广大青年的主流么？只消想想丙辰清明的日子！

在伟大、正义、悲壮、绚丽的"天安门事件"中，青年走在时代斗争的最前列。他们在"四人帮"森严禁锢的中国,发出了时代的强音,用他们的血泪、用他们的心,用最动人的诗和最纯美的花,最后,用愤怒的烈火宣告了"四人帮"的死刑,预告了新的历史时期的到来。这一代觉醒了的、悲痛的和勇敢的青年人,正是中华民族的灵魂。

他们是一些什么人呢?

共青团十大代表、十届中央委员,在南京打响了保卫周总理、声讨"四人帮"第一枪的李西宁说:

"在团代会的开幕式上,当首都的少先队员们向华主席和中央其他领导同志献红领巾的时候,我流泪了。过去,我们不是也像他们一样的天真可爱吗?

"然而,我们走过了曲折和艰难的道路。盲目、狂热、被吹捧、被欺骗、被冷落;我们曾经虔诚而轻信,我们曾经苦闷和彷徨;我们在思想准备不足的情况下,卷到了复杂的斗争中,接触了党内的、社会的阴暗面……我们的思想已经不再那么纯净,我们的心灵也蒙上过一层灰尘……然而,这灰尘的'杂质'却变成了有效的冶炼成分,我们的心灵是合金钢铸就的,虽然不'纯',却更加坚强!"

他说得多好!他给了我们一把了解这一代青年的钥匙。

是的,拿李西宁自己来说吧,他打过派仗、搞过"三忠于",他以满腔热忱去农村接受再教育,却因为提意见被"文攻武卫"捆起来;他因为抨击林彪的"几百年、几千年出一个天才"而被某个可怜虫惊呼为"小反(革命)"……一九七六年四月,他以"南京事件"带头人的罪名被捕;那个曾经爱过他也被他爱过的姑娘,在他入狱之后便离他而去了……

他受到的挫折(或者叫做创伤)少吗?他走过的弯路少吗?他蒙受的灰尘少吗?

然而,他以坚强的革命意志,火一样的青春的热情,大胆思考、冷静分析的科学头脑战胜了这一切磨难而顽强挺进。在农村,他是模范社员。在工厂,他是先进生产者、电工班的骨干、基干民兵、书评小组长、乐队的演奏员。在大学,他用四个月的时间赶完了中学的全部数理课程,并两次出席电子计算机会议并做学术报告。就是在监狱,他也坚持着冷水浴、原地跑步、俯卧撑;攻读《列宁选集》和《古汉语基础》,做读书笔记;他写下了追悼毛主席、周总理和朱委员长的深情的诗篇;他曾经乐观而豪迈地回答同狱的刑事犯:"我不是罪犯,我进监狱的任务是做社会调查……"

为什么他战胜了呢?为什么"杂质"最后变成了合金钢的有效成分了呢?

因为有高温冶炼,因为有火。火,说的是马克思列宁主义、毛泽东思想的不熄的火炬,从"五四"到反"四人帮"斗争的火一样的传统,火一样的人民革命运动。尤其是,在李西宁的心里,有火一样的爱祖国、爱人民、向往四个现代化的热情,有火一样的对党、对共产主义的信念,有火一样地追求真理、为真理而献身的精神。李西宁从人民那里获得了高温,从科学——真理那里获得了纯氧,他生命的火焰熊熊燃烧,任什么脏水也浇不熄,扑不灭。

没有杂质成不了合金钢。鼻饲蒸馏水和无菌葡萄糖是培养不出茁壮的接班人来的。没有火的高温也炼不成合金钢。不是有那么一些远离了人民的热火朝天斗争的"低温"青年吗?他们看破了"红尘",却被"灰尘"没了顶。然而,当新长征的火把终于点燃了他们心底的火种的时候,"看破"的教训同样会成为冶炼的有效成分,他们也将成为合金钢。他们那智慧的头脑、犀利的目光、傲岸的身躯将不再闲置和枯萎,他们将发出自己的光和热。祖国在召唤着、等待着他们。

历史在前进,七十年代的饱经正反两个方面教育的中国青年将胜过五十年代的单纯的年轻人。无产阶级文化大革命的烈火锻炼了那么多合金钢,所以说,党的十一大路线是不可战胜的。

敬礼,七十年代的青年!敬礼,合金钢!

发表于《中国青年》1978年第4期

论"眼不见为净"

在旧社会,自欺欺人也是一种需要,一种必然。不仅鱼肉人民的剥削者和压迫者离不了瞒和骗,而且一切弱者、苟活者、愚昧者,为了维持精神的平衡,为了能麻木地偷生下去,也急需一种怯懦和愚蠢的哲学。

于是产生了荒谬绝伦,却仍然大有市场的某些格言和谚语。这种格言和谚语,是旧中国遗留下来的最可恶的遗产,最可恶的国粹之一种。

"眼不见为净"便是这样的一个例子。你说生吃瓜果蔬菜要洗净吗?他说"眼不见为净",只要不睁开眼去看,那么带着尘土、带着虫子屎、带着农药的残渍吃下去也是干净的。你说不要喝生水,生水里有许多致病的细菌吗?他说"眼不见为净",只要世界上没有显微镜,生水腐水也都是卫生的。你说某个食品的加工方法要改进吗?他还是说"眼不见为净",只要避开那一段"禁区",一切就是干干净净的了。

所以,要"非礼勿视"。不"视",就合乎"礼";谁"视",谁负责。为什么别人不"视"偏偏你要"视"呢?显然是你自己"非礼"。于是,对象的"非礼"是不必追究的,需要鸣鼓而攻之的是那看见了"非礼"所以自己就"非礼"了的眼睛。

于是,"不干不净吃了没病",致病的原因是由于讲卫生。在没有发明 X 光透视以前,哪里有什么肺结核?在没有听诊器、心电图以前,哪里有什么冠心病?在没有转氨酶试验以前就不会有肝炎,在没有胃镜和钡餐检验术以前也没有胃癌……看看医术吧,医学愈发达,记载的各式各样的病就愈多,分类就愈细,看完这种医书岂有不得病之理?

于是,扩而大之,叫做"眼不见心不烦",眼睛是一切痛苦和灾难的根源。挖掉了眼珠子就会天下太平。常看航海地图,轮船就容易触礁;常看地震资料,房子就容易倒塌。至于显微镜、望远镜、三棱镜,更是十恶不赦、罪不容诛的妖物。

于是,大家都闭上眼睛。闭上眼,既卫生,又安全,不会受风。还有一种功夫就是睁着眼装看不见,或者看见鹿也说是马。于是乎中国这个文明古国就慢慢停滞了,不进取也不发达,于是近百年来沦为列强的半殖民地。

于是人民觉得中国太不"干净"了,人民"烦"了,人民活不下去了,闹起了革命,来了个大扫除。

然而时至今日,仍然有人继承这种闭眼睛、不准睁眼或只准视而不见的看家本领。君不见有人指责作家喜欢血腥味儿吗?花香鸟语的世界被作家闻出了血腥味,看来作家一定持刀杀过人了,不然哪儿来的血腥味?君不见有人见了爱情这两个字就大发雷霆?如果当年仓颉不造这两个字,就绝不需要今天的计划生育,而这位大发雷霆的同志也一定是打光棍的——其实,他和我们大家也就不会来到人间,岂不"净"哉?

发表于《清明》1979 年第 2 期

激动与沉思

一个女共产党员的名字激动了七十年代末一年的中国。她像闪电一样,使美的更美,丑的更丑,黑的更黑,白的更白。她用强光照射着你的灵魂,坚强的和高尚的灵魂将勇于袒露在光照和透视之下;而渺小的、怯懦的、善于伪装和变化的狡狯的灵魂,将为自己的现形和掩藏无术而恼羞成怒,暴跳如雷。

她在死后,也仍然是一柄寒光闪闪的剑。

她是我们的党培育出来的,是我们的民族和人民培育出来的,党终于胜利了,我们的民族没有灭亡,我们的人民更加聪明也更加坚定了。她是党的光荣,民族和人民的光荣。

但她是被人用党的名义残酷屠杀了的。我们的民族和人民没有能拯救自己的女儿。她的惨死是党的耻辱,是伟大的、光荣的、正确的中国共产党的耻辱,是具有五千年悠久的文明史的伟大中华民族的耻辱,是九亿中国人民的耻辱。

许多时候了,人们在谈她、哭她、夸她、演她、唱她、画她、纪念她、学习她。如果她有知,将在九泉含笑。

可以含笑,但不能瞑目,不能安息,因为有一个问题还没有回答。她有权利问我们,她问了:"同志们和亲人们,你们谈我夸我哭我演我唱我画我纪念我学习我,但你们为什么没有救我?为什么没有救我呀!在我被割断喉管、被枪毙的时候,你们在哪里?"

让我们仰视着烈士的眼睛,正视着她那纯洁而又深情的目光,做出自己的回答吧。

并不是所有的人,或者是足够多的人都能无愧地做出回答。

如果能有足够多的人回答得响亮,那么,张志新同志也许本来可以不被屠杀。

一个伟大的党。李大钊、方志敏、刘胡兰、董存瑞、江姐……多少民族的精英、阶级的先锋、忧国忧民的志士、正气贯长虹的铁人组成了这个党。在铡刀、绞架、刑具、碉堡,在死神面前,这个党英勇无畏,这个党的党员英勇无畏……然而竟有几个小丑在这个党的内外横行达十年之久,他们操着生杀予夺的大权、打着"无产阶级司令部"的旗号,以超过日本侵略军和国民党反动派的凶狠和残暴,摧残着党的最忠诚的儿女。

让这些小丑世世代代接受我们的人民的诅咒和憎恨吧。但是,为什么这么几个愚蠢、无知、空虚、歇斯底里、不会种田、不会做工的小丑一度曾经吓倒我们?共产党员应该是强者。历史上的革命先烈和今天的张志新是强者。可我们许多人为什么在不学无术、信口雌黄的几个小丑面前变成了弱者?如果张志新这样的强者能够更多一些,能够在全国人民当中占上十分之一或者在全体党员当中占上三分之一,如果几千万人民和几百万党员挺身而出,像张志新一样坚定、勇敢、无私无畏,如果我们齐声说:"不!"就会有成亿的人跟上来说:"不!"就可以扼住握着割断张志新同志的喉管的屠刀的手。

是的,一年以后,几十万首都人民在天安门广场说出了"不!"又几个月以后,"四人帮"被一网打尽,这说明了党的力量和人民的力量。但是,我们也没有忘记,声势浩大(当然是虚与委蛇的)的"批邓"和"声讨天安门'反革命事件'"的游行。

啊,中国,我强大而又软弱的、可爱而又可怜的母亲!

中国的女儿、党的女儿张志新啊,我们对不起你!

所以，我们激动，我们更要沉思。我们愤怒，我们声讨"四人帮"刽子手，我们也要想一想自身的责任，想一想"四人帮"是怎样得逞于一时，怎样一度蛊惑、奴役了我们。

历史的悲剧，民族的悲剧，不能仅仅用个别恶人的个人品质来解释，不是天降灾星。正像历史的丰功，民族的节日，不能仅仅归功于个别伟人，不是天降救世主。

"四人帮"是那样倒行逆施，搞得天怒人怨，众叛亲离，人民恨不得"生啖其肉"。然而，我们一度却只能或忍气吞声，或混吃闷睡，或牢骚腹诽，甚或饮恨自尽。我们中间太缺少张志新这样的强者了。为什么？

因为我们曾经迷信。迷信旗号、权威、革命的口号和词句，却不尊重事实，不倾听实践的声音。我们有时候在事实面前，在马列主义的基本原则面前闭上眼睛，被那种颠倒黑白、指鹿为马的高腔所吓唬。"砍头不要紧，只要主义真"。"主义真"是不怕砍头的前提，"主义真"的人才是强者。主义不真，主义被搅乱了的人，必然会失去勇气，只能变成懦夫。

我们又曾经轻信，把我们的不可剥夺和不可让渡的民主权利，甚至把我们的头脑，把做出判断和决定的能力，拱手交给了声言是代表我们的人；把我们的命运，把国家民族的希望寄托于领导人个人的道德和善心。

我们的心灵上积蓄着过多的古代和中世纪的尘垢，几千年的封建制度的因袭的重担还在压着我们的身心。崇拜权势、人身依附、随波逐流、明哲保身、大智若愚、难得糊涂、委曲求全、苟安求活、自我麻醉、阿Q精神、逢人只说三分话、未可全抛一片心、君要臣死臣不敢不死、父要子亡子不得不亡……乌烟瘴气，五花八门。

我们……直说了吧，和张志新比，我们太爱惜自己的喉咙和心脏了，我们太自私了！于是，他们肆无忌惮地杀害了张志新，而我们中的一些人还要跟着喊口号："坚决镇压……"镇压谁？镇压我们的姐妹,我们的母亲的女儿和女儿的母亲,镇压我们阶级的精英和民族的灵魂,镇压我们自己的良心!其实,如果我们都能奋起如张志新,都能坦白、坚强、大胆如张志新,那就不会是张志新被割断喉管和被枪杀,而是那些屠杀党、屠杀人民的人化为齑粉!

但我们的民族毕竟像高山一样屹立着。岳飞、邓世昌、张志新,知其不可为而为之的英烈们正是支持中华民族的钢筋。内忧外患砥砺了我们。我们的民族将以张志新为榜样而复兴,我们的人民将因张志新的悲剧而觉醒,而奋起,返老还童,永葆青春。

我们将挺起胸膛,大声疾呼地纪念张志新,学习张志新,只要我们不忘记自省和自问。我们激动,我们沉思,我们更要为了我们的姐妹,我们的母亲和女儿的生存和未来切切实实地做一些事情。许多年来,我们激动得足够多了,我们经常被运动起来,惊愕、兴奋、激昂慷慨,指向哪里打向哪里——却用自己的手打了自己人,或者用自己的血汗和财富、时间和生命去从事无效的或者事倍功半的工作。我们再不能干这种大轰大嗡的"豪举"了。特别是在今天,在大有希望、大有前途、开始了新的时期却又有许多麻烦的今天,就更要冷静,更要慎重从事,更要珍惜来之不易的一切,我们需要激情,我们尤其需要科学。没有激情就没有革命,没有科学也没有革命。我们的悲愤太多了,因而更需要克制和耐心。需要切实有效的工作。但无论如何,再不允许张志新的悲剧重演,你和我,我和他,我们必须把这一责任担当起来。为了这,我们愿意献出自己的一切,献出我们的喉咙、声音、胸膛、心。

发表于《北京文艺》1979年第10期

北京——祖国

我常想起新疆的一个青年画家的一幅油画：在天山牧场、雪冠和云杉林之下，牧人的帐篷旁，好几个身穿色彩缤纷的民族服装的哈萨克儿童在唱歌。画题是《我爱北京天安门》。原来，孩子们在唱《我爱北京天安门》。是的，就是在那么遥远的边陲，就是少数民族的小孩子，他们也爱北京，向往北京。

北京人也爱边疆，爱祖国各地，爱气象万千的祖国河山，爱阳光普照的、辽阔的祖国大地。记得五十年代邵燕祥同志的一首诗《到远方去》，就生动地描绘了北京的青年学生在奔赴祖国各地前与天安门告别的情景，表达了这种志在四方的崇高、激越的感情。

祖国各地的人们爱北京，向往北京。北京的人们爱祖国各地、向往祖国各地。这是多么可贵的情感！东来的雨，西来的风，南来的大雁，北去的鹤群，唱着的是同一的对祖国的爱情，是同一个团结、亲近、心胸辽阔、目光远大的旋律。

十年浩劫之后呢，叫人怎么说！当年激动了多少北京青年的心的长白密林、海南渔火、柴达木宝藏和西双版纳橡胶园，如今对某些北京青年来说已是视如敝屣甚至是视如寇仇了。一提外地他们就发抖，甚至就想上吊，他们的人生的最高理想不过是一生一世转悠于"四牌楼"与"单牌楼"之间罢了。

去年在东风市场的一个饭馆里，我目击了一场口角。口角的一方，是一位穿着入时的年轻人，他拼命挖苦另一方——一位拎着大旅行包的、低头不语的军人。这位年轻人说:"瞧你那个样儿就是个老外!(后来我才知道,"老外"乃是外地人的诨名。)好容易进北京吃一顿饭还不老实点?晚上您(这里忽然用了第二人称的尊称式)就回您那个外地啃窝头去吧!"

十年浩劫,败坏了许多最宝贵的东西,有有形的,有无形的。从某种意义上来说,无形的比有形的还宝贵。这无形的当中,就包括了北京市民、北京青年对外地的向往,对外地人的善意和礼貌。而今,见到上述种种,实在令人悲呼历史的倒退!

然而还是不要悲。历史要前进,历史在前进,谁也没挡住,谁也挡不住。北京市民,北京青年,毕竟无愧于祖国各地人民对北京的向往和尊敬。只消想想丙辰清明的天安门广场,北京的"老乡"们啊,我为你们而自豪!

至于那位仅仅因为自己户口在北京便盛气凌人,又"贫"又"损"的年轻的庸人,怎么说呢?他只不过是附着在我们祖国的伟大首都罢了,就好比雨后的蜗牛附着在某个南墙根,就好比大杂院的一棵老槐树上,夏天,常常吊着几个绿虫子。

发表于《北京日报》1979 年 3 月 27 日

关于"自成一派"与"一鸣惊人"

《北京日报》近日刊登了一则消息,说到某大学正积极做好改正错划右派的工作,例如当年曾经有几个同志筹划办一个同人刊物,结果被划为"右派"分子,这是错划了的,他们想自成一派,一鸣惊人,是属于意识上的毛病,不应当做为敌我矛盾来处理,云云。

我不了解这些同志当时的思想状况,不想探讨什么同人刊物的问题,也姑且不论他们没有其他意识上的毛病。这里,只谈一点,一个(或几个)爱好文艺的青年,想自成一派,一鸣惊人,究竟错在哪里?

百花齐放,就是说艺术上各种流派、各种风格要自由竞赛。艺术的繁荣,往往表现为各种流派的形成、发展、竞赛。既然提倡各种流派的竞赛,自然也就得允许人家自成一派。京剧旦角的表演艺术中,梅、程、尚、荀,不都是自成一派吗?没有这些"自成一派"难道能有我国京剧表演艺术的高水平吗?如果自成一派不对,难道必须立志与别人同派,效仿别派或立志搞无特点、无风格从而无流派的只有共性没有个性的文艺才正确吗?

一鸣惊人也是一样。好的作品就是能一鸣惊人。《班主任》不是一鸣惊人了吗?《于无声处》《丹心谱》不都是一鸣惊人了吗?远一点说,《青春之歌》《红岩》《红旗谱》……不都是一鸣惊人了吗?所谓惊人,无非是说作品别开生面,有独创性,以其强大的思想力量和艺术力量震动了人们的心灵,引起了读者、舆论界的巨大反响。当然不是像江青"培育"的"作品"那样"一鸣欺人""一鸣唬人"。如果搞出作品来而不希望一鸣惊人，难道应该希望它无声无息、无观众、无读者、无反应么？

从历史上看，凡是文艺繁荣、蓬勃发展的时代，无不是流派争荣如繁花锦簇、强音震耳如黄钟大吕。自成一派与一鸣惊人，是合乎规律的现象，是文艺春天到来的标志，同样，也是每一个有出息、有作为的文艺工作者应有的雄心壮志。

当然，自成一派和一鸣惊人不是可以侥幸达到的，这需要许多主观和客观的条件，更需要长期的、艰苦卓绝的努力，需要巨大的劳动，需要汗水、心血、百折不挠的奋斗精神……而确有一些文学青年志大才疏，希图侥幸，或者小有成绩就沾沾自喜、目空一切……这些问题过去有过，现在有，将来也还会有。但对这些同志，主要是教育他们认识艺术规律，教育他们努力学习，刻苦实践，批判和克服他们的希图侥幸、沾沾自喜的心理，却无需指责他们自成一派和一鸣惊人的愿望。

当然，能否自成一派和一鸣惊人，并不决定于主观愿望，更不是发表了宣言就能做到的。但是，它的逆定理却是可以成立的，那就是说，一个根本不想自成一派和一鸣惊人的胸无大志的文艺工作者，是肯定做不出多少贡献来的。

自成一派与一鸣惊人是好事，不是坏事，问题是需要苦干，也要允许人家干，当头一棒或迎头一"帽"当然成不了派也惊不了人。从这一条消息上，可以看到多年来林彪、"四人帮"的破坏混淆，颠倒了多少思想是非，现在只是"乾坤初转"，需要拨乱反正的题目还多着呢。

发表于《北京日报》1979年4月8日

我们搞的都是人学

我这个人不是运动员，生来身体瘦弱，很羡慕运动员。过去，看到运动员身体是那么健壮，我很惭愧，甚至感到像我这样体质差的人活着是个耻辱。后来我下决心锻炼，游泳能游一千米，跳水能从五米高的山崖上跳下去。我还有一张跳水照片，不过姿势是不正确的，腿是弯曲的，不是直立的，但是头是朝下的，是倒悬的，而且那是在新疆，水很凉，我很引以为自豪。我想我们搞文学的和搞体育的，都是搞的"人学"，为了使人获得健康的、美好的体魄和灵魂。林彪、"四人帮"视人民如草芥，极力贬低人的价值、人的尊严，使人们丧失理想和信心。我们的文学工作和体育工作，就要唤醒人们相信自己的力量、锻炼、充实、发展和完善自身。我们不是虫蚁，我们是人，而"人"是应该大写的，应该是健壮的、崇高的、能干的人。所以，我们要努力写作，也要努力锻炼身体，文学和体育的目的是一样的。没有人的充分的、全面的发展，实现四个现代化也是不可能的。

发表于《体育报》1979 年 11 月 6 日

论"费厄泼赖"应该实行

五十多年以前,鲁迅先生提出了"费厄泼赖应该缓行"这一富于革命的彻底性的著名命题。当时,鲁迅先生大概不会想到,在解放以后的历次政治运动中,这一篇名作得到了特别突出的、空前的宣扬和普及。"费厄泼赖"在一九五七年要缓行,在一九五九年要缓行,在一九六四年、一九六六年、一九七三年直到一九七五年仍然要缓行。看样子,缓行快要变成超时间、超空间的真理,快要变成了"永不实行",从而根本否定了"缓行"了。

论缓行不是不行和现在已经具备了实行的条件

"费厄泼赖"到底要不要实行?即使在半个世纪以前,在黑暗的旧中国,在鲁迅先生语重心长地提出了"缓行"的号召的时候,他的回答也是肯定的。他当时说:"仁人们或者要问:那么,我们竟不要'费厄泼赖'么?我可以立刻回答:当然是要的,然而尚早。"

那么要到什么时候呢?鲁迅没有说,当时也不具备解答这个问题的条件,但依照常识推断,鲁迅的预言并不是指百年或千年以后。

"费厄泼赖"应该缓行的论断,包含着两层意思:一、"费厄泼赖"是应该实行的。实行"费厄泼赖",最终是有它的必要性与可能性的。二、"费厄泼赖"目前还不能立即实行。实行"费厄泼赖"的必要

17

性与可能性当时尚未变为现实性。

什么时候这种可能性才能变为现实性呢？从大框框来说，人民革命胜利，无产阶级在全国范围内取得政权，共产党由被镇压、被迫害变成执政党之后，才基本上具备了"费厄泼赖"的实行条件。

"费厄泼赖"意味着和对手的平等竞赛，意味着一种文明精神，一种道德节制，一种伦理的、政策的和法制上的分寸感，一种民主的态度，一种公正、合理、留有余地、宽宏大度的气概，意味着"三不"主义和"双百"方针。所有这些，对于一个社会主义国家的建设和治理，对于实现安定团结，对于实行政治民主、经济民主、学术和艺术民主，对于造成一个又有集中又有民主、又有纪律又有自由、又有统一意志又有个人心情舒畅的生动活泼的政治局面，是很必要的。在不发生特殊情况——如大规模的反革命暴乱或外敌入侵——的条件下，"费厄泼赖"乃是治国之道。在林彪、"四人帮"肆虐十年，大搞"左"的专横，大搞残酷斗争、无情打击，因而留下了许多"后遗症"，留下了许多人与人之间的宿怨、隔膜、怀疑、余毒以及余悸的今天，提倡"费厄泼赖"更是对症的良药。

论处理人民内部矛盾要注意"费厄"

在全国解放和完成了一系列民主改革——土地改革、镇压反革命等等——之后，特别是在社会主义改造基本完成之后，反革命分子虽有，但已经不多了，我们经常地、大量地面临的问题是人民内部矛盾。处理人民内部矛盾，还是要从团结的愿望出发，和为贵，要"费厄"一点。人民内部，在非原则问题上，提倡一点温、良、恭、俭、让也是必要的。例如，在公共汽车上，相互温、良、恭、俭、让一些，将可以减少粗野低级的争吵。对于犯了错误、"倒了霉"的人，也还要关心、帮助、治病救人，这也可以说是一种"费厄"。否则，明明是自己的同志，明明愿意检讨和改正错误，我们却无例外地去"打落水狗"，这不是有点落井下石、化友为敌的味道吗？林彪、"四人帮"大搞阶级斗争的扩大化，叫喊什么人和人之间"不是你吃掉我，就是我吃掉你"，这是赤裸裸的豺狼的语言。我们再不能容忍这种动不动"吃人"的家伙拿着鲁迅先生的"缓行"当幌子，搞那套无法无天、专横残暴的"全面专政"了。

论在学术问题上尤其需要"费厄"

十年浩劫期间，在意识形态领域里搞专政、占领思想阵地之类的说法非常流行。其实，这种说法是不通的。意识形态的问题，属于人们的内心世界，在这里，采取强制手段，只能引起人们的反感，可以叫人一时不说话，可以"口服"，却难心服。压而不服，只能使问题蓄积起来，准备着一场总爆发。所以说，在意识形态领域搞什么专政啊，占领阵地啊，这是用行政的、军事的斗争的方法来搞思想斗争，只能坏事。

学术问题上吵吵闹闹，乃是正常的现象。这种争吵往往并不一定意味着什么阶级斗争，人们所以对一个学术问题有不同的观点，和各人的不同的社会地位、世界观、知识面、切身感受、思想修养以及个性、习惯和专业造诣等等有关，也和历史的局限、民族的局限有关，呈现了非常错综复杂的状态，完全不必要予以统一、事事搞它个整齐划一。但是我们却已经习惯了一边倒，自以为正确的人也就自以为有权对谬误实行专政，其实，正确和谬误是认识论的概念，而专政、占领则完全不是认识论的概念，把这样的概念引入认识论，实在是奇谈。正确和谬误有时一时分辨不清，有时共存、交织在一个流派、一个人或一篇文章里，有时又互相渗透，互相转化，因此，正确是不应该也不可能向谬误进行专政的，真理是不需要也无法对偏见进行专政的，学术问题、思想问题只能用百花齐放、百家争鸣的方法去解决，这就要实行"费厄泼赖"。

论对敌人也非绝对地
无条件地不实行"费厄"

这么说,对敌人缓行"费厄",打落水狗,追穷寇,该是正确的了吧?对敌要狠嘛,对敌人仁慈就是对人民残忍嘛,有东郭先生和农夫与蛇的故事为证嘛。

是的,对于国内外阶级敌人,对于一小撮反革命分子,刑事犯罪分子,我们是不会手软的。无产阶级专政的镇压职能是不能废除的,当敌人拿着刀杀过来的时候,我们必须战而胜之,解除他们的武装,给以应有的制裁,而不能书生气十足地去和杀人强盗讲"费厄"。正如鲁迅先生所说的:"他对你不'费厄',你却对他去'费厄',结果总是自己吃亏,不但要'费厄'而不可得,并且连要不'费厄'而亦不可得。"这样的教训,已经有不少了。例如"四人帮",你不把他们隔离审查而去讲"费厄",其结果只能是被他们割断喉管,这难道还有什么可怀疑的吗?

但是,也不能绝对化,不能搞成凡敌人都打、打、打倒打死为止。例如对于已经被解除武装的敌人和正在行凶的敌人,就要有不同,"八项注意"之中就有一条:对待俘虏"不许打骂不许搜腰包",这就有"费厄"之意。对于愿意改悔的和拒绝改悔的也应该有不同,否则怎么能最大限度地孤立敌人呢?对于前者,要宽大,要改造,最终是化敌为友。不是许多战犯都被释放,有的还当了政协委员了吗?这岂不是化不能"费厄"为彼此"费厄"吗?

即使对于后者,也要依法行事,该判五年的不能判四年,也不要判五年零一个月,这就是说,对于罪大恶极的与非罪大恶极的,要有量的区别,要有不同的分寸。过去我们有时只承认质不承认量,堂堂党的领导人一夜之间就可以变成阶下囚,似乎事物不经过量变就可以被认为发生了质变。一变成了阶下囚就往死里整,而一旦官复原职又都成了完人。这不论从逻辑上、政治上、道德上讲,都是荒唐的。

还有一条,叫做给犯人以辩护权,这也是颇具"费厄"之意的。这对于防止诬陷,防止冤、错、假案,对于保证民主和法制、保证公民的权利的意义,已经是众所周知的了。

论在"费厄"问题上不能搞僵化和"凡是"

对待鲁迅也不能搞句句是真理。"费厄"问题是最足以出"凡是"论者的洋相的。每搞一次运动就要学一回"缓行",竟没有人想一想究竟要缓到何年何月。这种"凡是",恰恰违背了鲁迅的原意。其实,学鲁迅是假,以"缓行"为借口,肆无忌惮地搞残酷斗争、无情打击是真。

同样,对于毛泽东同志的一些类似教导,也要抱科学的、实事求是的态度,不能把半个世纪以前指导农民向土豪劣绅作斗争的每句话都照搬到现在的完全不同的问题上。革命不能"从容不迫"和"雅致"吗?为了革命而搞象牙雕刻的时候就需要"从容不迫"和"雅致"。毛主席本人也多次有过关于要说服不要压服,要让人说话,要群言堂不要一言堂,要过细,粗枝大叶不行等等教导。可以预期,随着党的工作着重点的转移,随着安定团结的巩固和发展,随着民主和法制的加强,"费厄"的精神,平等讨论的精神会日益发扬光大的。鲁迅先生在提出"缓行"的五十多年以后,终于可以和应该实行"费厄"了。

附注:据说"泼赖"的英文原意是:凡事以游戏态度对待,不要过分认真。本文提到的"费厄泼赖",是指我们在历次运动中反对的那种"费厄泼赖",是指我们所理解的那种平等讨论、留有余地之意,并不包含提倡游戏态度之意。

发表于《读书》1980年第1期

伊岭岩的启示

为什么人们会对伊岭岩洞感兴趣？

人类的生活的欲望、生活的热情、生活的兴致实际上是无限的，是永远也不会完全满足的。

人们不仅需要此样的生活、这一个世界，人们还渴望着去了解、去体验彼样的生活、别一个世界。

于是有了沙漠探险，有了南北极的观测，有了向外层空间的高飞和向海洋深处的探寻。于是有了神话传说。

伊岭岩洞是小小的也罢，它提供的却是别一样世界，它与洞外的光亮的、辽阔的、各自有着鲜明的质的确定性的世界不同，它是模糊的、奇形怪状的、混乱而又有着自己的某种和谐的、无意义却又富于暗示性的。它们都是一种石头，但是它们给你的是一种小小的大千世界的纷纭繁复的感受。

奇奇怪怪，奇形怪状，这正是伊岭岩洞引人入胜的地方。如果岩洞里的石头就像我们常见的山石、河滩卵石……也就不会有什么人去看了。

奇与怪也是人们的一种追求——对于新的经验、新的感受的追求。奇与怪是一种突破，一种冲击，一种挑战，对常规的挑战，与常规的竞赛。

当然，并非每一种奇与怪都是美的、成功的、引人入胜的。好奇心可以出自崇高的思想境界，也可以只意味着一种低级的卑劣心理。

分析每一种奇与怪的性质是一件严肃的事情。但无论如何,人应该具有打破常规的勇气。

伊岭岩洞是自然形成的,它能够成为艺术欣赏的对象吗?

岩洞也正像山川大地、日月星辰一样,时时可以引起人们审美的情操和想象。

这是因为,第一,美与自然是不可分的。许多美的范畴,例如对称与不对称,均衡与不均衡,多样与统一,明朗与含蓄,都是大自然本来具有的特性,都来自大自然的提示。可以说,美是师法自然的。

请到伊岭岩洞一游吧,它会使哪怕是最高明、最大胆、最激进的雕塑家羡慕乃至膜拜。看那恢宏的气魄!看那奇诡的造型!看那无穷无尽的点、线、面、体、层次、空白、角度、距离、虚实、明暗、刚柔、伸缩、动静!有哪个雕塑家能够创造得出、哪怕是完备地想象得出这样一个艺术世界!

有时候,人们甚至觉得难以相信,这浑然一体的伊岭岩洞,难道完全是自然形成的吗?大自然真有着这样博大精微的匠心?地理学家、物理学家、化学家可以对每一块钟乳石、每一个石笋、每一根石柱的形成和整个山洞的布局作出自己的解释。同时,从这些解释中,我们也可以悟到自然规律的美,不仅形象是美的,抽象也可以是美的。万有引力是美的,物态变化是美的,万物的合成和分解、融化和凝结、流动与固定,都是美的。

第二,哪怕是对最原始的自然对象的欣赏活动,也离不开人们的主观能动性,离不开饱含着勇气和情感的艺术想象。这种想象,把自然对象本身所不曾具有或不完全具有的某些性质赋予了对象,打破了物我之间的隔膜,沟通了自然对象与人的心灵。应该说,这正是艺术创造活动的开始,是一种初级的艺术创造。当你进入伊岭岩洞,为一块又一块的石头和它们的布局而欢呼,当你兴奋地告诉你的同伴:"看,那简直像一个木瓜!""啊,那像一头水牛!"这时,你已经在进行艺术创造的活动了。石头之所以被你认为像木瓜或者水牛,离不开你对于木瓜和水牛的经验，你赋予你的对象——石头以某些它本身并不具备的特质，可以说这是你赋予对象以生命的创造性的思维活动。一个有着高度的艺术想象力或者叫形象思维的能力的人和一个不具备这种能力的人同游伊岭岩洞，他们的感受乃至趣味，会有很大的不同。

多数人并不习惯于这种想象，多数人对于自己的想象缺乏足够的自信，这里，就看得出解说的重要了。当解说员按动灯光键钮，告诉游客这里是双狮迎客，那里是丹凤迎宾，这里是刘三姐对歌，那里是孙悟空下龙宫的时候，游客们争相观看，按照解说员的提示和规定去想象，然后一个个都服气了："果然！""就是像！"然后啧啧称奇，感到极大的满足。

可以这样说，解说词是至关重要的。我们可以设想一下，如果没有解说，游客也不过就是称奇而已，很难留下什么印象，无法把洞中的陌生的别样世界与自己熟悉的洞外的大千世界联系起来，因而大大减少了观赏的乐趣。

但是，也有许多游客靠自己的观察和想象同样会得出与解说大致相仿甚至比解说更为丰富的有趣的印象，他们为什么还是离不开导游员的解说呢？这是因为，一经解说，这种想象便成了公认的了，而只靠自己想象，似乎没有把握。因为想象不像逻辑推理、三段论法，它愈独特就愈带几分冒险的性质。其次，什么都靠自己去想象，未免太累，太容易疲劳，于是懒于动脑的人宁可吃别人嚼过的馍。当然，一般地说，解说词是经过有经验的人、用较长的时间编纂出来的，它具有集体经验的性质，它比匆匆来去的游客的个人想象会更丰富更高明一些。

但也有一些解说是生硬的、强加的，因而是煞风景的。比如，在没有任何根据的情况下，硬要说哪一块石头像哪一个民族的人物，或者硬要使伊岭岩具有某种政治意义，似乎石头可能说明某个政治命题，其效果只能是乏味的和失败的。

也会有那样的游客吧,他不完全听信解说,而更能纵横驰骋自己的想象。他不满足于哪块石头像什么,而能欣赏这石头本身的美丽。仅仅说它像什么显然无法揭示岩洞魅力的秘密,如果当真像得像实物一样,像动物园的标本一样,那还是伊岭岩么?而且你说像,我说不像,你说像这个,他说像那个,又有什么不好呢?也许,这里最值得思索的,不在于"像",而在于这个岩洞的石头的"四不像"吧?谁知道呢。

发表于《广西文学》1982年第4期

历史在庄严地行进

在党的第十二次代表大会胜利召开、胜利举行的时刻,我想到一些往事,我仿佛看到了历史的庄严行进。

对于一个严肃地生活的人来说,经历巨大的历史事变,体验急剧的历史转折,并与亿万人民一起亲手去推动历史的巨轮,这是人生最大的充实、高扬与幸福。

我当然不会忘记一九四九年以前的地下斗争与一九四九年以后的凯歌行进。在小说《布礼》中我所描写的那种一个大城市获得解放,地下党员会师集会的激动人的场面,是我亲身经历过的。然而,在一九八二年九月的最初几天,我首先想起的是一九七六年的春天。

那时我住在乌鲁木齐的一所中学里,好久吃不到荤腥了,爱人所在的学校不知怎样施展解数搞到一批羊肚子,羊肚子好吃却难以洗净,就在全家为这些羊肚子而奋斗的时候,广播里传来了"天安门反革命事件"的消息。

我战栗了。中国是有希望的,中国共产党是有希望的。周总理死了,但是人心没有死,党心没有死!

到了秋天,毛主席老人家逝世以后,我对一位对国事忧心忡忡的挚友说:"虽然我现在不是党员(因"右派"问题我曾于一九五八年被错误开除),但我毕竟是参加过共产党的。我知道我们党内还有很多真正的革命家,忧国忧民的志士。我不相信这样一个伟大的党,会最终被操纵在几个小丑手里。"

历史远远比预计发展得更快。"四人帮"被粉碎了。一九七七年第一次重新听到"洪湖水,浪打浪……"的歌声的时候,我哭了又哭,一夜睡不着觉。但当我和一些同志谈起刘少奇同志的冤案,谈起"文艺黑线"及有关批示的时候,我们还是沉重地摇摇头。由于众所周知的原因,我们认为这些历史问题的解决是没有多少希望的。含冤负屈的人们啊,生者但求今后不再有新的冤屈,死者呢,忍辱安息吧,只要国家从此康泰。

所以,当一九七八年三中全会以后,文艺界召开会议为一系列被错批了的作品平反并让我发言的时候,我惊魂未定,简直不知道说什么好。是的,谁想得到呢,历史已经到了转折的关头,党的十一届三中全会终于勇敢地结束了长期的"左"倾错误,使党的生活、党的工作回到了马克思主义的轨道,我们党已经以愚公移山、精卫填海的伟大精神开始了拨乱反正的艰巨斗争,与此同时,党以深厚饱满的历史感和大无畏的气概断然宣布,党的工作重点转移了,历史进入了新的时期!

真的转得过来吗?善良的人在担心。积重难返、积案如山、国民经济严重失调、人民生活上"欠账"太久太多,上访的、闹回城的、待业的、过分天真与别有用心地聚在西单墙前面的……长期积累的社会矛盾与政治矛盾很多,摆在党中央面前的是一篇怎样难做的文章啊!既要处理历史的遗留问题,又不能纠缠住历史不放而引导人民团结起来向前;既要唯物地评价党的工作、评价毛泽东同志的功过、正视党所遭到的严重挫折,又要维护革命的尊严、党的尊严、毛泽东同志的不朽功业;既要破除万马齐喑的可悲局面,让群众说话、"出气",充分调动群众的积极性,又要维护安定团结,维护社会秩序;既要渡过国家财政经济的严重难关,又要毫不迟疑地开始采取一系列实际的改善人民生活的措施;既要解决刻不容缓的一系列迫切的政治问题,又要真正地转移工作重点,在经济建设上做出明显的成绩……这样的难题,在古今中外的政治史上都是罕见的啊!

然而,这篇"文章"做出来了,而且做得很好很好。尽管前进途中还有不少的障碍和荆棘,尽管一个问题的解决之后接踵而来的是一系列新的问题,尽管对这样那样的一些具体问题群众中还有这样那样的不理解以至牢骚,然而,任何不怀偏见的人回忆这三年多的战斗历程的时候不能不惊喜地发现:"萧瑟秋风今又是,换了人间!"那么多沉年积案解决了,原来想得到么?农村形势一下子好转得这么快,到处是丰收的捷报与衷心喜悦的泪花,家家户户吃的、穿的、用的、住的都多多少少有了改善,有的还是极大的堪称"鸟枪换炮"的改善,原来想得到么?在调整经济,国家财政还十分困难的情况下,多年冻结的工资已经调整好几次了……文艺战线上更不用说了,那是乾坤扭转、起死回生,回想我再次听到"洪湖水,浪打浪"而痛哭失声的情景,恍若隔世!

性急的朋友常常埋怨我们的国家发展得太慢了。是的,我们的发展速度——经济建设的速度不能说已经达到了理想的指标,但是,回想一下近几年的历史吧,算一算总账,我们也许会惊讶国家的政治生活、经济生活、文化生活变化之深、之大。"虎踞龙盘今胜昔,天翻地覆慨而慷",这几年也是天翻地覆,是在一种安定团结的局面中,经过深思熟虑和充分准备,有条不紊的天翻地覆,既扭转了乾坤,又没有出乱子,没有煮夹生饭,没有给社会主义的中国的敌人以可乘之机,把副作用减少到了最小限度。这是何等的政治远见与政治艺术,这是何等成熟、稳定和有成效的工作!

回忆刚刚过去的昨天,我们看到的是历史也是现实,它唤起的是历史的庄严感也是现实的迫切感。作为胜利的里程碑与开创新局面的总动员的党的十二大的胜利召开,更使我们充满了坚实的信心和决心,我们的党、我们的国家、我们的人民已经度过了最艰难的日子,已经通过了最严峻的考验,坚冰已经破开,航道已经畅通,困难依然不少,新的矛盾仍然不断发生,这正是每一个爱国者、每一个革命者大显身手、大有作为的时刻,我们理应也一定能完成十二大提出的历史任务。历史在庄严地行进,历史的车轮愈转愈快,让我们做这行进的尖兵、行进的见证、行进的歌者吧,这是幸福,这是让后人和前人羡慕的最充实最有意义的人生!

发表于《光明日报》1982 年 9 月 12 日

长 的 一 解

都说文风有问题，文章写得太长了。会风、话风也都有问题，开会，讲话都太长了。为什么呢？

其实中国人最会短的，司马迁的《史记》是刻在竹简上的，长了没法办。

但现在长了，原因之一或许是：

你如果想指出某人某文某事的缺点，至少要先讲几大篇优点，否则，你不就是全面否定、不及其余、一棍子打死、别有用心了么？

你如果说爱吃烧饼，你必须说明：一、你同样爱吃米饭、烤鸭、饺子、过桥面、三明治、热狗、生鱼片……二、你想吃的是分量适当、火候恰当，既不过火也不"瘟"的烧饼。三、你为吃烧饼，对垦荒者、种田者、收割者、磨面者、挖煤者、当炉者、售饼者等等等等致以衷心的谢意……否则，就会有很多聪明人和你商榷：一、烧饼好吃，难道烤鸭不更好吃吗？烤鸭难道不是我们伟大首都的风味佳肴吗？重烧饼而轻烤鸭，意味着什么呢？二、你爱吃烧饼，一次给你一百个四两重的烧饼，你吃得了吗？吃不了不是浪费吗？全吃了不得撑死吗？生面饼你吃吗？烧黑了你能吃吗？吃烧饼而不分生熟，还有原则和界限吗？三、吃烧饼而忘了为烧饼而出力的千千万万人们，不是忘了本吗？烧饼难道是天上掉下来的吗？你难道天生就该吃烧饼，而自己从来不去烙半个烧饼吗？

你如果早晨吃了烧饼而中午喝了番茄汤，你还要小心人们会指出你已经改换了路标,转了向。紧接着有人祝贺你的"进步",另一些人则责备你的怯懦。

如果你想睡觉,你必须说明你睡醒以后还是要起床的。否则,也可能受到误解,以为你要长眠到世界末日。据说颇有一些好心人对苏小明唱的《军港之夜》提出异议,说是:"如果水兵都睡了,军港由谁来保卫呢?"看来歌词是不够长了,应该加几句:"水兵睡着了,仍有人放哨,睡醒一觉后,起床出早操。"

这还能不长吗?

当然,长还有别的原因,如果我也全面地分析下去,只此一篇杂文就够出几十卷书了——这对挣稿费还是有好处的,谁让我们规定了按字数付酬呢。

发表于《中国作家》1985年第1期

话说"一口咬定"

民间有"三十六计"一说,建议改为"三十七计",新加一计叫做"一口咬定"。

比如说一口咬定自己是最革命、最忠诚、最正统的,咬定以后就要年年讲、月月讲、天天讲、会会讲、篇篇讲。开始时人们觉得这位仁兄不大像,由于咬得死,讲得多,也就像了。

在争论、讨论时一口咬定的妙用在于"不战而胜",属于"上上"一档,按《孙子兵法》的观点。

例如一口咬定对方是反对什么什么路线的,是和上面不一致的,咬定对方提出的观点远远超出了学术、艺术、业务问题的范围,只要咬定这么几条,胜券也就没有跑儿了。

还要咬定对方的论点"实质"上是什么,"意味"着什么什么,不管对方怎样解释说明,攻守之势已不可移,同样也是不战而胜。

一口咬定的艺术在于一定要咬定一个浅显明白、常识范围之内、中小学教科书范围之内的大道理再来擂鼓叫阵。如咬定:"我们的争论的症结在于人要不要吃饭"。然后咬定自己是主张人要吃饭的,但是有人(不要点名,这样,既温柔敦厚又无法对证)主张人不能吃饭,最多只能吃屎。然后你慷慨激昂地论述下去。还有什么疑问吗?又是一次凯旋!

人们在议论,目前百花齐放倒还不错,但百家争鸣不怎么够。要百家争鸣,似乎应该有一个对论争对手的尊重和谅解。即对手的论点的解释权在对手,每个人对自己的论点都应有解释的权利、补充的权利、修正的权利。这些,是权利,也是一切严肃的论者的义务。最好不要无视这种权利和义务,进行那种先一口咬定,再打、打、打的百战百胜的冲锋陷阵。

发表于《中国作家》1985 年第 1 期

点名与署名刍议

"点名批评"在已经成为过去的那个"左"的时候,颇有点令人生畏,更不要说"点名批判"了。其实,批判这个词具有如此不一般的含义,也完全是那个时候的特殊气候造成的。

点名批评(或批判)之所以可怕,不在于批评本身,而在于批评之后——包括背后和以后。背后有强大的权威背景。以后轻者影响升级、提职、分房,次重者影响再发表作品或影响一个人能否再从事某种意识形态领域的工作,更重者能影响到被批评(批判)者丢党籍、丢老婆、丢公职、丢城市户口。

所以,从那个时候起,也就比较注意掌握政策,往往在组织一次批评的时候先告之"不要点名批评"。这样,就显得温和敦厚得多,被批评者虽然也紧张,但毕竟觉得我还有救。

此风所及,时至今日,许多正常的文艺、学术论争、批评和批判文章也极少点名。我们常常看到这样的无头文章,论述是有尖锐的针对性和论战性的,但对手都是些"无名英雄":"有人说……""有人认为……""有的意见认为……""甚至有人认为……""有的文章竟然说……"这样介绍了对手的论点之后,底下便是洋洋洒洒的批评了。

这样的文章的好处是避免了与某个特定的作者交锋,似乎是心存忠厚,留有余地。坏处是有时使读者摸不着头脑,找不着依据,读者无法判断被批评者(即"有人""有的意见""有的文章")究竟是什么人,是否具有典型性、代表性,这些人是专家还是外行,是正常人还是精神不够健全的人,是大人物还是毛孩子,是极少数人的妄想怪论还是一批人、一群人的共同观点。这样,读者便无法判断批评的现实性、必要性和重要性,而只能听批评者的一面之词了。

尤其难办的是,你无法判断这样的批评文章的准确性。无法判断批评的锋芒所指,所列举的应批评的观点、论点是否确实就是被批评者的观点、论点。因为你不知道被批评者是谁、被批评的作品是什么,无法查证批评者的概括引述是否实事求是、是否有无意或有意的歪曲、夸大、攻其一点不及其余。按说,愈是批评者强调被批评之某人之某种论点之荒谬,强调自己进行的这场批评之意义重大、事关原则乃至上纲上线,读者就愈有权利愈有理由要求知道被批评者是谁,至少应该知道被批评的作品是什么,否则,读者怎么运用自己的头脑做出判断呢?抑或读者不需要自己做出判断吗?那又怎么能够达到批评的目的呢?甚至,人们可能会怀疑这种泛指的、对或有者的批评,会不会是先夸张、引申乃至制造出对手,再来进行不战而胜的批评,再来证明批评者一方的正确和权威呢?

泛指的批评还有一个毛病,即难以进行像样的争鸣,难以进行反批评或自我批评。他那个批评文章根本没说是批评谁,所批评的论点又与你的论点并不一致,或形似而神不似,或大异而小同,你何必穷极无聊或自作多情到这般地步,自动对号,前去争辩或认错呢?

不点名的文艺批评也自有它的威力。由于不点名反倒可以讲得尖锐。由于不点名反倒可以形成一种力量,叫人去琢磨。这是批评张三吗?李四吗?张三加李四加王五吗?可以形成某种互相猜测乃至相当一部分人自危的心理。妙在不言中。

为了使文艺批评更加郑重负责,我建议尽可能点名。冤有头,债有主,笔墨官司不宜都变成无头公案。否则,批的煞有介事,被批的无人认领,其效果何在呢?

点名不一定造成紧张,只要这种批评是同志式的、实事求是的、与人为善的、在真理面前讲平等的。

当然，也不能一概而论。比如，非常概括的一种驳论，难以一一列举事例，或者确是众所周知的某人某文，由于某种特殊的考虑，也不是不可以隐去姓名。否则"以子之矛，攻子之盾"，我的这篇小文本身，就没有点谁的名嘛。

此外，还有这样一种情况，即某种批评不是代表个人而是代表某个权威方面的，这种有组织的批评如果点出名来，会有相当压力，因此常常不点名。这个问题应如何解决，笔者也还没有想出好办法。

关于点名还有一种考虑，就是为贤者讳。比如 A 同志，人品好，写作有成就，但也发表过错误的论点，指名道姓地去批评他就给人以无礼失敬之感。其实，这也是"左"的影响的另一种表现。文学艺术论争本是极平常极有益之事，切磋商讨的目的是共求长进。人非圣贤，孰能无过，过而能改，善莫大焉。只要你既无整人动机，又不以权威或真理的化身自命，为什么不可以坦诚地直言呢？为什么不应该使笔墨官司更正常、经常，更加有益乃至更加有趣呢？而 A 同志如果确是一个贤者，又岂能摆出一副摸不得虎臀的架势来呢？

顺便说一下，一般文艺或学术批评应该提倡点名，更应该提倡署上真名，或者是署上你所一贯用的笔名。这也是郑重负责、文责自负的意思。西德的朋友曾经告诉我，他们写批评文章是不能任意化名署之的，因为任何出版物或批评家，都应对自己的批评负责。署真名或已知笔名，才能给人以反驳权，才是实实在在地亮相，两人地位才能平等。否则，人家在明里，你在暗里，你的批评不是有可能被目为不负责任乃至"暗箭"吗？在我国，由于文艺批评的开展还不够正常、经常，所以常有这种事情：写文章褒扬某人某作时署真名——以获玫瑰也，而写文章批评某人某作时则临时化名，化得不露痕迹——以避蒺藜也。于是，就难以避免某种怪事、怪世相。某某人化名著文对你严加抨击，却又当面吹捧，与你握手言欢。这种作风，合适吗？

写批评文章署名化名，也和过去年代的"左"风有关，有人写这种文章是不得已。有人地位较高，署出真名对方可能要吓出毛病，便先"化"一下。但"化"的流弊也是有的。而现在毕竟难以再搞那种置人于死地的所谓批评了。现在是提倡正常的、经常的、友善的、生动活泼的文艺批评与学术论争的时候了,是提倡大大方方、坦坦荡荡、高高兴兴地进行更加开放、更加郑重的百家争鸣的时候了。这是我们的文艺、学术事业兴旺发达的一个标志。

发表于《读书》1985 年第 1 期

从这件不愉快的事所想起的

国家队和香港队足球比赛,争亚洲大赛的小组出线权,中国队输了,于是扔瓶子、砸队员、砸公安人员,然后发展到砸汽车砸玻璃,然后发展到无端侮辱攻击外国人……众人闻之,无不愕然,这是发生在今天的北京么?

于是同声谴责少数(看来数也并非很少,不然掀不起这么大波澜。报载,一次就拘留了一百二十多位)害群之马,政法部门声称要严惩……这当然是对的。

值得想想的还有别的方面。

几个月前,长城杯足球赛,西德曼海姆队赢了中国队,也发生了砸人家队员的事件。事后各报一致谴责,有关部门还发了通知,要加强文明礼貌的教育。很遗憾,事实证明这通知这舆论收效甚微。

再想想,前几年咱们美美地赢过外队一场。赢完了呢,一边有兴高采烈的游行,一边有对外国人的粗野攻击。与该国青年学生获悉我队赢球后到我国驻该国大使馆去祝贺的行动成为鲜明的对比。

看来,这里不仅有一个文明礼貌的问题,还有更深刻的意识问题。这就是说,这些事件提醒我们时刻不要忘记进行国际主义的教育,反对盲目排外、反对狭隘民族意识的教育。

由于长久的闭关锁国,由于有过落后挨打的不幸记忆,在我们的民族心理中,有盲目自卑、缺乏应有的民族自尊心和自信心的一面,但有时也转向另一个极端:盲目排外,以一种狭隘乃至愚昧的心理状态搞所谓"爱国"。中港足球赛后,"害群之马"们是一面喊着"外国人,外国人"一面胡闹的,便是触目惊心的事实。

于是请原谅,我想到了轰动一时的电视剧《霍元甲》及类似文艺节目。这样的戏这样的节目当然是可以放可以看的,对制作这样的节目的人也不必苛求。但我们的报刊大肆宣传这部电视剧的"爱国主义",然后到处出书传诵,就不免有些令人不安。因为这些剧里的主要情节是拳师武士的比武,比武毕竟是比赛性质,比赛中应有爱国热情、为祖国争荣誉的心,这是没错的。但比赛毕竟不是反侵略,打赢了并不能改变当时中国的屈辱处境,打输了也无关宏旨。外国来的武士拳击手也毕竟只是运动员或基本上是运动员,即使该洋武士拳师傲慢自大、轻视中华,来比赛、来打擂台也毕竟与来杀戮抢劫不同。其中个别人是间谍是杀人犯,也不能代表全体拳师武士。香港出的电视片竭力丑化这些人,竭力夸张每场比赛的重大意义,竭力把霍元甲等爱国武林人士的胜利吹成"国人渐已醒""要致力国家中兴",这无可厚非,甚或意有可取。但若认真起来,那就会变成"武术救国""赛场救国""打外国人救国""拳手底下振兴",那就是荒谬、愚蠢、阿Q主义的自欺欺人而极端有害了。

同样,即使在赢球、振奋、欢呼的情况下,我们的宣传似亦应有一定的分寸。体育比赛不是两国作战,体育比赛的目的是切磋技艺、交流经验、增进友谊、增强体质。我们应该还体育比赛以本来面目。我们应该还比赛体育以固有的"费厄泼赖"——公正游戏的精神。赢了一场球如醉如狂,输了一场球甚为憋气,这没有什么奇怪。把赢球的政治意义夸张到不适当的地步,在当时当地对鼓舞民气固然有利,却会留下意识上的后患,遇到输一场就会难以自圆其说,就会激起潜在的狭隘小气的破坏性情绪。

在反对盲目排外的同时,也要反对对本国运动员的过分短见态度,赢了就崇而拜之、泪而吻之,输了就辱而骂之、唾而砸之,这也未免太"德性"了。朱建华在奥运会上未跳出好成绩,其父母甚至受到侮辱……我泱泱大国,数千年文明,怎么小肚鸡肠、势利眼到这种程度!这不是徒给运动员增加精神负担么?这究竟是有利于还是有害于我们的运动员提高成绩、争取胜利呢?

此外还有心理的问题和教育的问题值得我们注意。一些观众特别是青年观众,在赛场上狂呼乱闹带有心理发泄的性质,这倒是中外皆然,共同人性。过去这个问题在我国不明显,一是未温未饱,无泄可发,一是运动连年,斗争会倒也是一种变态发泄的途径。现在是吃得又饱又不搞运动,青年人的过剩精力怎么办?怎么开展一些更多样更热烈更健康也更能集体参与的业余文化、科学、娱乐活动,吸引更多的青年更活跃地参与我们的政治生活与经济生活,这将是一个关系到我们国家的长治久安的问题。

发表于《新观察》1985年第11期

高楼与彩电

咱们北京,高楼大厦愈来愈多了,电视机(从黑白到彩色)也愈来愈普及了。我很高兴,我感到了一点现代化的气息。常常见到一些来访外宾或海外同胞,他们都赞叹近年来北京城市建设与人民生活发展之速。

但也不止一次有外国友人与我讨论乃至争论。他们喜欢北京的老式四合院,欣赏北京的城墙,认为旧北京是一个地地道道的艺术品,认为目前北京的,特别是城区的高层楼房坏了北京的风格与传统,他们痛惜一些文物古迹被破坏,听到昌平县十三陵附近修建高尔夫球场的消息,简直达到了"悲愤""痛不欲生"的程度。

他们还态度恳切地告诉我,某东南亚国家搞了若干年的高楼大厦,现在才发现,完全丧失自己的特点是不成的,连吸引游客的特殊魅力都没有了,他们现在正在"复旧"。

他们说,包括发达国家,都对高层建筑的建设愈来愈持否定态度,他们已经走过的弯路,希望中国不要再走。

似乎说得很有点重要道理,但我没有被完全说服。中国是吃落后的亏吃得太多了,看到高楼大厦平地而起,看到超高层建筑在建设中,我和许多北京市民只能感到欢欣鼓舞。再说,旧北京人口号称二百万,现在则是一千万了,还保持"四合院"建筑,怎么可能呢?

但又绝对不能无视好心的外国友人的建议,我以为。

电视机也是这样,恐怕也得先普及、后选择乃至"抵制",过程是难于省略的。不错,在美国、联邦德国,我见到过不止一个的高级知识分子家庭,没有电视机或只有一台(九英寸的!)黑白电视机,是寒酸吗?绝非,他们买一本原版旧书的钱便超过了一台彩电的价格。他们讨厌电视这种占时间、低水平的通俗文化传播工具。

等到咱们北京电视机超饱和以后,又会发生什么状况呢?反正生活不断前进,不断解决旧问题和面临新问题。

发表于《北京晚报》1986 年 3 月 29 日

成 功 的 路

成功的路是困难的路，也许是受苦的路。

苦学、苦练、苦干，才有一点点成功。

成功的路是充满失败的路。问题并不在于"失败是成功之母"，问题在于，失败又失败之后并非即是成功，也并非最后总归是成功。有时候，失败又失败之后依然是失败。

最最渴望成功的时候往往最难得到成功。对成功的渴望往往成为妨碍成功的一大思想负担，或者时髦一点说，一大"心理障碍"。

通往成功有没有捷径呢？有人以为是有的，靠活动拜码头，找靠山，亲自去跑去拉去求评论家与领导人为自己吹捧，亲自去活动为自己争奖以至搞不正之风……这样，有时也可以得到一点"成功"——多么可怜和可悲的"成功"！随着时间的河水的冲刷，这样的"成功"，没有多少日子就被冲了个无影无踪，到头来不过是自欺欺人而已。

成功之后的路就更难。如果说失败之后不一定是成功，成功之后就更不一定还是成功。毋宁说，对成功的自我陶醉一定会招致失败。

瞧我说得多可怕！还是有许多同志在各条战线包括写作方面成了功。踏踏实实地学习和实践，厚积而薄发，不去争一日之短长，不希图侥幸，成功离我们就不会永远是那么遥远。

1986年4月

对 于 书 的 渴 望

　　对于书的渴望？恐怕这个题目会使人觉得不自在。读书似乎是老一辈人少年时代的事，现在的人吃饱饭以后则把很大一部分空间时间放在看电视上。看完了电视还要咕咕哝哝地抱怨，说什么"这些节目像是给白痴看的呀"之类，第二天晚上，继续看未必不仍然是"给白痴看"的节目。

　　为什么是对于书的渴望？如果谈对于金钱，对于好的职位，对于房屋，对于日本产的家用电器，或者对于性的渴望是不是更容易一些呢？

　　而在中国的广东一带，人们有许多忌讳的旧习惯。比如说，他们不希望得到书的馈赠。因为在汉语里，"书"和"输"的发音相同，而没有一个人是欢喜"输"而不欢喜"赢"的。这种习惯在欧洲与北美的唐人街就更突出。朋友们，千万不要到唐人街去用汉语讲演，讲什么对于书的渴望。当然，如果讲对于books的渴望也许会好一些。

　　但这也未必有多么糟糕。汉字又难认又难写，所以许多人曾经认为写在书上的东西都是神圣的与无法更改的。人们按照书上写的去做，干的傻事有时候比聪明事还多。书有时候比写书的人更可靠，这倒可能是真的。比如说，写书的人看风转舵，迎合时尚，今天这样说了，明天又那样说，使你莫知所信。而书一印出来，它就没有了改口的能力。

　　书比较稳定，过于稳定的东西又容易变得陈旧过时。墨守书本上的东西,可能会碰得鼻青脸肿,但拒绝书本上的知识,只相信实惠和经验,会不会更愚蠢呢?

我不知道外文原文是否如此,在中国,人们把由电脑自动调节一切的照相机称为"傻瓜照相机",愈是高档的电视机也愈适合"傻瓜"使用,你只要远远地按几个键,一切调节都是自行完成的。据说有一种新式的民航客机也是"傻瓜化"的,按几下电钮就一切大功告成。这种飞机的出现给了我很大的鼓舞,当作家们写的严肃的作品实在卖不出去的时候,与其投其所好去写凶杀和强奸,不如去开飞机。

严肃的作品卖不出去,中国作家也碰到了这样的难题。作家们不服气,但是书店人员说,确实如此。

在另一面,人们抨击说,作家们日益爱写一些连他们自己也莫名其妙的东西,然后互相吹捧,吹捧完了又互相攻击。这与广大读者究竟有什么关系呢?作家们随即转而抨击书店说,悲剧在于我们的售书者压根儿不知道书为何物。

那就到图书馆去吧,在那里可以看到真正的对书的渴望,对真理的渴望,对科学的渴望,对开阔思想和接受信息的渴望。中国有十亿人口,即使只有一小部分人渴望读书,写书、出书、发行书的人就不会失业。书起码有一个优点,不那么容易自动化简易化傻瓜化。比如说,发明家们大概不至于发明出一种书,这种书不用一页一页一行一行地阅读,放到鼻子边闻一闻就行了。书不是香水。即使是上好的香水,从来不读书的人使用了它恐怕也不会使自己变得更高贵。

随着技术的发展,傻瓜可能因为自动化而变得更傻,而智者会变得更聪明。书不像古代时那样高贵了,对于书的渴望可能伴随着选择和挑剔,然而真正的书是无可替代的,因为读一本书要比看一个电视节目或者喝一杯威士忌更费脑筋,读完了,它让你继续思考,让你睡不安稳。

1986 年

说"吹牛"及其他

一

小时候听说过一句谚语:宁得罪十个君子,不得罪一个小人。那时不解其意,现在渐渐明白了。

君子与小人的说法可能不科学也不完善。旧社会对君子与小人的划分难免有旧意识的偏见。那么,我们不妨说,宁得罪十个甲型人物,不得罪一个乙型人物。

为什么要怕乙型人物,要甘心臣服乙型人物呢?

甲型人物眼睛盯着要办的事,乙型人物眼睛盯着甲型人物——你受得了吗?

甲型人物有所不为,乙型人物什么办法都可以采用,不择手段。

甲型人物有所不好意思,例如,不好意思为私事私利而争,乙型人物则没有此种心理障碍,沾上私利便一争到底。

甲型人物一天到晚忙得死去活来,许多事顾不上。乙型人物则以逸待劳,咬住不放。

甲型人物做什么事说什么话都受约束,道德的约束、纪律的约束、原则的约束、礼貌的约束、分寸感的约束,而乙型人物私欲熏心,不择手段。乙型人物虽然成事不足,坏事却有余。

确实,千万不要得罪乙型人物。

二

　　从形式逻辑上看,证明别人错误并不等于获得了证明自己正确的充分或必要的条件,证明别人愚蠢并不等于能证明自己聪明,证明别人幼稚并不等于能证明自己成熟,证明别人虚妄并不等于证明自己实在,证明别人过时也不等于证明自己如日之初升。

　　在生活经验里,有人用宣布别人都过时了的方法证明自己的先锋地位,往往只能证明自己还死抱着一种过了时的排他性线性思维方式,更证明自己的兜售叫卖方式是从过了时的小市、小摊档中趸来的。有人用宣布众人皆浊的方法来证明他自己的独清,由于其证明方法的简易性,听者虽然暗笑暗疑,也会出于礼貌鼓几下掌。

　　从心理学的角度体验分析一下,攻击别人特别是攻击正常情况下自己无力无能攻击的人,是不是会带来一种特殊的快感呢?这大概可以算是"踩在巨人肩上,自己也有了高度"的一种新解罢。

三

　　不知道"起哄"算不算国民性,有没有一门"起哄心理学"。

　　起哄者的特点一般是,独自一人时缺乏勇气、缺乏主见、缺乏自信,常常倾向于奴颜婢膝。人一多,你一句我一句,逗英雄、长行市,争强好胜乃至发泄多余"力必都"的下意识就要冲淡排挤理性,就会迅速膨胀起来。

　　至于起哄本身,可以是盲从,可以是游戏,可以是讨好,可以是破坏,可以是逞能,可以是混水摸鱼,也可以哄着哄着弄假成真。

　　起哄也有一个"好处",热得快凉得也快,上得快下得也快。

　　最大的坏处是,起哄的结果是,把一切好事变成坏事,把一切坏事变成灾难,最后是一塌糊涂,好事坏事一起完蛋。

四

遇到一些无事生非的或被认为是无事生非的人和事，老百姓喜欢给予的一句评语是：吃饱了撑的。

吃饱了撑的，这个命题似太粗俗，太简单化，太缺乏科学分析考证，太表面化与感想化，也许，干脆算不上一个郑重的命题。

但又不能说是全无根据，它似乎包含着一点朴素的道理。

例如：可不可以把人分成两大类呢？吃不饱的与吃饱了的，能不能研究一下这两大类人的不同状态（不同心态）、不同要求与不同问题呢？

吃不饱的面临的主要问题是生存，而生存的需要是最无需论证的。当一个人、一个民族、一个国家面临生存还是灭亡的抉择的时候，其他一切矛盾都会淡化，整个身心、整个民族国家都会兴奋起来，把精神和力量集中起来，为生存下去而奋斗、而加紧活动、而克服一切艰难险阻。

就是说，"吃不饱"的人，较易于获得统一的目标与纲领，较易于集中精力，抑制和排斥其他干扰，其行为较富有公认的合理性，其生活与行动的内核较为充实。

而吃饱了的人，在吃饱以后怎么办呢？这就要产生分化了。就是说，分化，是"撑"出来的第一后果。高尚的人吃饱了想的是为人民建功立业，低下的人是吃了还要吃，吃了还要占，占了还要占，用无止境的物质贪欲来燃烧自己的冷漠狭隘的灵魂。文雅的人吃饱了以后更加痛切地感到精神的饥渴，要求更高、更丰富、更深邃的精神文化生活，缺少教养的人吃饱了则无所事事，或混吃闷睡，或赌博放浪，或偷鸡摸狗……

此外，吃饱了有追求修仙炼丹、长生不老的。有追求名誉地位、权力利益的，有追求风头喝彩噱头刺激的，有追求科学道德艺术、真善美的,有追求成就事业、身后名留青史的。有因吃得饱而穷折腾,折腾得最后也吃不饱了,反而踏实了许多的。有因吃得饱而益发苦闷,不知吃饱以后再追求什么好,因吃饱而干脆上吊的。

不是说美国著名作家杰克·伦敦就是这样的么?他的遗书说,他一辈子追求当个大作家与拥有许多钱,在他确实成了大作家并拥有不少钱,亦即完成了两项任务之后,他便不准备活下去了。

可见吃饱了是好事,却也带来许多麻烦,比吃不饱的时候还麻烦,还复杂得多。

怎么办呢?当然不是干脆就不吃饱。

吃饱了会撑出些什么毛病来?这确是一个严肃的科学课题。如果我们也终于面临这样一个富有"现代感"的课题了,还真算是前进了一步。

五

试析吹牛之几种类型:

一、丑吹型。嘻嘻哈哈,厚颜无耻,唾星四溅,信口开河,满脸贴金,任意贬人,吹之无边,便成耍丑,姑妄听之,哈哈一笑,脾气如此,性格特别,便不苛责,随他去吧,得到纵容,乐在其中。

二、浑吹型。蛮不讲理,天下第一,点滴名利,争得眼红,色厉内荏,认真叫卖,如有挡路,张口便咬,当仁不让,自有实惠,理当伸手,锐不可当,避之三分,更是得计,反有称许,"不失率真"。

三、狂吹型。两眼惺忪,半睡半醒,激上两句,便来情绪,语言花哨,牵着人走,添油加醋,热昏表演,进入角色,渐得佳境,难以自拔,如醉如痴,淋漓尽致,自满自足,次日相问,早已忘光。

四、傻吹型。执着集中,真诚自吹,人不堪扰,自不改乐,坚持吹之,愚公"吹山",终有效益,不费苦心。

五、唬吹型。张口便吹,摇舌便骂,语言爆破,分贝超众,小题大做,气势夺人,装腔作势,威风凛凛,高论如天,凡人眼花,说得愈玄,效果愈大,泰山压顶,逆我者亡,恶言似壮,大言似高,空言似深,所言难行,言行脱节,仍有好者,愿聆宏论。

六

试析吹牛的好处:

一、不上税。

二、在缺少文娱活动的地方,自吹自擂有利于换脑筋与消磨时间,属于一种末流表演艺术与语言艺术,不无精神消费价值。

三、吹一千句话,有一句话被别人接受了,也还是赚了。

四、自吹自擂者一般被认为无城府,少心计,多天真烂漫,有性格魅力。

五、吹到最后,或出名,或得利,或获异性崇拜,或被视为人五人六儿,也就脱颖而出了。在一个十亿人口的大国,能脱颖而出谈何容易!无怪乎自吹自擂被当做窍门而被认同、被推广了。

发表于《新观察》1987年第10期

随 感 三 则

一

几年前我在一篇小说里,给一个非正面人物设计了一句戏言:中国的悲剧在于九百九十九个无所事事的人向一个忙得不可开交的人要时间。一位青年作家读后向我称道不止,说是太精彩了。

看来,忙与闲确是一对矛盾。忙闲不均,确是一个问题。

一个十分忙碌的人有时忽略了礼貌,失却了应有的人情味,没有保持永恒的微笑,慢待了正在热切地向自己走来的、向自己伸出了友谊之手的亲人,忘记了应有的人际关系中的铺垫和润滑,得罪了善良的有赖于自己的人,脱离了"群众",落了个一阔脸就变——其实忙得面部肌肉松弛不下来——的讥嘲。

而不忙的人含情脉脉,盯住了忙者;或者含怨依依,诅咒着忙者;同时敏感到自己受了忙者的冷淡与侮辱。

什么时候,大家都能忙起来呢?那也就差不多是"四个现代化"实现之日了吧?

二

道听途说,粗枝大叶,添油加醋,猜测估摸想当然,唠唠叨叨,居然也就可以写文章,居然也就可以大发议论。这确也令人叹服。

例如一年前有一篇文章反对任命干部以前先透气吹风的做法，姑不论这一反是否反得有道理，文章举的例子竟是某某人在就任部长前发表了一篇文章，暗示自己要担任此职了。

只能说这种举例是活见鬼，白昼做梦，连个影儿、连个边儿都不沾。是杜撰？是想象？是张冠李戴？是根本没弄清任何有关的事实？可怎么就洋洋洒洒地写上了呢？

可说得也是，他如果不这样做文章，还靠什么混饭吃呢？

三

一位同行兴奋之中对我说："你信不信，我来采访你，写描写你的文章，我绝对不捏造什么，不添加什么，我可以把你写成一个英雄，也可以把你写成一个庸人，还可以把你写成一个坏蛋。"

我吓了一大跳。

他解释说："你想想，你活了几十年了，一年做一件好事，加起来就是几十件好事，我略施小技，集中渲染一番，你的形象不就'上'去了吗？反过来说……"

我出了一身冷汗。

发表于《新观察》1987年第17期

且说长城与龙的评议

在报纸上、电视屏幕上看到对于长城和龙等"国粹"的批评,既受启发,也很被作者的更新观念的热情所感动。但又觉得有点"过于执",太认真了,未免。

这是因为,长城作为文物,大致是一种因时间的流逝而增值的纪念物、观赏对象,类似于艺术品而早已失去了当年的实用性和利害意义。它的价值在于纪念历史,在于凭吊怀古,在于科研,也在于显示了我国先人的毅力精力,显示了古人的力量与建筑风格。可以作为科研对象与审美对象来观照,研究其真伪,辨别其美丑,却大可不必以今日的观点或当今时代的需要为依据分析其是非善恶或先进落后。如果说长城是闭关锁国的象征,到了二十世纪八十年代,却也成了中国的悠久历史的奇迹式的见证,成为开放、旅游、吸引游客、八方友人聚会以及增加外汇收入的象征。历史上实有的作用与政治意义,则早已随历史成了历史了。

用一种经世致用的、政治与道德以及意识形态的价值观念评判文物,往往会把一切文物看得一无是处。例如,如果说长城表现的是闭锁,那么埃及金字塔呢?大概很难说给法老修坟墓比给一个民族一个群体修城墙更先进更开放更民主吧?至于中外与宗教联系在一起的文物,与封建王朝宫廷联系在一起的文物,更是不计其数。不要说大教堂、大寺院、大清真寺和各种"宫"了,就是许多有价值的器皿也往往与宗教和宫廷相关。难道在瞻仰那些堪称奇观的罗马、希腊、埃及文物的时候，就不能放松一点，而需要时时提醒人们去批评古人把最好的财富与精力献给了神或封建君王是一种愚蠢吗？其实这是不言而喻的事。难道能说巴黎圣母院是法国的耻辱吗？同样，许多文物与古代特权、与封建君主制度乃至奴隶制度联系在一起，如波兰的大王宫。但它至今仍是波兰民族的骄傲与象征，要消灭这个象征的是希特勒。

同样，如果探讨中国落后的原因，大可不必把长城拽过来抹黑。长城如果有罪过，也早就超出了追诉期而应该享受"大赦"了。长城的价值在于它又长又险又古又美，长城的价值在于它使海外游子梦寐难忘。最近西班牙歌唱家多明戈访华游了长城以后就大为惊叹："比我想象的还要伟大，还要美！"我们对待长城的态度可以超脱一点，否则就会走到"彻底砸烂""破四旧"的结论上去。用单一的思潮、用只重经世致用的即功利方面的标准来衡量一切，比如衡量长城是否具有民主科学人权精神，这种贫乏性和褊狭性恰恰是中国传统文化的弱点之一。在批评传统文化的时候，我希望我们不要带着褊狭的胎记去批评古人的褊狭。

至于龙，今年的鼓噪绝大多数是为了以民俗活动开展旅游。龙的传人云云，当然不是遗传学或信仰主义的概念，也不是一个史学的或政治学的或哲学的或科学的概念，而只是一个略有民俗学依据的代名词，与"中华儿女""炎黄子孙"并无区别。如今中国的高小以上文化程度的人，认为中国人不是猴变的而是龙下的蛋孵出来的，绝无仅有。至于文盲半文盲中，相信是泥捏的或老天爷造的，也远比相信中国人是龙生的不知多凡几。正如加拿大国旗上画枫叶，澳大利亚的一些标志用袋鼠，日本国旗上画太阳，阿拉伯一些国家国旗上画月、星，美国用大象象征共和党而用驴子象征民主党，中国货物上也不妨用龙的标记，这些都无需细加评论。无需分析枫树不如松树耐寒，袋鼠不如孔雀美丽，太阳有扩张性或月亮阴气太盛。谁要这样分析只能说是过敏乃至偏执，俗话叫做"杠头"即患了"雄辩症"，得了批评狂了。同样,龙代表过皇权也罢,张牙舞爪也罢,反正现在包括我国庸众在内,既无复辟王朝之意也无拜倒龙爪下之心。二十世纪八十年代的龙,既无复辟之能也无吓人之功,只是一可以耍灯会,二可以做刺绣(绣在绸衫上、领带上),三确实也还别致,四也还多少有助于中国人的凝聚意识——有歌曲《龙的传人》为证。当然,有助于观光,不用说的。

对长城、龙一类的东西评之太苛,不但缺少现代的宽容气度,缺少一种现代意识所必需的价值观念的广泛性与多样性,而且,只能把自己搞成一片空白,搞成"一张白纸,好画最新最美的图画"。这使我联想到我国报纸上曾经有过的对把果皮箱做成熊猫状与在手绢上印一朵花的批评。责曰:"怎么能把垃圾倒在熊猫身上?""怎能用鲜花揩鼻涕?"真是"亏他想得出来"!真是中国独有的苛评术与苛评逻辑!对不起,这些其实都是红卫兵的逻辑。记得"文化大革命"初期时,红卫兵就"批评"过一种工字牌塑料鞋,说它把工人阶级踩在脚下了。更不要说多少人因用印有毛主席像的报纸包东西而被打成"反革命"了。

"反思"了就要一律反掉。"现代"了就要罪古,爱国了就要罪洋,科学了就要罪宗教罪民俗,有了理想就要罪金钱,或者要钱了就要罪思想甚至罪革命。凡此种种,说明价值标准的单一化、僵硬化、排他化,会"化"到一脑门子官司的程度,动辄否定一切的程度。这倒真是一种值得反思的"国粹"。

发表于《光明日报》1988年9月11日

诬告有益论

（谨以此文献给亲爱的诬告者）

诬告无罪，诬告无害。诬告有理，诬告有益。谓余不信，请看：

一、利于提高警惕。诬告者，告莫须有之罪名也。莫须有者，或许有之谓也。今日或许乌有，明日与明日之明日，能保长期乌有乎？某甲或许乌有，某甲之哥们儿及哥们儿之哥们儿能保均乌有乎？你说乌有，你负得了责吗？

二、利于掌握信息。信息时代之信息，犹宝玉兄弟之宝玉。为人长官而无信息，不知其可也。诬告或为歪曲之信息，而歪曲之信息者，正确信息之变形而已哉。是故如能掌握由此及彼，歪打正着，顺藤摸瓜，下网待鱼，有意栽花花不活，无心插柳柳成荫之功夫，诬告之信息量固不可漠然视之也。再者，明知为变形信息，亦可视需要而用之，或贮之待用，此为天机，不可轻泄。

三、利于"路线"斗争。诬告甲可取悦于乙，诬告甲实即为乙效命也。诬告乙可取悦于丙，诬告乙实即为丙立功也。在人口爆炸、竞争机制发达之今日，出人头地，升级提职，金榜题名，谈何容易！欲取悦于乙，攻甲方是捷径，攻甲才是先锋！攻错了亦无妨，曰：站队站错了要什么紧，站过来就是了，只要反过来诬告乙，能不见爱于或甲或丙乎？

四、利于张扬大纛。疾呼狼来了，虎至了，唯我独革，唯我独"马"，奏高亢入云之旋律，能无不战而胜、煞有介事、弄假成真、自成一家、难能可贵、自我拔高、平步青云之功乎?

五、利于帮助同志。诬告某甲,即帮助甲也,其心拳拳如赤子。即使诬告全被推翻,不告一下,有谁来搞清甲的问题?有谁来关心甲?某甲能不感其恩而戴其德乎?

六、有利开发智能。诬告诬告,容易吗?不熟悉魔幻现实主义、推理小说手段、荒诞变形自由联想结构,另加想象力结构力叙述力抒情力揣度力见微知著力无微知著力特别是闭目力黑心力,你倒诬告一下试试!

七、利于运转机器。一封诬告信,登记呈阅,编号铅印,画圈批点,组织人力,调查出差,夜餐补助,水陆码头,宾馆饭店,伙食补贴,长途电话,密件亲启,复印存档,何其忙活也!真是,有诬告信自远方来,不亦乐乎!

八、利于锻炼意志,无中生有,百折不息。

九、利于扩大权威,数信在手,谁不战栗?

十、利于凝聚同好,上下其手,左右其羽。

十一、利于丰富生活,窃窃私语,特殊魅力。

十二、利于神秘自己,若有来头,长线大鱼。

十三、利于堵塞对手,互为对立,谁敢打击?

十四、利于广开言路,群众监督,总是有理。

十五、十六……妙也无极!

告亏了怎么办?确实查出属于诬告怎么办?有志诸君应记取,诬告得失不由天!只要诬告中有百分之一、二、三的干货,再拉扯上一批人——扯得愈多愈好,多说"据老A反映,据老B谈,据老C提及"之类的话,突出你的诬告材料来源的多样性,再又赶上好风头,闹它个大方向对头,保管怎么查也查不清。最不利的情况下,也要得出"事出有因,查无实据"的结论,把被诬告的某甲归入"有争议"人物的可疑范畴,仍然是小本大利,无本有利!稍稍做得聪明一点,就会得出"所告事实虽有不符,但仍是很重要很有益,诬告者与被诬告者同属代表人物,都要团结,下次开代表会议,都要选成委员理事才好摆平"的结论来。

呜呼!

> 诬告之妙,妙不可言。顺风扯旗,谎言不惭。
> 搔住痒处,投入心坎。以此为业,可以怡年。
> 鬼鬼祟祟,忙忙团团。其中油水,肥田润颜。
> 不甘寂寞,盍兴乎来!

发表于《人民日报》1988 年 9 月 24 日

话说"红卫兵遗风"

诞生于一九六六年的中国红卫兵曾经引起中国的与世界性的震动。红卫兵真正"红"了不过一个不长的时间，一九六七年搞"三结合"，"军宣队""工宣队"登场以后，红卫兵便"上山下乡"，退出了政治舞台，而今更是被"彻底否定"了。但笔者常常觉得，红卫兵的产生绝非偶然，红卫兵的一套绝非凭空而至，这里不但有历史、社会、文化的根源而且也有人性的依据。红卫兵遗风同样没有也不可能一时绝迹，红卫兵式的思想与行为意识仍然保留在一些普通人包括批评红卫兵运动很严厉的人身上。例如：

一、爆破意识。等待时机，全面横扫，动辄在文化学术问题上搞彻底批判，骂倒一切，上纲上线，根本扭转，呼风唤雨，大帽子吓人，随时准备放出手榴弹、炸弹、原子弹，杀个片甲不留，并以此为立功扬名显示自己正确的捷径。

二、砸烂意识。鼓吹先砸烂再说，不砸烂就不能分清精华和糟粕，并辩称反正真正的精华是砸不烂的。说得倒蛮好听！其实精华与糟粕本来就不是泾渭分明的东西，而红卫兵的不幸经验告诉我们，砸烂精华保留糟粕的事情比砸烂糟粕保留精华的事情更容易发生。

三、泼污水意识。往高处泼污水就可以抬高自己，往巨人身上泼污水自己就会变"巨"，用对手的伟大来衬托自己的伟大，也是好办法。越是貌美的女演员越要剪她的阴阳头，越是大权威大人物越要辱骂，越是神像越要推倒，越是神圣殿堂越要闯入拉屎撒尿，以貌视权威标榜，不料却反映了一种弗洛伊德式羡妒变态心理。

四、速成意识。凡事图痛快淋漓大闹特闹，奋起一下千钧棒，三砸两骂，玉宇澄清，新观念新世界出现。似乎改变一念之差就会万事大吉，其实是拒绝做长期的渐进的积累建设工作。

五、一鸣惊人与风头意识。不需解释。

六、救世主意识。已经变修了，变坏了，没救了，只有大闹天宫才能救世救民的使命意识。

七、破四旧意识。历史现实、人物文物、科学艺术、风俗习惯、表征符号、形式内容……全都以单一的意识形态标准、价值观念去衡量，合则取不合则斥则去。因而一大批东西属于"四旧"，非破他个白茫茫大地真干净才有希望，非搞成一张白纸以画"最新最美的图画"不可。

八、新纪元意识。过去就是误会误谬误区，新纪元从兹开始，自我作古，推翻前人的一切成绩和一切结论。

九、两极意识。非新即旧，非友即敌，非革命即反革命，非无产阶级即资产阶级，非正确路线即错误路线，非新潮即守旧，非全盘西化即全盘国粹，非受迫害的即迫害人的等类的方法与观点。

十、站队意识，即投靠意识，押宝意识，摸风向意识，求肯定意识。押对了受用无穷，押错了依然故我，不押不靠则永无出头之日。故而恶语伤人者也不吃窝边草，还要摇尾巴乞爱。一身而兼孙猴子与侍从官两种角色。故而任何争鸣讨论都会变成"权力""派系"之争。

十一、吹牛意识。易解不赘。

十二、"最最最"意识。爱憎臧否，必用其极，感情代替理性，实用利害代替科学，需要代替事实。

十三、学术文化上的专政意识。不是我专你的政，就是你专我的政，你听不得我的意见，我也听不得你的意见。

十四、看风使舵意识。赶浪头趋时髦意识。

十五、山头意识、派别意识、小圈子意识、党同伐异意识。

十六、自我美化意识。

十七、取代意识。"我们不说谁说,我们不干谁干""旧的不去,新的不来""彼可取而代之"。只能取代,不能互补共存。

这意识那意识,红卫兵意识的核心是破坏意识,是政治或业务领域中的胡作非为乃至流氓意识,是抹去一切突出自家意识。热衷于破坏并为之披上各色虎皮新皮,又冲又闯,先声夺人。甚至鼓吹破坏是扫除建设的拦路虎,是扫除建设场地的垃圾,因此是建设的不二法门。自从项羽烧阿房宫以来,就树立了大破特破,破字先行的先例。这种做法既反映了人性的通病又形成了我国的独特传统。这就形成了我们在文化性格上的三个不足:一是吸收新思想变革自身不足;二是保护保持发扬一切有价值的旧文化不足(以至围棋茶道要去日本学);三是点滴建设不足。一个过剩,便是大言清谈过剩。于学术,写一本书不如痛骂一本书更来劲。于官场,做出政绩不如打倒对立面更见效。于市场,提高水准不如坑骗别人更出效益。于文化事业,普及教育不如大骂愚民更响亮。于逻辑,证明自己正确高尚不如证明别人平庸、失误、俗鄙更方便——其实即使证明了别人的渺小也不能证明你不是更渺小。看来,这种遗风,这种狗熊掰棒子式的取一个扔一个的传统,这种充满投机性的破坏性,还会保持下去,保持相当长时间。提倡建设积累渐进,提倡兼容,提倡科学的态度、理性的态度、民主的态度,还是长期艰巨的事,还会受到"传统"及打着反传统的旗号的"传统"的攻击。回忆一下红卫兵运动,莫道当年的小将幼稚可笑可恶,而是从文化心态上找找原因,鉴别对照一番,也许不是没有好处的。

发表于《新观察》1989年第1期

民主的代价与选择的必要

从总体和长远来说，学术民主当然是极好的。使人们思想活跃，使科学研究必不可少的讨论争鸣能够正常进行，使人们比较易于避免独断论与片面性，避免由于盲目性而产生的谬误。也就是说，学术民主有利于人们去探求真理。

但是，这绝不意味着一讲民主就会自动涌现真理。正像不见得一讲创作自由就立即涌现杰作。相反，由于学问功底、全面素质在已往的年代中受到的损伤，由于市场法则的影响和学术投机心理的存在，由于大变革的年代价值观念在蜕变与再造过程中必然出现的失落与动荡，也由于长期形成的读者、群众中的一窝蜂、一阵风、一拥而上然后不断转移热点的阅读或求学风尚，更由于一批年轻人勇于否定别人、肯定自己、急于崭露头角的急切心理，在各种有价值的、给人以启迪的理论成果的问世同时，各种轻率的胡言乱语、牛皮大炮、声嘶力竭，也像泡沫浮萍、小鱼小虾一样必将和已经浮现在学术民主的潮面上。这一点，从近年来的文学评论上，看得尤其明显。

这就是民主的代价，叫做严肃探讨与信口雌黄齐飞，扎实学问共自我兜售一道。只允许严肃探讨与扎实治学存在而不允许信口雌黄与自我兜售存在的结果，很可能是连自身的存在也被取消。百家争鸣就出一百种真理的可能性从不存在，出现十几家深思熟虑严密审慎的做学问者就不错，大概起码还会出现不比十几家少的大言欺世大闹盗名的靠搞学术噱头立足的轻薄儿。更多的则是出现眼前有个什么东西一晃或捡到一块碎片,就立刻以为独家找到了开始学术新纪元的基石,争分夺秒地抛出去叫卖出去的幼稚病。

这样,在学风上就必然是用匆忙蹩入的"新观念"去横扫一切,用林立的和不断变化的旗号去招揽顾客,多断语的更迭与无限夸张而缺严密的逻辑更乏翔实的材料,喜欢从"根本"上大吹大擂说大话而不愿做具体题目具体项目;自我吹嘘时髦而谦虚谨慎过时吃亏,自我作古自我祖师爷时髦而学习积累继承过时吃亏,统而骂之时髦具体分析过时吃亏;曾经把愚昧视为忠诚虔敬,而现在反过来把一切忠诚虔敬视为愚昧,曾经把智慧视为奸诈而如今把奸诈视为智慧等等。

或曰现在的学风太坏了,应该回到五十年代那种干干净净、清清爽爽定于一尊的局面。恐怕第一,这难以做到,即使再增加几声有力度甚至有背景的要求唯我独尊的呐喊,也同样会汇合入、消解入学术自由市场上的叫卖声中。第二,这也不好。现在的所谓混乱,正是过往年代那种用一条绳子捆起来的局面的反动。虽然这篇小文的前面多讲了些消极面,但是这些消极面正是积极面的另一面。积极面是,思想解放了,能研究新问题提出新见解了,能变革也能前进了,积极了活跃了,在众多的浮萍泡沫小鱼小虾之中或之后,真理的巨鲸离十亿人更近了。

或曰现在这个样好得很,打倒一切权威,除了我和我的圈子。真是得意洋洋而又憨态可掬。恐怕这也不行。学问应该是真学问,重材料之翔实,思想之深邃,逻辑之颠扑不破,立论之认真,态度之严肃而又谦逊。靠"骂派"求响,靠"虎牌"吓人,靠旗号、名词和不断翻新的断语来追求轰动效应,最多只能热闹一时乃至只能热闹一次。骂得愈彻底愈绝对愈普泛愈"震动"就愈是一次性的。经过时间的冲刷,经过竞相宣布旁人过时的喧嚣,如林的旌旗也好,如炮的大话也好,究竟能够留下来什么呢?

民主要付出代价,不能因拒绝代价而拒绝民主。拒绝民主的代价会更高——例如史无前例的"无产阶级文化大革命"。我们不能走回头路。

  民主需要选择,需要保持健康的清醒的头脑。越是进行独立的、批判性的思考就愈要懂得尊重科学、尊重实践、尊重前人与别人的成果、尊重历史。不要被一时的浮泛的轻狂之物所迷惑,所吓倒,所淹没。学问要有真货。议论要有根据。炮声隆隆,硝烟散尽之后,要有真正的积累与建树。对历史,对材料,对前人和今人,对迄今的种种实践包括成功的与碰得头破血流的实践,都需要有更郑重更求实也更有尊严的分析与对待。我们不能随波逐流,更不能跟着起哄。

发表于《光明日报》1989年2月17日

福尔摩斯是无赖吗?

我看了一部电影《福尔摩斯外传》,英国片,把福尔摩斯塑造成一个酒徒、色鬼、骗子、无赖,把华生医生塑造成一个大英雄,原来一切大案要案都是他破的,福尔摩斯是他虚构的一位侦探……云云。看后我疑:"我是怎么了?"

翻案,反其道而行之,亵渎神圣的受尊敬的东西,逆向思维……不知道这部电影和这些心理这些潮流是不是有点什么关系。

我想起了给蒙娜丽莎添加胡须。我想起了"朋客"们的装束。我想起了历史家考据家们的翻案癖:例如证明《红楼梦》不是曹雪芹写的。我想起文坛上的一种诱惑:把一个名人狠狠地臭一气,就能很快地分享到名人的名气,使臭名人者多少也出点名。

当然不是所有的翻案者都只是为了自己出名,为了标榜自己。更不是说所有的翻案都带有胡闹性质。逆向思维的魅力是无法消除的,比如说有了畏天的观念就有了天命不足畏的反叛,显然后者比前者更有价值。有了宗教就有无神论。有了黄帝大战蚩尤、黄帝之孙颛顼大战共工氏的胜利性正统性就有诗人毛泽东对于共工氏的热情歌颂。有了地球中心说就有太阳中心说又有了无中心说。有了小说就有"反小说"又有了对古典意味的小说的回归。有了"中体西用"的说法就有"西体中用"的议论及对二者都否定的"体用难分"论。

有些是严肃的探讨,有些是勇敢的革命性的反叛,有些是付出了高昂代价的献身、牺牲。有些是"玩文学""玩理论""玩概念"的名词游戏、语言游戏，游戏中也可能获得某种有益的启示。有些则成为一种治学、创作、做事的捷径，"反其道而行之"，只这么一想已经使自己与"其道"平起平坐了。甚至于这么一想就当真获得了"柳暗花明"的"又一村"。"生命诚可贵"，至哉斯言，本来不应成为问题，"爱情价更高"，美哉斯情，给生命增加了光辉。"若为自由故，二者皆可抛"，壮哉斯志，不是"更上一层楼"了吗？

当然也有些更近于心理发泄。"文化大革命"中以及非"文化革命"中人们喜欢给一些女明星泼污水造谣言，原来被吾侪崇拜得如天神天仙的人，如今能被吾侪按脖子剃阴阳头挂破鞋，不是挺过瘾的吗？专挑"当权派""权威"来批斗，还是有心理学依据的。如果福尔摩斯活着，难道吾侪能够对他开恩吗？

也许这扯得太远了。也许这部片子并无恶意，它让你感到的只是一个小小的幽默。也许它对破除迷信有益，它让你想一想"世界上真有福尔摩斯那样的神探吗"？如果没有神圣，也就不存在亵渎的事了。至少它可以与柯南道尔的《福尔摩斯侦探案》和平共处，福尔摩斯在本片中的无赖触动不了他在书中的伟大的一根毫毛。用不着通过一项决议为福尔摩斯呼冤，也用不着相反。您就琢磨琢磨这点出息吧。

发表于《随笔》1991 年第 2 期

商榷杂说

商榷，《辞源》上解释为商量、讨论，"商榷古今，间以嘲谑，听者忘疲"（《北史·崔孝芬传》）。看来，商榷是一件很好、很有趣的事情。谈古论今，有说有笑，你来我往，妙趣横生，令人神清气爽，诚乃雅俗咸宜，委实值得提倡。《辞源》又注：《广雅》曰，商，度也；榷，粗略也。言商度其粗略。如此说来，商榷精神与深文周纳是完全南辕北辙的。试想，如切如磋，如琢如磨，发展学术，追求真理，取长补短，解惑释疑，知无不言，言无不尽，三人行必有吾师，五步之内必有芳草，好学不倦，诲人不厌，这样的局面，那敢情太好了呀。

但真正商榷起来，却也并不那么容易。提起商榷，极谦虚开阔的人，亦有犯二乎的时候。提倡百家争鸣久矣，提倡同志式的商榷久矣，真正的争鸣商榷，似乎仍有待于努力创造、发展、完善。何故？何故甚至于人家已经商榷到自家门上来了，自己却不想、不愿、不屑或不敢商榷回去呢？原来，商榷还是有条件的。

条件不复杂更不苛刻。第一，被商榷者须要知道商榷者是谁，如果被商榷者也想去商榷一下的话，他应该知道去找谁商榷。有时候，发起商榷者既不用真实姓名，也不用稳定的笔名，而标出一个唯恐你不知其假的谐音化名。如梁效，两校也；初澜，青"出"于"蓝"也；江天，"江"青之"天"下也。一看这样的署名，你便觉得你在光天化日、众目睽睽之下而他身藏迷雾之中、烟幕保护之下。面对这种匿名信式的商榷，不免诚惶诚恐，自动没了脾气，遑论响应商榷乎？不才谨代拟谐音化名系列如下:郑阙,正确也;甄礼,真理也;季惕闻,集体文也;毕晟丽,必胜利也;洪釉颛,红又专也;淳于津,纯于金也;简蔷,坚强也;雍翔谦,永向前也;辛馨蓉,欣欣(向)荣也;郜旗,高瞻也;袁朱,远瞩也;卞缪武,辨谬误也;铭施菲,明是非也;钱锦,前进也;靳申凭,谨慎评也;雯峰栋,闻风动也;倩君浜,千钧棒也;琵绅骰,批深透也;项吴笛,(所)向无敌也。如此这般,幸蒙采用,必有消灭商榷于未萌之奇效。

署名上还有一个简易可行而又妙不可言的办法:明明是同行同业,大家都是吃同一种学问同一种手艺的饭的,明明是大家彼此彼此抬头不见低头见的,明明是探风向、得暗示、多谋划、图甜头即声称"这回可赶上车了"的,他写了声讨文字,说成是商榷还不算,还要署上"一读者""一群众""一青年"之类的大名,谦虚隐蔽、大旗在后、似退实进、可攻可守、胜有功而败无咎(似应去登记专利,以保护并推广此项"高科技"的知识产权),实"神仙术"也,谁能与举一反多的"读者""群众""青年"商榷呢?你即使署名"一作者"以求进入同一层次,还是渺小惭愧得多,您商榷得成吗?

其次,免不了要问一问:是真的商榷吗?商榷后面,没有陷阱圈套吗?商榷骨子里,没有阴谋祸心鱼肠剑吗?不是"钓鱼"吗?这样问实在不好意思,实在有点离谱,不够光明磊落,缺乏不怕杀头等的"五不怕精神",但还是要问一问。道理无他,惨痛的曲折记录实在是记忆犹新。有多少学术性、艺术性、思想性的问题以"同志式的商榷"始,以惨痛的结果终,甚至后果被夸大不知凡几,超出意识形态范围,酿成政治动乱,如那十年然。而"这场'大革命'之所以冠以'文化'二字,是因为它是由文化领域的'批判'开始的"。(见《中国共产党的七十年》第八章第五百三十九页)谁又敢过于天真健忘呢?

其实,是否同志式的商榷,是否正常的不同观点的争鸣,正常人一眼就可以看明白断清楚,根本无须声明表白。退一步说,即使不那么同志式而带几分论敌式、对头式,即使不那么与人为善而是以商榷之名与人为恶、挖苦刻薄、压你一头乃至强词夺理、横蛮粗鄙、泄私愤逞私能,只要光明正大、摆在桌面上,也就罢了,也可凑合算商榷之一种、之末流矣。这种商榷虽然格调欠高,流溢利欲,毕竟与那种"给下地狱的人开通行证"(《红灯记》中鸠山队长语)的商榷不同的。水至清则无鱼,商榷至纯则无商榷,不可要求过苛而必须有所包涵。

第三个条件就是商榷各方认同在真理面前人人平等的原则。平待了才好商量讨论。如果一方有来头一方没来头,一方来头大而一方来头小,一方事先戴上桂冠一方事先戴上屎盆子,一方畅通无阻而一方寸步难行,那就不是商榷古今而是较量来头了。较量来头,何商榷之有?去学问之道远矣哉!其实即使真的有来头也罢,既然以商榷之名出之,就更应该信心十足,平心静气,以理服人,以情感人,以文引人悦人,纵横潇洒,游刃有余,赢得真理更能赢得人心,真理必胜,主动在我。就更不必急于做有来头状、吓人状。要知道,怕你的来头与接受你的论点论据,固不是一回事啊!

那么如果认定对手为可恶——反动、腐朽、危险、荒谬绝伦之属,不定性不足以平民愤,不戴帽子不足以明是非,是不是还需要温文尔雅、温良恭俭让地去商榷呢?窃以为对那种敌顽分子,干脆写文章痛斥之、批驳之、揭露之、打倒之(也要实事求是)就是了,反正这方面的词汇是很丰富的,何苦非坚持叫"商榷"不可,而搞得名实不符呢?试看伟大的鲁迅,他与反动思潮论战的时候,从来没有含糊过,从来没有以商榷之名淡化自己的锋芒过。商榷就是商榷,打倒就是打倒,批臭就是批臭,最好不要掺和。免得闻商榷而惊,闻打倒而觉得未必,明明是要进行正常的不同观点的争鸣乃至苦口婆心的帮助,偏偏草木皆兵、庸人自扰、兀自惊惶失措,搞得又叫同志又叫商榷、爱护之情溢于言表而对手硬是不领情识趣,终于还是商榷不成。

还有一种商榷,不能说它不是商榷,却又委实很难商榷。比如说我在一家晚报上看到一个讨论:一段歌词唱道"世上只有妈妈好",论者以为"只有"云云,太绝对了。歌词中"只有"偏又司空见惯、频频出线:"美丽的姑娘见过万万千,只有你最可爱"是"只有","我走遍世界,只有家乡的水最甜",也是"只有",显然这样唱歌是不科学的。英语的 one of the best 要科学得多。以后改唱"妈妈是世界上的好之一""美丽的姑娘见过万万千,你是最可爱之一""世界上有许多好地方,家乡是其中之一"就对了。这样唱,倒也不劳商榷。我在"五七干校"学习时读过一篇批童话《小兔拔萝卜》的学习材料,称"萝卜明明是我们贫下中农种的,作者硬说是兔子种的,这不是睁着眼睛说瞎话吗?"作者如果在场,还有什么可商榷的,承认自己说了瞎话就对啦。

有一位女诗人出了一本诗集,作序者称"她在私奔",用语是否恰当,诗是否写得好,这里姑且不论。抓住"私奔"一词便批起来,与前数例似有异曲同工之妙。其实私奔也不都是伤风败俗、丢人现眼的。卓文君、陈妙常都是正面人物,陈妙常还是尼姑,她们的私奔传为佳话。林道静不私奔就成不了革命者。何况诗学的美学的私奔究竟是什么意思,谐语乎庄语乎,借语乎转语乎,也还有待推敲。

等而下之,甚至有把一篇小说中反面人物或被嘲讽、被批判的人物的言论掐头去尾摘出来作为作者的言论咋咋唬唬地批的。"文革"中,我就见过这样一份批新疆某老作家的"黑话录",辑录的是他作品中老地主、国民党逃兵、乌斯曼匪帮的言语。堕落到这一步,只能为之作五日呕,又如何能奉陪商榷呢?

此外还有一种商榷令人颇费踌躇。老弟文章还没出来,先大造舆论,甲小弟要与乙名人商榷了,多大的气魄!然后组织反商榷,组织讨论,组织反批评。雷声大雨点小,商榷出来了,未见得有多少干货,应者寥寥。而赞甲商榷乙的"勇气"之声不绝,乃至造出乙也对甲深深首肯的传说。商翁之意不在榷,在于寻找轰轰烈烈,无伤大雅却也没啥意思,遇到这种商榷者,还是敬谢不敏,躲开绕开的好。

这也不是商榷,那也不能商榷,还有的不劳不必商榷,这样说来是否要否定商榷拒绝商榷呢?绝对不是。没有商榷就没有学术的繁荣,没有商榷就没有交流的教益,没有商榷就没有批评与自我批评的正常开展,没有商榷甚至会搞成死水一潭。我们太需要正常的诚恳的商榷了。本文所以谈到一些令人不愉快的假商榷坏商榷伪劣商榷,正像抱怨掺了敌敌畏的假茅台酒那样,不是由于忌酒厌酒,而是由于嗜酒爱酒,思好酒若渴。这正是对于好酒的向往与呼唤哟。

至于心胸狭隘、唯我独尊、老虎屁股摸不得的反商榷怕商榷者有没有呢?当然是有的,正常诚恳的真商榷展开之日,也就是此种人出洋相触霉头之时。盖是非自有公论也。

商榷商榷,归来归来!安定团结、繁荣兴旺之世,实事求是、与人为善的商榷之风必将吹得百花盛开,百鸟齐唱。我是非常乐观的。

发表于《随笔》1992年第3期

写作与不写作

现在,时髦一点说,写作已经成为我的主要的生存方式啦。快乐和忧愁,信念和困惑,长进和挫折,经验和追忆……全都成了笔下的文稿啦。我也想过假设我不写作,比如我搞数学,搞理论研究、当列车员(年轻时常幻想当列车员,随车走到祖国各个角落),也都可能,但总不如写作"顺"。

回想过去,有相当长的年头,我不写作,而且每天体味着不写作的好处。我实心实意地反复给自己也给别人讲不写作的好处。不写作有益身心健康,为人性癖耽佳句,这不纯粹是神经病吗?请问有哪个劳动者这么神神经经、浪费脑筋、浪费生命?不写作则是何等洒脱豁亮,吃得香,睡得甜!

不写作有利家庭和睦幸福,把写作的时间用来打家具,粉刷墙壁,逗孩子,做几个小菜,看电影打麻将,这才体会到了人生的幸福。

不写作有利人际关系和谐,别人不会怀疑你在讽刺他,不会怀疑你在追求名利,不会认为你思想"复杂",不会怀疑你在卖弄风骚,不会怀疑你在逞能逞强、压他一头,不会嫉妒你、排挤你、中伤你、视你为"劲敌"。

不写作有利于自身修养,含而不露,晕而不眩,无欲无愠,不言不争,和众尚同,随波逐流,如智如愚,若存若殁,大肚能容,开口便笑,随天地而周旋,寄日月以消长……这是何等的境界!何等的功夫,何等的太极阴阳八卦!

不写作有利于食欲。不写作有利于安全。不写作有利于教育第二代。不写作有利于提工资（一写作便是不安心本职工作的铁证）。不写作有利于评论与指责写作的人。不写作有利于治疗牛皮癣（脱敏嘛）。不写作有利于母鸡下蛋。不写作有利于防暑降温（心静自然凉）。不写作有利于节约纸张……

不写作的好处如山、如海、如天。我那时真的这样认为。我那时听到朋友谈到"你王蒙将来还是要写点什么"，就觉得这人不但是痴人说梦而且是居心不善，形同戳我的伤疤，要我的小命。我会红着脸和他辩论，我其实什么也不会写，什么也写不了，压根儿就不想写，永远也不去写的……

这也算一段心路历程。

发表于《时代文学》1992年第3期

也算下情

民间常常有一些俚俗的顺口溜广为流传。有的带有迷信色彩，有的类似牢骚、怪话，有的拟喻不伦，有的文词粗鄙，有的思想离谱。尽管有诸多不足取处，但是知道知道人们有些什么说法，考虑考虑为什么会有这样的说法，也还不无意义。

"三天不学习，赶不上刘少奇"。这是我在新疆时听一批从安徽来的农民讲的话，他们甚至说这是毛主席的话。我看不是。但是这既反映了一段时期对于政治学习的热情，也反映了"文革"中人们对于被"打倒"的刘少奇同志的怀念。

"真积极，假积极，为什么不当班主席？"这是长期流行在小学生中的歌谣，反映了他们从小就对积极分子——班干部或有的某种心理。

"大跃进"中编辑出版了《红旗歌谣》，其中最著名的是《我来了》：

　　天上没有玉皇，地上没有龙王，
　　我就是玉皇，我就是龙王，
　　喝令三山五岭开道——我来了！

最后两句不押韵，使人怀疑是否经过了知识分子的加工。

　　生下来就挨饿，上学就停课，
　　毕业就下乡，回城没工作……

这是八十年代初期曾经流行过的"歌谣",说的是五十年代末六十年代初出生的那一辈年轻人的遭遇。当然不全面,但考虑一下他们的处境和他们的经历对于理解那一代人还是有好处的。马克思主义讲"存在决定意识",讲"人怎样生活,就怎样思想"嘛。

类似的歌谣还有:

十七八,(此句遗忘);二十七八,待业在家;
三十七八,等待提拔;四十七八,累死白搭;
五十七八,准备回家;六十七八,种树种花……

这一段可能产生于八十年代初期,那时开始实行了干部、工人的退休制度,又赶上一部分上山下乡知青回城市待业,歌谣描绘了这种因年龄段不同而命运不同,赶上什么算什么的情景,倒也怨而不怒。

在强调干部"四化"的同时,自会有一些肤浅的乃至庸俗的看法、做法冒头。鱼龙混杂,泥沙俱下,本来在任何口号下做任何事情都会发生此类情况的。于是出现了下列"歌谣":

年龄是个宝,文凭不可少,后台最重要,德才做参考。

领导是强调革命化、年轻化、知识化、专业化,一贯强调"德才兼备"的。但"歌谣"的说法有所讽刺,暴露了反差,至少它部分地反映了一些用人的风气方面的问题。

近两三年,有一个顺口溜十分流行,话说得不大好听:

一等公民是公仆,子孙三代都幸福,
二等公民搞承包,吃喝嫖赌都报销,
三等公民搞租赁,汽车洋房带小姘,
四等公民大盖帽,吃完原告吃被告,
五等公民手术刀,割开肚子要红包,
六等公民是演员,扭扭屁股也来钱,
七等公民搞宣传,隔三差五解解馋,

八等公民方向盘,上班下班都挣钱,
九等公民是教员,鱿鱼海参认不全,
十等公民老百姓,学习雷锋干革命。

当然这些说法不全面,不但语言而且说法都相当粗鄙陈旧。但它也多少反映了商品经济发展过程中分配上心理上的一些不平衡,例如其中为教师鸣不平的话。与其责备这些说法,不如探究这些说法背后的生活现象,给以恰当的评价与引导。好听也罢,难听也罢,这种说法(版本有好几种)已经广为流传,封禁是封禁不住的,不如面对它,进行实事求是的、高水平的分析。从中我们也许还会联想到八十年代中期的两句顺口溜:"十亿人民九亿侃,还有一亿在发展。"应该说,这两句很精彩,早就表现了人们对于空谈、清谈、形式主义的厌恶与嘲笑。

关于吃喝也很有一些说法:

感情深,一口闷;感情浅,舔一舔;
感情薄,喝不着;感情厚,喝不够。

这是自东北推向全国的劝酒歌谣,令人对没完没了的大饮之风不寒而栗。幸亏不知道是谁给补了一句网开一面的话:"感情好,能喝多少算多少",给不善狂饮的人留了条活路。

喝得机关没经费,喝得伤肝又伤胃,
喝得老婆分开睡,喝得告到了纪委会。

这似乎是劝人们戒酒的歌谣,想不到豹尾突起,歌谣的末句是这样的:"纪委说,能喝不喝也不对。"

还有一个处世箴言式的说法:

多吃菜,少喝酒;听老婆的话,跟党走。

这确实是自我保护之道,是奉公守法的大大的良民之道。

对于下乡干部的风气,也有一种说法:

轰隆一声春雷响,来了四个共产党,

带着一副好麻将,一打打到大天亮。

对于名为下乡实为休息、混日子的干部,这倒也算写照。

前几年一位台湾歌星唱过一首歌《跟着感觉走》,被人仿其词而改为:"跟着款爷走,拉住买单的手",不知算不算反映了商品经济发展中的一点点世态。

古代有乐府官搜集民谣,甚至将其作为察为政之得失的一个方面。不知道现在的热心于对群众、干部进行政治思想教育的同志掌握不掌握这些顺口溜,起码,考察一下报刊上、广播里讲的是不是与部分老百姓心里想的对得上号,摸准了脉,有利于使政治思想工作有的放矢。有的放矢,才是马克思主义,无的放矢呢?不知道该算什么主义,反正不是马克思主义。

发表于《随笔》1992 年第 6 期

旅　　游

　　万里长城吸引着八方的游客。不仅八达岭，还有修葺一新的慕田峪，缆车、旅店、餐馆、咖啡厅……一应俱全，附近农民也忙于向中外游客兜售土特产，创收换汇，利国利民。又成立了高规格的"长城学会"。还举办了"爱我中华、修我长城"的征文与捐款活动。真好。

　　感天动地的岳飞的坟墓也是一个重要的旅游点，虽然地方不大，逛头不多，票价却不低，连利用岳坟的空殿堂举办的画展也跟着沾光，买门票的时候便同时强迫卖给你展览票，想不买也不行。

　　中国是一个古国，又是大国，哪儿都能挖掘出文物古迹、历史故事、山川名胜，搞旅游确是大有可为。人们看长城的时候未必再那么关心秦始皇的功过，孟姜女的痛哭，北方民族与中原民族的战战和和以及这样一个超级城墙在军事上所起的作用。人们看到的是一个伟大的、不可思议的、壮观的、再也拷贝不出第二个来的城墙。人们看岳飞与秦桧的铜像的时候也会为似懂非懂的忠臣遭陷害的故事而嗟叹、而激昂，但我多少有些怀疑那些向跪着的秦桧像啐口水的人生活在宋朝会表现得怎么样，如果人人这样忠奸明辨，也就没有岳飞的荡气回肠的故事了。外国人从岳坟里能看出什么名堂，更是只有上帝知道了。

　　去故宫的人未必关心西太后、光绪、珍妃、瑾妃的恩恩怨怨。去十三陵的人未必关心明成祖夺取帝位的决绝。去大佛寺的人未必关心佛教及佛教在中国的传播变迁历史。去华清池的人都爱杨贵妃吗？去山西洪洞县的人对苏三能想象出一些什么来呢？关心又怎么样？又爱又能想象又怎么样？游客罢了。郑愁予的诗写得好：

我是过客，

不是归人……

没找着原文，引错了就太对不起啦。一切都迅速地成为历史，历史有很好的旅游价值。我们这一些人又将留下什么，供后代游客买票呢？

发表于《南方周末》1992 年 1 月 31 日

"黄"及"黑""白""灰"

"黄"的含义约定俗成。"扫黄"的工作经过党中央、国务院的研究部署，有一系列的方针、政策、措施。"扫黄"的提法已被社会所理解所接受。但即使如此，我们仍会面对一些细腻的问题、理论的与实践的问题而有待探讨。例如不能把"黄"与"性"等同起来（那不成了人皆"黄"之了么），不能把文艺作品中的一切性描写都斥之为黄。对那些一心打擦边球的毫无高尚情操的轻薄恶俗腔调，也不能因为它们尚不入"黄"便不加批评。

有的人似乎对只提个"扫黄"不过瘾乃至耿耿于怀，便又加上"黑"与"白"。据说"黑"是指丑化社会主义，"白"是指美化资本主义，有人干脆提出要扫"三色精神鸦片"。窃以为这有失慎重，用语含混，未免滑稽。用"白"来指反共势力，这是有历史先例的，但这是指尖锐的敌我斗争中的敌对一方，如白军，白区，白党。"美化"云云，正与"丑化"一样，似乎说的是一种思想倾向乃至感情趋向，要不要或应怎样插上白、黑标签，应该慎重研究具体分析，不可信口而说，一概而论，以免把复杂的问题简单化，把思想性质的问题"敌我"化。从党的历史来看，遵义会议确定了毛泽东在中央的领导地位以来，我们已渐渐不使用这种红与白的俄式提法了。一九五八年一些大学搞"插红旗，拔白旗"，很快得到中央的纠正，这个经验便值得记取。至于把"丑化社会主义"说成是"黑"，则不知出处何在？"文革"中动不动就揪"黑帮"，但这里的"黑"不是指一种颜色而是指其非法性与隐蔽性,如"黑会""黑信"等,不宜视之为一(三分之一)色。再说,这毕竟是"文革"语言,是为打击一大片服务的。

除"三色"云云外还有提到"灰"的,这就扩展到"四色"了。"灰"的含义倒还明白,大体指颓废消沉等等。用到文艺问题上,亦应慎重。有些非昂扬作品,如二胡曲《二泉映月》,朱自清的散文《匆匆》,波斯诗人海亚姆的《柔巴依》(鲁拜),就不能因为其中包含的抑郁色彩而斥之为"灰",即使确有"灰"色,也不是个简单取缔扫除的问题。

总之,颜色无罪。颜色的文章不宜任意扩展地做下去。我们需要一个五彩缤纷的世界。用颜色表达一种需要否定的精神生活现象,要慎重。对于精神生活的问题,不要乱提口号。"扫黄"就是"扫黄",批评错误思想就是批评错误思想,振作精神就是振作精神,不必并列为几种颜色绑在一起。如果动不动就用一种颜色代表一种坏东西,那么,留在我们自己的画板上的,究竟还有几多色彩呢?

发表于《文汇读书周报》1992年5月16日

接 触 与 碰 撞

在一些欧美国家，人们往往是比较忌讳与陌生人的身体接触的，更不要说是碰撞了。偶有相触相碰，双方必定争着向对方道歉，而不去查责任争是非，这是一种文明、有教养的表现。这与我们国家不同，我国人口太多，在公共场所公共交通工具乃至街上路上常常你挤了我我碰了你，只要不太过分，也就不以为意。也有碰急了的时候，则不惜花时间开展大辩论大批判直至恶言相骂招来人众围观，细想起来并不可取。

一九八○年我第一次出国去西德，乘汉莎航空公司飞机在卡拉奇停一站。当时巴基斯坦因军事管制不准过境乘客下机，我们只能在机上枯坐。这时见一些人从自己的座位上起立走向打开的舱门以换空气并看一眼机场，我也随之而起好奇地向前走，略略碰了一位先生，他立即回身道歉并用英语对我说："请，请。"把路让给了我，我觉得实在非常不好意思。从此，我牢记此次的教训，在外事活动场合注意小心避开旁人，不得挤撞。（当然，内事也不要撞人。）

最近收看中央电视台播送的奥运健儿报告会实况录像节目，深受感动鼓舞，这是无须说明的。但一位可爱的金牌得主介绍自己在赛前称体重时故意碰了对手（一个拉美国家的运动员）一下，以试虚实，我们的金牌女将说："是我碰了她，她反而立即向我道歉，我知道了，她怕我……"这时人民大会堂全场掌声雷动，笑声欢快，气氛极为活跃，大概是以为大长了自己人的志气吧。

我颇怀疑,这是不是对人家的文明习惯的误解。再说,即使对抗赛中某些项目也是把"故意撞人"视为犯规的,何况在赛前呢？赛场上是对手,生活中是朋友,这难道还有什么疑问么？即使在赛场上经过激烈的竞争区分了胜负,也不存在谁"怕"谁的问题。我们完全可以不这样提问题,尤其是不必大肆传播这种不准确的说法。我们的运动员,我们的人民在任何场合都应该遵守公认的文明礼貌规范,"五讲四美",这与谁怕谁毫不相干。因此,对这位金牌女将的说法和当时的公众反应和传播工具的广泛宣传,我便有点如芒刺在背甚至颇想代她向对方道歉了。

发表于《新民晚报》1992年9月25日

名单学的新花活

"名单学",当然只是戏称,大学、中学里都没有这门课程。它是指做一个事情的时候,拟定名单的学问。拟定名单的要领有二,一个是范围,一个是次序。该请的没有请,不该请的请了,都会惹麻烦。请来以后的排座次、排发言顺序、排见报范围与见报顺序也绝不可掉以轻心。我就知道一位先生,因为参加了一次活动没有见报,声泪俱下地呼唤:"为什么不能给我一点温暖?不就是那么一点篇幅么?"

为了正确地处理这一类问题,不能没有一点规矩,最简便的章程便是按官职排,不是官的也折合成官,就像把一切能兑换与不能兑换的货币都折合成坚挺好用的美金以利计算一样。在现阶段,这样的规定完全是必要的。否则,事情就更难办了。当然这样做也不无缺憾,官本位的刻舟求剑、一叶障目,有时候也很气人。那年一位领导同志宴请一位外国大艺术家,找了一些中国艺术家作陪,但是报道时一个中国艺术家的名字也没有,使得那位领导同志颇为恼火。他说:"这样报道不是显得我只重视外国艺术家不重视本国艺术家了吗?"

但是这里我要谈的并不是这个。而是指另一种名单法术:掌了一点点权,却又老是不放心,老是觉得得不到拥护,偏又要耍威风,弄权术。便致力于分化瓦解,把分化瓦解各个击破的对敌斗争策略普及到一切工作中去。今天开会找张王李,不找赵;明天见面找王李赵,不找张;后来发票找张李赵不找王;召集一个委员会开会偏偏不找全体委员而是打打拉拉凉凉热热,甚至搞个电话表也要"体现政策",列谁不列谁谁先谁后都要用一番心机;然后居然小儿科地说什么"这儿有的都是好同志……"以为他的捣鬼可以使未入名单的人忐忑不安,使上了名单的人诚惶诚恐,感激涕零,然后互相揭发汇报争宠,终于归顺服从。名单花活学专家则坐收渔利,倒也想得不错。

这样做的结果把一切原则、章法全都破坏了,从而很快就露出自己的马脚。这样做的人志大才疏,似诈实愚。把旁人都当成了小孩子,鬼鬼祟祟、贼头贼脑、小里小气、小手小脚、捣鬼有术。最后叫人觉得穷极无聊,自己津津有味别人却笑掉大牙。

有的人搞这种分化瓦解成了癖好。他们的基本思路是不能让别人团结。他们认为别人一团结就对自己很不利,他们不但要分化瓦解下属,甚至也要分化自己的上级,拉一个打一个,除了这个他们几乎再不会干别的了。他们走到哪里就要在哪里制造纠纷,一纠纷他们就乐得合不上嘴了。

这一类的不正之风实在比吃请受礼可怕得多。

如果说他们是乱臣贼子,未免太抬举了他们。

发表于《羊城晚报》1992年12月7日

无　　为

一位编辑小姐要我写下一句对我有启迪的话。我想到了两个字,只有两个字:无为。

我不是从纯消极的意思上理解这两个字的。无为,不是什么事情也不做,而是不做那些愚蠢的、无效的、无益的、无意义的乃至无趣无味无聊,而且有害有伤有损有愧的事。人一生要做许多事,人一天也要做许多事,做一点有价值有意义的事并不难,难的是不做那些不该做的事。比如说自己做出点成绩并不难,难的是绝不嫉妒旁人的成绩;比如说不搞(无谓的)争执,还有庸人自扰的得得失失,还有自说自话的自吹自擂,还有咋咋唬唬的装腔作势,还有只能说服自己的自我论证,还有小圈子里的叽叽喳喳,还有连篇累牍的空话虚话,还有不信任人的包办代替其实是包而不办、代而不替,还有许多许多的根本实现不了的一厢情愿及为这种一厢情愿而付出的巨大的精力和活动。

无为,就是不干这样的事。无为就是力戒虚妄,力戒焦虑,力戒急躁,力戒脱离客观规律、客观实际,也力戒形式主义。无为就是把有限的精力时间节省下来,这样才可能做一点事,也就是有为。有所不为才能有所为,无为方可与之语献身。

无为是效率原则、事务原则、节约原则,无为是有为的第一前提条件。

无为又是养生原则、快乐原则,只有无为才能不自寻烦恼。无为更是道德原则,道德的要义在于有所不为而不是无所不为。这样,才能使自己脱离低级趣味,脱离鸡毛蒜皮,尤其是脱离蝇营狗苟。

无为是一种境界。无为是一种自卫自尊。无为是一种信心,对自己,对别人,对事业,对历史。无为是一种哲人的喜悦。无为是一种对主动的保持。无为是一种豁达的耐性。无为是一种聪明。无为是一种清明而沉稳的幽默。无为也是一种风格呢。

发表于《南方周末》1992 年

赞 美 绿 叶

人类对于保护环境的认识，达到今天的程度，大概应该算是人类文明史上一个重要的进展。人类终于结束了地球中心、人类中心、人类意志征服改造一切的一厢情愿的偏于幼稚的想法，开始用一种分析的、不排除反省和批评的新眼光来看待工业文明、科技进步、人类自身的多方面活动所带来的后果。人类越来越用一种谨慎的、爱护的、理解的态度来面对正在被驯服却也在被破坏并因而惩罚着破坏它的人类的大自然。保护地球、保护大自然、保护人类环境的呼声比任何时候都高涨。在我国，重视保护环境，也日益成为上上下下的共识。

作家总是更容易接受环境保护的理论与实践。并非作家都懂很多环境保护的理论和知识，而是作家毕竟更富有对自然、对祖国河山、对一切生命的感受和热爱。作家对生活的感受总是更富有整体性，作家相对地总是更少受某种实业目的的激励或者制约，作家更有可能多一点纯朴，也多一点浪漫。作家往往更早一点自觉或者不自觉地发出保护自然、保护环境的呼声，警告环境破坏的危险。如果我们读过契诃夫的《草原》，如果我们没有忘记《万尼亚舅舅》里那位医生对于生态破坏的忧虑（他的台词多像是环保部门的宣传），如果我们读过列昂诺夫的《俄罗斯森林》，如果我们哪怕是多看一眼邓刚的一系列为海洋和海洋生物呼天抢地的作品，我们会自然而然地变成一个更关心环境的人，变成一个与地球、与宇宙、与万物息息相关的人。如果我说作家天生应该与环境保护工作者携起手来,如果我说作家天然是环保工作者的同盟军,我想不至于被认为是过于冒昧。

我们似乎还可以从另外一个角度来谈论文学与环保。许多令人痛心的破坏环境的事情的发生,在我们这个国家里,并非由于采用了新技术新材料新制剂,而是由于人们文化素质之低下:放火烧荒,捕食野生珍稀动物,破坏草原,污染水源……的肇事者常常并不是化学工厂,恰恰是一些很普通的人,为了蝇头小利,竟可以做出破坏环境的大恶。提高人民的文化素质,当然是文学最为关心的事情,当然是作家、知识分子、干部深感切肤之痛的事情。

环境文学研究会的刊物《绿叶》终于和大家见面了,这是非常令人高兴的。让我们拥有更多的绿树和绿叶吧,让我们做一片又一片绿色的能够起一些净化空气和调节湿度作用的树叶吧,让我们呼吁减少一点化学污染、噪声污染、水土流失、沙化和野生动植物的毁坏吧,让我们生活在更加美好、更加纯洁、更加健康的生态环境中吧!绿化祖国,是党的号召,是地球的呼唤,是生命的歌吟,是文学的天职,也是我们的小小刊物的梦。我们的梦是一定会变成美妙的现实的。我们的刊物一定会得到文学工作者、环保工作者和广大读者的支持。

我们赞美象征生命的绿叶,我们欢迎它的降生。

发表于《绿叶》1992年

看 电 影

看坏电影(电视剧同)不要生气。

常常看到不合情理的,胡侃乱弹的,虚伪作假的,拖拖拉拉的,你抄我仿的,趣味低下的,狗屁不通的电影。

于是你生气:这样的电影,不是白痴做的给白痴看的么?

如果你生气,如果你评头论足,如果你认真分析批评……那你就比白痴还白痴。那电影是为了和你理论才拍摄的吗?

怎么办呢?

怎么办呢?一定要自觉自愿地坚决彻底地把自己的智力降到编、导、演人员的智力之下。要张着嘴傻看,要舌头抵着上腭边看边发出啧啧啧的赞叹声。看到恐怖场面要龇牙咧嘴蒙上眼睛。看到好人受苦场面要叹息和抹眼泪。看到英雄骑着马奔来要拼命喝彩。看到扑朔迷离(其实小儿科)的场面要发出狐疑的"嗯?嗯?"声,并且要问周围的观众(不管是否相识):"他是谁?好人还是坏人?他死了吗?"看到有了结局的场面要一拍大腿而大呼:"原来如此!"

请你试着这样做一做,你会获得不知道多少轻松,多少娱乐,多少天真活泼可爱趣味盎然,你会感到人生是多么美丽而电影艺术是多么灿烂辉煌。而不这样做,看一次电影生一次气,看一次电视剧生一次气,一直气出疙瘩(肿瘤)来,活该!

1992 年

"左爷"不左论

　　文艺界的"左爷"不愿意别人说他们左。他们一面鼓动下属"不要怕人家说你左",以使急于"赶车"的人为之火中取栗,一面又最恨旁人说他们左,甚至极不得体地向着海外来客大呼小叫:"我不是老左,我是老右!""我不是左王,是歌王酒王!"其情真,其意切,指天画地,哀哀欲绝。

　　是的,说"左爷"们左确实是冤枉了他们。他们并不是革命的激进派,他们并未超出历史的发展阶段,他们更不是左派幼稚病——他们才不幼稚呢。他们也不是对敌斗争过了火——真正的敌人他们从不在意,他们揪住不放的从来都是自己的同志。

　　他们的言论左,内心一点也不左。义正词严地批判完,马上得意地宣称:"我这回算是搭上车了",这哪里有一点左味?

　　私下里他们说的想的除了私利还是私利,蝇营狗苟,完全是另一套。

　　他们最尊重自己的个人利益,他们贪得无厌,他们以权谋私假公济私。

　　他们对别人左,对自己一点也不左。他们对别人空谈对自己务实——能捞就捞,能要就要,绝对不问姓社姓资。无怪乎这两年流行一种说法,叫做"理论与实惠相结合",完全不同于当年的党的优良作风——理论与实践相结合。

　　他们对圈外的人左,对圈内的人一点也不左。只要是圈里的,不论是政治问题还是经济问题还是道德败坏问题全都不在话下。一人得道,鸡犬升天,一损俱损,一荣俱荣。

他们从来不在乎党纪国法,想怎么干就怎么干。领导同志讲了话不合他们的心意就都是"个人意见",他们的头头讲了点什么却是金口玉言。

有些外国人硬是不理解他们。其实他们骂外国人是为了给上边看与吓唬下边的,其实他们最愿意出国、购物、截汇、受礼、把孩子送出去……直到跑到西方国家看 X 级电影、看完电影还要找外国接待单位报销。他们口头上讲反对演变,实际上为了"培养跨世纪的接班人",先把"接班人"们召集起来洗桑拿浴。他们常常吃着肥牛火锅哀叹自己这样的"马克思主义者"的"孤立无援"。他们有时又一边要着"五粮液"一边忆苦思甜,庆幸自己这样的"马克思主义者"终于取得了"胜利"。

那些有志于对中国进行"和平演变"的人士真应该好好支持一下"左爷"们,他们演变起来比某些"精英"都要蝎虎得多。他们理应获得"和平演变奖"。

说他们反对改革也确实常常是冤枉了他们。他们最重视一己的效益。一切往他们的口袋里进钱的事他们都不会反对,一切有利于他们的物质享受的东西他们都不拒绝。他们还有一种理论:"与其让精英们去享受还不如由我们来呢!"他们最重视实行物质利益原则,整天搞封官许愿,高价悬赏,一篇大批判稿可以出到一千字三百块钱的十倍于"官价"的高价。可惜就是这样也应者寥寥无几。

我确实相信他们不左,该为他们伸冤,为他们正名,为他们摘掉"左"的帽子了。

1992 年

十几个人来七八条枪

大唱革命样板戏的年代已经过去了,《沙家浜》里"胡司令"唱词中的"十几个人来七八条枪"却依然脍炙人口,尤其在文艺界,一听到它便令人忍俊不禁。

在泱泱大国的中华,在社会主义的新中国,时至今日,为什么还有人乐于搞十几个人来七八条枪的小团结呢?

他们大致是一些竞争中的劣败者。搞文艺而搞不成创作、搞不成翻译、搞不成理论、搞不成表演又搞不成行政管理,他们渐渐受到冷落,他们怨气冲天,他们对成功者嫉妒得要死,他们对同行对读者观众都带着一股邪气。他们只有搞到一堆儿你应我和,才觉得有了力量。

他们的调子很高,唱给别人听。他们结合的基础只是私利,肥水不流外人田是他们的基本原则,他们能捞就捞,绝不手软。他们捞之有理,他们振振有词地说:"宁可让我们调子唱得高的人捞也比让不肯唱高调的人捞好嘛!"他们嘴里讲着崇高,进行着大批判,私下又沾沾自喜地吹嘘:"这回我总算赶上车了。"毫不掩饰自己的投机嘴脸。

他们有一个"大哥大",其他人则唯此公的马首是瞻。大哥大走到哪里,群小也走到那里。我们有时候会奇怪,一位人五人六的先生,怎么会用这么一些个不三不四的家伙呢?说奇也不奇,这些人除了跟着他老走再没有出路,他除了拉这几个人也拉不到别的人——

这是择劣选拔的必然规律、必然结果。

他们除了对自己的十几个人来七八条枪以外，对谁都是分化瓦解、打打拉拉。他们变着花样今天拉这几个人、明天拉那几个人来点缀自己的十几个人来七八条枪。他们自以为用这种办法可以莫测高深，叫人内心打鼓，叫人归顺趋奉，实际上是雕虫小技，贻笑大方。

他们整天大呼小叫，连连告急，无事生非，唯恐天下不乱。天下不乱了他们还有什么用处呢？

他们的基本方针是打击一大片，防备一大片，勾心斗角一大片；团结一小伙，拉一小伙，圈子里套圈子，在圈子里说，在圈子里闹，在圈子里威风；在圈子里发作不可一世，一出圈就疑神疑鬼、嗫嚅尴尬、讳莫如深……乃至失去了自我。

他们其实一点也不左，说他们左确实亏了他们了。他们要搞起资本主义保证比精英们还要快一些。

尤其令人叹息的是十几个人来七八条枪即使是顺风顺水、夤缘时会、大发大达了好些日子，可一年过去了是十几个人来七八条枪，两年过去了是十几个人来七八条枪，三年五年过去了还是十几个人来七八条枪，竟然没有"人也多了枪也多了鸟枪换炮了的"时候……迷途知返，犹未为晚，魂兮归来，醒醒吧！

发表于《随笔》1993年第2期

关 于 苏 联

世纪印象云云,题目大得令人无法下笔。

于是我想起了苏联。

苏联是我少年、青年时代向往的天堂。

苏联文学给我的影响说也说不尽。我不仅是从政治上而且是从艺术上曾经被苏联文学所彻底征服。苏联文学表现的是真正的人,是人的理想、尊严、道德、情操,是最美丽的人生。苏联的电影也是这样无与伦比地健康、清纯、欣欣向荣。

而西方的文艺是那样的颓废、病态、苍白、狭隘、兽性……年轻时候我曾经想过,两个阵营的优劣、成败、得失……用不着研究分析许多,只要看看他们的几篇文艺作品或者看看他们的几部电影也就够了。一个有着那么美好的文艺的社会,能够不胜利吗?一个有着那么腐朽的文艺的社会,能够不衰败、灭亡吗?

后来说苏联是修正主义了,而苏联的文艺也是修正主义的最坏最坏的文艺了。

后来也不这样说了。过去的事一风吹了。既不觉得她最坏,也不觉得她好了。

后来觉得人本来也很难做到像波列伏依的《斯大林时代的人们》、像法捷耶夫的《青年近卫军》、像巴甫连科的《幸福》与《攻克柏林》里的人物那样……说得太好了容易变成乌托邦,再好再好就变成假、大、空,最后变成了自欺欺人也是可能的,例如我们的样板戏。

后来觉得苏联文学也没有那么高明。我们的许多当代作家比他们还能写呢。

后来苏联垮了。我实在没有想到。

后来明白了。苏联这个社会主义的实验没有成功。

更明白的是，苏联是苏联，中国是中国。用不着太多地去管他们的事，关键还是把中国自己的事办好。

我对我们的祖国，充满了最最良好的祝愿。

也对前苏联的人民致以良好的祝愿。

发表于《文艺争鸣》1993年第2期

名 之 梦

　　名来自实。这就是说,一个官员的名来自他的政绩,一个作家的名来自他的作品,一种药品的名来自它的疗效,一个学者的名来自他的学问,一种商品的名来自它的质量与相对公道的价格。

　　这似乎只是小儿科的道理,只是 ABC,太简单,也太陈旧了。

　　于是乎出现了更高深、更新潮的思路:名也可以来自名,可以来自手段。手段多种多样,要言之无非是用一部分人的意志、权威、机巧人为地制造名、制造"名之梦",以对大众施加心里暗示、影响,制造虚假的名牌名人与对这种名的认同与趋奉。

　　例如强有力的广告手段。一位美国学者便论述说,当人们选择可口可乐的时候,他选择的并不单是一种饮料,而是广告片中的那种情调,那种豪华潇洒,那种性感。可口可乐变成了一种美国梦,信然。

　　我国各企业也愈来愈重视广告促销了。打开电视机一看,广告节目占了多大分量啊!而且,广告片拍得那才叫下了功夫了呢。我常不无刻薄地说,与其看那些电视剧水货,还不如看广告片呢。

　　前几年在文学界有过一种说法,要有拳头作品,先要有拳头评论。君不见某地的一群作家,这几年是何等的红里透紫呀!再看看人家那儿的评论,人家是多么舍得吹自己的作家呀!果然本地的评论也就提高了调门。

　　还有的领导总结经验的时候特别提出要大打知名度之仗,尽全力在传播媒介上一个又一个地宣传领导所希望宣传的人。

北京开始,"走向全国",现在有所谓"托儿"一说。即卖方布置好了人,以买方的身份向买方宣传此物如何如何之好、不可不买之类。这种方法颇有效果,盖一般人常对卖方的宣传存疑,而对同是买者的说法深信不疑也。最近又有取缔"托儿"、打击"托儿"之说见诸报端。

　　此外还有一种速成成名法,即一上来不分青红皂白照准了名人名作就乱打一气,猛做翻案文章。由于名人名作有名,乱打翻案者也就随之出了名。

　　这些手段似亦有效。但再深问一问呢?

　　没有可口可乐的独特品质味道,光靠广告,能造就一种这样成功的饮料吗?别的不说,仅仅在电视广告上面,我们看到过多少我国自制的饮料,而且其中一大部分是这可乐那可乐的可乐型饮料啊!曾几何时,这些饮料又到哪里去了呢?

　　用大吹大擂的方法制造名家名作,效果又如何呢?我们曾经用尽了最夸张的词句来宣传一些文艺作品,把某一本书说成是划时代的里程碑,把某一些戏说成文艺的新纪元,效果如何呢?我们不会那样健忘吧?有了"拳头产品",确实是很需要有力的评论的。没有"拳头产品"即使评论真的赛过了泰森的拳头,又怎么样呢?吹过了头,效果适得其反,这样的例子还少么?

　　速成的名当然是有的。问题是速成的名往往也容易速消。一哄而起的名声,很容易一哄而散。这也并不稀奇。

　　反过来说,有了实,没有名最后也会有名。没有现代化手段的传播还有口碑,口碑的效力往往大得惊人。一时不被知晓,下一个时刻就会轮到你。甚至受到诋毁也会反而使得被诋毁的人或物名气更大。前提是这种人或物确实有实、有真货。在这种情况下,诋毁者成了客观上的"托儿",这样的事情不也是屡见不鲜吗?

　　名在表面而实在内里。名来得快而实来得慢。名的花样多而实的花样太少。名叫人一眼看见而实看不见抓不着。名难以否认而实往往被有意无意地视而不见或故意闭上眼睛不承认。名似乎多偶然侥幸，而实全靠辛苦。名多魅力而实板着面孔。名的效益立竿见影而实磨人熬人。于是机会主义者们倾向于舍实以求名。舍实求名其实就是欺骗。用捣鬼、欺骗的方法求名，离开了实去求名，小胜一时，毕竟难成大器，终于贻笑大方，成为笑柄。不论什么样的权威手段、宣传手段也得建立在实的基础上。没有实，一时的虚名也就只是无根之木，无源之水，只是沙滩上的大厦。而有实之名，则是如虎添翼，所向无挡。这个道理太简单太平凡了，但是积近六十年之经验，我实在还没发现另外的道理。

发表于《中国名牌》1993年第2期

活得更好一些

　　新的一年开始了,各个报刊扩版的扩版,搞周末、月末版的搞周末、月末版。接到一份报纸以后,可读的内容大大增加了,阅读的选择性大大加强了,内容更加轻松愉快、平易近人了。回想起十亿人口八个戏,一个作家两部书,一百家报纸一个样儿的日子,恍若隔世。
　　物质生活的匮乏是人民群众的积极性没有能很好地调动起来的恶果。人们的被动与淡漠、生活的枯燥与千篇一律,既是精神生活贫困的征兆,又是物质贫困、精神生活贫困的根源。我们再也不会、不愿意回到那种日子里去了。
　　贫困不是社会主义。一句话驱散了多少困惑、迷雾和自欺欺人的胡说八道啊！我想,这里所说的贫困,既包括着物质的贫困,也包括着精神的贫困。精神的丰富、舒展、活泼,读物的极大丰富,人们的兴趣、心智、美感……的充分发展,是一个社会安定团结、欣欣向荣的表现,是生产力的主要因素——人的状况良好的标志,是生产力正常发展、良性发展的根本保证,也是物质生活不断丰富的必然结果,更是社会主义的优越性的重要体现。
　　物质生活也好,精神生活也好,它们的丰富表示着人民生活的幸福。幸福的人民当然是快乐的。让人民高兴,这本来是天经地义的事情。偏偏有人听到让人民高兴他就不高兴。他们追求的是双贫困的情况下的斗、斗、斗,与斗、斗、斗的情况下的共同贫困、永远贫困。把这样的愈穷愈斗、愈斗愈穷、穷斗、斗穷说成是社会主义的不二法门,实在够社会主义学说的大师们一恸、够社会主义的拥护者们一恸的了。

党的十一届三中全会、十二大、十三大特别是十四大,永远地结束了这不幸的历史。一张《南方周末》,也是在这种历史的大背景下边,乘着历史转折的东风而诞生出来、发展起来、兴旺起来的。它也在丰富人民的精神生活、让人民高兴、让人民活得更好些方面做出了不少贡献。在新的一年开始的时候,我向广大的读者问好。我祝大家活得更好。我祝那些自己活得不好又一心不让别人活好的人最终也能活好并终于忘却自封的不让别人活好的使命。

新年大吉,新年大利,新年新世纪愈活愈好!

发表于《南方周末》1993年1月1日

说　团　结

都说要团结了,包括前一段动不动讲战斗正未有穷期的斗士们。这说明人心党心思团结安定而不是斗斗斗地斗下去。

然而文艺界的团结问题还是不那么好解决。

提起文艺界的团结问题,似乎人人头痛,人人咋舌。有的谈之色变,有的敬谢不敏、退避三舍。好像文艺界挣不来金牌却专门会窝里斗给国人添麻烦似的。

或曰:文人相轻,自古已然。曰:同行是冤家,谁服谁呀?曰:这些个文化人,真没办法!

像是有那么回事。文艺人敏感,个性强,情绪化,能言善辩,又多注意自己的名声,争头牌争获奖争见报争职衔……这一类文艺人的不团结不服气的故事古今中外都是有的。

或曰:文艺问题复杂,也是。许多问题争来争去硬是争不出个结果——做了结论也未必算数。只好眼巴巴地看着这些争论随着论主进棺材,或者一代一代地传下去。这也是共性,不足为奇,亦无伤大雅。文艺问题要那么铁板一块干什么?

但我们这里的情况远远不止于此。长期的复杂的阶级斗争政治运动使文艺界的人分成了或被硬是分成了势不两立的营垒。政治家出自政治的需要有时候把这样一些文艺家视为自己一边的力量,有时候又把另一方面的文艺人视为己友。文艺人一搞政治往往便是感情政治,夹杂了个人恩怨的意气政治,诗意与做戏式的政治。他们有时候互相斗起来比政治家之间的真格的斗争还邪乎,甚至当政治家和解了,文艺家还在那儿斗得不亦乐乎。这样的文艺人实在是很讨政治家的厌。所以文艺人既容易为政治所用,又容易为政治所弃。你一用一弃不要紧,文艺人们的斗斗斗可就没了完了。

文艺界的竞争与淘汰是无情的。除了少数顶尖大腕大师是"上帝的宠儿",谁能红一辈子火一百年?败下阵来的危险时时威胁着绝大多数文艺人。要是在别的国家别的时代,败下来的人可以咒骂天不长眼人不识货金钟匿迹瓦釜轰鸣,可以怒而转业另谋高就,也可以拉几个同病相怜者一起骂人,一起互相吹捧,在一个小圈子里称王称霸精神胜利——自己的心态不平衡有出路宣泄,也碍不着多少别人。

我们这里就不同了。这一切不平衡都可以化为政治。凡是创作上不顺利表演上不热乎学术上没地位国内外没名声而又不肯转业的失败文艺人,都容易转而在政治上搞极端,把自己的不称意转变成政治方向的问题;把自己转败为胜的希望寄托在政治的干预政治风向的变化上。创作上争不得,表演上争不得,干脆从政治上争:你作品再多名声再大你不是姓社的。一句话你就吹了,他就成了。在以阶级斗争为纲的气候下,批倒一部书比写好一部书的效益强老了鼻子了,批倒一部戏剧比演好一部戏剧效益强老了鼻子了。姚文元的发达史就是明证。一位写小说的同行前两年便公然这样宣布:为什么我的作品老是得不到应有的评价呢?很简单,我是为共产党说话的呀!

您瞧,为了肯定他老兄的创作成就,得把整个文坛打成"反对为共产党说话"的才成。为了他老进天堂,得把大家都推到地狱里才成。

这些国情使我们的文艺人的团结问题大大地复杂起来。

为了真正地而不是口头地搞好文艺界的团结,我建议:

一、文艺问题的争论应该在文艺范围之内来进行。

二、文艺行业应该有正常进出的渠道，干不成就光荣转业。

三、对文艺家的"政论"，打点折扣。

四、说到底，还是得发展文艺生产力，喊得再凶，也得出活儿。

五、不要动不动就拉上领导站到自己这边来为自己斗。你拉这个领导，他拉那个领导，到时候岂不成了挑动领导斗领导？也不要动不动把作家拉到政见斗争里去，弄不好那又会变成挑动文艺人斗文艺人了。

先开个头，底下再慢慢地说。

发表于《羊城晚报》1993年4月2日

穷 与 富

近几年来,在国内,鄙人虽然完全算不上大款,但是从来没有觉得自己穷过。比上不足,比下有余,温饱无虞,衣食住行,电器摆设,均属上乘,起码不是下等。常常深信自己这里也是形势大好,愈来愈好,也是建设中国特色的社会主义的成就的一部分呢。

在美国就不然了,虽然收入(按浮动汇率计算)是国内的二十多倍,不仅我这种"客座"时感阮囊羞涩,就是正宗美国名牌教授,月薪在四千美元左右的,也完全赶不上鄙人在北京的自我感觉。

琢磨起来,似有原因如下:

挣得多,花得更快更多。道高一尺,魔高一丈,这话实在太深刻了!李玉和没有去过美国就研究出来了。设若您在美国每月工薪三千美元,税要缴纳六百至七百美元,房租至少一千美元,汽车各项花销包括存车过桥等项费用至少三百美元,医疗保险费用三百美元,电话费七十美元,这几项付掉以后,您还剩多少呢?

物价不一样,整个说起来,美国的物价比欧洲比日本便宜多了。果汁、奶制品、干果、花生酱、咖啡、巧克力以及许多家用电器特别是电脑之类,在美国市场上标价都比我国国内便宜。但是总的来说,美国物价还是高多了。在美国喝一碗豆浆是一块二美元,吃一个炸油饼是一块五美元,看一场电影是四至五美元左右,打一次市内公用电话是十至二十五美分,坐一次公共汽车或地铁至少一至二美元……其他服装日用品之类也都比咱们贵得多了。

消费水平当然人家要高得多,商品质量与服务质量人家也是高得多。尤其是你生活高了我也得高,所以收入愈多劳动力愈贵,商品成本也就愈高,你高的那一点与公众高出去的那一块——你要购买的那一块相比较,常常是小巫见大巫,您能够不叫穷吗?

　　还有一条就是我们的包起来的制度让人放心,美国就另当别论了。回国后一次与外地的一位朋友聊天,这位同志就说:"还是咱们的社会主义抗吃,也抗糟(踏)。"令人感叹不已。

　　也有些时候我会胡思乱想起来。收入与支出的关系永远是不平衡的,收入愈多,支付的需要就愈多,后者总是更超前,从社会生产力的发展来说才有了进步。但是从个人来说,富了以后我们的主观感觉恐怕是更穷更穷。天命曰穷,愈富愈穷,君子固穷,小人更穷,忙个什么劲呢?不管猴年马月,也还是少数人富,多数人穷。呜呼!殆乎哉!殆矣!

发表于《中华散文》1994年第3期

也说歌星种种

歌星云云,对于一个社会实在并没有什么不好。无非是歌舞升平一下子,文化消费一下子,点缀点缀,轻松轻松,至多是享乐的大大的有。

歌星义演骗人、歌星漏税等等,都不是歌星表演与通俗音乐的应有必有之义。我们可以反对骗人漏税(或者说反对还不行,要予以制裁),却不必反对歌星;正如我们反对假冒伪劣、污辱与欺骗顾客的行为却并不一般地反对商场商品与售货员、经理。

歌星要价太高,对于这种反映还是要分析。国家最好有个规定,有个杠杠,否则什么叫高,什么叫不高呢?跟谁比高,跟谁比反而可以说是太低了呢?至少歌星赚的不比倒卖房地产的人与挂靠在某单位搞边境贸易的人多,也不比利用某种身份与关系搞批件的人多。歌星的收入仍是劳动收入,这总比买空卖空、权力化为财富光荣。

有一些青年追星也不完全是坏事,至少比打架斗殴、赌博酗酒、闹事滋事更安全更无害一些。当然特别有出息有作为的青年不会老是疯狂追星,正如特别恶劣的罪犯也没有雅兴去追星。追星与旧社会的捧角一样,是一部分有钱而没有大善大恶的人的事。追星并不比打一宿扑克牌或一夜"筑城"更坏,多花一点钱是他们自己的事,而且钱花了可以促进流通——当然如果他们把钱都捐给灾区会更伟大得多,但是我们无法如此去要求每一个有钱的人。

我觉得我们做事需要有一个前提,这个前提就是我们对青年对人民的估计。这个估计就是过去人们常说的两头小中间大,雷锋、居里夫人式的人物很好,但在人们当中是少数,我们无法以他们的模式去设计青年人的生活方式。我们当然可以宣传之提倡之向往之,我们还必须承认——至少私下悄悄地承认,大多数人其实做不到的。因此我们心里还得有另一笔账:一般地说,一个青年奉公守法,敬业乐群,正当挣钱,自力消费,也就行了。对一般人我们的要求不能超出法律所准允的、起码的道德标准所准允的范围太多。毋宁说,我们过去思想工作的一大失误就是我们常常考虑到英雄并希望大家做到英雄,我们也常常考虑到罪犯也随时准备与罪犯进行殊死的斗争,却常常忽略了大多数——既非罪犯也非英雄的大多数。有时我们宣传的标准太高,一般人做不到,宣传者自己也做不到。于是出现了一批"马列主义要求别人自由主义要求自己"光说不练的假英雄,使宣传的高调威信扫地,使应有的理想主义被虚无主义所取代。对另一个极端的过分关注则夸大了阶级斗争,把大量的所谓中间状态的人推到敌人一边去。

歌星另一个罪名似乎是她们败坏了人民的欣赏高雅艺术与民族传统艺术的能力,她们的冲击造成了高雅艺术的困境。

乍一听,振振有词;实际地细细地琢磨琢磨,未必。

有些发达国家,通俗艺术泛滥而又泛滥。但是,与此同时他们拥有获得诺贝尔奖的大文豪,拥有世界第一流的作曲家、演奏家、指挥与乐队,拥有受到尊重与爱护的民族传统艺术。问题是在他们那里有国家与各界对高雅与民族传统艺术的关心支持,有相当多的能够欣赏高雅艺术的观众。他们把力量放在高雅或传统艺术的建设与发展上却无需批评贬低通俗歌星。因为一个国家人们的文化素质再高也不可能人人都爱听交响乐,对欣赏趣味还不够高的多数人,总还是要给以他们能够接受的艺术享受。

这里还有一个问题,我们的高雅与传统艺术本身也还需要提高提高再提高。谁说中国观众不识货?怎么帕瓦罗蒂和多明戈来演出的时候是那样热烈空前？怎么费城交响乐团来演出的时候是那样广受欢迎？如果我们抱怨现在的观众不如梅、尚、程、荀时代的观众爱戏懂戏，那么我们能不能也反思一下我们的角儿的水平与演出质量呢？

谁也不可能把什么都占了。歌星赚得多，歌唱家地位高。当然如果你是帕瓦罗蒂式的歌唱家，就能够又有地位又有大款了。可惜，咱们暂时还没有达到这个水平。也就达不到这个名利双收了。

发表于《随笔》1994年第5期

美国人傻吗？

在美国，许多中国人告诉我："美国人最傻了。""美国人是打酱油的钱不能买醋。""美国人没有心眼儿，他们根本不能与中国人相比。"

例子之一：信用卡公司规定，开户、销户都是免费的，更换磨损了的卡片却要交手续费五美元。一位中国留学生在去更换卡片被要求交钱时便提出：既然如此，我干脆先销户，再重新开好了。信用卡公司的工作人员听了，觉得不可思议，他说："从来没有人向我们这样提出过问题。"但逻辑上又觉得留学生所讲是无可辩驳的。便说："好了好了，我替你付这五美元吧。"于是我的同胞免费更换了卡片。请看，美国人是多么傻，而我同胞是多么精呀！

例子之二：一些商店规定，某种商品买一件按原价，买第二件则按优惠价。我中华同胞便先买一件再买第二件，各开一张收据。然后把其中一件以原价退掉，于是达到了买一件而享受优惠价的目的。

例子之三：去年九月至十一月，我在哈佛大学讲学期间，在所在地坎布里奇租了一套房子。房门上下安装着两个锁，大门又另有一个锁，可谓严密防守，铁将军三位。但是这三个锁用的是同一把钥匙，而大门又是与另一家合用的，也就是说我们两家六个锁用的是同一把钥匙。中国人一听这种情势立即甚觉诧异，他们问，这样的锁还有安全性么？这算不算犯傻呢？

例子之四：一位同胞告诉我："美国人最傻了，你跟他说什么，他就信什么。"然后他把他编瞎话而取得成功的故事告诉了我。

　　但也有相反的说法。他们说,中国人太爱耍小聪明了,常常是为了小小的眼前利益而丢失了长远的利益。

　　可能他们说的都是事实。

　　亲爱的读者,你怎么想呢?

发表于《南方周末》1994 年 2 月 18 日

关 于 敬 业

许多年前,当我听到一些合资酒店要求自己的服务员上班时间一律不得坐下,有事无事都要保持侍立姿势的时候,我吃了一惊。心想资本家就是厉害呀!对我无产阶级弟兄就是压迫剥削呀!有事站起来这是理所当然的,没有事干吗还要走形式站在那里呢?难道就是为了显出服务人员的低人一等吗?

后来又想,第一,服务人员的工作是服务,客人来了,一看,几位小姐都跷着二郎腿坐在沙发上,人家还敢招呼您为他服务吗?好看吗?能使客人觉着十分中意吗?如果我们到餐馆里去吃饭,只见几位小姐正扎在一堆说笑,我们会有什么心情呢?我还常常感到奇怪,为什么坐国外的航空公司的飞机的时候,人家空中小姐(先生)是那样忙碌地走来走去,似乎有做不完的事,而只有我们的亲爱同胞空中小姐(先生)常常空凑在一起聊天说笑。她们(他们)可真是幸福舒服呀!

第二,上班时间,无事可做,于是坐下来休息,这能算是合理的与正常的吗?上班时间难道不是工作时间而是休息时间吗?难道每一个工作人员不应该在上班时间主动找一点工作至少保持自己的临阵工作状态么?我们曾经调门甚高地提倡什么上班时间与下班时间一个样——提这种高级口号的目的可能是为了让人们下班时间也像上班时间一样干活;老百姓呢,还你一个上班时间也像下班时间一样休息——真是现世报呀!这种口号愈大效果愈差、口号愈邪效果愈适得其反的例子还多着呢,这也是上有政策下有对策之一种吧。

全世界最最舒服的工作者我也有幸看到过了,我以为这就是我国城市居民楼里的电梯工。她们常常自备一个大椅子、铺上软垫、右手持一个木棍、左手捧一本杂志或者小说或者镜子,一面操作电梯,一面自己读书化妆。有的"乘客"诚惶诚恐(按:看到自己的到来打搅了小姐的学习或美容,犹能不生歉意者,还能算是君子么?)地报了自己要去的楼层以后,小姐立即用木棍捅一捅按键,捅完按键,小姐立即低头做自己的雷打不动的事。真有个幸福的样子啊!真是免去了人际关系的复杂性与被干扰被腐蚀的可能呀!这样的工作修炼多少年才有机会出现一次呀!

当然她们的工作也有辛苦的一面,也许还有待遇菲薄、不能按时吃饭之类的具体问题。对此我十分同情,这些话必须声明在先,以免你说这个他就抬出那个来的无逻辑辩论被引发,像去年那场关于作家"体制"的喧哗那样。

当然这种情况不仅限于平民百姓,一支烟、一杯茶、读读"参考"、骂骂领导的机关生活也是可以傲然领先于全球的呀!

我们要爱国,我们要忠于马克思列宁主义,我们要抓大事辨方向学先进超先进……所有这些都是好的。但是,请问:一个身处社会主义社会的人连自己的业都不忠不敬,咱们能相信他专敬专忠真敬真忠伟大得多的原则与概念吗?

发表于《南方周末》1994年6月10日

静 下 心 来

多年的运动与政治挂帅的后果之一就是许多人爱咋唬，似乎不咋唬就不够伟大不咋唬就出不来影响似的。

更长远一点说，一百多年，内忧外患，咱们中国人的心就没有静过，咱们这一锅热水就没有停止过沸腾，这说明了咱们国家的民气民心民忠民事，可也没有让咱们少走弯路，比如说"大跃进"。

现在年头不同了，可咋唬的习气好像还一时半会儿改不过来。

比如说一个作家兼了一个本单位办的企事业的职，又是下海呀又是弄潮呀又是方向呀地咋唬个啥？一咋唬，外国人还以为中国作家都成了买卖人了，小说诗歌再也没有人写了呢。其实看看当今文坛，又有几个重要的作家是当真下海——弃文从商了呢？对于有些人来说，业余经商、挂名经商、公费经商诸种，与其说是下海，不如说是玩票更真实更合乎分寸一些。至于作家兼办一些文化事业更是古已有之，巴金、叶圣陶不都搞过出版事业吗？吴祖光多年前就出任了利康烤鸭店的什么什么，他们什么时候咋唬过？

一本书出来之前，先咋唬成什么当代什么奇书，出来之后再咋唬成什么什么假冒伪劣……这不是既骗读者又毁作家么？

还有什么整顿方向呀，扭转泛滥呀，回到人民手里啦……一个芝麻官上任就摆出一副扭转乾坤、开始新纪元的架势，咋唬是真咋唬了，帽子是飞了一阵子，只是不免叫人想起诸葛亮对失了街亭的马谡的评论来——叫做言过其实，终无大用，这也就使某种滑稽之感油然而生了。

说起来,精神产品要的是成果——干货。没有干货的咋唬更像演戏,没有干货的"正确"更像是吹牛,没有干货的包装那才是投机取巧、假冒伪劣呢!

取得有干货的成果的前提是静下心来,写论文要静下心来,写小说也要静下心来——除非您压根儿就不想写好。要提高人民生活水平得静下心来搞建设,要推进民主法制呢,也不能咋唬,得静下心来研究,先做什么,后做什么。

建设的年代需要的是细心而不是粗枝大叶,是埋头苦干而不是咋咋唬唬,是逐渐积累而不是一蹴而就,是掂轻掂重而不是哗众取宠,是各司其职而不是一窝蜂大呼隆,是拿出自己的干货而不是先急着骂倒咒倒别人。

而这一切的前提是静下心来。

发表于《南方周末》1994 年 6 月 17 日

爱国主义的内容

放映爱国主义影片,对青少年进行爱国主义教育,使青少年更多地了解我们的国情,了解革命道路之艰辛、革命成果来之不易、增加一点对于信口开河自我作古不着边际的胡说八道的免疫力,这都是有功德的。

这里要补充一点的是,爱国主义是有它的历史的具体的内容的。在外敌侵略之际,它的主要内容是抗敌救亡、毁家纾难;在革命尚未成功之际,不论在民族斗争还是阶级斗争的紧要关头,都要提倡斗争精神、拼命精神、激情豪情、气节意志、政治挂帅、不甘平庸直至一种杀身成仁、舍生取义的烈士精神。我们的大量优秀影片正是富有这一方面的教益的。

而在新的历史时期,我们尤其需要提倡一种建设的精神,敬业的精神,理性的与务实的态度,献身经济活动及科学与艺术的志趣,热爱生活与善于生活的品质,点点滴滴、不拒绝小事、不拒绝平凡的工作的精神;特别是一种从善如流、面向世界、精益求精、取多用长的改革开放精神,等等。

如果不了解这一点,不强调这一点,只讲我们老一辈的斗争的光辉业绩,一个劲地激发斗争性、拼命性,万一我们的青年领会上出现了偏差,脱离开具体历史条件,学了我们当年与内外民族敌人阶级敌人斗斗斗的样子,动不动拿出拼一个够本、拼俩赚一个的斗志,斗斗斗起来——他们可找不着座山雕或者鸠山队长去斗——会有什么结果呢？不是已经有教训了么？

做革命烈士的问题也是一样。一个社会愈是正常和健康，愈是光明和大有希望，要求人们做烈士的机会就愈少。当然，遇到自然灾害、刑事犯罪之类的事还是要讲英勇讲斗志讲牺牲的。但是在更多得多的情况下，更多得多的人他们有权利乃至有义务过太平的、安定的、逐步提高、不断提高的正常人的生活。如果在一个以经济建设为中心的国家，一大批人却在随时准备壮烈牺牲，您不觉得有点怵头吗？如果您生活在一幢居民楼里，您是希望您的邻居都安居乐业呢，还是盼望您的邻居都热血沸腾、正准备或时刻准备壮烈牺牲呢？

所以，我建议，在放映百部偏重于革命传统教育的爱国主义影片之后，再放映百部或更多部类似《居里夫人》《乡村女教师》《沙鸥》《音乐之声》之类的片子。如果暂时还凑不够一百部怎么办呢？那就快快把这个任务提到议程上来吧。

1994年6月

活　与　做

这世上大体上有两种人，两种生活方式，两种社会机制。

一种是为了活着而做(工作、奋斗、追求直至思想)。

一种是为了做(工作、奋斗、追求直至思想)而活着。

前者显得不够高尚，因为它常常贬低了做的意义，贬低了人的兴趣、幻想、创造性与自由选择，但前者常常能现实地创造出较高的生活质量。

而后者是对前者的一个精彩的颠覆，从而是一种奇迹。但是后者也从而会变得超验、专制、暴虐起来，乃至贬损了生命本身。它有时显得不大自然。

前者容易产生机会主义、实用主义。后者容易产生偏执狂与自欺欺人。

最好是高尚而自然地活着，同时，高尚而自然地做着。

那么，写作呢？人们是为活着而做诗做文呢，还是为做诗做文而活着呢？

你重视活着吗？你认为写不写比活不活更重要至少是更神圣吗？

当然最理想的是做与活两不误。你为活得更好——不仅为你个人而且为大家活得更好而写作，同时，你为人类能够做出来的辉煌业绩而活着或壮烈牺牲即不活着。活着是你的工作的重心，你的工作是充实的。工作又是你活着的重心,你的生活又是充实的。

并不总是能够达到这样的充实,相反,你常常感到一会儿是这一会儿是那的失落和不平衡。

有了这种失落和不平衡,人就有事干了,有话说了,有题目争论了,有版税可挣了。

为活着而写作,写作就是谋生。为写作而活着,写作就成了更崇高的工作。但与此同时写作不也就有可能成为在活着、温饱无虞的前提下,亦即在无须谋生、渐渐不会谋生的条件下的智力游戏乃至感情游戏了吗?

劳动谋生决不可耻。不会谋生才丢人。不屑谋生则是不须谋生的幸运儿们的卖乖和装腔作势。

仅仅知道谋生又太可怜了。

也许写作不能也不应该算是严格意义上的工作。有这样一个典故,据说当年莎士比亚把自己的剧本称为作品——works,work 是"工作"的意思,而戏剧是 play,play 是游戏的意思。为此,莎大师受到了同时代另一位称自己的创作为 play 的戏剧家的嘲笑。

是工作还是游戏?这是文艺本身含有的悖论,是文艺龃龉与困惑的一个根源,也是作家即写作者的最最幸福所在。他们把工作与游戏兼而有之了。

所以马克思的共产主义的定义中包含着劳动成为人生的而且是乐生的(不知道乐生这个词的原文有没有与游戏或是欣赏、享受——enjoy 相通的含义)第一要素。

真正的投入的与创造性的"做",可以成为乐生的第一要素,写作、政治、体育、经商都能达到这种境界。而单调的重复的简单的体力劳动大概就很难达到这种境界。

作家在陶醉于自身的乐生的劳动的同时,最好别忘记别的行业也能乐生地做着,这是一;而大量的劳作还离乐生的要求很远,不乐也得做,因为人必须谋生,任何一个社会都铁定了要谋生,这是二;作家也有为活着而做即谋生的义务,也应该具备活下去的能力,这是三。

人们中的绝大多数是要活着的,但是人们特别是知识分子们又常常倾向于突破生活的凡俗的外壳,摆脱谋生的被动性。人们渴望着飞翔与升华,飞翔与升华的最佳途径是将生活中最优美的一部分提高到超生活的高度。这最优美的一部分可能是道德,可能是艺术,可能是宗教,可能是爱情,更常常是政治,是人间的浴血战斗。

爱情令人飞翔,做爱令人回到了床上。文学令人飞翔,稿费与奖金令人回到了财务科。宗教令人飞翔,教会与教士却是接受布施的。政治令人飞翔,而权力(它有时和脑袋有时和更广泛的——不仅是个人的——利益联系在一起)极其实际。

为活着而做的人是多数人。没有体会过为活着而工作的人有一种遗憾——他无法体会生活的重大、艰难、无可争议,他无法认同实实在在的生活,认同大多数人。

为做而活着的人有一种悲壮的英雄主义。没有为工作而活着的经验的人也是很遗憾的,他或她的思想与精神活动时时受到庸俗事务的干扰,他或她甚至觉得自己不能与自发地活着的动物区别开来。

在为做而活的状况下,工作——斗争、事业、思想等等成了主题。主题先行,这是一个值得深思的重担。

在为活而做的情况下,活本身成了活自己的主题,于是很可能变成了无主题,变成了"不能承受之轻"。

生活可以变成——异化成生活的负担与霉锈,如果只知道生活的物质层面而且放纵自己的贪欲的话。

做更可能异化成生活的对立物、吞噬生活的恶魔;如果失去了对活、对普通人的生活的尊重和爱惜的话。

在文学作品中,我们常常看到对为活而做的不满足,对庸俗的不满足。我们也常常看到对为活而苦做的人的同情和不平。我们同样希望看到对走火入魔的做的反省与超越。特别是文学,应该表述各种活法的经验与体认,首先是对活着的人们与人们的活着的关怀。关怀这关怀那,难道不应该首先关怀生活么?失去了活着的经验与体认,才能的辉煌早晚会让位于大吵大闹之后的百无聊赖的空洞。活生生,这永远是文学的首要魅力所在。

为什么为什么为什么,这样问下去可能把人问疯,如果不是把人问傻或者把人问成了圣哲、教主、精神领袖的话。

这样的问题不宜问得太急太毛躁。你说呢?

可能的好选择是一面带着(咀嚼着欣赏着庄严着也不妨炫耀着)永远的为什么,一面好好地活着,生活着,并且尽力地做一些有利于活着有利于生活有必要于众人与自己的生活的事情。

做好这些事情并不能解开亘古的为什么的谜,但是多少可能安慰热衷于解谜的饥渴的心。解开了这样的根本的谜并不等于一切都迎刃而解——人也不能等着解开了谜之后再考虑活不活下去,何况,今天认为解开了的,明天呢?

祝我亲爱的读者与同行潇洒而又不失郑重地好好活下去。殊死血战,也只有在为了维护这种生活的权利的情况下才有意义。

发表于《文学自由谈》1995 年第 4 期

黑马与黑驹

　　友人向我介绍一个文学青年的遭遇：他苦读寒窗多少载，好不容易获得了最高级学位，辛辛苦苦做学问，做文章，只是难投编辑大人们之心意，一篇也发表不出来。这样就积蓄了太多的"力比多"，愤世而又嫉俗，寂寞实在难熬。最近该青年乃改弦更张，改写"骂派"文字，专骂名家大家，骂他们的作品并非篇篇都是纪念碑与史诗，骂散文的兴旺，骂女作家琐屑而且乱开玩笑，骂晚报的文体，骂文章题目里动不动是"我的……"骂中国作家太聪明，没有在政治运动中壮烈牺牲，骂评论家没有像他一样地骂……三骂两骂，"该同志"立即看好起来，"有噱头"哉！——在大街上如果有个人骂架，也会围拢一圈又一圈的人观看的，这也是国情之一种。于是约稿的也来了，姓名的出镜率也高了，稿费收入也大幅度增加了：时来运转，行市看涨，过去羡煞妒煞的频频有新作发表的作家名流，过去够也够不着拉又拉不下来只能恨得牙痒的文坛骄子娇女，却原来根本不在话下！只消高高在上地拉开架势一骂，轻而易举地就与之同领风骚了乃至彩声四起了。真妙啊！多么快捷的途径，多么犯贱的文坛！骂而优则文，骂而狠则名，驾唾沫而升九天，乘恶言而游四野，各种效益丰收，俨然又一小黑马——应该算是黑驹——应运而生矣！

　　约摸十年以前，文坛上出现过一匹黑马，作叱咤风云、横扫千军之雄姿，吐目空一切、自我做古之大言，东杀西砍，左奔右突，强词夺理，信口开河，愈是名人愈要猛攻，愈是大家愈要谩骂，如入无人之境,若进有宝之房,高喊孤独而抢话筒,大颂死亡而邀名利,自吹自擂,自吆自卖,在引起窃笑的同时也还吸引了一些目光,更还受到了几个看着名人大家不忿而又生不逢时、没有给名人大家戴高帽子游街的机会的胸中不平的年轻人的喝彩。固一时之雄也,而今安在哉?

看来骂的方法也是有效的,特别是在一个转型时期,人们一时还抓不住纲领与规矩,而剧烈的连年变动,又形成了一种咋咋唬唬好走极端装腔作势借以吓人的学风文风,这种学风文风可以简略地概括为红卫兵文风或大字报文风。此外,文坛的某些庸俗吹捧习气也确为广大读者所不满,这就给横扫骂派的黑驹的出世创造了空间。这样,某些时候骂一家伙倒也有奇效,有某种必然性合理性。但是时间一长,人家就要问你底下的货色了:您到底拿出什么来给读者?您能取代那些被您任意"粪土"的名家吗?您究竟能为当前的和以后的文艺建设做出一点什么贡献呢?言教不如身教,您骂了半天给我们做出了什么榜样呢?干脆大家一起骂好不好?再说您一骂为刺激为一鸣惊人,再骂为重复为自我循环,三骂为絮叨为气迷心窍,四骂就只能令人觉得乏味与讨嫌了。所以,黑马云云,轰动效应极其有限。

诗曰:

  黑马黑驹一线牵,为文无计甚堪怜。
  一朝练就口涎术,自是喜人涨价钱!

  欲骂还须骂大家,芝麻粒小捡西瓜。
  西瓜个(儿)大牛也大,最是"聪明"应自夸!

  寒窗十载何辛劳,不若倏尔骂几条。
  鹊起彩声浑似醉,闹哄一阵又无聊!

笔墨官司大众看,差强肥皂剧翩翩。
与君相许求真意,作赋穷经可泰然?

发表于《新民晚报》1995年1月17日

说真话的风波

我以为后人很难理解发生在近些年的有关说真话的风波。

巴金老人一再地、不遗余力地、苦口婆心地提倡说真话。他的提倡充满了苦味。

然而,一家无人问津的小报却要批倒说真话这个命题。他们的论据是:真话不等于真理。

真是聪明得拐了弯,真话不等于真理,诚然。那么假话等于真理或是假话比真话更接近真理吗?

如同说健康不等于获得了金牌。很好,病人还用得着考虑奥林匹克上的名次问题吗?

真话的对立面是谎言,不是真理或非真理。健康的对立面是疾病,不是第一名还是第二名。

何必那么怕真话二字。各种文件上不是也规定着对党员与干部的首要要求是"如实反映情况"——即说真话么?

萧乾老回忆当年反胡风运动中,书生吕荧因为说了一句真话就被制止然后被一直"揪到监狱里去"的事实以后,沉痛地表示:"……活生生的事例使我对说真话做了那样的保留。但我认为坚决不能说假话。能保住这一点,有时也需要极大的勇气,甚至也得准备做出一定的牺牲。"

多么沉痛的话语!称得上是字字血声声泪了。回想政治运动的那些年,我们怎么能不与萧老共鸣呢?

一位颇有黑马流风的后生出来大批萧乾。说他这是自欺欺人，说沉默意味着默认、赞同、助长邪恶。说中国作家太聪明了，并说只有不这样聪明了，才能使中国文学与国际接轨。

中国作家确实不算不聪明。他们曾经是在什么样的人文环境下工作和生活的，人们并不生疏。想一想近百年来为了社会进步和国家发展而死难的作家吧，想一想包括萧乾在内的一大批作家所付出的代价吧，我们就会知道一个相对允许多说一些真话的环境是如何来之不易。我们应该正视、尊重和感谢老一辈作家为说真话而做出的牺牲，珍惜来之不易的成果，尤其是防止那种产生胡风与吕荧的故事、产生张志新与遇罗克的悲剧的态势的重新出现。

但是我们的小后生却把萧乾作为他的靶子。依他的逻辑是萧乾助长了邪恶！莫非是萧乾应该对胡风错案负责？

真是叫人听着舒服！萧乾不是念念不忘那不正常的年代么？他说的关于真话并非随时可说、不说假话也殊不易的话，听起来是多么刺耳！这回可好了，你怎么不站出来说真话？如果大家都说真话，不就没有胡风错案了么？真正的邪恶与邪恶的帮凶们，听到后生的话该是多么熨帖呀？

多么天真无邪！站出来说真话的有多少人呢？你会听到些什么样的话呢？你是世事不谙的小孩子么？是做梦么？

不。如果十亿人都出来说不，都说应该防止阶级斗争扩大化和立即转移工作重点进行现代化建设……那就天下太平，莺歌燕舞，温馨和悦，光辉灿烂——与国际接轨了。

是的，如果当年南京的三十万人都无私无畏，英勇壮烈，日军根本不可能屠杀我们的那么多同胞。如果欧洲人个个无私无畏，敢于用胸膛去撞钝撞断法西斯德军的刺刀，那么就没有第二次世界大战了。

也许张志新有权要求我们做这样的反思。也许我们尽可以忏悔我们自己还有不够坚强的地方。但是我们不会丧失现实感，我们不会认为空口白话地"如果"一下就足够扭转乾坤。知识分子中也有卑鄙的人,看风使舵、投机取巧的人,为虎作伥的人,卖友求荣的人,陷人人罪的人,例如姚文元一类。我们不会看不到真正的责任包括历史的局限性的责任与真正的助长邪恶的帮凶者即棍子们的责任。我们不会反而去责备诚实而且正直的萧乾们。

也许我们的后生是一个张志新式的壮士,正在与邪恶势力作必死的斗争?故而对一切人都是高标准严要求大义凛然泰山压顶?

却又不像。他的理想竟是与国际接轨。多么流俗,多么含混!

于是乃有怀疑,他的所谓神圣、原则、道义,究竟是什么呢?他对反击力最小的萧乾们的攻击和对真正的应该对不正常的事态负责的人的开脱,仅仅是"如果所有的人都像吕荧一样"的浪漫主义幻想造成的么?

如果不是浪漫主义,而是实用主义呢?

那么,他说的算不算真话呢?

发表于《南方周末》1995年3月10日

原子弹、健美操与精神食粮

"文革"前林彪发明了"精神原子弹"一词,确实吓人,倒也形象。原子弹是什么意思呢?威力——杀伤力——无穷,破坏性大,但也只是那么一下;声音大,光照强,温度高——惊世骇俗、振聋发聩,当然结果是玉石俱焚;是国力实力的重要表现,让人们闻风丧胆,所向无敌,能威慑,乃至能讹诈一大片,但实际上又不大好使用。

总之那是指一种极厉害的武器,适用于最最严重的对敌斗争,而不能当饭吃。

那么精神原子弹,就是指一种震撼人心的、能够砰的一下子解决问题的巨大的威力惊人的思想,特别是一种对敌对的思想摧枯拉朽的精神武器。这个,想起来倒是挺痛快的。可惜,思想,特别是和平建设时期的思想情绪,是难以用一两次大轰炸来"理顺"的。

精神原子弹式的文风,则是凶猛,大话,排他,极端,以力服人……也就是现今人们常说的暴力式语言的文风。林彪的刺刀见红、灵魂里爆发革命之类,属于这种语言;红卫兵的砸烂狗头,我们一千个不答应一万个不答应之类,也属于这种语言。这样的文章也常常看好,能唬人,似威风,大长自家人的志气,大灭对立面的威风,起码是自己看着过瘾——高屋建瓴,势如破竹,动静挺大——大而无当。

林彪及其精神原子弹论早已经吹了,精神原子弹式的文风却至今保持着影响。例如:骂倒一切,大言欺世,吹牛皮不上税,大杀大砍,自我作古——即从自己这里搞新纪元,自吹自擂,挽狂澜于既倒,拯斯民于水深火热,一片黑暗里如探照灯,一片烂泥里如无缝钢管,不喜欢做具体分析,不下功夫掌握材料,不愿意肯定前人与旁人的成绩,不吸收已有知识与实践成果,动辄想着一鸣惊人一骂惊人等等。

那天一位作家同行还提出了"精神健美操"一词。他指的是写文章喜欢搞架子花,亮肌肉块,多炫耀,少论证,多姿态,少实在,多情绪,少逻辑,多浮泛,少针对性与可操作性之类。至于动不动以背十字架自居、以旗手自命、以擎天柱自豪,那就是器械健美操了。他说得虽然刻薄了一些,但也给人以启发,听后令人忍俊不禁。

冷静下来分析,精神健美操也还是需要练一练的,毕竟精神健美比精神萎靡或者灵魂疲惫好嘛,何况有的人已经没有了灵魂血气。特别是年轻人,其心也趋健美而避乏弱,其志也树新风而荡腐俗,我当年对健美的精神乃至原子弹式的精神的向往绝对不比现在的年轻人差,这是有它的合理性的。

另一种说法叫做精神食粮。就是说有这样一些精神产品,能提供某种精神的营养——包括热量、维生素、抗体、微量元素……它们的特点是:循序渐进而不能急于求成,日积月累而不能一次性完成,悄悄地消化吸收利用而不是咋咋唬唬乒乒乓乓地爆破,多种多样而不能偏食垄断,各有其用而不能包打天下,听任选择而不能蒙头盖脸等等。

食粮说再扩展一点就是食品。那就不仅是营养品,而且包括有益无害或者利大害小的适量的烟酒糖茶、泡泡糖、减肥食品、药疗食品、零食杂品等,那就更没有什么可圈可点可观可吹的了,然而它确实是有益的。

积一个甲子之经验,不轻信那些大吹大擂的东西是其中最重要之一条。当然这事也难说,年轻人总是好大喜功一些,而好大喜功据革命领袖指示也正是优点,再说让年轻人就那么冷静未免残酷。那就默默地看着精神原子弹一个又一个地摔下来吧。反正现在不是战时，我告诉你们，我欢迎的是精神食粮，多来一些精神食粮吧，我宁愿躲闪开精神原子弹。我可以时不时地抱着怀旧情绪观赏一下精神健美操，不过对于健美操，我也不会太当真。

忽然感到我已经与某些年轻人有了那么一点隔膜。原因就在于我是后精神原子弹与后精神健美操，我早练过了！过来人了！而前程似锦的青年们，他们正乐此不疲，他们正处于前原子弹与前健美操时期，他们似乎正向往着金牌期待着爆炸。王蒙老矣，悲夫，请有以教我！

发表于《新民晚报》1995年4月4日

我们这里会不会有奥姆真理教？

最近读了有关奥姆真理教的一些报道，又与一批来华访问的日本作家对此进行了交谈，方知道一种极端的信仰能够发展到这样可怕的程度。特别是当我得知奥姆真理教的成员多是一些高精尖的中青年理工人才，就是说是一些精英而并非大字不识的愚众之后，我更感到毛骨悚然。

于是我想起了一个问题：我们这里会不会有奥姆真理教？

但愿这只是一个假想的问题。也许这只是杞人忧天，也许这被认为是危言耸听，那就太好了。

如果这个问题的提出被视为无事生非，我就更放心了。

代拟答案之一：不，这根本不可能。理由是：

一、我们有共产党的坚强领导，有强大的人民民主专政机器，根本不允许任何邪教的存在。

二、我们有历史唯物主义和辩证唯物主义的科学世界观的武装，我们的主流意识形态是主张无神论的，我们的文化传统是实用理性或工具理性，"子不语怪力乱神"，邪教在中国是成不了气候的。

三、我们有几千年来的经验教训，特别是近几十年的经验教训。信仰主义、个人迷信的伤痕尚未痊愈，余悸也不妨叫做内心恐惧犹存，岂能好了伤疤忘了疼，再重蹈覆辙？

四、即使少数精英中有一点迹近极端偏执的调调，他们离权力中心还有十万八千里，因而其文化批判的积极作用最大最大最大，而变成排他的权力实践的可能性最小最小最小。

代拟答案之二:是的,这是一种现实的危险。理由是:

一、我们有长期的信仰主义传统。特别是一些西方价值观念不断涌入,一腔热血的青年精神上饥不择食的今天,造神运动、神秘主义与信仰主义很容易乘虚而入。

二、我们有神秘主义、崇拜神异现象的传统。长期以来,中国是一个农业国家,农民造反常常以某种宗教作为武器。古有白莲教,近有义和团等等。近年来的特异功能热、气功热,在有其合理性并开拓了人们的眼界的同时,走火入魔乃至招摇撞骗者亦非少数。不论研究历史还是考察现实,中国都有产生邪教的土壤。接连有几位卓有影响的作家正在皈依宗教、提倡宗教精神,而一个又一个优秀的作家向气功迷、灵魂出窍方面发展,有一种出神入化的走势。这种情况只不过是刚刚开始,远远没有结束,也没有引起人们的关注和研究。

三、近百年来,中国社会矛盾、民族矛盾空前激化、斗斗斗、杀杀杀之风席卷神州大地,妥协、宽容、爱心、费厄泼赖(公平游戏)之属备受嘲笑。极端主义常常易于在我国走红,而平实和顺之论却被视为不中用的表现。

四、我们国家的状况还远远没有达到批判科学主义的程度。我们国家面临的问题是,还远远没有普及科学知识的 ABC,而我们的超前人士已经视科学为明日黄花了。

亲爱的读者,您赞成哪种答案呢?或者,您是另有答案呢?

发表于《海口晚报》1995 年 7 月 21 日

微笑与金钱

我早就在一篇散文中提出过一个困惑：一些旅馆规定了微笑服务，微笑就能保住职位，而且能有奖金，不微笑，冷面，就有被炒鱿鱼的危险。这样，精确地计算一下，每微笑一次，能获得多少钱收入；你会产生一种极其杀风景的感觉。

是的，金钱，正在侵入一些最经不起金钱的污染的领域：例如微笑，例如友谊，例如爱情和性。

让我们反过来逆向思维一下，让我们规定，向顾客微笑应该是无条件、无报偿的，态度好不奖，态度坏不罚，一有奖罚就有了强迫性与引诱性，笑出来也就不单纯不可爱了。这样的规定比微笑有奖要理想得多，但实现起来会如何呢？可惜，人自身并非那么理想，用理想的方法对待不那么理想的现实，结果会更加不理想。那样，我们就回到了过去的年代，你尽情地等着看服务员的苦脸、聆听服务行业从业者的恶言恶语去吧。

这与其说是金钱本身的罪恶，不如说是人的不争气。许多人本身有私心，许多人还没有达到纯正无瑕、洁白如玉的程度。我们如果假定他们不但应该是而且已经是圣人，那么连按劳取酬都是不必要的了，大家都凭高度的思想觉悟好了，各取所需好了。但是乌托邦主义的经济是难以维持久远的。你必须承认现实，承认人的至少在一定范围内的趋利避害的倾向，并利用这种倾向，利用经济的杠杆，使人们做得更好一些、更有效率也更文明一些，而不是相反。

当然，趋利避害，经济杠杆并非万能，还得有教育，有道德文化素质的提高，有人的精神境界的提高。这里咒骂金钱或者市场，以为没有了经济杠杆和消灭了金钱货币就有利于把人培养成为雷锋，恐怕是过于单纯的幻想，实际上，情况只能是更糟。

　　就是说，从纯粹理想主义的角度看来，微笑而不计报酬是第一志愿，微笑而有报酬因素是第二志愿。有了第二志愿就有过渡到第一志愿的可能，起码，面部的肌肉运动会令人舒服一些。最最单纯的第一志愿还不能一下子化为现实的时候，是退而求其次呢，还是"要么全部，要么全不"呢？经济杠杆、按劳取酬等等，都还不够理想。但毕竟它们是合理的与相对比较公正的，取消了合理与公正，剩下的会是理想还是理想的反面呢？

1995 年 7 月

给孩子以更美好的童年

愈来愈多的人重视起家庭教育来了,上要顾父母,下要管孩子,这是中国人的传统。然而,我发现,它们又多半是随意性的。父母其实常常是以自己为标尺来考虑孩子的。父母冷了就催孩子加衣服,父母热了就让孩子减衣服。父母高兴了就与孩子天下太平,父母闹气就拿孩子出气。父母有空了就检查帮助孩子的功课,父母没有空闲就来一个大撒手。这样的事,不是司空见惯了吗?

再随便四顾一下吧,殴打孩子,体罚孩子,相信棒槌底下出孝子,或者娇惯孩子,像填鸭一样地催肥孩子,父母教给孩子——应该说是引诱孩子喝酒吸烟……这各种的野蛮、造孽与摧残,这对下一代的犯罪,不是到处可见的么?

一个经济、文化、教育都不发达的国家里,也许最痛苦的就是他们的孩子们了。为什么我在旧中国选择了革命呢?因为我深知我与我的同伴们没有童年。为了无数个孩子的童年,为了给最需要光明和快乐的孩子们以光明与快乐,我们选择了殊死的战斗。

给孩子们以童年!这几个字时时使我热泪盈眶。这教育那教育,首先承认他们是儿童,给儿童以尊重和温暖吧。请按照儿童的特点与实际来教育儿童,不要随着父母的心血来潮向孩子大发歇斯底里吧,不要把自己这一代的人生的艰难与抑郁转嫁给无辜的孩子们吧。

所以,家庭教育需要引导,需要科学,需要耐心,也需要一颗仁爱的心。家庭教育是一个社会文明不文明、民主不民主、进步不进步的重要标志。你想做一个文明人么?你希望我们的国家与同胞有一个更加美好的未来么?从对待你的孩子做起!

发表于《家庭教育》1996年第1期

以讹传讹

不知道是一家什么报纸报道的对我的采访，说是我主张先走向世界再保护权益。当国外译介我们中国作家的作品时，不必太计较自己的知识产权云云。于是一些报刊纷纷转载。过了几天，又说是哪一位年轻朋友不同意王蒙的观点，以自己在海外出版作品获益不菲的事实，驳斥了王某人的将自己的著作权拱手相送于海外的主张，于是又转载一番。

是有过一个要我谈中国作家在国外的知识产权问题的电话，但报道出来走样太多。倒不是她故意歪曲，只是她大概从来没有读过我的文章。一、我从来不赞成"走向世界"的提法，我的这方面的观点多次见于我的文章谈话中：如与王干的对话，如去年发表在《随笔》上的拙作《文学与世界》，我都明白无误地、尖锐地批评文学"走向世界"之说，可惜采访的那位朋友对此一无所知。二、我从来注意保护自己的著作权，决不拱手相送。我与那位在海外出书效益颇好的朋友观点、利益、做法完全一致。在自己的著作权未受尊重的情况下，我通过我国的版权代理机构积极追索回来不止一笔应得的在海外出书的报酬。这能有什么客气或含糊的吗？

那么，为什么出现了上述以讹传讹的报道呢？因为来电话者要我介绍我的作品在海外国外翻译出版的情况，我介绍说，拙作在海外（含国外）出的很多，达二十多个语种，但罕有畅销者。在我国正式加入国际版权组织后，外国出版商大都是在取得了我的授权，与我签订了合同，付了酬后合法出书的。即使在此前，意大利、德国、法国的一些出版商也都注意尊重作家的权益。但有一部分大学出版社，或少数当地汉学家自费出版的文学刊物，他们声称他们出书印得很少，纯属为了学术与教学，不含有商业目的，因此要求作者授权他们无偿或低偿出版或发表。对此我考虑到在国外出书，物质报酬并非我唯一关注的事情，在某些情况下，先让人家知道你也许不失为明智的选择，从而同意了对方的要求。我同时也谈到，目前大多数中国当代作家的作品在海外的译介，接受的圈子还不太宽，还没有进入商业性"批量生产的地步"。我这样说，一是谦虚，二是分别不同情况，从实际出发，三是实话实说，从自己的情况看，考虑到各方面的因素，讲一点步骤，说不定可能提供一种可供参考的借鉴。怎么被报道成了那个样子呢？可能是我讲得不清楚，也可能是她听得不明白。

这也是经验，其实类似的经验在前几年关于作家养不养的问题的报道上已经积累过了。从我个人来说经验是：一、原则上不随便接受电话采访。二、不轻易接受自己毫无所知的人的采访。三、不接受对自己的文学活动文学观点一无所知的人采访。我多次碰到过这样的热心人，对采访我表现了很大的积极性，然而当他提出问题来你就知道他对你一无所知。问："您现在还写作吗？""怎么？您还去过新疆？"

最后，我要说明的是，我对自己署名的文字负责。因为有一些报道的作者我压根儿没有见过，他或许是根据我自己的或别人的文章东拼西凑来写对我的所谓"独家采访"的。感谢他们的厚爱，但是我实在难于为他们的文字负责，一一校正。

谢谢喜欢转载我的见解的各传媒，你们这次还能不厌其烦地再转载一次，以说明上次的转载不过是以讹传讹而已吗？

发表于《今晚报》1996年10月28日

调门与选择

美国人说他们选总统是"从两个坏人当中选一个不是太坏的"。除去幽默,这是典型的低调。这当然是对美式民主的一种讽刺,也是自嘲,倒也是面对现实。

如果两个候选人一个是圣贤,一个是痞子;一个是天才,一个是白痴;一个是救星,一个是魔鬼,那就可以进行高调选择了。对于前者,我们应该不惜一切代价去支持维护服膺,乃至为之流血牺牲,肝脑涂地;对于后者,我们应该一脚踢开,全部干净彻底消除,乃至拉出手榴弹的弦,抱上他与之同归于尽。

也就是说,当是非特别分明,斗争特别尖锐,选择特别严峻的时候,该有多么高的调子,不能含糊。例如,人生自古谁无死、留取丹心照汗青的文天祥;火烤胸前暖、风吹背后寒的杨靖宇;砍头不要紧、只要主义真的夏明翰;生的伟大、死的光荣的刘胡兰;还有在宗教裁判面前坚持地球仍在转动的伽利略……世界上有许多伟大的革命家、仁人志士,具有献身精神的科学家、艺术家,舍己救人的英雄,誓死不降的烈士直至宗教家苦行僧,他们的精神是高昂的,他们的事迹是壮烈的。有了他们,才有历史的前进和社会与思想学问的进步,才有人类的今天。

但是世界上的选择包括非常重大的选择并非总是如此。比如斯大林与托洛茨基、布哈林的斗争,中国的"文化大革命"中"坚定的左派"与"走资派"的斗争,一些被我们内行地与骄傲地称为"论战"的高屋建瓴、势如破竹的"大是大非"的理论，历次政治运动中先行的大批判，包括一些文坛上的笔墨官司，都曾经派上了极高极高——最高最高的调门。很可惜，这种高调少有能经得住实践和时间的检验的。

毛主席论述人民内部矛盾，这就比一味强调阶级斗争继续革命敌人不投降就让他灭亡的调子低了许多。我们现在处理内部矛盾又积累了许多的新经验，例如不搞无谓的争论，强调疏导和化解矛盾，淡化处理某些问题等等，调门都不算高，但是很有效，保证了稳定，保证了经济建设，有利于国泰民安。如此这般，真正建设社会主义、展示社会主义优越性的调门才能上得去。

中国传统上也有讲低调选择的。如两利相衡取其重，两害相衡取其轻。这样的命题承认了许多事物的相对性，而事实上也承认了兼利全利与绝对无害无虞的往往不大可能。这反映了中国人的成熟的智慧。愈是机会主义者，至少是某种幼稚病患者，愈要强调自己是"百分之百的马克思主义者"，这已经被不止一次地证明了。有时候会出现自己也不打算实行的不近情理的超高调，这种超高调常常是幼稚者与野心家的合资公司制造出来的。毛主席反感的一种文风就是"装腔作势，借以吓人"。毛主席早就指出，共产党靠实事求是吃饭，而不是靠吓人吃饭。

千里之行始于足下。这是高调还是低调呢？欲行千里，其调不低。始于足下而不是始于九霄云外，其调不高。水滴石穿、绳锯木断的俗语也是如此。以水穿石，以绳锯木，显然是低调。能穿石，能断木，却不妨看做壮志凌云。

"社会主义的初级阶段"的命题也是如此。社会主义的理想是高的，初级阶段的论断又强调不能一味唱高调——例如"大跃进"时期的三年超英、五年超美或一步跨入共产主义之类。

影片《苏菲的选择》描写波兰女人苏菲被送入集中营后，法西斯军官强迫她在自己的一子一女中选一人留下,另一人则送去被消灭。与两个孩子同时被杀相较,留下一个孩子,当然是两害中的轻者。但在选择究竟留哪个舍哪个的时候,这种选择就太残酷了。因为失去这一个孩子与那一个孩子的轻重是无法权衡的。

这当然是一个极端的例子。但它也能告诉我们,低调选择常常是被迫的结果,是无奈的表现,不一定是被法西斯所迫,更多的是被客观条件所限制。愈是看得出人的不自由,愈是看得出世界的无尽的缺陷,选择的调门就会愈低。

而苏菲的男友尼敦倒是调子极高的。他深深地痛恨法西斯屠杀犹太人的罪行,他恨屋及乌,除了死者,他怀疑一切活着从奥斯维辛集中营出来的人,因而对苏菲污辱之审察之嫌憎之。是的,苏菲确有弱点或者叫污点。那么尼敦呢?影片告诉我们,以偏执严厉冷峻的面貌表现出来的尼敦,其实是一个不可救药的精神分裂的疯子。

看一个人或一件事,不能只看调门,尤其不能看他责备旁人时的调门,重要的是看他的行动,他的记录。大德无名,大勇无功,大德大勇的人是不会为自己吹吹打打的。站着,所以不会腰疼的高调大话,是不算数的。"不管白猫黑猫抓住老鼠就是好猫"的命题,看起来不如"宁要社会主义的草不要资本主义的苗"的调门高,实际上呢?这还需要讨论吗?离开了实际实效实情,有些高调其实是相当可疑的。

但是反过来说,如果只有壮烈牺牲了的人才有权要求别人在必要时壮烈,我们的哲学会不会变成胆小鬼乃至叛徒的哲学呢?这又是一个人生的悖论了。

我们设想一下另一种高调选择之可能:就是说需要选择的不是两个坏人中的不更坏的一个,而是在两个极好极好的人中选择最最好的。也就是说是两利中的选择。这令人想起俄罗斯民歌《山楂树》,树下的姑娘面对的是"两个一样好"的青年人,但是二者不可得兼的形势却孕育着严重的后果。如果幸福的姑娘久久不能在两个一样好的青年人中做出应有的选择,那么她就很可能要遭遇道德上、舆论上直至人身安全上的麻烦。这也是福兮祸之所伏;天下皆知善之为善,斯不善已。两利的结果产生了两害,就是说,你必须考虑:选择而有失误与迟迟不做选择的优柔寡断相比,这两害究竟哪个更轻呢?这值得三思。"鱼我所欲也,熊掌亦我所欲也",这个比喻既高调又低调。从人的本性来说,其实是想要既食鱼又食熊掌的,但是人生在世并非什么百分点都可以占全了的——这又貌似低调了。孟子用这个二者不可得兼的比喻指向的却是"生我所欲也义亦我所欲也"的惊天动地的大问题,要求的是做出"舍生而取义也"的壮烈选择。这说明,低调与高调并非截然对立,低调地面对现实也会在必要时做出崇高壮烈的决定。

　　自然也有轻松的选择,例如购物。购物是在诸多利当中的选择。(也有害吧,起码你得交钱。)做这样的选择时最容易发生的情况是犹豫不决与动摇反悔,反悔了再去退货。购物的时候愈是犹豫不定费尽心机的人,愈是容易在购后退货。可叹的是,他或她忘记了本应在无尽的挑剔占用了大量宝贵时间与为了节约时间宁可少挑剔一点、马虎一点之间选择。可惜的是人生中的许多选择的改变远远不像购物退货这样方便。于是人们发明了口号,叫做无悔,叫做义无反顾。无悔无反顾是可以的,而且这精神常常是伟大的,当你从事一件崇高的事情的时候必须如此。当你回顾做得并不漂亮的某些事的时候怎么样呢?有时候也要强调一下至今不悔之类,因为有些事老是悔老是反顾老是口欲言而嗫嚅足欲行而趑趄,就会弄得十分糟糕,也就是说比硬着头皮顶住有害多了。但把某种坚决与无奈变成高调,就可能有些愚蠢了。我们究竟是不是已经够聪明乃至过分聪明了呢? 其实人类是常常干蠢事的,一件蠢事也许会干几十年几百年,一种错误可以犯许多次。例如几千年前的秦始皇就派人寻找不死药,而至今人们仍在追求神秘的方术或在传媒中做准不死药的补药广告。

我看过一部法国影片,描写一个资深警察与一个黑手党头子斗争,为了逮住尚无足够犯罪证据的坏人,老警察采用了许多非法手段——从溜门撬锁到肉刑逼供。这使我深有警觉。以其人之道还治其人之身可以说是世界性的现象,是带有规律性的现象,以之来说明人民对反动派的专政也许是非常贴切的表述。但从另一方面来说,在普通的人际关系中如果这样做,你对我不仁所以我对你不义,你对我狡猾所以我就对你搞阴谋,会不会产生我们所不希望的后果呢?就是说,对人际的过分的斗争,我们是不是应该警惕斗争双方的某种趋同的可能呢?在一个家庭里,如果夫妻一方有点狭隘、自私、暴躁、琐碎,动不动发歇斯底里,而另一方与之进行了针锋相对、奉陪到底、以其人之道还治其人之身的斗争,这一方会不会也变得至少是显得同样狭隘、自私、暴躁、琐碎、歇斯底里起来呢?我看很有这种危险。以文坛而论,如果论战双方同样尖酸刻薄,同样意气用事,同样与人为恶,同样强词夺理,同样攻其一点不及其余……读者会怎么想呢?他能想象其中的一方是真理另一方是谬误,一方是天使另一方是魔鬼,一方是玫瑰另一方是狗屎么?

在人际关系上,很多情况下斗争是不可避免的。但是值得警惕的是斗争中会出现双方趋同的征兆。如果耽于斗争,如果忽视了自己的主要任务主要工作,如果发展到"量小非君子,无毒不丈夫"那一套,那么你就应该以你的对手为镜子照照你自己了。

在这个意义上,一定条件下的不争论确是明智之举,当然不是绝对的啦。设一个靶子,将之绝对化,再滔滔不绝地批评之,可笑也。我一定永远反思永远警惕这种与之趋同的可能性。两害相衡,我宁愿选择置之不理。

人会犯各式各样的错误,从我个人和旁人的经验看来,对自己估计过高,暗暗地自恋是最常犯的一种。你爱来爱去,常常是在爱自己。人也真是的，老是觉得自己聪明，自己善良，自己为别人做了好事，自己写出了天下最好的文章，自己理应受到也确已受到了别人的拥护、赞同、跟随直至爱戴，自己理应得到这个再得到那个等等。人还多半觉得自己很重要，很有力量，觉得形势对自己十分有利。人爱听对自己有利的言语，慢慢也学会了讲别人爱听的言语，听多了说多了也就信以为真了；开始是喜欢什么有什么，要什么来什么；后来是有什么信什么，来什么收下什么；再发展到想什么干什么，干什么信什么；自己起动，自己运转，自己反馈，自己论证——实际上是自我封闭循环。等到一旦发觉事物并非如此，还以为是别人骗了自己，还愤世嫉俗地以为自己是更伟大了。

而人常忘记了事物的另一面：你聪明，旁人也不是傻子；你愈聪明，也许人家愈不服你。如果你不敢打保票说自己从未有过嫉妒心，你又如何为旁人嫉妒你而暴跳如雷？你善良，你自以为是天使，人家不一定相信你当真是那么纯净，也许人家从你的某些缺点当中得出了你作伪的结论。你清高，又有几个人能与你一同弹起不食人间烟火的雅调？像我这样身高不足一米七的人常常不理解冯骥才的一米九几是怎么长的。你的水平对低于这种水平的人来说是难以理解乃至难以信任的。你为了理想或原则或朋友放弃了许多东西，但是众人看到你的放弃使你获得了某些或更多的东西，或者你早已就获得了太多的一切——虽然你从不像某些人那样蝇营狗苟。你当了烈士，也还可能有人议论你沽名钓誉。你长得雪白，但是有人说你脸上有黑痣乌斑，而你说是旁人往你脸上抹了黑。况且你也有未能免俗处，你给自己立的标杆愈高，你的言行记录愈是高妙，就愈容易被人发现你有心无心露出的某些破绽。你受到的指望愈大，也愈容易由于你的某些表现不尽如人意而引起失望直至怨恨。你以为人家多么爱你，你知不知道又有多少人背后戳你的脊梁骨？人家拥护你？有人对你有意见而不愿意讲出来就是了。你知道有多少人能向你披肝沥胆而不是投你所好或者对你虚与委蛇？你声名大噪？好，秀出于林,风必摧之。毛主席都说过:"人怕出名猪怕壮。"壮了必然挨一刀。好吧,确有许多人真诚地维护你赞美你爱你疼你帮你,但另一些人却认为你是在拉帮结派搞小圈子呢。你说你没有这个动机,却有了这样的客观效果,怎么办?自杀还是杀人?你写的文章再好,也有人挑毛病或当真有缺点,有人硬是因了这些缺点或他自以为有的缺点而否定了你;甚至你的作品并无那么大的毛病却硬是有人不喜欢读,不读却又要说你写得不好。这既是悖论又是常情,不喜欢的不读,不读就更加无法喜欢起来,不读也要发表议论,论述他为什么不喜欢、为什么不读。不喜欢是不读的足够的理由,而不读,又是不喜欢的足够的理由。你气急败坏吗?气急败坏的结果只能是更加跌份。你争赢了吗?赢了就更让人不服,后患无穷。你输了吗?输了自然惨。你以为你很了解情况,其实你只听到某一种类型的意见,人以类聚,一伙一伙,这一伙人往往传播着与另一伙人完全不同的信息。谁能无过?谁能全知?谁能免祸?谁能辨得清一切误解?谁能防得住一切污水?

　　没有别的办法。但愿人生有一二净友,但愿你讲真话别人也对你讲真话,但愿人能摆脱抬轿子者,但愿人能够——这是关键——逐步做到把一己的私利置之度外。莫争一日之短长,公道自在人心——这是说最后,这是说"终极"。在最后与终极没有到来之前,还是豁达超脱一点的好。

　　谨以此自勉并与知我爱我也包括误解我讨厌我的人共勉。

发表于《文学自由谈》1997年第3期

只 言 片 语

　　电视接收机没有调到最佳位置的时候会出现两种效果,一个是模糊错乱,一个是黑白分明,后一种画面效果相当吓人,出来个人头,眼珠子黑如锅炭,眼白闪闪发光,像鬼。调一下,淡了,层次多了,立体了,亲切了。但如果看惯了黑白特别分明的画面,一开始反而不习惯,甚至认为是自己的电视机出了过分淡化的问题。

　　人为什么喜欢新的面孔?看乒乓球赛,如果场场都是他赢,你就不由得盼着他输。如果你盼着他输他还是赢,你甚至会慢慢产生一种厌烦,最后变成讨厌也说不定。一个运动员究竟是得了冠军以后退好,还是从高低杠上摔下来再退好呢?话又说回来了,古往今来,又有几个人做到了急流勇退呢?

　　有时候一顿饭吃得太多而产生了不适感,有时候这种不适与尚未吃饱的不适感混淆起来了,难以一下子分清,于是你又加吃了一点东西。

　　许多的讨论、争论,开始时是对于某个问题的不同看法的探讨,很快就变成了人际关系问题,会出现许多观察员分析家分析不同意见的利益背景,总之都认为对方是出自私利从而认为对方是道德品质问题,从而杜撰出假想敌的卑劣与自己的惨烈来,于是自己悲壮得要死要活……然后出现了各种消息、各种消息灵通人士、各种志愿军及送上门来为你效死的冲锋队。所有的情报都证明对方在搞阴谋,在制造流言,在挑拨是非,在指桑骂槐,于是你必须予以还击——以其人之道,还治其人之身。于是变成了阴谋大比武、流言制造大赛,变成了与少数民族无涉的泼(污)水节,变成了狗咬狗狼咬狼……如此这般,可称之为狗屎化效应。一切庄严的郑重的讨论哪怕是斗争,一旦有这样那样的人卷进来,最后都狗屎化了:于是一切赞同都是因为情面或受了礼,一切不同意见都是报私仇,一切团结都是结党营私,一切分离都是勾心斗角,一切建议都是别有用心,一切激情都是哗众取宠,一切的一切都臭气烘烘。最后你掩鼻塞耳以避之犹恐不及。

狗屎化效应多了,就产生搅屎棍式人物。这种人物可以是滥竽充数的混混——只要能在一些场合与别人抬杠就行,怎么不得体怎么来,激动就好,吵闹就更好,造成事件尤其好——但也可能成为人物,或者不妨说"人物"在不被理解的时候很像搅屎棍。他或能冲破万马齐喑、死水一潭,提供逆向思维的启发,而且增添热闹。许多时候,开讨论会,请客吃饭,唱卡拉 OK,结伴旅游,直到政治学习,人们都期待一个搅屎棍式的人物出现,有了他或她,至少表面上全盘棋都活了。

有的人总觉得陌生一点的人更可爱,陌生人带来的是一缕清新,一种礼貌的自制,一种新经验与启发。由于可爱便愿意接近之,接近了便渐渐发现他也与其他的人没有太大的两样,不见得比他们更高超,如果不是比他们更差的话。这可以称之为喜新效应。

有的人总觉得陌生人很危险,似乎一切生人都可能是罪犯,可能要骗你,可能对你没安好心,而熟人知根知底,令人放心得多。这可以叫做欺生或疑生效应。

一个儿子埋怨他的爸爸:"您太没有出息了,没有买下汽车,也没有买下房屋,没有写出真理的光芒四射的文章也没有演过电影,没有当上高官,又没有成为英雄模范,你们本来可以有更伟大的成就!这一代人啊,算是没有希望了呀。"

父亲说:"儿啊,你今年有多大了?"

儿说:"三十有九。"

父亲说:"我还以为你不到十五岁呢。明年你就四十了,到时候你给我们拿出点辉煌来。还有,你有孩子了么?"

儿说:"他已经十一岁了。"

父亲说:"呃,那么说你也快了。"

一个读书人读了《礼记》上的"大道之行也,天下为公,选贤与能,讲信修睦,故人不独亲其亲,不独子其子……"乃颓然叹曰:"两千多年过去了,我们碰到的问题还是一个样儿,一代又一代的人干什么吃的!"

另一个看了莎士比亚的话剧《哈姆雷特》,便说至今"活着还是不活"的问题没有解决。他对人类对文明表示失望表示焦虑表示痛心。

还有一个读了屈原,还有一个读了庄子,还有一个读了柏拉图,还有一个读了托尔斯泰,还有一个读了普希金,他们的结论都是愤怒与悲戚的:因为"天问"至今也还要问下去,你没能对答如流;"生也有涯知也无涯"的矛盾至今还痛苦得要死;"理想国"至今也还在理想着;善,至今克服不了恶;而爱情和情欲的煎熬,使他觉得自己比普希金还痛苦——因为他不知道该找谁去决斗,尤其是,决斗完以后,出版商是否就接受他的诗稿。只有一个庄稼人,他告诉他们他一直长到五十岁都没有吃过饱饭,而现在吃饱了,所以他认为日子还是可以过的。于是读书人痛不欲生,悲哀于人民的全面堕落。

一个博士在阁楼上读书愈读愈黯淡愈玄虚愈悲观。他的友人劝他下楼走一走,看看生活。他没有反对,便在一天夜晚下了楼。

首先,他看见一大群老年妇女敲着大锣大鼓扭秧歌,她们还都打扮得艳丽如妖魔:"太可怕了,人民的审美素质太不成样子了。"他叹道。

接着,他看到了一群男女在"盒带"的伴奏下跳交谊舞,"醉生梦死,醉生梦死! 而且,他们跳得根本不符合英国王室标准!"他摇摇头。

他走过一个地铁站口,一个人鬼鬼祟祟地问他:"要发票不要?要发票不要?""什么?"他问。"报销,报销……"那人含混不清地说。整整用了五分钟他才"脑筋急转弯"般地恍然大悟,叫苦不迭:"我的娘! 怎么这般伤天害理!"

他走过饮食夜市。卤煮火烧、酱烧猪蹄、爆肚、羊肠、褡裢火烧、水煎包、锅贴、烧麦、豌豆黄、驴打滚、艾窝窝……应有尽有,冷气热气,香气臭气腥气,红白黄褐绿黑,琳琅满目。博士大喜,垂涎三尺,坐下就点。拿起筷子就夹,忽然觉察:且慢! 不对了! 路边摊贩,何等肮脏,车过尘起,人言沫飞,手指拨弄,餐具不消毒不洗净,这样食品是可吃孰不可吃? 可别人都吃得香喷喷,美滋滋……吃乎不吃乎? 处境之两难,选择之不易乃至于斯! 他急哭了。

……回到阁楼上,他不知自己还该不该再忧国忧民,他只觉无语。他整理了一下他碰到的问题:如果战斗而只剩下了自己一个人,如果一个人而要与全世界作战,难道你的一切活动只是为了自己的影子?

孤独是不能提倡的,寂寞是不能推销的,伟大是不能操练的,艺术是不能炒作的,思想是不能避免的,悲壮是不能表演的。以上是否定律。

颂扬别人常常即是肯定自己,指责别人常常即是反射着自己的弱点，嘲笑自己常常即是嘲笑别人，给别人抬轿其实也是抬自己。以上是分享律，或曰借光效应。

过于强调什么，往往恰恰证明了自己某一方面的虚弱。例如曾经拼命唱"文化大革命就是好"，而从来没有唱过"淮海战役就是好"。以上是反衬律。

如果丈夫埋怨妻子琐碎而不断地与妻子争，如果妻子埋怨丈夫主观而不断地与丈夫争，如果一个人拼命批评自己的朋友不义，如果一个官拼命抱怨自己的下属无能，最后常常是证明就是你或琐碎、或主观、或不义、或无能。这是（斗争）趋同律。

有人赞成的必有人反对，有人佩服的必有人不忿，有人讨厌的必有人亲爱，有人趋奉的必有人躲避。以上是逆反律或完成律。

被阿谀也如吸鸦片，愈吸愈上瘾——瘾无止境，谀无止境，麻醉性舒服无止境。

井说河太轻浮，河说海太自大，海说井太窄小。苍蝇说老鼠太低下，老鼠说猫太残忍，猫说苍蝇太贫乏（缺乏营养价值）。警察想对说废话太多的东西课以罚款，于是井河海苍蝇老鼠猫一起造反。上帝批示：让他们就这样一年又一年地互相说下去吧。

发表于《文学自由谈》1997年第4期

你是哪一年人？

我有一个朋友，从中国去到美国，上学、毕业、获得学位、打工、找到一份稳定体面的工作，取得了在美的居留权，再回到祖国服务报效，前后有十七八年时间了。有一次我们谈到祖国这十几年的突飞猛进与变化幅度之大，他用"隔几年就认不出来了"形容他的感受，再谈起"文革""反右""大跃进"诸旧事，更是恍如隔世。

我问他："这十几年美国的变化如何？"

他说："当然也有些变化，但美国这个国家已经相当定型。"

是的，我们生活在日新月异的当代中国，不仅是改革开放这十几年，对于中国来说，整个二十世纪就是一个转型剧变的世纪。

剧变中的人，不同的时期乃至年头各有不同的背景和命运；有时候年与代的差别超过了其他差别。例如"文革"中北京的中学生，有一届初高中毕业生全部上山下乡，去云南，去黑龙江，最近的也去了内蒙古建设兵团，但次一年的毕业生全部留在了北京市当工人，两届学生的故事就大不一样了。

拿我们的作家来说，也有"代"的区分。有"五四"当中成长起来的德高望重的元老一代，如冰心、巴金，硕果仅存。他们的健在，不但是中国新文学的福分，也是中国社会主义医疗保健事业的辉煌成就。只有在我们社会主义的中国，老作家才能得到这样好的医疗服务。他们青年时代的经历，他们拿起笔来写作时的社会与文化背景，对他们的世界观与文学观的形成与人生道路文学道路的选择具有重要的意义。他们青年时代的主要文化背景应是五四新文化运动,他们基本上是启蒙主义者,他们通过文学手段呼喊和争取民主、科学、幸福、反帝反封建、醒国醒民并救国救民,他们有很强烈的历史使命感。他们受到了大家的尊敬与爱戴。

我不太了解这一代作家中的持相反文学价值观的人们的命运,例如被称为"封建余孽"或"洋奴""叭儿"的人们,他们都已作古,但是非功过仍可评说。倒是现今有些年轻人持"断裂"说,对五四新文化运动颇多非议,于是"五四精神"的传人们,不得不站出来为它的理念与旗帜辩护。

后来有我称之为革命和战争——特别是抗日战争——的年代拿起笔来的一代作家、持积极投入革命和战争的态度的一批作家,他们充满献身精神,信仰坚定,立场分明,富于自信,敢于也善于斗争,他们隶属于胜利者与(新中国的)缔造者的光荣行列。建国后相当一个时期执文坛之牛耳者当然是这一些作家。他们的名字群星灿烂。有许多巨星已经陨落,也还有一些人仍然健在。他们当中的一些同志,特别富于一种政治敏感、主人翁意识、整体(包括事业整体与文坛整体)意识、主流或中流砥柱意识、党与人民的代言人意识、方向意识乃至开国元勋的责任意识。例如最近我就看到这样一位老同志,声言有了谁谁谁来"接文学的班",他老就放心了。他的以天下为己任的领袖群伦的情怀溢于言表。这一代作家是新中国文学事业、延安文艺座谈会后的崭新的革命文学事业的奠基人和主力部队。他们虽然也逐渐变得高龄,他们中的许多同志,仍然笔力不减,新作迭出,尤其是正言谠论甚劲(包括公开发表的或上书言事的),人们会时时听到他们中一些同志的正气凛然的声音。

每个时期都有主流,这些老作家拿起笔来的时期的主流是革命与战争。同时每个时期也都有积极投入主流或不是投入而是黯然疏离的不同选择。选择了疏离主流的作家在革命大获全胜后受到了主流的疏离,坐了相当长时期的冷板凳,乃至受到了批评直至冲击。一开头倒也事出有因,当然后来就做得太过了。历史的发展从来是不无倾斜的,历史不可能对所有的人微笑抚摸捧抬装点,同时历史的秋千又常常荡来荡去。最近一个时期,一些疏离了革命与战争年代的主流的作家在某些圈子之内颇有些时来运转的气象,再现辉煌,行时得很。这大概也很符合中国式的物极必反的辩证法——因为中国少有那种一个时期的互补共存互相制约也互相激荡的多元平衡,而多半在某一特定时期,"不是东风压倒西风就是西风压倒东风"。目前有些学人对待"五四"以来的新文学史的态度发展到一百八十度大转弯——不疏离的不要、不边缘的不爱,红过的都贬、贬过的都红;从不符合某种意识形态要求的不行,到沾上了某种意识形态色彩就不行(这实是另一种意识形态即反对前一种意识形态的意识形态标准),从唯周扬的马首是瞻到唯海外某种舆论或学术思潮的马首是瞻——的程度,令人感到仍然是一阵风一股潮一大哄,仍然是非艺术的思路在起决定性作用。

再往下就要说到笔者这一代人了。我们的基本背景是新中国的诞生,这一代人信仰革命信仰苏联,无限光明无限幸福无限胜利无限热情无限骄傲自豪。我年轻时常常觉得过往的老一辈实在活得冤——他们竟然那么多年活在旧社会,旧社会的生活岂能算是人的生活?后来的人也不如我们幸福,他们完全没有见识过新旧社会,没有新旧对比,没有见识过革命的凯歌行进与美丽光荣的新中国在旧中国的废墟中诞生。因此唯有我们这一代——后来通常称为五十年代起来的作家——是历史乃至上天的选民。但后来这些人中的许多遭遇到了"反右"运动的蒙头盖脸的试炼,于是又形成了一种难以消除的对极左的警惕乃至"恐惧"。"文革"结束后,这批人活跃了一阵子,有的还颇成气候,但也有些人由于锋芒太露战线太长而受到了这一部分人和另一部分人包括上一代人和下一代人的夹击,被指责为不够革命、干脆不革命、十分危险或者是相反——始终没有脱离开主流意识形态,始终太过革命。有的年轻一代指出,五十年代这一批作家的成长背景太过单纯，完全是新中国、马列、苏联那一套（后来苏联也不灵了），不如以前的与以后的一代代作家学人见识广博——例如到西方发达国家留过学。就是说我们当年引以为傲的，恰恰是被某些人诟病的。这很可叹却也公平、现世报——谁让你们自我感觉曾经那么好？我们曾经那样热爱革命热爱苏联以至于那样警惕或曰"内心恐惧"极左，也曾被某些年轻人嘲笑，觉得太没出息，有些讨厌和啰嗦。年轻人大概想："现在都什么年头了，还怕（或防）极左？"看来是幸福的但仍然觉得自己太不幸太不走运的新一代人不理解上一代人怎么会那么轻信、那样自找苦吃又那样地摆不脱放不下，尤其是上一代人留给他们的这个世界离他们的要求还太远太远。大概穷人的儿子都会埋怨老子未能留下可观的遗产吧。他们批评上一代人说，那是被扭曲的一代，他们从自己的苦难中生产出的不是能够使下一代人现成接收受用的光芒四射的真理，而是破铜烂铁。这不是很有趣也很讽刺么？

有一点我不太明白，为什么在新中国建立时期拿起笔来的这一批作家当中找不到几个疏离者呢？莫非我们是在一个没有疏离的反衬的年头成长起来的吗？这倒真有点扭曲的味儿了。至于极左云云，那倒是除了警惕者恐惧者外也还有意犹未尽者，还有意欲一"左"到底虎视眈眈跃跃欲试者，事物从来不是单方面的。

现在在文坛上最活跃最有能量的还是"文革"中成长起来的一代，所谓共和国同龄人、所谓"从红卫兵到作家"（这是一位旅加华人女学者的一本著作的题目）、所谓青春无悔、所谓"六八人"（指某一个特定年级的学生，论者认为这个年级要出思想者或这个年龄段要出人才）、所谓"喝狼奶长大的"（此话不够友好和全面，但也多少同样事出有因）等等。他们中的某些人经历过"文革"，经历过上山下乡，又在盛年经历了改革开放。他们热情洋溢，勇于高瞻远瞩，富有正义感和悲壮感，富有精英意识乃至提出向世俗化宣战的口号。他们富有火气和冲击力，他们声音洪亮颇有气概。他们中的许多人是在"文革"后期或上山下乡时拿起笔来写作的。在人生的不同阶段，他们都是热情投入努力奋斗的，他们从而有效地汲取了当时的与后来的最新鲜最生动最丰富先进的思想营养与人生及世界信息，他们确是继往开来者，他们痛感到战斗正未有穷期。他们是当今文坛的主力。

同样我也不太找得着这一代中的疏离群落。时至今日，倒是有人特别敏感于新条件下同行们的礼崩乐坏、精神失落、道德颓败，他们举起了抵抗投降的大旗；而另一些人显得温和一些，他们忙于自己的写作即个人写个人的，易于认同（投降？）一些。不知道这算不算一种分化？

同时，更新的一代人正在崛起，应该称他们为改革开放的一代，他们更少条条框框，更喜欢张扬个性与公开追求物质利益……我不想多谈这一代作家，因为我对他们的作品的阅读和理解还很不够。但他们与过往的几代作家又有明显的不同，他们当中已经有人发表对于共和国同龄人不敬的议论了。

代与代的沟通并不那么容易。例如我前面举的那个五十年代作家热爱至少是热爱过苏联、深受俄苏文学影响的例子。到了《阳光灿烂的日子》里，《喀秋莎》这支我们那一代人的圣洁的歌曲，是作为小流氓们在"老莫"——莫斯科餐厅聚会的背景音乐出现的。我试图教孩子们学我们年轻时喜欢的苏联和中国革命歌曲，然而我失败了。一位孩子说："你从前唱过的歌原来这么水。"而我认为他们爱唱的流行歌曲才水。不知道这算不算代沟一例？

中国近百年风云变化，每隔那么十几年二十年乃至三年五年就"当惊世界殊""萧瑟秋风今又是，换了人间"一回。不同年龄段的人会有不同背景、不同的惯用语言——包括俗话套话俏皮话、不同的精神风貌、不同的服饰做派——现在的西服革履如果放到"文革"中穿会出现怎样的情景，连最富有想象力的作家也想不出来。一代一代人也会有不同的歌曲书籍思潮被青睐。这样，隔上一段时间人们在发现世界之"殊"的同时也会发现他的同类——人也已经"殊"了又"殊",叫做时惊世界异,自觉彼此殊;殊,也会成为一种隔膜吧。但不这样中国岂能由鸦片战争时期的大清帝国发展到突飞猛进的今天的把建设有中国特色社会主义的事业全面推向二十一世纪的中华人民共和国!

同时,在每一代人之中,对历史提出来的中心任务与活动舞台,也有积极投入与消极疏离的态度的区别。积极投入者叱咤风云,活得写得都充实红火,但也可能在历史的风暴中跌断脖颈,或失误受挫。至于因投入历史的中心任务而顾不上乃至损害了文学的某些艺术层面的精雕细刻,更是不在话下。疏离者常感困惑,常受冷落,常貌似无所事事,苍白空虚,向隅独吟。但在边缘状态下他们常常反而显得清醒,反而更纯洁更温柔更逍遥更迷人地经营着精美的文学瑰宝。待到风息浪止,沉淀寂静下来以后,他们就会被挖掘出来一放异彩。

选择了红火的人应该不拒绝为红火付出代价。选择了寂寞的人应该不拒绝为寂寞付出代价。至于历史走了什么弯路,那是另一个问题。寂寞了还要人家歌颂你的伟大,红火了还要人家歌颂你的高洁,然后为自己的寂寞或红火而骄傲,而自我欣赏自吹自擂或互相吹捧不已,再加上排斥不同的选择,未免显得太贪太满(太唯一)太发烧友。

也许我们不喜欢"代沟"这样一种来自西方国家的语言,那么看了几代人之间的不同乃至他们中某些龃龉,恐怕也难以否认差异存在的事实。其实各代人都有自己的历史机遇与历史舞台,有自己的历史业绩历史性贡献与历史局限历史遗憾,人们被历史成全被历史厚爱又有时被历史捉弄乃至被历史牺牲。比如我们那一代作家中缺少留洋的缺少有学位的,年轻时也很少有人读过海德格尔。对此我们应该有自知之明并努力跟上,我早就提出过"非学者化"的问题。但我们这一代人革人家的命与被革命的经验也还有它的宝贵之处,如果善于总结经验也还不无价值。人生是一部大书,社会是一部大书,这恰恰是沈从文先生最爱讲的。一味害怕自然不足取,宋人吕东莱却议曰:"天下之事胜于惧而败于忽。"何况,这一代人的所谓"内心恐惧",又被理解了多少,超越了多少!再说,真正有作为的人一方面为自己的时代所囿,一方面也还应该有所突破超越。尤其是,整个百年中国,代与代之间有它的连续性、传承性、一致性。各代作家之间有许多一脉相承的东西,就是说,我们也有代而不沟或有沟也可以架桥的因素。没有必要把一代人与另一代人对立起来,除非是加上了个人的私利动机。没有必要把自己这一代想得太美太悲而把上一代或下一代想得太差太丑。动不动自我作古、自我纪元、怨父恨子,是幼稚的。当然幼稚并不是大恶,我自己就那般幼稚过。

　　因此我希望,每一代作家除了看到自己这一代人的好处以外也正视这一代人做过的蠢事,除了悲剧的精神也不妨具有一点喜剧的精神,除了执着的态度也还有一点自我的超越。除了自恋自怜自我咀嚼也不妨有一点自嘲自省自审,除了热度也可以有一些冷度——清醒度,除了大字报式地痛骂痛批别人也还可以搞一点与人为善。我过去这方面也常常做得不足,我在近年的作品中追求的也包括这个。我希望人们除了相信自己这一代人的生辰八字必有异彩——这很可爱很能鼓舞人——以外,不妨相信旁的年头也能出人才出好人。这也与任何年头都会出小有所知、不太明理而又喜欢自吹和轻率地抹杀旁人的人——直至不怀好意、陷人于罪,相信同行是冤家的人一样。人们可以审父教子,还可以研究与理解乃父乃子,与乃父乃子沟通交流。谁也无法割断历史,只有无知者才会以为整整另一代人智商都远远低于己辈。最好是去理解代与代的差异的客观依据与历史依据。有了理解,有了善意,有了那么多共识和统一,有了清醒与自知之明,那么不但你上学那一年流年极佳,他上学那一年、现在与今后的子孙后代上学的许多年,都还是有一定的希望的。你能学到的东西比你老的或小的人也很可能学到。遇到不同代人的不同意见,不必立即悲壮亢奋,也不必把对方立即视为妖魔丑类歹徒阶级敌人。君子和而不同,几千年前的孔夫子的话说得真好。我相信各代作家都是或愿意是君子,我盼望不同年龄段的作家、不同性别不同背景不同风格不同观点的作家,都能和而不同,不苟同,吾爱吾师吾更爱真理,同时不苟敌苟恶苟贬,尽可能地保持和谐,能和谐也是一种精神文明,我们也还可以讲一点互相尊重互相理解互相学习实事求是的老话呀。

发表于《文学自由谈》1997 年第 6 期

上集与下集

  我的"夜生活",当然还是很简单寒碜的。黄金时间过去以后,看看电视台播放的外国影片,常常是睡前的一项重要节目。

  这些影片大多是分上下集两部分播放的,原因之一是为了在上集与下集之间插播广告。我们这里不在影片进行中时时停下来放广告,这是一个优越性。

  看多了便似乎悟出了一点道理:整体地说来,多数影片下集没有上集好看。上集多半会人情一些,扑朔迷离一些,引人入胜一些,人物性格也鲜明一些,镜头画面也有新意有魅力一些。

  上集中好人费尽心机,千辛万苦,硬是战胜不了坏人,因之令人扼腕叹息不止。看完上集,悬念在心,似乎有几分激动。而在观众强忍住困意,耐心等待放完了广告以后,再看下集,好像换了另一部影片。更热闹了,飞机大炮高科技特技打斗全上来了,唬人是真唬,感人却未必。而且常常是愈来愈肤浅化了。

  上集中屡屡应该解决而不得解决的矛盾,到了下集却由于一个莫名其妙的因由草草解决了。上集种下的悬念到了下集再看,敢情一文不值。上集是踏破铁鞋无觅处,下集则是得来全不费功夫。也有的在下集搞点节外生枝的戏,如最后抓住的大特务并不是观众认定的那家伙——结果就更矫情别扭。许多影片上集是悲剧正剧,下集则更像是喜剧闹剧。上集是编织矛盾,广撒网,下集是解决矛盾,把"鱼"生生往一条既定的窄路上驱赶。上集是事出意外,下集是以意为之，一切按既定方针办。上集有许多选择，下集没有选择，让你怎么样就必须怎么样。最后下集变得愈来愈索然寡味。于是人们一面呼着上当，呼着下次再不看这种拙劣的电影，一面颇感杀风景地关机就寝。

第二天呢？照样。看完上集仍然忍不住等着看下集，看完下集仍然要"骂"一顿。

慢慢在半睡半醒的状态下胡思乱想起来：这个上、下集的问题是不是不仅仅存在于电影中呢？许多长篇小说不也有这样的弊病吗？许多画家不也有类似的经历吗？还有恋爱婚姻，还有事业，还有人生，还有科研，还有娱乐、旅行，还有经商、"传道"……许多事情上人能善其始者多矣，却未必能善其终；人能美其青春，却未必能美其老耄；人能纯粹高尚于起初，却未必能在功成名就、各种"道具""手段"大大多起来之后保持纯洁、认真和责任心。莫非虎头蛇尾也是一种规律性的现象？天！

我想出了一身冷汗。当然，我早就超过了编写"上集"的年龄，我早已进入"下集"啦。我应该怎么样把下集搞好，努力避免"下集"中的败笔呢？愿与同辈人互励互勉，愿读者有以教我。

1997年2月10日

读 书 一 法

有一个脾性或有点刁钻的朋友,向我介绍了读文读书的一种反读法。他说:

如果一个人的文章油滑,嬉笑怒骂,玩世不恭,你不要以为他真的什么都不在乎,一个什么都不在乎的人不会趴在桌上吭哧吭哧写文章。其实也许他不在乎的是旁人的事、大家的事,在乎的是自己的利益。

如果一个人的文章里充满振聋发聩的新论断,根本性大论断;使你甚至觉得你与他不是一个星球上的人,使你觉得他一下子把大伙全给"震"啦,那你得考虑考虑,老(或小)人家他:一、是不是道听途说,现趸现卖?二、是不是望文生义,郢书燕说?三、是不是闭目玄思,一厢情愿?四、是不是循环论证,阉割事实?五、是不是真才实学已经用完或压根儿就没有,所以不停地求新求时,哗众取宠?也就是说,是不是大言欺世?几十年来的文风里的一个重要问题,就是好大喜异,装腔作势,借以吓人。

如果一个人的文字里愤世嫉俗得过了头,仇恨得过了头,无非说明他对俗是有所望乃至有所求的,否则,没有刻骨的欲望,哪儿来的切齿的烦恼怨仇?

如果文章里只剩下了谩骂,或只剩下了自我吹嘘自我广告自我表功,只剩下了牢骚怨言,那么,他已经江郎才尽,处境凄凉,不耐寂寞,渐渐找不着感觉了。

如果一个人的文章狂怒狂悲，俨然一头斗牛场上受了伤的牛，那么：一、他可能是自视太高，因而对受众大失所望。二、他可能急于得满分，得了七八十分了仍然激愤无地。在目前这种选择的空间不断扩大的局面下，其实能得五十分——就是说毁誉参半已经不错了。三、他可能略有偏执，即只能接受欢呼，不能承受冷淡，更不要说一时的不理解了。其实真正有价值有思想见识的作品，往往要有一个被人们认识接受的过程。遇到这种过程性的反映就痛不欲生，说明自己缺少分量。四、他还太天真烂漫，始终生活在梦里，没有任何的现实感。

如果一个人的文章里老是出现一些人五人六的名字，动不动"我的朋友胡适之"状，甚至攀扯上一些贵人以壮门面，那么，他是太心虚，也太缺少自信了。

如果一个人的号称纪实文学、报告文学、自白、实录的作品里不断地出现一些妙笔生花的戏剧性场面，这些场面不断重复、大同小异、一会儿一个样，或者带一些自吹自擂，那它肯定是最不实的文学，是作家的伟大杜撰，是信口开河的"砍"，总之，你可以读它，但不要信它。

如果在议论性的文章中带有那么多装不下的情绪，写得那样意气用事，动不动气呼呼、酸溜溜、恶狠狠的，他大概比较浅薄、幼稚而又急于浮出水面。

如果文章中不断地旁征博引，东一榔头西一棒槌，你明明知道他除了中文别的文字啥也不懂，但他张口闭口都是汉字音译或港台国语新名词，有的说法离奇而不尽情理，有的引用得十分符合需要，有的有明显的硬伤——违反了那么普通的常识，而所有的这些引证都不注明出处。那么，很可能，这些引证是假的。假冒伪劣的风气已经进入文章，文章中会有假典故、假洋人、假谚语、假外国格言、假方言俚语、假大师语录、假幽默、假历史、假经典、假日记、假书信、假统计数字、假答记者问等，不可不察，不可被气势唬住。

如果不断地在文章中充老大,指手画脚嘟嘟囔囔,横挑鼻子竖挑眼,而自己拿不出正面的论点甚至创造不出新鲜的话题,而只是说旁人都不对……这其实是十分底虚了。

还有,一个人动不动宣布旁人过时,无非是说明他自己的入时与趋时;宣布旁人丢了选票,则反映了自己的政客心态;抓住点枝节问题就不依不饶,说明的是自己缺少在实质层面进行讨论的准备;吹自己是英雄,那他就绝对不是,因为没有一个真正的英雄会是自封的;动辄强调"文人立场",说明的是一种狭隘乃至利益集团意识;把孤独、寂寞、痛苦……挂在嘴头,说不定是向大众或圈子撒娇求宠。

我对这位朋友说,你说的固然有一定依据,但是你的这种"疑今"的态度过分消极,诛心的逻辑也有失厚道,弄不好会使你自己把自己封闭起来,取消了进一步开拓前进的余地。因此,我建议,你还要补充一点正面的读书方法,也许应该以正读法为主。比如说:

您看到特别令您吃惊的论点、判断的时候,您应该相信,他极少可能是别有用心地颠倒黑白,您应该对文章采取"无罪推断"的态度。您也不要认为那作者大脑构造与您根本不同,而多半是他另有依据,另有信息来源和经验,另有他自己的独特角度。您最不能接受的东西,说不定也正是您最需要知道需要补充至少是需要认真思考的东西。

您看到激情洋溢的文章,您应该把它当做一篇华美的散文来看,科学性差一点的文章说不定是充满诗意和幻想的浪漫文字;不够客观的描述说不定流露着作者的更多的真情实感。要求什么都那么全面,什么都健康,个个明哲得参透万象,也就没了文学,没了精神世界的搏斗和发展了。世界上的文字并非都是为了操作的,如果一切文字都要操作出个结果来,那是灾难!

您读到一篇玩世不恭的文字,说不定他撕下的是假面和皇帝的新衣。

您读到一篇乱编的所谓纪实文学,固然这种手段不足取,但您就干脆拿它当虚构文字看,不也可能得到某些启发么?

您读到一篇装腔作势的文章,那么,不去计较他的身段,而去看看他到底是否说了一点有用的话,不是更好吗?何况,您也要考虑他的人文环境与他或许考虑到了的阅读心理、接受美学。

……我的朋友说,您说的貌似有理,但是第一,您缺乏明确的立场,散发着一种陈腐的气味。第二,您有些故意抬杠。第三,您自己能做到对一切心平气和么?您不是有时候也发表尖酸刻薄的议论吗?您不也是喜别人认同、喜好话而不喜被责备被误解吗?您自己做不到的事,却要我做,那么,您是不是有一点点伪善呢?

我火了。我说,您就是那个自己没有什么成就而专门挑人毛病的人,您的这些议论,看来也只能与您讽刺挖苦的那些文字是一丘之貉。您有这个时间自己多写一点建设性的文字好不好?我好在还出了那么多小说之类的,您呢您呢您呢?

我们俩都生气了。但是一会儿也就过去了。我从不要求朋友什么都和我一致,有个人跟你捅捅刺刺,有好处。我这个朋友虽然刻薄但还算皮实,自我感觉至少暂时尚没有太伟大起来,也就没有记我的仇。

我决定,本周末请他去上海小吃店吃小笼包子、拌马兰头和炸臭豆腐。

发表于《中华读书报》1998年2月6日

我 看 电 脑

我常常在报纸上读到一些非议和"恐惧"电脑的文字,比如说由于人们不再写那么多的字,而只是用手指敲键盘,人手将渐渐退化,一只手只剩下一个指头;又说电脑的使用会破坏灵感和艺术创造的气氛,因为高科技与艺术个性是不相容的;还有一位先生断言有些作品的冗长是由于使用电脑所致。这些批评和疑虑,据说由于后现代时期的到来而变得更加振振有词起来,因为一种时鲜的理论是批评工业化、批评科学和技术造成的负面的结果,批评现代化现代性,当然也要批评电脑。

诚然,人类的每一个进展都不是没有代价的。电灯的出现使美丽的蜡烛黯然失色。打字机的使用令使用者失去了鹅毛笔与毛笔的风雅。现代化的交通工具,当然剥夺了缓缓地骑马而行乃至步行的乐趣,还有出现交通事故乃至失事的危险。舒适的条件正在使人类的体能越来越弱。还有环境污染呀知识产权的盗窃呀各种麻烦。探讨这种麻烦是很有意义的,但与此同时,先进的科学技术不会停止它的发明发现与推广。发展中国家不可能停止他们实现工业化与现代化的努力。

由于中国的汽车市场与房地产市场的现状不足以吸收足够的购买力,也由于一部分知识分子的带头,近几年,家用电脑发展很快。特别是有那么多的作家用电脑代替了钢笔,令人惊喜。有一次电脑大国的日本作家团来我家访问,说起这一话题,他们十分惊异。因为那一天来的客人并无人使用电脑,而中国同行却纷纷"换笔"。

于是,出现了上述的对于电脑的非议。我奇怪的是,所有这些批评都是没有使用或没有学会或压根儿就不想用电脑的人发出的想当然的指责。实际上比如我,用电脑写东西已经长达五年了,还远远没有开发电脑的功能,但也丝毫没有因有电脑而有什么不变或改变。我只会拿它当文字处理机用。仅仅文字处理方面,电脑带来的方便实在惊人。比如修改,有了电脑,改过来调过去,得心应手,删多少加多少概随君便。电脑实际上是鼓励你写了东西反复修改,精益求精,而且不论怎么改,稿面永远是清清楚楚。比如存储,比如检索,一台电脑也就好比有了一个图书馆档案馆,随时寻查,十分方便。再比如复制,拥有一台电脑也就好比拥有一个印刷厂,它的复制与传播能力实在惊人。所以西方国家有一种理论,认为电脑正武装人发展人,延伸与强化人的头脑与五官,因此电脑是一个民主与进步的因素。

至于对电脑的种种非议与批评,妙就妙在都是不懂得如何使用电脑,没有购置过电脑,没有学会起码的电脑知识的人想当然发出的高论。对于一个作家来说,他用电脑进行文字处理,本来不是什么惊天动地的大事,因用电脑而影响了写作路线的实在未曾与闻。只剩下一个手指云云,纯粹胡言。恰恰是电脑操作调动了双手,而使用钢笔却只动一只手的大中食三个手指。

当然,对电脑与一切高科技的"罪过"的探讨可以照常进行,对工业化与现代化的批判照样可以高屋建瓴,人们照样可以选择或是声称回到原始回到丛林回到洞穴,但是作为一个发展中国家,科技与工业的发展是不会停止的。马克思曾经欢呼过电汽机车的发明。列宁把共产主义定义为苏维埃加电汽化。电脑的使用毕竟是一个进步而不是不进步或退回到前文明时期。是不是呢?

发表于《光明日报》1999年1月1日

中　国　心

一九九八年春,在纽约华美协进社讲演时,一位美国青年问我:"为什么中国人的凝聚力那么强?"

我戏答曰:"第一,我们都吃中餐;第二,我们都讲中文,用汉字。"

关于中餐,这里不打算进行多少讨论。中国人之爱中餐是毋庸置疑的。每次出国讲学呆的时间长了,就常有等回国好好解馋的期盼出现。只是有少数同胞想当然地判定世上只有中餐好,而西餐云云,不过汉堡包肯德基之属,那就大谬不然了。西餐是很明快的,几大块,本色本香本味,用料十分讲究,又注意营养搭配,特别是它的鲜菜、奶制品和甜食,往往比中餐还丰富,它的制作方法较少烹炒,油含量也少,执炊时不那么乌烟瘴气,自有其可取处。我在意大利就发现那里面条的品种与口味实在值得中餐学习。这方面自我封闭,夜郎自大,是不可以的。

中文汉字,确是人类一绝。特别是汉字,形声义俱全,其信息量远远大于拼音文字。汉语又整齐灵动,特别适宜于表达一种微妙的、诗意的情感。中文有着几千年的文化积淀,一些普通的字词,往往联系着久远的文化底蕴:例如"中华""神州""大地""海内""天涯""劬劳""芳草""眷眷""依依"……都够使受到过中华文化教育的人,浮想联翩,心潮难已,这是从翻译稿读中国文学作品的人所无法体会的。

最最能体现中文汉字的这些特点的首推中国的古典诗词，它的整齐、平仄、音韵、对偶、用典，都十分的美好简练易读易记。一个中国孩子，甚至在牙牙学语的时候，已经可能背诵下来许多古典诗词了。过年时吟"爆竹声中一岁除"；春雨时吟"清明时节雨纷纷"；中秋时吟"明月几时有"；送别时吟"劝君更进一杯酒"；喜悦时吟"漫卷诗书喜欲狂"；慷慨时吟"大江东去"；疲倦时吟"春眠不觉晓"；激越时吟"凭栏处，潇潇雨歇"……古典诗词已经规定了铸就了中国人的心理结构和表达方式。

中国古典诗词盛行的年代人们没有知识产权观念，诗词是唱和酬酢的一种手段，诗词是一种大的民族文化之树上的花叶枝干，做诗就是继承和发展我们的祖先创立的这株文化之树。所以，第一，做诗的人首要是熟读范作，要能够与中华民族的文化之树沟通关连；第二，语言、典故的选择上，要有创造性也要有继承性，有的甚至达到了无一字无来历、无一句无出处的地步，这是有些过分了，但这与诗词的这一功能有关，不好全然不顾；第三，作诗是一种社会交流方式，诗句可以互相引用，唱和、化用、翻用等，乃至于可以搞集句，可以通过形式上的整齐美，把不同的人的不同诗作重组重构，这比起西方现代派的重构尝试，要早上千年。

我曾经对文字改革抱十分激进的态度，现在，人们渐渐明白汉字是不应该也不可能废除的了。以我国古典诗词为例，全部改成拼音文字以后，还能设想原汁原味的诗词的存在么？

所以，近年来古典文学作品特别是诗词朗诵的成功与吟诵活动的普及，令我特别欢欣鼓舞。祝这些活动取得更大的开展。

这也是一个原因，当我看到一些显然连《唐诗三百首》都没有吟读背诵过的朋友写所谓的旧体诗，结果写得嘛也不是的时候，我感到了由衷的痛苦，要写旧体诗，还是先多读读吧，你会有收获的。

发表于《中国文化报》1999年4月30日

迎接二十一世纪

二十世纪对人类是太重要了。在这一百年中，人类进行了可歌可泣的斗争，付出了血的代价，做了许多实验，也做了许多蠢事，取得了惊人的进步，改变了自身与环境，也留下了大量麻烦。在世纪之交的此刻，我甚至怀疑人类到底是不是已经学得聪明一点明智一点了，如果是，为什么还有那么多问题，如果不是，什么时候才能学得好一点呢？

二十世纪的一百年对于中国人来说，是浴血奋战的一百年，是呼天抢地的一百年，是气冲斗牛的一百年，是争执不休的一百年，当然也是大步前进、改天换地的一百年。我们的胜利和我们的代价，我们的决心和我们的失误，我们的力量和我们的经验，都太丰富太丰富了。

也许我们不乏激情，但我们还需要更多的清明和心胸；也许我们不乏意志，但我们还需要更多的智慧和耐心；也许我们不乏智者勇者，但我们还需要更多的合作与善意；也许我们不乏自信，但我们还需要更多的倾听与兼听；也许我们不乏机变，但我们还需要更多的远见与思虑；在日新月异的今天，我们更需要从头学习。

而我们的文学，需要的是更投入更潜心更脚踏实地，需要的是一种冷静和扎实。文学是细心和渐进的事业，是文化建设的事业，而文化建设与经济建设一样，闹闹轰轰、咋咋唬唬、大言爆破的作用是有限的。

发表于《新民晚报》2000年12月30日

一点祝愿

我没有能力思考整个长达一百年的二十一世纪,我只能考虑考虑新世纪的前若干年。我希望进入二十一世纪人们(包括我自己,下同)能比过往的世纪更聪明一点,至少是更明白一点。例如,不再把吹牛皮当做成绩,不再把摆姿势当做境界,不再把甜言蜜语当做取舍标准,不再把恶意攻击当做战斗,不再把大轰大嗡当做力量的显示。

就是说,不再轻信假大空,不再轻信脱离生活的洋、土、秀才、博士和党八股,不再祭起一个名词就膜拜不已。

同样,也不再把某个评价某种虚名某项承认视如天神,不再相信世上有一种特异功能可以摧毁一切常识和常人的需求,可以使煤炭变白而使冰块变暖;不再孜孜于某个虚妄目标,为了某个一厢情愿的目的而不惜付出不应付出的代价。

我希望在新世纪人们多一些大度和远见,不再一输球就骂裁判,一赢棋就夸大人云,不再一言不合就恶语相加,不再动不动怀疑与自己意见不同的人是别有用心,不再急赤白脸地争一日之短长还要拉出大旗唬人,不要动不动采取自己所认定的假想敌的卑劣手段,也不再因为米饭里发现了一粒直到许多粒沙子就丧失对于人类、民族、集体和个人的信心。

我希望人们特别是同行们懂得发现与揭露别人的缺陷哪怕是真正的要害缺陷,也只能证明别人有毛病,并不证明你没有毛病;别人没有成功哪怕是真正的丢人现眼的失败也只能证明他或她不走运,并不证明你的成功与幸福。

反过来说,你窝里横窝里斗窝里吹关上门图吉利倒也是你的自由,却不一定作数。其实窝里的英雄最好还是关起门来埋头苦干,拿出实际的成果。

我希望新世纪人们多一些善良和耐心:宁可相信不同意见是别人有他或她的特殊角度;相信自己的不顺心除了旁人的责任也有自己的责任;相信世界上确有许多麻烦,但是大部分人不一定比你坏,就是说换一个位置,你的记录不一定比他或她好多少。

总之,我希望新的世纪人们有更多的思考、诚实、谦和与实干。让我们生活的这个世界少一点危险,多一点清明的信心。

2001 年 1 月 1 日

大 师 小 议

一

在中国,大师特别是文学大师给人以肃然起敬的感觉,例如人们认为鲁迅是大师,提到这个名字就像提到自己的精神上的父亲,大师是楷模,大师是先行者,大师是英烈,大师是光辉的旗帜,大师是某种终极关怀与绝对理念的象征;大师是权威(业务的尤其是道德的人文精神的即人类美德的),大师不容损毁不容亵渎不容不敬。大师是天一样崇高和海一样辽阔的崇敬与热爱对象,阐释和表达对大师的崇敬本身也是伟大崇高和不容苟且的事业。

大师一词相当于英语的 master,但 master 远远没有中文大师一词这样神圣的意义。查一下牛津词典,在 master 词条下的解释包括:一、雇主。二、熟练技工、能手、独立经营者。三、男户主。四、商船船长。五、狗、马等的男主人。六、男教师。七、硕士。八、少爷。九、院长。十、艺术大师。十一、控制某种事物的人。十二、原版影片、磁带等。十三、指挥的、高超的、优秀的。十四、自己做主;自己说了算。(见商务印书馆和牛津出版社联合出版的《牛津高级英汉双解词典》第四版)

这么多富有生活气息的,就是说比较自然比较平常的解释,像是给大师这个圣殿一下子打开了许多透气的窗户,这会不会使人感到轻松一点,呼吸自如一点,使人用到这个词时脸色好看一点,但是否会降低了大师的规格呢？请英语专家教我。

英语没有把握，维吾尔语我是熟练的。维吾尔语中称大师为 ustaz，其含义大致相同于汉语的师傅。任何能工巧匠都可以称为 ustaz，而任何活计干得好都可以称赞曰："Bag usta!"就是说干得真熟练真在行。去掉一个 z 为的是当副词用。"文革"时讲四个伟大，伟大导师云云，也是用的"伟大的 ustaz"。我到新疆开始扬场扬得不太好，后来扬得好了，就被称为 ustaz 了。

故而，在新疆，人们也常常把类似大师的 ustaz 一词译做匠人，如果把伟大的导师译成伟大的匠人，会不会更亲切一些呢？大师者匠人也，操维吾尔语和懂维吾尔语的作家，讨论起谁谁是不是文学大师即文学匠人来，大概没有操汉语者那样悲愤。

中国长期处于尊卑长幼分明的等级制社会，语词也带有分明的等级色彩，不仅大师一词如此，作家（在多数外语中不过是写者之意）、总统（在英语中也指大学校长或某些机构的头一把手）、伟大（在有的外语中也可指甚好或大量）等词亦是这样。这样反过来，语言的等级色彩又强化了现实的等级观念。

那么汉语的"大师""作家"诸词是不是有助于提高人们对人文精神的敬意呢，事物的意义都不是单一单向的，这也不妨一想。

二

一个很精彩的说法，说中国的骄傲是有了一个鲁迅，中国的悲哀是只有一个鲁迅。

具体的大师是永远不会有第二个的，不仅鲁迅如此，我们也可以问中国谁是第二个曹雪芹，谁是第二个李白；我们可以问英国人谁是第二个莎士比亚，谁是第二个狄更斯；我们可以问法国人谁是第二个巴尔扎克，谁是第二个普鲁斯特；问西班牙人谁是第二个塞万提斯。在现代印度，谁是泰戈尔第二，我们也不知道。

如果我们崇拜大师，那么大师的首要条件是独创性不可重复性，大师都是第一而且都是唯一，没有第二，有第二的能复制的不是大师。大师的重复产生只能是灾难，文学尤其如此。

我也不知道哪个国家的哪个作家具有鲁迅式的严峻深邃凝重的道义权威，托尔斯泰当年也许在道德完成上比较出色，但也颇具争议。列宁、契诃夫都对托翁的道德自我完成说教不以为然，嘲讽有加。托翁似乎并无后来鲁迅式的权威。那些被某些人向往膜拜的诺贝尔奖金得主，更没有谁具有这种权威——所以不仅是中国，就是外国，也没有第二个鲁迅，不论是海明威还是加西亚，不论是帕斯捷尔纳克还是帕斯，都缺少鲁迅式的伟大人格影响，更不要说得了诺奖后又与纳粹合作的挪威作家哈姆逊了。他们是匠人，不是中文意义上的大师。

三

然而有一种理论令我懔然怵然，就是把鲁迅与中华民族分裂开来对立起来，以鲁夫子的洞明证实国人的卑劣与没有希望，以鲁迅证明中国现当代其余作家的不足取；声称鲁迅是"一个人与全中国战斗"等。我有时候爱较劲即抬死杠："如果一个人与全中国战斗，那是为了谁战斗呢？为外国？为联合国但不包括中国？为人类但不包括华人？"当然也可以解释为爱之深责之切，鲁迅深深地了解国人的弱点，沉重地鞭挞的目的还是为了国人的自救，鲁迅是伟大的爱国主义者。

我直觉地认定鲁迅是非常中国的现象、非常中国的人物、非常中国的英雄，中外都无法重复。

四

　　大师的道义资格与技艺资格之间的关系问题，有时也颇让国人心焦。我们自古是重视道义资格的，讲人生，讲价值，最后都要归结到讲道义上，我们的政治常常是道德化的政治，故有王道霸道的辨析，故有贰臣忠臣的区别，这种概念至今被某些人乐道。我们的文化也常常是道德化的文化，叫做文以载道。修齐治平的理想的核心是通过个人的修身达到治国平天下的目标。先器识而后文艺，这是古往今来的不易律条。不论是从政从文，要取得参与的资格首先要取得道义资格。这方面从政的人好讲一点，有了权有了政绩有了群众拥戴什么事都好说。从文的人则要跟着风接受各种审查和议论，先跟着风犯错误，再跟着风受批评。不但领导要你说清楚，人民尤其是同行更要求你在时过境迁之后说清楚。在我国，很长一段时间提倡的是又红又专，一九六六年春为又红又专问题某权威大报就连发许多篇社论，一论再论达到吓人的许多论之多。现在则叫做德艺双馨，亦即选拔干部上的德才兼备，具体内容有不同，但思维模式差不多。

　　这当然是事出有因的，革命的威严与权威是压倒一切的，新生的革命政权，要求的首先是政治上的忠诚可靠即红，如果你心怀叵测，技艺上再好也要批倒批臭至少是要封杀的。

　　外国人也有他们的类似又红又专、德艺双馨的价值系统，当然只需改动一字，即把红改成白或其他颜色即可。外国人不那么单一，至少是做多元状，鼓励完了社会主义国家的异议者再去与资本主义国家的左翼新左翼直至共产党人眉目传情、心心相印，有时候也还是有戏看的。

　　有趣的是我国如今的某些新新论者，也掌握着一个又×（红以外的颜色）又专或德艺双馨的标尺，只是把标准颠倒一下，你认为进步的红的有德的我认为是软骨，你认为不红的疏离的乃至有那么点反动的我认为是宗师是风范。他们分析起具体的知识分子来，其严肃性与诛心性，其用语与方法的严厉很像是党的小组生活会上思想帮助、批评与自我批评。标准虽然倒了个个儿，思想方法思维模式语言与表达方式并无不同；风向虽然变了，跟风哄秧子的劲儿并无不同。

五

　　许多大师在他或她生前并不被广大公众接受为大师。立时被广泛接受的有时可能是大众情人性质的人物。文学嘛，当时你我都可以说这说那，但很多情况下需要时间的考验。急于肯定或急于否定大师，都是至少常常是一厢情愿。

　　一面评定着当年当月的最佳作家作品，就是说如此地注重着时效时文，一面争论着谁是谁不是证实着或证伪着大师，是不是急了一点？

　　大师不大师，它的效应是滞后的而不是立时的。对否？

　　至于以是否获得某项国际大奖作为是否大师的标准，这未免太通俗太方便太速食了，这无非是放弃自己的头脑功能罢了。

　　大师与否也是相对的吧。象棋大师，围棋大师乃至棋圣，汉剧大师，魔术大师，木偶大师，捏面人的大师……我们接受起来都不难，为什么提到文学大师就那么吓人？就那么自卑？大师是完美无缺的吗？理论上显然是不可能的。比如陀思妥耶夫斯基，比如巴尔扎克，比如杰克·伦敦，比如海明威，他们做人上的缺点是众所周知的；还有有过与纳粹合作记录的文学专业外的海德格尔与卡拉扬，他们恐怕都算得上大师。如果是我们的酷评（现已被戏称为醋评）者呢，会不会说契诃夫是软骨头，缺乏战斗性；说歌德是既得利益集团人物；说巴尔扎克缺乏献身的热情更缺乏行动以及什么什么的？当然，这样说也具参考性。

大师云云，也是可以讨论可以变更的，小苗可能成长为大师，大师也可能变得过气乃至发霉生锈。这方面是大师，换一个行当，他或她连学徒都不够格。智者千虑，必有一失；大师千百万言，必有狗屎。不能因为是大师便不承认其失误，也不能因其失误便不承认是大师。

六

大师产生与历史境遇、人文环境之间的关系，常常不像人们想的那样简单。有些论者力主二十世纪中国无大师，其目的在于批评二十世纪的中国历史与中国环境。不错，现当代中国文人的境遇是有许多可圈可点可思可叹之处，历史经验特别是"左"害也值得好好记取。不错，作为从业人之一，我希望作家的创作自由愈大愈好，稿费愈高愈好，住房愈宽愈好，全国的与世界的读书者愈多愈识货愈好。然而，研究一下文学史，你得不出作家愈受到历史的优待愈有成就的结论。曹雪芹得到了多大的创作自由，多大的物质支持？与雪芹相比，我们今天的作家不是幸运多多了吗？然而我们没有写出《红楼梦》来，我们没有雪芹那个本事那个出息。设想一下，如果雪芹生活在今天，有高级职称，住四星级以上的宾馆，又当作协头面人物又当政协委员人大代表，动不动得中外大奖，他写出来的书还是那个味儿吗？

与其说是自由与幸福、关怀与支持生产大师，倒不如说悲愤与忧患、冷落与挣扎造就着大师。那么是不是为了多几位大师就建议对作家进行迫害呢？不会蠢到这一步的。而且，作家们文人们的条件太差了，生存权隐私权发言权嘛权也没有了，活命都成了问题，遑论人文成果。那样的状况是难以长期为继的，是混不下去的。要求合理的条件，要求起码的标准，这是天经地义的与无法否定的。问题是谁也不能说准大师与境遇间的关系，同时人为地拔苗助长或修建温室对于文学人才的成长绝非必要。

七

是体面和敬畏好,还是平常心好呢?是匍匐地、神谕地仰望大师、大奖等等好,还是民主地、人间性地平视好?是视大师伟大高不可攀好,还是视他们为亲切的朋友好?既然人人可以为尧舜,人皆是佛,为什么不可以人人可以为大师呢?三百六十行,行行出状元,不就是三百六十行,行行有大师吗?是向大师请教、向大师学习也与大师商榷讨论好还是一想到大师伟大就感到愧死并要求非大师们愧死好?是以大师的名义吓人震人好还是以大师的名义春风化雨好?是一脸的所向无敌好还是默默的微笑好?你怎样选择呢?噫!

发表于《南方周末》2001 年 1 月 18 日

竞争的悖论

谁会想得到,二十一世纪是这样开始的!

"9·11"事件的发生,从技术层面看是匪夷所思;从规模与后果来看是史无前例、惨烈绝伦;而从精神层面看却似曾相识、古已有之。我立即想到了《尚书》上的名句:"时日曷丧,吾与汝偕亡!"这是怎样的仇恨,怎样的决心,怎样的誓言!《道德经》上说:"天之道,损有余以补不足,人之道则不然,损不足以奉有余。"《庄子》上说:"木秀于林,风必摧之。"老子又说:"民不畏死,奈何以死惧之?"中国的俗话说"枪打出头鸟"(据说澳洲原住民中也有类似谚语)。中国的俗话还说"拼一个够本儿,拼两个赚一个"。中国的又一句俗话说:"人比人,气死人。"所有的这些俗语、东方哲学、经验之谈,都以极其残酷的形式应验了。

不能说干这手活的人不邪恶,但仅仅是道德上的缺陷或者畸形,不足以形成这样的事件;也不能说现在被称为恐怖分子的人赞成美国式的自由民主,但价值观念上的分歧更不足以形成这样有组织的、精密的、深思熟虑与目标集中的暴行。这是仇恨,是人与人之间、人群与人群之间,民族、地域、阶级、宗教、利益集团之间的冲突与仇恨。仇恨发展到极致、恶化到极致,必然产生可怕的即恐怖的后果。这种思想情绪,或者用我国明朝的说法,这种"戾气",即因人际斗争引起与积累的、以死相争的暴烈情绪,古已有之,源远流长,于今尤烈,但未被重视。

西方的文明和进步,是号称建筑在自由竞争的基石上,号称建筑在珍惜生命与满足人生欲望的基石之上的。然而,竞争在推动进步、推动发展的同时,也付出了巨大代价,首先是留下了乃至牺牲了大量哪怕是少量的落败者、弱者、失望与绝望者。而屡屡的失败,会使弱者——他们常常感到自身是"被污辱与被损害的"——铤而走险,使求生的本能演变成求死的决绝:历史上这样的典型事例不计其数,而且这种事迹还屡屡受到论者的正面评价。前十几年中国某城市下乡知青请愿时就提出这样的口号:"中国人连活着都不怕,还怕死吗?"岂不触目惊心?幸亏此事得到了较好处置,未酿成恶性事件。

正是有鉴于自由竞争下的黑暗面,先哲才提出了社会主义、共产主义的理想。而苏联式社会主义的实验,从另一个方面又证明了杜绝至少是妨碍自由竞争的做法有可能变成全面压制,造成社会的停滞不前。自由与平等,民主与公正,竞争与慈爱,欲望与本真,发展与自然,人道与天道,差别与同一……人类的这个社会制度与价值观念上的悖论,至少是从几千年前就被中国的哲人注意到了,而这种问题还将世世代代地继续下去,直到我们真正变得聪明一些、善良一些,冲突与斗争的形式可能变得不这么恐怖了,但也不会结束。

发表于《明报月刊》2002年第1期

有 无 之 间

　　读二〇〇〇年十一月九日《南方周末》上沈昌文公的《回忆读书》一文,浮想联翩,感慨系之。那些年的《读书》,实在是一个亮点——如果不说是一朵月月开放的奇葩的话。而且,现在回想起来谈起来仍给人以俱往矣的不胜今昔之感。

　　沈公总结说,或者更正确一点沈公与吴彬同志共同总结说,办这个刊物的经验是三无:无能,无为,无我。这就把问题提升(按:提升云云这是港台说法,其实我们的习惯是说提高)到老子哲学上来了。

　　《道德经》上说,"万物生于有,有生于无",没有比用出版家编辑家作例子更能说明老子的这个绕脖子的命题了。出版家编辑家只有进入兼收并蓄的"无"的状态,即无先入为主,无偏见,无过分的派别倾向,无过分的圈子山头(有意或无意的),无过多的自以为是与过小的鼠目寸光,无太厉害的排他性,无过热的趁机提升自己即为个人的名利积累的动机,才能兼收并蓄来好稿子,也才能真正团结住不同风格的作者,才能真正显出一种恢弘、一种思稿若渴思贤若渴的谦虚和真诚,才能具有相当的凝聚力吸引力容纳力——港台说法叫做磁性。

　　有时候,一个很好的很可爱的很纯洁的很用功很执着认真的学者却硬是做不成一个好出版者好编辑,就是因为他们太"有"了,他们有"有"的功夫——有定见,有一派或一种观点,有很强的学派烙印和思潮色彩,有来历有渊源有自己在学术思想上的固定位置或预期的固定位置,有一拨学友一拨以类聚以群分的应和者配合者合作者切磋者。他们更有自己的个人的学术活动学术预期学术名望学术项目学术出访学术时刻表与学术自信和学术风格学术个性;他们是"这一个";他们习惯于做独胆英雄;他们习惯于单挑独鸣、与众不同、与俗鲜谐、自成一格,放在哪儿都显出个人的光芒来。

然而编辑与出版更多的是一种组织工作、群体的工作、服务即侍候人的工作,太"有"了就干不成了。上述的那些清高和自爱的学人们则没有至少是缺少无的功夫,他们从不把目光注视到自己的无上。他们不可能虚怀若谷地去团结作者服务作者,他们自己就是优秀的作者,他们凭什么跑来跑去为他人做嫁衣裳?他们自身就是行家里手,凭什么再去请教别人倾听别人?他们的师长、同学、同行、同道、私淑弟子至少是跟随者信奉者崇拜者已经很多很多,何必再去扩大作者的队伍与上心维系原有的队伍呢?像"读书服务日"这一类劳什子,清纯优秀的学者们是不屑于去做的。

这里所说绝无扬编辑而贬学者之意。学者有自己的无,不跑腿,不看人眼色,用不着太左顾右盼也用不着四面八方统筹兼顾,不费太多的时间做行政公关方面的俗事,也绝不轻易放弃自己的观点——不论你是泰山压顶还是蛤蟆闹坑,能够两耳不闻窗外事一心只读圣贤书一条道走到黑;这样,才能我行我素做得成学问称得上至少是希望成为一代学人的代表人物,最后还能成为一代宗师一代昆仑。这样也才能明辨是非,臧否清晰,党同伐异,生命不息,战斗不止。

这样的好学者也许可以对学术思想思潮本身作出精彩的贡献;也许他们能写出好文章写出好书;也许他们能提供一种独特的声音独特的角度;也许他们能编好一种学派刊物学派丛书或者同人刊物流派丛书,但是他们无法像三无人士沈昌文吴彬一样编出那样的宽阔、影响和质量来。

有之以为其利,无之以为其用。老子的这一命题用在这里就是说,无并不真是什么都没有。你找几个大草包,别说编《读书》,就是编《麻将指南》也不会编得好的。他们的"为其利"的有是有追求,有操守,有容量,有热情,有大的思路,有服务精神、敬业精神。他们是有一种真正珍惜编辑这个事业的态度的,他们不玩票,不会采取此处不养爷自有养爷处的高雅姿态。(后来事实证明有些这样的人一点也不高雅,而是不择手段。)不让他们编了,他们确实很失落很悲哀,这是不可以嘲笑的。当然,为其利还因为有前辈和有关领导的支持爱护,有沈文中提到的众师长和同人的支持,有这么一个刊物,有三联书店的影响和领导,更有以北京为基地的这样一个人文环境(各地奋起效《读书》之尤者多矣,都有不小的成绩,但是整体上看,差多了,原因即在此);如果这些主客观条件都是无,你还能闹出个啥来?

有了上述这些好条件,那就看你能不能无之以为其用了,不能无之而是有太多的主观性自我性,就会把好端端一个利,一个已有的有渐渐糟蹋掉。

有之以为其利,无之以为其用,说明的有与无的互补关系,叫做有无相生。还可以说,无是有的一种存在方式,是有的一种升华。无是一种趋向于零的心态,并不就是零。那么趋向于零的心态又是怎么样的一种状态呢?

一曰以无限大的道作为参照,就会有极大的胸怀。如果以零作参照而只有极小的胸怀,就只能趋向于无限大了。二曰这种无是一种弹性,不是刚体的不可入性。三曰容受性,如老子讲的,一所房屋,因为它的四壁之内是无,才能使用;反过来说,如果你的心胸的库房已经满满堂堂,必然丧失了一切容受的可能。四曰服务心态,自己既然是无,其用便在于为众人的有服务。最后是无我状态,无欲则刚,有容乃大,也不可能绝对无我。然而,老子说得好,无私,故能成其私。太私了呢?便只能闹笑话啦。叫做:有到无处渐应手,有到无时正得心。叫做:无是一种大有真有的状态,更是一种真有万有而不是私有独有的契机,是万有的生长点万有的源泉——是故有生于无并且有无相生,是有的最高形式。马克思恩格斯也是这样论断的,无了产才有未来，无了锁链而将拥有全个世界。治大国若烹小鲜，何况办一个刊物乎？

沈昌文和沈以前的《读书》诸君，其实办刊物办得平平淡淡，状态似是老农收麦子，麦子熟了收割就是啦，这就近于无为了。来了好稿子，有时候带着泥巴带着草屑照用不误就是了。有一点点辛苦，但算不上什么大事。而撅着腚努着劲捶着胸急赤白脸割麦子的都是力巴头。力巴也没关系，肯于学习肯于继承一切好的东西就大有希望。知之为知之，不知为不知，是知也。说明无其实也可能即是一种有，承认无知其实正是一种知，换句话说真正的知必然认识得到自己某方面的无知，自知之明恰恰是最可爱最难得的知。而最可怕可厌可笑的是明明无知却自以为什么都知道，强不知以为知，是一种愚蠢更是一种成事不足坏事有余的罪过。

无能云云，一种是真无能并承认自己无能，这是中上。有一定的能力但更看到自己的无能方面，从而团结和聚集所有的有一得之见者，并把他们的力量集中起来发挥出来，这是上上。自己有能并从而以自己为中心搞自己个人的一套，虽然自己有所建树却失去了助力失去了磁性，这是中下。而自己无能，偏偏做有能状做教训旁人状呢，那就是下下了。

用抽象一些的语言来说，上善以有为无、存有用无、知无守有；中善以无为无，无用无害无咎（这是无的低级状态）；下善以有为有，终无大用（这是有的低级状态）；甚恶以无为有，欺世盗名，害人害己。

至于无我，对于某种类型的人就更痛苦更困难一些了，呜呼，三无亦大不易矣，呜呼！

发表于《中国编辑》2004年第2期

作家不是世界的审判官

我对世界有兴趣,有善意。尽管很多事情我不能得出结论,作家不是审判官,虽然有人认为是世界的审判官。我认为作家对世界来说,首先是一个感受者,是表达者,是世界的情人。作家有各式各样的。有的是世界的诅咒者,这是特殊的。从我个人来说,我不希望和诅咒者接触太多,影响健康和食欲。

我上网主要是浏览,还有新加坡的《联合早报》,和中国友好的国家的相关信息,比较容易看到。新浪网、人民网我也经常看,常用Google搜索一些资料,对写读书笔记很有帮助。涂黑了点复制,一粘贴就行,好像读了好多书,但贴之前一定找到出处,注上,就好像你亲自读过一样,实际上就是从网上找来贴的。

作家不是世界的审判官,应该是世界的情人,应该对世界充满兴趣,充满爱。也有作家是世界的诅咒者,我尽量远离这类人,他们影响我的食欲和健康。世界是丰富的,搞文学创作的人不要把自个儿的目光弄得太狭隘。好像言情小说一见面就是调情,侦探小说一翻开就是杀人一样。我写的《尴尬风流》描写的就是人生的一个个侧面。

对我来说,最实在的、最重要的就是政协文史和委员会的主任,不是空名。但是,我毕竟还是用每天一半的时间用于写作。一般是上午写作,如果下午也写,就会头晕眼花。我用五笔打字,虽然不会盲打,但是手快。《北京晚报》上招聘打字员,我看一下招聘要求,完全符合要求。我参加革命比较早,我去新疆也从最具体的组织工作做起,建立团支部,吸收团员。后来当官、当文化部长,那时我有时还坚持"全天候"创作。我分析自己的性格,相对做官、搞研究,觉得我还是比较适合写作,因为我性子直,说话尖刻,易激动。

2005 年 12 月 22 日

书要照读不误

日前，我去了趟重庆的全国书市。给我的印象是，场地大，关注的人非常多，不仅是一个书市，而且还是一个读书节、文化节。这也说明，在网络时代，喜欢书的人还是不少。

网络时代的今天，中国还有多少人保留着读书的习惯？不久前，中国出版科学研究所作了第四次全国国民阅读调查，结果显示：我国国民读书阅读率已经连续六年持续走低，并且已经低于百分之五十，仅仅为百分之四十二点二。

网络上的浏览，从广义上说也算是阅读的一种。但是，它跟阅读印刷品的书籍还是不一样的。因为一本书在你手里，它有一种相对的安定感和归属感，你读起来会相对比较认真，思考也会比较多。

当你拿着一本书看的时候，你会把它当做一种道理，一种经验，一种智慧，需要更多唤起你去消化，用我的语言说就是"互证"，是一种跟它掰扯的愿望，这个是网络上所没有的。

书的作用特别多，但我最喜欢用的一个词是"互证"，互证就是互相证明，另外又是互相矫正。就是说用你的人生经验去补充那个书，来说明那个书，同时用那个书上的叙述和描写来比照你的人生经验，加深你对人生的理解。在我看来，在书里边发现人生，在人生里发现书，是最快乐的事，读书使人充实，也使人变得美丽。比如说在我最艰难的时候，在过去政治运动当中，特别爱读狄更斯和雨果的小说。其实狄更斯和雨果的小说没有什么可以和社会主义的中国相联系的，但是像狄更斯的《双城记》，描写了法国大革命时期人们所受到的考验，雨果的一些小说里也描写了人在社会的沉浮和动荡之中，人应有的精神上的品质，这些都给我非常大的帮助，起码让我知道人生不是一帆风顺的。

尽管网络提供强大的查找、搜索功能是书没法比拟的，但是我所说的阅读、体味、思考、互证，这个要捧着书才行。

一个真正喜欢读书的人，网络上看一看是为了接触一下，一看这个书确实值得看，他就去买。相反，一看是"臭大粪"，他就不去买了。因此，网络阅读和纸质图书阅读并不存在想象中的尖锐矛盾，也并不能互相代替。一个爱读书的人不会因为有网络就不去买书，不去读书，同样一个爱浏览网络的人，如果他有一定的思维深度和知识的基础，他也照样会去买书。

当然，现在的书也是越来越多样了，各种畅销书、排行榜层出不穷。但是，如果只盯住这些书，就好比是光吃冰棍，或者光喝甜水，虽然很舒服，但营养不够。还有一些书，东拼西凑，连蒙带唬，错误百出，甚至于宣扬迷信、危害青少年的心理健康。比如说，有过一些关于气功的书，说得特别悬，最后证明作者是骗子。还有一些所谓职场生存手册、人际关系诀窍之类的书，如果他们说的都是真的，那个作者就不需要写这个书了，他早就成功得没法再成功了。

在这个书丛如海、信息爆炸的时代，需要提高对书的辨别与鉴赏能力。要相信常识，抵制谎言，要有所选择，我们的书香才会更浓郁，飘得更久远。

发表于《人民日报（海外版）》2007 年 5 月 15 日

我们的力量来自以人为本

凶险的汶川大地震给我们带来了巨大的伤痛。地震考验了我们,我们作出了有力的回答。

我们显示了团结,显示了爱心,显示了为人民服务的理念,显示了中国特色社会主义建设所积累的实力,也显示了我们的方针政策的力量,手段设备的力量,中华文化的力量,归根结底是以人为本的力量。

以人为本是我们的力量的源泉和核心,以人为本是我们的骄傲和希望。以人为本的思想贯彻着毛主席不遗余力地提倡的为人民服务的原则,贯彻着亲民与民本思想,体现了对于生命的价值的充分肯定,以人为本的原则是无敌的,它既是中国文化优秀传统与近百年来中国人民浴血奋斗的宝贵精神成果,又符合人类的普世价值。它是社会主义核心价值的体现又具有超越特定的意识形态的影响力、说服力与吸引力。以人为本的理念能够团结最多的人,能够有极大的动员能力、鼓舞能力、凝聚能力,它是我们的抗震救灾、克敌制胜、安定团结、改革开放、和平发展、构建和谐社会与和谐世界的精神保证与力量源泉。有了以人为本的出发点与总原则,才有全面建设小康社会的实践与成果,才有改革开放的突飞猛进,才有爱心的大发扬,才有空前的凝聚力与应变能力。

由于以人为本,我们的五星红旗降半旗持续了三天;由于以人为本,我们的五星红旗永远迎风招展。我们因以人为本而热泪盈眶,我们为了以人为本而奋勇前进，夺取胜利。

八万多人的死亡与失踪，三十多万人的受伤，无数建筑的倒塌，无数财产的被毁，可称得上是天塌地陷、生离死别、家破人亡。然而困难没有吓倒我们。没有出现混乱与无政府状态，我们看到的是中央与各级领导同灾区群众的心连心，是军民团结如一人，试看天下谁能敌，是高效率的救援，是万众一心众志成城的及时反应，是爱的奉献的歌声，是让世界多一点爱的呼唤，是骨肉同胞深情，是万国援手的友谊，是以人为本的强大力量。

并不是每一个国家每一个地区都经受得住这样的大灾大难，并不是每一个政府每一个民族都经受得住这样的严峻考验。然而我们经受了，我们挺得住，我们能够担当，我们能够既是有组织有领导地、又是群众高度自发地，既是热情如火地又是冷静与科学地，既是勇于面对、透明与公开地又是有序与步调一致地作出了令世界耳目一新的回应。

此次抗震救灾的历程将载入中华民族的史册。这样一个历史的记录凸显了以人为本的光辉与有效性，这是抗震救灾呈现出来并将永远留下来的宝贵精神财富。

发表于《人民日报（海外版）》2008年6月13日

为什么中国人那样爱国？

人们注意到了抗震救灾中焕发出来的伟大的民族精神，人们为之而感动，而鼓舞，而骄傲。

从可歌可泣的无数事实中，我们看到了中华文化已经深入到我们人民灵魂中的一些稳定的、珍贵的、有意义的方面。

我这里首先要强调的是我们的抗逆能力与抗逆风格。家贫出孝子，国乱显忠臣。天将降大任于斯人也，必先苦其心志，劳其筋骨，饿其体肤，空乏其身……艰难困苦，玉汝于成。福兮祸所伏，祸兮福所倚。吃得苦中苦，方为人上人（我们不应将"人上人"理解为权势地位财产，而应该理解为品格与成就）……无数这样的命题与信念已经深入到我们民族的精魂。这些是我们的辩证法哲学，更是我们民族性格的文化力量。正是日本军国主义的侵略唤起了中国人民空前的爱国主义。正是我们严峻的生产与生活条件培育了我们的艰苦奋斗、自力更生、勤劳与坚强。那么，正是天塌地陷的汶川大地震，显现了我们民族的坚强不屈与艰难奋斗，就是必然的了。改革开放以来，有过不少关于人们精神面貌的负面说法，而地震的发生令人们对于我们人民的精神状态刮目相看，这是意味深长的。

其次我要谈中华民族的凝聚力。我们是一个大国，一个古国，一个文化上极有特点、极有独特魅力的民族。我们的文化爱国主义是无与伦比的。许多年前，我在国外讲学的时候一位朋友问我，为什么中国人那样爱国？我戏言道：中国有唐诗和中华料理。为了我的这个说法，复旦大学附中还特别命题令学生作文。一位移民欧美的华裔学人曾经对我说，他们在欧美生活的最大遗憾是文化共鸣的缺失，例如"露从今夜白，月是故乡明"的杜甫诗句就难以与当地友人共享。近代以来，我们的传统文化受到了太多的考验、挑战、怨怼与污辱，我们也的确应该对之进行深刻的反思与更新完善，我们终于看到了民族复兴、优良传统弘扬、普世成果的汲取、自立于世界民族之林的希望与现实。我们怎么能不珍爱自己的唐诗宋词与粤菜鲁肴，珍惜我们的生活乐趣与内心表达？不论是大陆内地，不论是港澳台，面对地震，表现出来的凝聚力向心力，即众志成城的团结精神、团队精神，使人们增加了对于这样一个人口众多的古老民族的不可分割、不可泯灭的信心。

第三我要强调我们的仁爱之心。仁者爱人，我们的文化强调和谐、强调仁爱、忠恕、礼义，强调民胞物与、将心比心、感同身受。我们的理想是老吾老以及人之老，幼吾幼以及人之幼，四海之内皆兄弟。太多的民族矛盾、阶级矛盾与社会矛盾，严峻的现实与艰难的历史使命，使我们相当长期以来不能不更多地强调无情斗争的一面。近年来强调和谐、爱的奉献才刚刚开始，已经显露了成效。抗震救灾中有多少这方面的动人事迹啊。

我们的民族精神同时也是与人类先进文明的价值观念互通互动的，我们同样感念世界各国人民与各国政府对于中国抗震救灾的支持。然而毕竟中国是太大了，振兴中华的任务是太艰巨了，中国的国情与文化传统是太有特色了，我们首先得依靠自身，依靠中华民族的伟大精神，没有其他选择。

发表于《人民日报（海外版）》2008 年 7 月 15 日

中国再也不能折腾了

改革开放走过了三十年,我也从青壮年成为一个年逾七旬、正在老去的人。这一辈子,算写过一点文字,见过点世面。三十年来,中国经历了翻天覆地的变化,同时,世道人心也经历了一些沉浮。时至今日,中国人的物质生活已今非昔比,但也有人慨叹世风日下,人心不古。

类似的感慨,在许多时代都会有。在我看来,"问题都是改革开放造成的"这一说法是站不住脚的。凡事都有一个发展变化的过程,把现在的世道人心说成漆黑一团,并不公道。中华民族是伟大的民族,同时也是长期处于"饥饿状态"的民族。饥饿了那么久,见到物质的东西有股子往上扑的劲儿,是可以理解的。

我的一生当中,或者说在二十世纪,经历的最大的一件事就是轰轰烈烈的新民主主义革命。这场革命唤醒了中国人民,也带来了历史的高潮化和生活的高潮化。在革命胜利后,不可能永远保持高潮。正如改革开放初期,也掀起了思想解放、社会解放的高潮,但是,总还是会进入平稳期的。当进入以经济建设为中心、发展市场经济的平稳期后,人性的另一面就会浮出来,比如贪欲、浅薄,精神生活的萎缩化、庸俗化,这也许是历史发展的必经阶段。

因此,我想,解决道德堕落、"社会病"等问题,着力点应放在对权力的监督、对核心价值的确认和重建上。

改革开放三十年以来,被视为社会良心的知识分子群体,也发生了很多转变。当下,知识界有不少追逐个人名利的现象,常受到社会非议。比如,我就从没见过像现在那么多的知识分子,热衷于谋求官职和级别。尽管如此,这三十年来中国知识分子的主流状态是积极、正面的。

在改革开放之初,知识分子的想法并不完全一致,有人认为,"西化"将成为一种潮流。当然,持这种看法的知识分子只占一少部分。上世纪九十年代以后,中国知识分子对国家前途命运的看法发生了改变,开始采取渐进改革和务实建设的姿态,参与精神生活的拓展,参与中国文化的提高、弘扬,这是国家之福、人民之福。

近现代中国曾长期处于动荡状态,新中国成立后也走过不少弯路。现在,中国进入了一个快速而稳定的发展期,再也不能折腾了。让我们倍加珍惜历史赐予的难得的机遇期,多些和谐思维,多些建设性态度,凝聚共识,团结一心干下去,共同创造中华民族的美好未来。

发表于《人民日报(海外版)》2008年12月29日

奥 运 随 笔

欢迎与欢呼

在庆贺北京奥运会倒计时一百天到来的时候,我们听到的中国的声音是:"我们准备好了""欢迎到北京来""期待八月的北京""共享体育盛会"……

未必有多少先例,一次奥运会的举行,使主办国的人们像我国人民那样激情洋溢,充满珍重与最最美好的希望。近代以来,我们吃过太多的苦,我们受过太多的气,我们付出过太多的代价,我们终于走上了建设有中国特色社会主义的正确道路并取得了举世瞩目的成就,使主办一次辉煌的奥运会成为可能。

北京奥运会的圆满成功对我们非常重要。我国人民期盼的不仅仅是金牌,而且是做好一次全世界的东道主,展现一个有了可观的发展与进步的,充满希望的,欣欣向荣的东方大国,展现我们与全世界运动员与人民的友谊,展现我们的构建和谐社会和谐世界的努力,展现我们五千年的文明硕果与改革开放,努力做到现代化三十年的崭新风采。

所以人们对于那些抹黑与污辱自己的亲爱祖国的言论特别敏感。主权与领土、国家与民族,没有什么话题比上面所说的更使国人关心与激动。某些噪音使国人立即联想起一二百年来我们的丧权辱国、割地赔款的近代史,抹黑的噪音激怒了中国,激发了国人的爱国热情,这一切也不能不引起世界的注意。请注意:尊重中国人!理解中国人!

然而这毕竟只是插曲。主旋律仍然是中国的和平发展与进步,是中国处于近代史以来的最好时期,包括对外关系、与西方大国的关系也是最好的时期之一,是中国人民对于世界人民的友谊,是我们已经做了并且正在做着面向世界、面向未来、面向现代化。我们与世界已经有了和正在有着更好的了解与沟通。我们有能力、有愿望,世界也相信中国有能力、有决心办好这次体育的盛会,这次青年的盛会,人民的盛会。干扰再可恶,仍然不可能妨碍我们的国家和人民的前进脚步。更不可能妨碍与破坏世界的奥林匹克精神和代表这种精神的圣火。恶意再加上猖狂,到头来只能暴露恶人的野蛮与霸道。我们在不得已的情况下做出一些回应以后,不会忘记更重要的事情与更有力的回答是:把自己的事情做好,把这次奥运会主办好。

好事多磨,干扰与噪音只能激励我们把国家建设好,把民族团结与国家统一巩固好,把对外关系的有关工作做好,把奥运会办得精彩、成功、圆满、吉祥如意。

正如邓小平同志许多年前在与撒切尔夫人谈香港问题时所说的,新中国早已经不是晚清政府主导的那个丧权辱国、一筹莫展的东亚病夫了。我们在聚精会神地搞建设,一心一意地谋发展,在二〇〇八年,我们还要聚精会神地、一心一意地主办好奥运会。中国期待着八月的北京,世界期待着八月的北京。敌视者、干扰者,直到企图分裂中国与抹黑中国的内外势力过去存在,今后仍然会存在,然而,他们不能得逞,在中国大地上响起的仍然是欢迎到北京来的欢呼声,是同一个世界同一个梦想的美好呼唤,是对于北京奥运会的最美好的祝愿,是友谊与祥和的音响。

欢迎,欢迎,欢迎!北京奥运会已经靠近了,我们一定成功!

别忘了为全世界加油喝彩

等到八月份奥运会一开,全世界的优秀运动员差不多就全来到咱们北京了。

真是盛事,盛世,盛况啊。

当然我们会为本国的运动员的好成绩喝彩,会为五星红旗的高高飘扬与国歌的不断奏响而激情满怀热泪盈眶。

同时,我们不仅是参赛国,而且是东道主,是主办国。朋友们别忘了为世界运动员的精彩而鼓掌加油喝彩。

我特别希望为外国的乒乓球而欢呼,因为在这个小球上,中国的优势太强,所向无敌的无对手比赛并不是最好看最有魅力的赛事。所以我高度欣赏韩国运动员朱世赫的削球,他的削球的观赏价值是第一流的。我也喜爱天真纯洁友好的日本乒乓球运动员福原爱和德国好手波尔。有好的对手才有精彩的比赛,有好的、能欣赏双方的精彩的观众,才有现场的热烈与友好,当然,你可能还是给本国的加油更有声势一些。

我喜欢巴西女排,她们打得有一种大气,她们的舒展开朗的形象也令人振奋;更不要说她们的发球了,观之神旺。中国女排与巴西女排对阵,不管谁赢谁输,双方都是好样的。其他古巴、意大利、俄罗斯的女排,也完全有理由赢得广大观众的欢呼。

我喜欢俄罗斯的带有舞蹈艺术家风格的体操选手。喜欢罗马尼亚的女子体操的耀眼明星。喜欢欧洲与拉丁美洲的足球名脚。喜欢大罗小罗的个人技术也喜欢德国足球的精确与集团化。喜欢泰国、伊朗、韩国的举重大师。却原来举重也是这样好看,发力的那一刹那响彻宇宙的是生命的颂歌。喜欢塞尔维亚与克罗地亚的篮球。喜欢NBA的惊天杂技。喜欢大威与小威的健壮、沉着、自信。欣赏乃至陶醉于莎拉波娃的颀长的秀美与天才,还有她脸孔上发狠时的悲壮与娇憨的结合。喜欢费德勒的高雅、沉静、王者风范。喜欢美国田径运动员的集体优势,喜欢非洲的长跑火车头。

喜欢看法国人的击剑,英国人的马术,美国人的拳击……

当然,要更快更高更强,我们会"斤斤计较"于金牌的斩获,会盯住世界纪录的刷新,会为中国运动健儿的大胜而彻夜狂欢。同时我们也不会忘记重在参与的奥林匹克精神,不会忘记同一个世界同一个梦想的崇高理念,不会忘记构建和谐世界的目标。不会忘记仁者爱人、将心比心、四海之内皆兄弟、己欲立而立人、己欲达而达人的中华优秀传统文化的核心价值。奥林匹克是中国的节日,也是世界的体育盛举。要展示我们的健康、力量、才能,更要充分发扬我们的友善、好客、慷慨、大方。赛场上是对手,赛场下是朋友,是我们的客人。

友好的北京,为世界而喝彩!

与世界共舞的体育节日

举国上下,都在热烈地庆贺二○○八北京奥运会的开幕,把它看做一次大喜事,一次美好的体育盛会,一次展示中国的发展与进步的机会,一次与世界共舞的体育节日。

体育很好,世界上还少有别的活动像体育这样较少争议,能比较公平,有共同遵守的规则——共识,有量化的标准,有基本上被普遍接受的权威工作机构。能吸收那么多不同肤色、不同洲籍国籍、不同宗教信仰、意识形态与社会制度背景的人士。

奥林匹克的原则:和平、非战或休战、友谊、公平竞争、重在参与、更高更快更强等等,也基本上能被普世所接受。

奥林匹克运动会还是青春与健美、生命与力量、技巧与能力的联欢,是人类的心智与体魄的完满展示。它有极高的观赏性,它充满悬念、一波三折、天外有天,它鼓励进取、鼓励顽强的意志与品质,它珍视荣誉、珍视道德、珍视团队精神,注重艰苦训练,注重身心的全面健康化,注重恪守规则纪律。这些价值理念,也是为人类大家庭所接受的。

正是在国际体育盛会前我们能够提出"同一个世界,同一个梦想"的美好理念,设想一下,这样的口号还难于在别的场合或机构例如安理会或世界银行中提出来。两个"同一",标志着近代以来我们的文化紧张与文化焦虑的状况正在为文化和谐与文化自信所取代,我们的构建和谐世界的美好理念正在逐步弘扬。

体育运动尤其是竞技体育不但能激活运动员的潜力与技巧,而且能动员广大的观众的热情,激起观众包括通过传媒欣赏赛事的受众的兴奋与注意力。

人类应该感到庆幸,毕竟还有个体育,能让全人类聚在一起,比试比试,热闹热闹,欢乐欢乐;多一点友谊,多一点交流,多一点共同规则、公正游戏,多一点快乐。

体育激发了强烈的爱国主义,尤其是像中国这样的曾经辉煌也曾经屈辱、曾经先进也曾经痛感落后,现在终于可以自立于世界民族之林的大国,能在自己主办的体育盛事中一显身手,能一次次地摘金夺银,一次次地升起五星红旗,奏起《义勇军进行曲》,岂能不令万众感奋、热泪盈眶!

同时体育从来都是一个开放的因素,世界性国际性因素,是一个积极与世界交流、沟通、取长补短的明朗的因素。正是乒乓外交打开了中美两国互相紧闭着的大门,这并非偶然。关上门搞体育是不可能的,我们的运动员有海外兵团,效力于外国的某个队,我们的乒乓球、羽毛球、女排……也都有人在海外执教上课,我们的足球、篮球、体操都有外籍教练或派遣运动员出国留学。我们的体育健儿是放眼天下的开放健儿,是尊重自己也尊重对手的文明健儿,是热衷于学习他人的长处而绝不搞自我封闭的门户之见的开阔健儿。为什么几十年来尤其是改革开放以来我们的体育运动能取得那么大的成绩,与体育事业能够较顺利地面向世界、交流世界、学习世界有关。同时,学到了手,有所创造发挥,我们也为世界体育事业作出了中国应有的贡献。

此次更加不同了,是我们全力申办了北京奥运会的主办权,是我们承担着此次盛会的财政负担,通俗地说,是咱们在请客,请世界上的那么多运动员、体育人士、政要、传媒人士与其他客人到北京来,共享(注意,不是襄)盛举。我们是参与者,是中国国家队的后盾,同时我们是主办者,是世界的东道主,是全世界运动队运动员的后盾。这两个身份时刻也不能忘记,不能偏废。我们要为中华而欢呼,我们要为世界而喝彩。我们要为中华体育健儿的优胜而扬眉吐气,同时我们也要为所有外国运动员的好成绩、新纪录而欢欣鼓舞,他们的胜利同样是北京奥运会的胜利,是人类体育事业的胜利!

同时,重在参与,不完全以成败论英雄,没有对手的精彩就没有你的胜利的含金量,没有对手的拼搏,就没有你的意志与精神的光彩夺目!强大的对手,难分伯仲的赛场风云,是体育竞技的魅力所在,是体育赛事最最吸引眼球的地方,也是体育项目的人类性、世界性所在。毫不讳言,我有时担心的恰恰是某一具体比赛项目各种奖牌基本上被我国包圆,那对此体育项目的发展很可能是弊大于利。

多年来的事实证明,主办奥运,与世界共舞并非一帆风顺。现在的世界,西方文明、发达的资本主义处于强势地位,中国与这样一个"世界"的对话与沟通,仍然是一个严肃的课题。全球化的进程与抵制,为中华文化带来了机遇也带来了风险。有了解也有不了解,有友好也有不友好,有逐渐积累的丰富信息也有偏见与陋习,有借题发挥与别有居心。包括我们自身,也有一个学会更好地与世界共舞的历史任务。主办奥运放大了中国在世界上的位置,也吸引了各种目光与说法。

我们要借此机会与世界平等对话。我们要告别受气的弱者心态,我们早已不是东亚病夫(到底污辱国人是东亚病夫的人在西方世界曾经有多大的代表性与普遍性还待考),而是迅猛发展的泱泱大国人民,我们也不是救世主,更不搞霸权。我们要习惯于平视与心平气和。我们有不同的国情不同的选择不同的忧虑。当然还有许多问题,许多麻烦。"世界"看到了议论了中国的这问题那麻烦,正常,欢迎,但是我们不可能一律按远道而来的贵客们说的办理,中国太大,中国的事情太艰巨,世界扛不动中国,背不起中国,中国的事只能是中国人说了算。

甭管你是哪儿来的,甭管你对中国友好还是不太友好,来的都是客,欢迎欢迎,包括欢迎你说话。同意就是同意,不同意就是不同意。想和您讨论就是讨论,不想和你讨论,不过是一笑置之。您的说法极佳,但是我们这儿还做不到就是做不到,您说也是白说。你讲的比较靠谱,好的,让我们试试。成绩就是成绩,危险就是危险。危险也能化险为夷。成绩也万不可吹牛冒泡。都要实事求是,都要礼尚往来,都要互相尊重并自尊自重,都可以坦然交谈,都要文明礼貌。

奥运会将为我国人民带来新的经验,新的精彩,新的篇章,包括体育成就与国际观、世界观、文化观,叫做深化改革扩大开放,叫做拿来主义与面向世界、面向未来、面向现代化。好啊,北京奥运会!

与世界共舞

北京奥运会召开,标志着中国与世界良性互动的一个新高峰。

中国离不开世界,世界本来就包含着中国。但是我们此处并列中国与世界两个概念的时候有它的意义:第一,目前的世界西方文明处于强势地位;第二,中国的独特的历史文化与现状使她与世界的对话与沟通成为一个严肃的课题;第三,全球化时代的中外关系,不断地会产生新的机遇与风险;第四,中国与世界的关系迄今远非一帆风顺。

是世界为我们带来了现代国际体育项目与规则,记录与榜样,带来了奥林匹克事业。我们尊重世界,向世界开放,欢迎"世界"到北京来做客与竞技。

是中国的北京此次成为世界的东道主，我们在"请客"，在办世界性的体育盛事、喜事。

世界很热闹，它那里有先进的生产力、先进的科学技术、管理经验、比较成型的行政法律体系、先进的与多样的思想文化观念，值得我们参照学习。我们已经从世界学到了并且正在学习不少的东西，使我们的面貌，例如体育运动的面貌大大地发展了改观了。

我们提出了"同一个世界，同一个梦想"的美好口号，提出了构建和谐世界的高瞻远瞩的目标。我们向世界显示了善意，发出了邀请，履行了和正在履行着承诺。

世界又是复杂的，冲突激烈的，有时是另类的。与先进二字一道，还有腐朽，还有祸患，还有别有用心。"世界"到北京来做客的时候也"带来"了恐怖主义的危险、极端主义的威胁、分裂主义的捣蛋，还有各种偏见与不了解。

而面对纷繁多样、无奇不有的世界，我们做好准备了吗？我们对于世界有一个深入、全面、稳定、贴切的认识与了解了吗？

做没做好准备，举世瞩目，因为，与世界共舞的盛举盛事盛况已经到来了。

这里的关键在于：

与世界平等对话。我们已经不是弱者，不是受气包，而是迅猛发展的泱泱大国，我们也不是救世主，更不搞霸权。我们要习惯于平视习惯于心平气和。

我们有不同的国情不同的选择不同的忧虑，我们认为我们的选择符合中国人民的最大利益，也符合世界和平与发展的最大利益。当然还有许多问题，许多麻烦，不比哪个外国少，也未必比哪个大国多。"世界"看到了议论了中国的这问题、那麻烦，正常，欢迎，但是我们不可能一律按远道而来的贵客们说的办理，中国太大，中国的事情太艰巨，世界扛不动中国，背不起中国，中国的事只能首先靠中国的十三亿人与至今进行着有效的与相当成功的管理的领导。中国的事只能是中国人说了算。

这里的法宝仍然是实事求是四个大字。甭管你是哪儿来的,甭管你对中国友好还是不太友好,还是颇不友好,来的都是客,欢迎欢迎。包括欢迎你说话。同意就是同意,不同意就是不同意。好处就是好处,不好处就是不好处。想和你讨论就是讨论,不想和你讨论,不过是一笑置之。你的说法极佳,但是我们这儿还做不到就是做不到,你说也是白说。你讲的比较靠谱,试一试也许能做,不妨说 OK, Let's try(好的,让我们试试),参考与试验一番。成绩就是成绩,危险就是危险。危险也能化险为夷。成绩也万不可吹牛冒泡。外事内事同理,都要以诚相待,都要礼尚往来,都要互相尊重并自尊自重,都要实事求是,都要文明礼貌。

中国的发展,中国的希望,中国的困难,中国的曲折,中国的贫穷与正在奔向全面小康,还有城乡低保,还有廉政建设……没有什么不能说的,没有什么需要躲躲藏藏的。我们的坦诚自信与坚定诚恳,昭昭可对日月。

反过来说,我们也不是只知道自己的事,我们也要问问中东,问问欧盟东扩,问问伊拉克战争与阿富汗,还有美国的大选、次贷危机与洪水,澳大利亚的乱伦刑事案件,西班牙国内的巴斯克-埃塔分离主义,以及一些拉美国家与美国的紧张关系……朋友们,咱们是互相关心互相评论互相致以良好的祝愿,同时,只能是自己解决自己的问题。

"世界"不是天堂也不是地狱,不是蜜糖也不是炸弹,不是美女也不是妖怪。与世界共舞,请勿趾高气扬,更勿紧张躲闪。一是谁也吃不了谁,二是能舞出点进步与互利来。与世界共舞,很有意思,很长见识,有利于开阔眼界和心胸,有利于知己知彼知时代知祖国也知世界,有利于消除一厢情愿与忽冷忽热,有利于获得正面的与非正面的教材,有利于我们的丰富、充实、成熟、自信与长底气。改革开放以来,我们已经与世界共舞得很出彩了,相信通过北京奥运会的举办,我们能舞出更辉煌的精彩来!

奥运,我愿为你老泪纵横

北京奥运盛会即将开始。

我们是参赛者,我们希望更快更高更强,多得金牌,我们渴望在赛场听到《义勇军进行曲》国歌的奏响,五星红旗的升起。我已经预感到了这种场面的感动中国的力量——奥运,我愿为你老泪纵横。

同时,我们不会忘记和平、非战、重在参与的奥林匹克精神。运动员们赛场上是对手,赛场之外是朋友,而且境外的一切运动员、来宾、记者、拉拉队员都是咱们的客人。

因为咱们不仅是参与国,而且是主办国,是我们受到了世界的重托,国人的重托,好好当一回东道主,好好为世界和平与友谊,为世界的和平、和谐与体育事业作一回贡献。在某种意义上说,这回轮到我们中国请客待客!

我们当然会为祖国的和平发展与体育健儿的优秀业绩而欢呼,好啊,改革开放的中国!好啊,蒸蒸日上的中华民族!好啊,屡创佳绩的中国运动员、教练员……

奥林匹克事业是全人类的事业,是全世界的体育盛典,身为东道主的中国人民,同样会用极大的热情与礼貌,以真诚与坦荡的心态为来自五大洲四大洋的各国体育健儿而欢呼!美国的田径、游泳与篮球,欧洲的足球、击剑与马术,韩国的射箭与跆拳道,俄罗斯的体操、射击与某些田径项目,非洲的长跑,拉丁美洲的足球,巴西的女排……都是好样儿的,都会让我们大饱眼福。他们的成就,他们的纪录,属于本国本洲本地也属于全人类,属于中国北京!世界——北京!北京——世界!中国北京与世界的沟通与良好互动,正是北京奥运会的意义所在。正像中国运动员的成绩同样属于世界体育事业、属于人类一样。

我们有自己的祖国意识、爱国主义,同样我们也完全具有世界眼光、人类视野,四海之内皆兄弟的胸怀与天下大同的理念!

可以相信,赛场上,我们会给中国运动员加油,也必然会为世界运动员的每一个精彩表现而喝彩,而激动兴奋。我们为中国运动员的取胜而振奋,同时也祝贺外国运动员、外国队的胜利,哪怕是某一场他们战胜我国运动员、代表队的胜利。某一场,哪怕我们为本国运动员、代表队的失利而流出伤心的泪水,请不要忘记拭一拭泪水后向对手作出潇洒和大度的祝贺,为获胜的一方鼓掌!也别忘了为未能获胜但表现出水平与风度的我国队或外国队鼓掌!更不能做出向对手起哄的无礼举动。即使裁判有了不利于我方的误判,我们也会用笑容最多是摇头来文明地表达我们的态度,而不会有任何的冲动与粗野……

还有各色人等,高官庶民,友好人士与戴着有色眼镜的陌生者……来的都是客,他们将会接触到开放的、坦诚的与充满尊严和自信的中国与中国人。我们是文明的主办方、待客方。

同一个世界,同一个梦想,为祖国欢呼,为世界喝彩,让我们与世界共享奥运赛事的快乐与友谊吧。

好啊,多么好!

奥运会在北京举行,我们迎来了那么多世界优秀运动员。

值得羡慕的是,优秀的各行各业的人都会引起争议,尤其是政治家、社会与人文学者、作家。你认为是巨星的,他说是狗屎,你认为是英雄的,他认为是恶魔。

然而运动员的争议少得多。他们的成绩是量化的,是对所有人开放的,只要你比他或她快百分之一秒、高或远一厘米、多半公斤……你就能够取而代之,成为世界冠军。这里没有吃老本,没有特殊背景,没有(至少是基本没有)幕后交易,没有至少是少有强权或者金钱在强奸民意。

运动员是靠最单纯的优秀来赢得胜利的。身体,体能,体力,心智,健康,意志,拼搏,勇敢,沉稳,技巧……你很难不为他们或她们的辉煌而倾倒。

我们是北京奥运会的参与者,更是被委托的主办者,我们要为中国的运动员而欢呼,为世界的运动员而喝彩。北京奥运会属于中国,更属于世界。

我首先想到的是中国的运动员桑兰,我认为她才是北京奥运会的形象代表:她的金牌是她的生命,美丽,光明,乐观,与整个世界沟通友好的高度文明和她的灿烂的笑容。她的金牌不是在赛场上,而是在生活中,在中国与世界上。

我们有的运动员在夺牌之后痛哭流涕,我理解他们或她们的潜台词,多么艰难,多么不容易!然而,我仍然期待他们或她们的桑兰一样的笑容。

我特别喜爱那些常常在夺金中失利的运动员。例如德国的乒乓球运动员波尔,善放高球的丹麦的运动员梅兹。尤其是韩国的打削球的朱世赫与金景娥,他们使一道正在消失的风景——乒乓运动中的迷人的芭蕾得以保持,他们的奋斗,增加了中国队胜利的含金量。我杞人忧天的不是中国乒乓的成绩不理想,而是中国队的压倒性胜利会不会降低这项赛事的魅力?我常常在乒乓比赛中为波尔、梅兹、朱世赫与金景娥祝福,咱们本国的运动员与球迷能原谅我吗?

我也祝福网球王子费德勒与网球美女莎拉波娃以及美国的大威小威。他们很可能在此次北京奥运会上失去第一把交椅的地位,他们已经辉煌过了。后浪推前浪,人才"辈"出,他与她们已经得到了世界球迷的喜爱,他们无愧于自身,无愧于大众,无愧于体育事业。只有痞子型的无赖型观众才不懂得尊重对手。还是要尊重全力参加了比赛,但没有获得最最压倒性的成绩的人。顺便说一下,期待自己的足球队取胜是可以理解的,踢得不如意便辱骂有加,脏话连篇,这与外国队发球时人们起哄或在某种情况下如对裁判质疑时喝倒彩一样,都太给咱们丢人了。

亲爱的同胞们,相信这次咱们会文明许多!

我同样喜欢巴西的女排,她们显得大气舒展,中国女排行进在层层险关之中,这样,她们的成绩才更令人感动。更不要说美国篮球的惊天长技,欧洲与拉美的足球的雷电风掣,非洲国家的长跑……

我不是体育家,我说的挂一漏万,当然。我只是想说,此次体育盛会是青春和生命的盛典,是世界与中国的共舞,是和平与友谊的节日,是健康和快乐、公正和平等的游戏。

游戏很好,奥林匹克(Olympic Games)运动会的直译本来就应该是奥林匹克游戏。正是在游戏中人们会多一点好心情,多一点善意,多一点规则,多一点拿得起放得下,多一点胸襟和风度、从容和自信。

好啊,多么好!

好啊,奥林匹克

"同一个世界,同一个梦想"的口号,体现了奥林匹克精神,同时使我们想起我国经典上早就提出的世界大同的理想,想起我们眼下提出的建设和谐世界的主张。这说明,它体现的的确是一种人类共同价值。

幸亏有一个体育,有一个奥林匹克游戏(game),我们可以借此表达这样的美好理念。体育之外,例如世贸组织、国际原子能机构呢,联合国安理会,现在到那边去提两个"同一",不免显得为时过早。

为什么体育这样好?奥林匹克这样好?

体育是生命与青春、健康与欢乐的颂歌,是和平与友谊的下载。

它主张非战、重在参与、公平游戏（即费厄泼赖）、更高更快更强、统一规则、服从裁判……是最少争议的，是比较不受社会制度、阵营分野与意识形态的分割的。国际奥林匹克委员会的权威性、有效性也较少受到挑战。

回想一下，三十七年前，中美两个大国的关系的改善从乒乓外交开始，这绝非偶然。它说明体育有较多的世界性、人类性、亲和性，在平等交流上较少障碍。

体育又是极有魅力的游戏。游戏的含义是欢乐。所有的游戏都是为了大家快乐而不是为了仇恨或者损伤。争强好胜是人性的应有之义，是个人、集团、民族、国家难免要面对的挑战，这样的争强好胜如果演变为战争、阴谋与大规模杀伤性武器，就很令人忧虑。但体育是game，是游戏，是玩——play，发自于友谊而不是敌对，发自于舒展自由而不是压迫，发自于规则而不是无赖。是我们的翻译"运动大会"使之具有了多一点庄严的性质。当然游戏也要庄严，轻佻随意的游戏能够带来的快乐殊为有限。国内外各种重要的体育赛事前往往要奏国歌升国旗，说明赛事是认真的，运动员是讲道德高水准的文明人，赛事中将不会出现流氓讹搅现象。正如越是美女如云的电影节与世界小姐评选（选美）越要着超级正装。庄严的游戏是可喜的，它比庄严的侵略、压迫、屠杀、掠夺不知好凡几。

很难在人类的行为、活动、追求中，找到另一种项目，像体育这样能够把严肃郑重与游戏趣味结合在一起。由于郑重，倾力以赴。由于游戏，拿得起放得下，赢输都有风度，都有收获。体育的模式是双赢或多赢而不是零和。体育承认价值的珍贵荣誉的珍贵，同时反对价值的霸权化与极端化。它的价值标准简单明快，向全人类开放。

很难找到另外的项目，像体育这样把竞争与普遍高扬、与共享欢乐、与亲和友善热情、与万国一家的心胸结合得这样好。

体育使人类共处得更紧密。

很难找到另外的领域,像体育这样把人类性、世界性、国家(民族、地域)性、团队性与无可替代的个人性结合得这样好。

很难找到别的领域,像体育这样把最原始最本初的对于人体,对于体能、智能,对于风度、教养、造型与一切人的美的因素与最现代的观念与文明成果结合在一起,统一在一起,体现得这样完美、自然,富有说服力与感染力。

很难找到别的领域,像体育这样,能够把创造性、挑战性、勇气与纪律性、与对于规则的恪守结合起来。没有普遍有效的规则,也就没有全人类的体育盛举。

很难找到其他领域,有这么多国人体育明星在海外执教或成为海外兵团的一员。同时,我们也请到了那么多教练、运动员参加中国的体育训练与比赛,为中国的体育事业作出了杰出贡献。在国别问题上,体育比较心胸开阔。

体育的美好也带来了走火入魔的危险:政治化、锦标主义、狭隘的民族主义、兴奋剂、赌博与随之而来的虚假裁判与虚假成绩,体育腐败……

请允许我提到,有些个地方,人们越是缺乏自信,就越可能为一个名次与计分而争红了眼……而我们应该表现得更磊落、更成熟、更高雅文明。

体育,尤其是奥林匹克盛会,给人以启示也给人以鼓舞,体育能够做到的,为什么别的领域就做不到?在人类的与国家民族的生活的各种领域,我们能不能从体育上获得某种启发?我们能不能同样地,或近似地去寻找健康,寻找公正,寻找友谊,寻找欢乐?同时避免狭隘,避免小气,避免一时的不文明?

所以说此次在北京举办奥运会,理应受到国人的欢呼拥护。我们欢迎奥林匹克精神与中国的改革开放、和平发展、和谐社会、和谐世界理念的融合,欢迎中国与世界的进一步共舞。可以想象,北京奥运会将会留下丰硕的物质与精神文化遗产,留下一些美好的理念与范例,也会留下某些有教益的经验。中华文化将从中得到新的契机,被进一步激活:有所发展,有所丰富,有所成熟,并与世界更好地沟通与互动。

运动员漂亮了

对于这次奥运会,我和我的家人有一个奇怪的也是可喜的印象——咱们的男女运动员都更漂亮了。

真的,过去,我们常常认为举重运动员短粗、憨硬,然而这次,张湘祥是那样潇洒倜傥,陈艳青是那样圆润自然,龙清泉是那样纯真喜人,廖辉是那样英武俊秀……

我们过去还认定,女足运动员远远没有男足那样挺拔豪壮,而这次呢,徐媛和韩端,不但是破门的功臣,也都极富有青春的迷人风采。还有我们的男篮小伙,个个酷毙帅呆。我们的射击名将,风度翩翩。我们的射箭冠军张娟娟,绝对是二十一世纪的中国美女。

健康是美丽的基础,自信是美丽的光辉,尊严是美丽的保证,爱心是美丽的内涵,全面小康是美丽的环境,和谐开放是最美丽的气度。

反过来说,嘀嘀咕咕不美,畏畏缩缩不美,病病恹恹不美,傻不棱登不美。

我坚信,随着全面发展,随着改革开放,随着身心的健康化尊严化,随着正当的竞争与人性的舒展弘扬,中国人会越来越美丽。求美得美,五讲四美嘛。

热场面中的冷思考

北京奥运会上两个字熠熠生光:中国。

全世界对北京奥运会好评如潮:"北京奥运会让中国赢得世界

好感""新中国从'鸟巢'起飞""中国真正回归世界强国"等等等等。中国金牌总数已远超上届奥运会,至今高悬榜首。我们的优势项目射击、举重、体操、跳水、乒乓球、羽毛球继续保持和扩大优势,我们在非优势项目也开始夺得金牌。

已经可以断定,中国主办了一次成功的奥运会。中国运动员已经大获胜利,中国大喜!

摘金夺银,欢呼鼓掌,热场面需要冷思考,捷报声声中我想从男足的失利说起。

不是我哪壶不开提哪壶,而是不开的那一壶有发人深省之处。

要说近几十年十几年以来,我们在男足上没有少费气力,增加投入,更帅换将,体制创新,人才战略,放眼全球,献计献策,可以说是想尽用尽了我们的主观努力。

这说明,有些体育项目,一抓就灵。有些项目,则有更深层次的原因,难以速效。我相信我们的男足运动员教练员也都尽了力,也都盼望成功。与男足类似的还有一些体育的基本项目:例如田径与游泳。

巴尔扎克说,培养一个贵族要三代人,我们也许可以设想,培养一批高水平的男足球员,要几代人的努力。我们应该有清醒的头脑与足够的耐心。

男足失利引起网上一片冷嘲热讽、恶搞以至辱骂。这里不但反映了我们的某些球迷还不文明不成熟不科学不理性,也反映了国人的一种急于求成、盲目陶醉、自视过高、一厢情愿的心态。

而急于求成、盲目陶醉、自视过高、一厢情愿的心态,曾经给新中国的发展建设带来了太多的弊害,远不止于男子足球。

有这么个不如人意的男足摆在那里,很好很好。我们还是发展中国家,我们还是社会主义的初级阶段,我们中华民族还不会忘记犹如昨日的"最危险的时候""发出最后的吼声",我们中华民族吃饱饭——基本上解决了温饱问题也还没有多少年。我们人口多，资源少，长期以来积贫积弱积矛盾，我们现在站立起来了，挺起脊梁来了，在北京奥运会上大大地风光了。但是绝不等于已经万事大吉，金牌再多也不等于我们的国力第一，生产力第一，科技第一，文化第一。我们面临的麻烦还很不少，我们的历史负担与人口负担仍然很沉重。

开完奥运会，人们的注意力将集中在回顾改革开放三十年上，男足不仅启示我们不能忽略体育事业上的不足，也提醒我们发展进步上的任重道远。建设好发展好中国，当然比踢进几个球更艰难。我们还得卧薪尝胆，我们还得谦虚谨慎，我们还得戒骄戒躁，我们还得在欢呼胜利的同时保持忧患意识。

尤其喜欢龙清泉

有一次媒体的朋友问我喜欢看什么体育项目，我说举重，他们笑了起来。

我不是体育知识很多的人，已经多少有点老眼昏花，但是举重我看得清清楚楚。举重是一个人一看的，你看得见运动员的表情，看得见教练的叮嘱与对运动员的拍打按摩，看得见运动员的吸气呼气，闭目养神，瞪眼提神，以及在使劲的嘴角。

举重是真正的擎天柱的运动，是力拔山兮气盖世，是勇冠三军力冠三军，是挺直脊梁骨的真正硬骨头精神。

我尤其喜欢年龄不足十八岁的龙清泉，他的天真纯洁快活令人解颐，你不再感到举重只有辛苦负重的那一面了，它还有快乐活泼的另一面。我也佩服连续打破世界纪录的刘春红，她的坚毅与镇定，她的信念与实力，让你相信她没有举不起的重量。

我们应该也可能在举重上显现出越来越多的优势，因为我们民族精神的特质之一是忍辱负重，是抗逆而起，是挺身而出，是竖直我们的脊梁骨。

关于男足

我对冷嘲热讽、恶搞辱骂中国国奥足球队十分反感。我认为这反映的是一种不文明、浅薄、不善良。如果我们的足球球迷是这样的,就证明他们还不配拥有一个例如巴西那样或者荷兰那样的球队。

在我们欢呼各项体育运动的成就与奖牌的进项的时候,我们也急于看到男足的长进,这是可以理解的。但是,我们也无法不承认,我们的男足还始终没有翻过身,自有其难处。这并不取决于愿望,并不取决于心气,我们不是唯心论者,不能不考虑各方面的实际情况。

我们的国家我们的民族,真正吃饱了才有多少年头?我们的体质,我们的传统,对于对抗激烈的足球运动来说,都有欠账之处。我们的男足运动员也是在那里拼搏,在那里流血流汗,谁不愿意进球?谁不愿意欢呼震天?谁不愿意成为巨星成为民族的骄傲、青年的偶像?

我不是专家,但我相信,弱有弱的原因,强有强的基础,对于运动员也与对于任何人一样,不能太势利,不能急功近利,不能翻脸不认人,不能动辄恶言恶语,不能那么小气,用人朝前,不用人朝后。那些赢一个球就喊万岁,输一个球就骂大街的观众,离奥林匹克精神,离体育文明,离现代人,相距还太远。

男足的失利还给我们很好的提醒,国家好,不可能样样都好;国家发展,也不可能一步登天。得金牌是值得称道的,但有的方面我们完全得不上奖牌,甚至还很落后,还不及格。

足球如此,别的事也一样,所以我们要有忧患意识,要正视我们的弱项,还不是急功近利的时候,还不是浅薄哄闹的时候,还不是忘乎所以的时候。

奥运的感动

桑　兰

我当然为我们的奥运冠军而骄傲，为世界的体育明星而钦佩赞赏，但是一说到奥运会，我首先想到的是桑兰。

十年前，桑兰的受伤，引起了震惊和痛惜。十年后，桑兰在轮椅上长大了。桑兰阳光一样的笑容则使我愿将她看做是一个偶像：这是天使才有的阳光和笑容。

人生中碰到这样的灾难，这样的挫折，而能够如此笑的人有福了。她已经获得了人生的最大的金牌，她告诉我们，人应该不怕受苦，坦然面对一切艰难，人应该永远用光明的精神驱散黑暗与压抑，人应该有所作为，有所追求，人应该把自己的命运掌握在自己手里。

而且她是这样的美丽！阳光、坚毅、爱心和受苦使人升华得愈益纯美高尚。

身　体

如果说文学是人学的话，那么，至少体育与医学也是人学。

体育关注的是身体，是四肢、躯干、肌肉、骨骼、五官、神经、大脑、意志、品质、智慧，一切。

在欧洲同时在东方，都曾经在中世纪接受过一种贬低身体，视身体——肉体为罪恶的观念，更流行过一种将身体与精神，另一种类说法叫灵与肉对立起来的倾向。当这些愚蠢与压抑的观念渐渐破产以后，还有视体育运动员为"四肢发达，头脑简单"的浅薄胡言。

我们相信的是，四肢应该发达而且美丽，身体应该健康而且强壮，健康的精神寓于健康的身体。

奥运会是身体的节日，是身体的狂欢，是生命的力与美的展现。

运动员的身体是一个激扬的力量,他们使我们普通人看到,我们本来可能多么有力、敏捷、强大、完美,我们对自身的培养、爱护、训练、控制、使用,本来可以做得多么辉煌而又恰到好处!

新中国的一大贡献是重视体育,重视身体,这才是以人为本,这才是人性化,这才是珍重生命,这才是全面小康,为人民谋幸福!我们中华健儿的英姿应该在全国得到普及,我们的非专业运动员也应该具有运动员的身体与精神!

胜　负

胜有胜的欢笑,也有胜的泪水。负有负的泪水,也有负者赢得的同情。

这才是公道,这才是文明,这才是重在参与的奥林匹克精神,这才是道德、哲学与境界。胜与负的差别可能是一毫米,是十分或百分之一秒,是半个进球,是一公斤。

不确定性是体育赛事的魅力所在。如果一场足球赛前你已经神机妙算,知道了结果,你还想看这场比赛吗?

有随机性,有必然性,有实力与状态的对比,有天晓得的运气。但毕竟有胜有负,有规则有标准,在胜与负上,没有商量,少有干扰与偏见的余地,从总体来说,胜负是反映水准的。这是体育比较公平、比较能迅猛发展的一个原因。

珍惜胜利,珍惜荣誉,当然,同时跨越胜负,不论胜负,坚持天行健,自强不息。

就是说,体育上可能丢牌,人生路途上不能丢人,不能丢弃阳光、花朵和进行曲!

眼　泪

为了夺取金牌,运动员付出了巨大的代价,时间,心血,病伤……我为"神奇小子"朱启南的泪水而感动,我想对他说银牌也很了不起,比赛中总是有金有银有铜还有更多的参赛者无牌。你应该自豪,你应该骄傲,你的光辉纪录彪炳史册。你也可以在拭干了泪水以后,为超过你的冠军,为这项运动的迅速发展而祝贺欣慰。

我为杨威的泪水而感慨,四年前,你从单杠上掉了下来,现在,你圆了梦。人生的道路还很长,奋斗还在前面。

杜丽呢?一次伤心,一次喜悦。你应是更坚强更成熟了吧?你是不是得到了比金牌更严肃的东西?

还有多少金牌得主在奏起国歌、升起五星红旗的时候落下了眼泪。人生就是这样,国家就是这样,胜利来之不易,胜利并非永远,体育的动力在于你战胜了我,我又战胜了你,你打破了他的纪录,我又打破了你的纪录,前浪后浪,天外有天,生命的高歌猛进是永远的。

然后,一切从头开始。

辉煌与辉煌以后

已经可以断言,中国在北京奥运会上获得了巨大的成功!北京奥运会确实是中国的奥运会!

我们的鸟巢、水立方受到称赞,北京的蓝天白云得到了好评,绿色、人文、科技奥运的允诺得到了实现,张艺谋导的开幕式震撼了世界,运动员与观众的热情礼貌文明胸怀,大致符合期待,有很大进展。果然,北京是国际的大都市,中国是改革开放的中国,我们的崭新的面貌展现出来了。

我们的金牌拿得不少,一两个超级体育强国漏了空子的项目,我们全有准备,有力争、有超过预期的斩获。五星红旗一次次升起,《义勇军进行曲》一次次奏响,举国欢腾,民气大振!我爱你,中国!五星红旗我为你骄傲,我为你自豪!中国再不是一个积贫积弱、内乱频仍、面临"开除球籍"(语出毛泽东主席)危险的国家了。我们的文化焦虑与文化紧张正为文化弘扬与文化和谐的追求与信心所替代!

二〇〇八年同时还是党的十一届三中全会的三十周年,是中国改革开放的三十周年,北京奥运会的凯歌正是改革开放的交响乐的一个精彩的乐段!我们的改革开放同样是凯歌声声,欢呼一片。我们一定要沿着改革开放的路子走下去!

同时我们对于今后充满期待:

金牌好,以树作比喻,金牌是花朵,是绽放,是一片辉煌,但金牌并不是根基,也不是躯干。经济才是根基,国防与社会机制才是躯干,文化才是良种与长势。我希望在庆功之后将我们的工作往根基上做,往普及里做,往实里做。得金牌的项目能不能在群众中发芽生根,能不能有益于人民大众的体质?离真正的体育大国体育强国,更不要说政治上、经济上、国防上与文化上的富强、民主与文明国家了,究竟还有多少差距?有待于作怎么样的进一步努力?这是值得我们在欢呼声中深思的。

我们还有没有弱项?还有没有忧患?例如男子足球,这是极受注目与欢迎的项目,我们十几年来没少在男足上面使劲,可以说吃奶的力气也使出来了。但是收效甚微。于是网上一片骂声。批评是可以的,辱骂则不可取,它反映了我们的急于求成,不理性也不成熟。包括男足运动员的某些不雅表现,也是这种急躁、情绪化、压力与缺少长期奋斗的思想准备的表现。建国近六十年了,我们吃够了急性病、非理性的亏。从男足的失利上我们应该得到不少的教益,男足也好,男排也好,田径、游泳也好,要打基础,要循序渐进,要舍得花费几代人的时间去抓基本功。

还有更深层的忧患,例如由于负担过重,中小学生体质的下降。由于过食而产生的低龄肥胖的危险。

我们的一些权宜的但也是坚决的措施,缓和了许多矛盾,例如环境与交通,如何将一时的权宜措施转化成经常的有效努力呢?不容易啊。

金牌大捷,能说明我们的成绩,却未必能说明我们的长远优势。

能说明我们的拼劲,却未必能说明国民素质方面的实力。我们毕竟还是发展中国家,我们毕竟还只处于社会主义的初级阶段,我们不能忘乎所以,我们不能没有忧患意识,我们仍然需要艰苦奋斗、卧薪尝胆、戒骄戒躁、头脑清醒。与金牌相比,我们不能不更加重视强根固本方面的长期补课——还账。

请原谅。不,我不是在这里哪壶不开提哪壶,我不是外人,我为北京奥运会的成就而欢呼雀跃,热泪盈眶。爱之深念之深忧之深盼之巨,我祝福我们的伟大祖国,在庆祝奥运会的成功中,庆祝改革开放三十年的成功之际,从新的起跑线上出发,不但尽享面子上的荣耀,而且争取里子上的全面夯实,不但尽现红旗与歌声的汹涌,而且提供愈来愈令人羡慕的人民生活质量,政通人和,经济繁荣,文化发展,身心健康。

后奥运的中国,加油啊!

2008年5月—8月

论老子之老

老子是不是太老了？

老子为什么叫老子？他姓李，但是不叫李子。他不像孔丘姓孔，故曰孔子；孟轲姓孟，故曰孟子；庄周姓庄，故曰庄子；墨翟姓墨，故曰墨子……

我没有见到过有关这一点的任何解释。但是客观上时至今日，你会觉得老子确实很老。他应该老态龙钟，老气纵横，老到化境，老谋深算。如果作画，老子的形象与面容应该最老，其次孔子，其次庄子，其次孟子。

老子的智慧是老年人的智慧，不争，不言，无为，老年人容易接受。他们已经经历了太多的争而不可得，言而无效有损有失，为而适得其反的事实教训挫折。他们已经少了许多冲动、激情、自以为是。

老年人容易接受厚重啊、冷静啊、质朴啊之类的教训。年轻人则宁愿接受西方的迎接挑战、勇于尝试、不怕失败乃至"失败万岁"（最近美国的一本书的题目）、敢于冒险的精神。

一位嫁给华人的美国女士告诉我说，她觉得中国人与美国人在育儿方面的最大区别是美国人鼓励孩子尝试，老是说"Try it！Do it！"（去做做看，去试试看！）而孩子的祖父母（华人）爱说的是"不要干这个，不可以做那个！"

尤其是不为天下先，这样的老气横秋的说法，只能被某些风烛残年的老人接受。我们提倡的是创造，是创意创新乃一个民族的灵魂。

不为天下先，咱们这个民族还怎么前进，怎么迎头赶上？

还有些与"老"有关的不太好的词，也可能用到老子头上。如老奸巨猾：看看老子的知雄守雌、知白守黑、知荣守辱，尤其是将欲弱之，必固强之；将欲取之，必固与之；将欲废之，必固兴之，太可怕了，这是什么样的招数啊！无怪我的一位定居欧洲的华人友人说到她的前夫（欧洲人）的时候，说："他连《老子》《周易》都读懂了，他就是魔鬼呀！"

姜是老的辣，老子的论述够辣的。绝圣弃智，民利百倍，这样的论述除了老子，谁还能做得出来！谁敢这样说话！

老了才能刀枪不入，宠辱无惊，才懂得唯之与阿，相去几何。

老了才能为无为，事无事，味无味。年轻时候，要做大事，立大功，要遍尝百味，要历经酸甜苦咸辣，否则活一辈子不仍然是零了吗？

中国是文明古国，中国文明有它的成熟性、深刻性、老到性。中国的思想有它的老谋深算处，尤其是老子，名符其实，果然老得了得！

然而中国传统思想中确实缺少青春的活力，缺少应有的挑战性创新性竞争性与实验性，求把握而不敢冒险，求沉稳而不敢创新，求平安稳当而不敢竞争，求保全而不肯献身，求不战而胜而不肯放手一搏，求含蓄而不肯增加透明，求无事而不肯揭露矛盾。世界各国都有探险家、开拓者、创业者，相对来说我们这里是太少了。

阅读老子、欣赏老子、体会老子的同时，不能不知道他在几千年前的语境，他的针对性、相对性与局限性。有什么办法呢？正像老子说的前后相随一样，精彩与局限也是联结在一起不可分离的。

无怪乎梁启超要提出"少年中国"的口号。他写道：

　　日本人之称我中国也，一则曰老大帝国，再则曰老大帝国。是语也，盖袭译欧西人之言也。呜呼！我中国其果老大矣乎？梁启超曰：恶，是何言！是何言！吾心目中有一少年中国在。

他写得何等好啊！

在我们研习老子、惊叹于老子的老到的智慧的同时,我们不能不看到这一点:如果说幼稚毛躁是一种毛病的话,老大避让也未尝不是遗憾。只有把竞争精神与和谐精神、创造精神与谦虚精神、俭啬精神与冒险精神、无为精神与有为精神、老到精神与青春精神、养生计较与承担的使命感很好地结合起来,中华传统文化才能真正地大放光辉,也才能对世界做出应有的贡献。

《老子》与现代化

我们在中国实现社会主义现代化的方针是完全正确的,取得了举世瞩目的成就。但是,现代化并不是万能的,发展并不是万能的,在现代化进展的同时,已经出现了某些人贪欲膨胀、腐败犯罪等现象以及环境破坏、传统文化流失、价值观念失范等。所以,要强调科学发展观。

在这个时候读读《老子》,有助于开掘精神资源,丰富国人的内心世界,警惕变革中的陷阱。例如老子说:"五色,令人目盲;五音,令人耳聋;五味,令人口爽;驰骋畋猎,令人心发狂;难得之货,令人行妨",这很像是针对现代人写的。老子提倡道法自然、宠辱无惊、上善若水、返璞归真、善者不辩、为而不恃……都很有远见。老子还说道:"知人者智,自知者明。胜人者有力,自胜者强。知足者富。强行者有志。不失其所者久。"一句话,他劝谕世人保持清醒与自制,不要忘乎所以。

对于现代化的负面效应,《老子》是一服良药。一味地贪,一味地争,一味地开发自我,一味地吹牛冒泡,肯定会走到自己的反面。老子的思想可以帮助我们想想市场竞争的另一面,例如克制,例如尊重自然,例如不要犯急性病,例如注重精神生活等。老子注意戒贪、戒刻意太过、戒自我膨胀、戒强梁霸道、戒争执不休、戒装腔作势、戒强努硬拼,这些都可供汲取参考。

在近作《老子的帮助》一书中,我强调老子的智慧对我们有帮助,同时,我认为老子的理论不能当饭吃,能入饭的还是自强不息、厚德载物的传统。但是老子的一套是很好的饮料,清泻微凉,祛肝火阳亢血压高,如茶之清纯,令人耳目一新。它同时有心理治疗的作用,有利于躁郁症患者的心态调整,有利于和谐社会的建立。它又能补脑益智,阅读《老子》是一种思维体操,智慧享受。比如下棋,一般人能看到一两步已属上乘,国手大师则能看个三五步,读通《老子》呢,您起码看到七步以上啦。

发表于《人民日报》2009年1月5日

说说"怀旧"情绪

有了点年纪,常常怀旧,这很自然。至少,旧日咱们都更年轻,少年意气,青春激情,投入忘我,期待殷切,这些一想起就令人心潮澎湃。

改革开放三十年,新中国成立六十年,我们客观上也有需要:回顾前进的历程,总结磕磕绊绊的经验,欢呼终于出现的大好胜利果实,希望今后步子走得更好,生活更幸福。

有的喜欢回忆革命战争年代,一说起来就唏嘘不已,艰苦清廉,团结一心,生死与共,风范长存。

有的喜欢回忆新中国成立初期,五十年代:凯歌行进,一呼百应,红旗招展,能不为之动容?

有的甚至喜欢回忆改革开放初期,二十世纪的八十年代:抚今思昔,各献良策,新词如潮,又是一番如火如荼的思想解放运动。

都好都对。但是如果因此得出"还是往日好"的结论,就太不明白事理了。

革命战争时期的精神面貌,当然好,否则怎么可能战胜实力强大的对手?但是那时的革命力量只占全国人口的少数,革命阵营实行的是军事共产主义,大敌当前,一切私利与小是小非全然不在话下,这与如今的执政党要对全民负责,要组织社会生活特别是经济建设的历史任务是不相同的。

新中国成立初期的高歌猛进当然也很动人。但同时那时我们对于建设社会主义的规律并不熟悉,我们还有许多做法提法有待摸索,我们常常犯有急性病,所谓好心办坏事,与当今对于执政兴国与经济建设的成熟与信心无法相比。胜利的高潮固然难忘,胜利之后能不能把国家建设好,给人民带来实惠,给社会带来和谐就更重要。从后者来看,绝对不能说还是往日好。

二十世纪八十年代也是如此。改革开放也需要激情,但更需要理智与经验,需要清醒与实事求是,需要节奏感与分寸感。历史是郑重的,任务是艰巨的,形势是复杂的,我们不能掉以轻心,不能感情用事,不能只求痛快浪漫而热衷于将国家的大事拿去吟咏朗诵辩论,却搞乱实际生活步履。

最最容易让人认定"还是往日好"的原因在于社会风气。老人们爱凑到一起回忆当年的公而忘私、艰苦卓绝、真诚互助。当然,我们不能不面对当今社会风气中出现的严重问题,例如贪腐,例如伪劣,例如言行不一。我们有大量的包括法制建设、民主监督、思想教育、文化建设的工作要做。

同时我们也不能不承认,往日尖锐的斗争关头,一些仁人志士的精神面貌,并不能代表全体人民与整个民族,那时的生死存亡的严重性暂时会压缩住人们的一些物欲与利益追求。同样现今的一些罪犯败类也不能代表现今的民族与人民。恰恰是在社会发展走向了稳定化正常化的道路之后,在进入小康社会之后,欲望与利益的诱惑可能生发严重的挑战与问题。应对这些挑战,解决这些问题,只能靠进一步的改革开放,靠脚踏实地的工作,而不是单靠怀旧、靠走回头路办事。

往日的记忆仍然深情,往日的经验不会淡忘,今天的局面百倍千倍好于过往,今天的麻烦今天的忧患更加需要正面应对:怀旧诚可贵,现实价更高。为了明天故,还需更辛劳!

发表于《人民日报(海外版)》2009年6月2日

这六十年，真不容易呀

在中华人民共和国成立六十年的时候，我想起了我以中央团校学员、腰鼓队员的身份参加过的一九四九年开国大典，我想起了毛泽东主席的"中国人民站起来了"的宣告，我想起了六十年光辉同时不乏坎坷的历程。我要说一句当年曹禺先生的一句口头禅："真不容易呀！"

经过了千辛万苦，付出了鲜血生命，中国人民终于把国家的命运掌握到自己的手里。然后，路怎么走？

有过各种理论和说法：重工业优先、计划高于一切、在无产阶级专政条件下继续革命、三年超英和五年赶美、一大二公、蚂蚁啃骨头而鸡毛能上天……它们都激励过决心叫日月换新天的中国共产党人与中国人民。

然而事情远非一帆风顺，有时候口号响彻云霄，效果事与愿违。夺取政权是艰难的；执好政、兴好国、建设一个富强民主的现代化社会主义国家，更难。

艰难困苦，玉汝于成，终于三十余年前有了十一届三中全会，一步一步，摸着石头已经屡屡过河，道路愈走愈开阔。我们再不受宁要社会主义的草不要资本主义的苗的紧箍咒束缚。我们再不因三自一包而谈虎（包）色变。我们不再拘泥于所有制的只能拔高与扩大。我们不再回避商品、市场、效益。我们听到乡镇、个体、非公有制经济不再六神无主。我们再也不动辄陷入姓社姓资抽象争论的为难与痛苦。

其他如港澳台事宜的处理,教育与文化事业的发展,精神生活的活跃与丰赡,外交格局的拓展,理论学术的走向兴旺……无不突破了原有局限性,出现了前所未有的新意与前景。

回想在文化领域,有些事二十年前是举步维艰,如今看,不过是小菜一碟,不足挂齿。例如能不能允许歌舞厅营业,能不能出版某些不怎么革命的民国学人的文集,还有能不能评选礼仪小姐……都争了个火气冲天。思想不解放,寸步难行。而时间与生活本身,定能破除偏见,常识与大众,本来就不介意于那些不合时宜的条条框框。不怕做不到,就怕想不到,解放思想如果是回到常识,回到理性,回到务实,回到民心民意,就绝对不可怕,而是顺理成章,应天(客观规律)承运(历史潮流),长治久安。

我们同样也不可照搬洋教条,不论是苏俄的还是英美的,或者是某个小国。这里没有可供天真的懒汉们照搬的现成模式,只有自己实践、自己摸索,只有从善如流,敢于创造,同时坚定地走自己的路,才能成效卓著而又不出乱子。

邓小平同志指出,马克思主义的精髓是实事求是。实事求是就要因势利导,尊重客观规律,积极稳重,留下不断调整充实发展成熟的空间。一些社会主义国家的改革未能成功,而中国改革开放成就有目共睹,原因之一,就是由于邓小平同志提倡的解放思想、实事求是、团结起来向前看的思想路线。

正是由于改革开放的迅猛发展,新情况下出现了新的挑战和问题,或有七嘴八舌,欢迎评头论足,也是兴旺发达的表现。迎接新的十年、二十年、六十年,我们需要的是继续解放思想,是面向世界、面向未来、面向现代化的新的试验与探索,应对与创举。实事求是,是解放思想的利器,也是解放思想的标杆,还是解放思想的方向盘;是自我更新、永葆活力的保证。我们只要能坚持实事求是,坚持实事求是的创新与解放思想,就能够取得更大的胜利。

发表于《人民日报(海外版)》2009年9月9日

我 说 唱 歌

最近我在《人民日报》副刊上发表了一篇谈六十年来的歌曲的文字,后来朋友们告诉我说,有些地方弄错了。我说到李劫夫的《社会主义好》,是说错了,该曲是李焕之而不是劫夫作的[①]。我借此机会向读者与有关人士道个歉。朋友们告诉我,"文革"当中也是有好歌的,例如电影《闪闪的红星》中的插曲,就很受欢迎。"小小竹排……"至今被歌者与听者们喜爱。当然,拙文说得不全的地方还多了。例如许多脍炙人口的歌剧唱段我就没有提到。我谈的只是一个业余听歌者的回忆与感想。回忆几十年,感慨不打一处来。

讲到歌,更想到的是沧桑与发展。可不是?歌唱的潮汐已经有所不同。瀑布与激流汇入江海。青松与翠柏跟万花万草万木连成一片。战鼓变成了蓬勃的合唱,高亢与各种浅吟低唱混生杂处。情感得到了梳理与铺展,绚丽的朝霞染亮了明朗的天空,接连着急风暴雨伟大记忆的是对于风调雨顺的期盼。我们的物质与精神都在走向前所未有的丰富。世界越来越小,这是说我们的眼界。世界越来越大,这是讲我们的包容和体验。

好歌越来越多,不那么好的歌曲也日益令人无奈。风格吸引了人又分开了人。在文艺问题上人们也许会感到困惑:丰富带来的是满足还是迷失?多样带来的是麻木还是新奇?精彩当中有没有哗众

[①] 指作者《歌声涌动六十年》一文。文中讹误已订正。

取宠？狭隘的哄闹之中有没有抱残守缺？温情与靡靡之音，呼喊与声嘶力竭，通俗与庸俗，传统与保守，衰老与深沉，还有高精雅与自我封闭，层次与沟壑，究竟该怎么样区分？

永远不会万事大吉。我们又不能不承认，事情从来没有像现在这样好。

歌声仍然是旗帜又不仅仅是旗帜，而且是海洋，是山岭和平原，是一个一个的活人的心事，是沟通也是安慰，是享受也是沉吟，是思想也是休息，是激动也是柔肠，献身也是享受。它更是一种文明，尤其是与尚未根除的野蛮相比较对照。

有歌声相伴的爱情是美丽的爱情，有歌声相伴随的青春是幸福的青春，有歌声相陪伴的老人不会寂寞，他在这么多歌声中看到了过往的激越时光，看到了远去与将要远去的老友——他们留下了老一代人的功勋与期待，也看到了艰难与诚实的道路。在这么多歌声中我们听到了历史的脉搏，听到了雷电与风雨，听到了一代代人们的心声。

有歌声附丽的回忆是美好与圆满的回忆：我们激动过，我们傻过，我们拼上了小命和老命，我们已经有所收获，我们已经尝到了果实的甘甜，我们展望着青翠的田野。更动听的歌曲乐章在等待我们的演唱与倾听。歌声之海，乐声之洋……活着，工作着，奋斗着而且不断地唱着歌、听着歌，这样的人生是多么充盈，多么值得！

2009 年 9 月 16 日

从热读《弟子规》说起

近来国人似乎是重新发现了我国传统的童蒙读物《三字经》与《弟子规》，一些小学组织学生穿上古装集体朗诵《三字经》，一些企业管理人员，则要求员工阅读、背诵《弟子规》。

这说明了传统文化的魅力与有效性。通俗浅显的道理，易读易记的文字与形式，由来已久的文化记忆，深入人心的价值表述，都是不可轻忽对之的。这一类书上的道理讲得明白，学了这些，似乎个个都能那么礼貌温顺恭敬听话，太好了，于是有的人怀着重新发现了国宝的心情来鼓吹它们。

但是也不能忘记历史经验与代价。《三字经》说是概括了许多老祖宗的历史与文明成果，包括天文地理哲学伦理……很可爱也很可怜，我们无法不承认其中有些知识确有价值，但同时它们距离现代文明科学法制与社会主义思想观念、知识系统，太远太够不着了。近百年来，多少先进的知识分子对于我国传统文化痛心疾首，就因为他们从中找不到通向现代化、通向国富民强、通向尊严与公正的契机。《三字经》讲"首孝悌，次见闻"，《弟子规》里则说是"首孝悌、次谨信"，总而言之孝悌是首要的。这种说法太天真了。孝悌当然好，然而，够用吗？先说见闻，晚清以来我们的落后挨打，恰恰暴露了我们的见闻之陋，我们今天讲科教兴国，却讲不成孝悌兴国，除非真的不想振兴中华了。再说，首孝悌了那么多年，中国成为孝悌的典范了吗？翻翻《红楼梦》吧，两府除了石头狮子以外都是肮脏的，旧中国的没落与失败,可不是革命闹出来的。是旧中国腐烂了才闹革命,而不是革命闹烂了中国,现在,这方面的胡言乱语与糊涂想法还少吗?

《弟子规》里讲:"父母教,须敬听。父母责,须顺承。"这至少不全面,父母与子女的关系不应该是教、责与听、承的单向关系,尤其是子女成人以后,父母与子女应该互相尊重。敬老孝亲是美德,同时吾爱吾师吾更爱真理,也是不可动摇的原则。还说"谏不入,悦复谏,号泣随,挞无怨",这些说法只讲一面理,不无小儿科,而"挞无怨"是不可以接受的,我们必须旗帜鲜明地制止家庭暴力,推行有法必依。

总而言之,培养今天的中国儿童守纪律、讲礼貌、尊师长、敬领导是可以的与必要的。但是我们的前提是人与人生来平等,在法律面前人人平等,在真理面前人人平等,我们的儿童同时还要勇于创造、敢于想象、不惧辩论、力求新知、懂得维护自己的权利,尤其是,少年儿童要注意锻炼培养健康的体魄,要聪明勇敢乐观向上而不是走俯首帖耳、弓身缩脖的路子。儿童们有权利拥有更加丰富多彩、开放光明的游戏与快乐的童年。《三字经》上的有关"勤有功,戏无益"的说法,对于儿童直到对于成人,道理都不全面。"戏"——娱乐、文化享受,对于人、人际关系与社会,也可以有很大的助益,长知识、学道理、促品德、增友谊、多和谐、常快乐。

小生产习惯与缺少必要的教育,造成了我们这里的爱起哄的习惯,据说有的地方已经举行或正在策划更加声势浩大的千人万人齐诵"三""弟"活动。余心有戚戚焉。你再挖出更好的宝贝来也不能忘记我国近现代的惨痛经验,不能须臾忘记面向世界、面向未来、面向现代化。

2010 年 1 月 12 日

你好，海的女儿

安徒生是我最喜爱的作家之一，我相信《海的女儿》是他的最好的童话。我在多个场合讲过，《海的女儿》是爱情的"圣经"。它描写一条小美人鱼，爱上了王子，为了救援王子而忍受了巨大的痛苦，献出了自己的一切，它的善良感动了上苍，它有可能在三百年后获得一个不灭的灵魂。作品绚丽而又单纯，曲折而又天真，冷峻而又多情。包括它对于大海的风光、海下的"龙宫"与人鱼们对于人间生活的羡慕与赞叹的描绘，都极其动人。

我多么希望发达的世界是由安徒生与海的女儿们组成的啊。

后来我知道丹麦、它的首都哥本哈根的标志性建筑就是这个美人鱼，这个海的女儿。连同海的女儿的底座——一块巨石，也已经深深镌入我的脑海。我曾多次在哥本哈根机场候机，但没有入境对海的女儿造访。后来，我只好在机场购买了小美人鱼的缩微复制雕像。

最近，在电视新闻上看到丹麦方面为了参加上海世博会，正在用起重机将海的女儿塑像连同塑像下的巨石，吊起来，准备运往上海，半年时间，美丽的、钟情的与神圣的她将落户上海。我感动得几乎流下泪来。

我原来以为世博会是物的盛典，是世界各国展示自己的经济实力与珍奇产品的地方。我不以为它会与文学发生密切的关系，我甚至于没想到它会打动到我的内心深处。

尤其是当今，当金钱与性爆炸、游戏、纵欲与极端的自我中心正在冲击与颠覆爱情的花园的时候,海的女儿的驾临,是多么令人安慰呀!海的女儿仍然光芒四射,海的女儿亲自来到了古老的东方的中国!

它也使我为丹麦对于世博会的重视而感动,他们可是出动了老本儿、出动了看家的宝贝啦!

是的,不管人们变得怎样富裕,不管科技发展得如何精到,也不管市场与商品怎样地日新月异,我们仍然关注着人心,关注着爱情,向往着那哪怕是不能完全兑现的诗情与梦境。丹麦、北欧、我们都倾心于文学,倾心于人的真情,倾心于想象与童话、神话、散文、诗。对于物的追求也只有一个目标:人。世博会需要打动的是人。我幻想着我们的中国馆也具有文学的元素,也对得起《诗经》《楚辞》《唐诗》《牡丹亭》与《红楼梦》。我祝愿世博会不但能够交流经贸更能交流人心,也希望世博会对推动各国的文学发展有裨益。如果人们在这样的盛事当中能学到友善与真诚,浪漫与诗情,能够感受世间的一切美好与奉献……精神的美好与丰富,将与物质的美好与丰富共进……

太好了,比我原先想象的世博会更好啊,上海世博会!

发表于《人民日报》2010 年 4 月 28 日

青春万岁

青春的两面

自古以来人们都是歌颂青春、眷恋青春的。譬如说李白,他的诗里面说"夫子红颜我少年,章台走马著金鞭"。他回忆自己年轻时少年气盛,正处在顺境的时候,"章台走马"的这种快乐生活。杜甫的诗说"白日放歌须纵酒,青春作伴好还乡"。但是杜甫这里面讲的青春不是指人的青春,他是指的季节,但是毕竟是"青春"两个字,它代表的仍然是一种欢乐的、庆幸的心情。而毛泽东在他最好的诗词之一《长沙》里面写的"问苍茫大地,谁主沉浮?……恰同学少年,风华正茂。书生意气,挥斥方遒"是一种开阔的、有大志的青春。青春永远和激情在一起、和大志在一起、和浪漫在一起。

即使不是处在这种历史的风暴之中的,相对比较缓和的那种青春,也有它特殊的美。譬如说,屠格涅夫在他的小说《初恋》里:"青春,青春,你什么都不在乎,连悲哀也对你有帮助,连忧愁也给你以安慰。"年轻的时候,连忧愁、连悲哀都是珍贵的新鲜的经验。这像辛弃疾的词:"少年不识愁滋味……为赋新词强说愁。"普希金的诗:"同干一杯吧,我的不幸的青春时代好友,让我们用酒来浇愁。酒杯在哪儿?就这样,欢乐涌上了心头。"都有一种对青春的美好的记忆。

我这一代人,用现在的说法就是"三〇后",这一代人赶上了旧中国的灭亡和新中国的诞生,我们的青春当时牛得不得了!我们喜欢唱的歌是:"我们的青春像烈火般的鲜红,燃烧在充满荆棘的原野。我们的青春像海燕般的英勇,飞翔在暴风雨的天空。"那是什么样的青春啊?把自己的青春和中华人民共和国的青春完全结合了。现在回顾起来,我们又更加感觉到青春充满了激情、充满了力量、充满了理想、充满了浪漫、充满了献身的精神。

我直到六十多了,才知道世界上也有作家对青春采取一种不是完全正面的态度,譬如说捷克作家米兰·昆德拉,他就说青春不好,青春太激进、青春太绝对、青春太幻想,因此青春往往会做很多傻事。日本有一位作家把他的一本书送给我,他说为什么我要送给你呢,因为我这题目跟您的书正好是唱对台戏的,他那书的题目叫做《青春的终结》。

可是我年轻的时候听不进去这些,我现在七十六岁了,从十九岁到七十六岁已经过了五十七年了,这五十七年以后我知道,青春是万岁的,但仅此又是不够的。青春要慢慢发展,青春要慢慢积累自己的经验,青春不但要有浪漫,而且也要有知识、有经验,也要有足够的智慧和耐心。

关于"五四"

五四新文化运动的开始,呼啦啦一下子,出现了那么多热情的、勇敢的、振聋发聩的一些呼号,其中包括着对中国的传统文化的反省、自责和批评,也包括着对世界上的这些先进的爱国主义、民主主义、科学,许多现代化的呼唤和要求。"五四"最大的意义就是它从文化上树立了把中国推向现代性、推向现代化的目标。

当然,"五四"的时候还有一种所谓烈火狂飙一样的对中国传统文化的自我反省与自我批评。不论是左翼的作家,像鲁迅、像陈独秀、像瞿秋白,还是右翼的,像胡适、像傅斯年、像吴稚晖,他们在批评中国的传统文化上几乎是完全一致的,当时有各种说法,打倒孔家店,当然现在也有人在分析,说是打倒孔家店并不是打倒孔子,是指经营孔子的那些一代不如一代的愚蠢而又保守的人。那么这样的分析解释呢,也不妨。但是当时对孔子并不尊敬,这是事实。

那么更严重的还有对汉字的批评,那有各种的很极端的说法,主张废除汉字汉语的都有。但是我们又要考虑这样一个问题,如果没有五四运动,如果没有在现代化上所取得的这些成功,今天也不能够痛痛快快地讲弘扬我们的民族传统文化。所以我始终认为,"五四"从总体来说,不是摧毁了中国的传统文化,而是挽救了中国的传统文化,使中国的传统文化起死回生、否极泰来。没有"五四"以来中国的这些革命性的发展和变化,就没有今天的弘扬中华传统文化的这种信心和资格。

两点建议

我想对今天的年轻人提一点点建议。第一个建议就是老年人、青年人应该有更多的互相的了解、交流、沟通、尊重,一代人有一代人的青春万岁,谁的青春都不是吃素的,谁的青春都不是随随便便的,都有自己的热情,都有自己的第一次写诗,不管什么时代,青年人中,十个人里头有九个人是诗人,十个人里头有八个人是革命家,十个人里头至少有七个人是发明家,所以我们都年轻过,而年轻的朋友,只要身体健康,也都会尝到老年的滋味。所以,我们可以互相有更多的交流。我愿意借用老舍先生的戏里面的话,实际我已经把他的含义有所改动,《茶馆》里面说年轻的时候,有牙,没有花生豆。等老了吧,花生豆挺多,没牙了。我愿意把它解释成,年轻的时候你有牙,嘴很快,能吃花生米也能咬伤旁人。我年轻的时候也很厉害,睥睨万物,但是没有多少花生豆——指你的知识、经验、耐性,甚至于也指你的该有的防身之术。有时候你冒冒失失地发表了一些意见,实际上并不成熟、并不准确。有时候你随随便便地就看不起那些老人,恰恰证明了你自己的浅薄和无知。但是人老了呢,花生豆挺多,他不敢下嘴了,没牙了。我觉得不管是年轻的还是年老的,在他没有完全被这个生理年龄的老化所摧毁以前,各代人都有各代人的可爱之处。我们应该互相尊敬、互相理解、互相切磋、互相沟通。

  第二个建议是处理好渐进和整体变革的关系,处理好弘扬我们的传统文化和更新知识观念的关系,处理好所谓大众化和高端化、经典化的关系。我们现在生活的时代,虽然不是高潮化的年代,虽然未必是燃烧的鲜红、飞翔的英勇,但是我们要脚踏实地、要一步一个脚印地来缔造自己的青春,充实自己的青春。

发表于《中华读书报》2010 年 5 月 12 日

龙 年 说 龙

龙年说龙，有有识之士的文化爱国主义，也有一知半解或任意忽悠的胡说。

龙是什么，只需翻翻辞书，就会知道，第一，它是中国王权的图腾，是皇家的符号，皇上才是真龙天子，进皇城（尤紫禁城）才是龙驹凤辇，皇上的后人才是龙子龙孙。第二，它是一种传说中的灵异的动物，与麟、凤、龟一起为先民所喜爱。我们所说的龙腾虎跃、龙飞凤舞、笔走龙蛇、卧龙先生都来自这个意思。北海公园的九龙壁则兼具一、二种含义。第三，它是一个姓氏。第四，它是风水先生对于山势的形容勾划。第五，它是指一种良马。第六，是星宿名。第七是指水，如将渠首称做龙口。第八，通宠，是宠字的一种古写法。

这起码排除了两种忽悠，第一种，说中国人是龙的传人。传人就是后人、后代、接班人。龙的传人说无任何来由，仅仅出自台湾音乐人侯德健的一首通俗歌曲。他的歌曲具有一定的爱国主义民族主义激情，为大陆受众喜爱。但传人云云，这是通俗歌曲作词者自己的发挥，没有理据的。中国古代有女娲捏泥人说，有盘古开天地说，有孙悟空（是猴，尚不是人，最多是准人）从石头缝里蹦出来说，有些少数民族也有一些仙女受孕、神仙后代之说，此外绝无龙生出人之说。如果国人是龙的传人，那么，一、龙是胎生还是卵生的呢？考虑到它的爬虫的基本形象，应是卵生。难道我们的民族文化中，有龙蛋孵人的故事吗？二、如果都成了龙的传人，将置祖龙——秦始皇于何地？无怪乎一位老学者对我说,封建中国谁敢说自己是龙的传人,那岂止要杀头,夷其九族也是必然的。

第二种,说龙是中华民族的图腾。更是信口开河,不赘。

通俗歌曲里这样吹一下中国的独有的龙的观念,本无大碍,将通俗歌词当做经典文化吹吹打打一则显出了我们的文化历史知识的鄙陋。二则我们的通俗文化的声音越来越响亮了,这没有什么不好,但讲知识讲学问讲根据的学者专家们的声音越来越稀薄了。或者是二五眼的专家也被通俗文化成功人士劫持,也跟着不负责任地胡说,那就太令人遗憾了。

在到处强调文化大繁荣大发展的今天,同时还要弄明白通俗展演造势作秀性的文化活动与真正的千百年乃至千万年的文化淘洗与积淀留下的经典的区别。例如,天才的导演张艺谋善于创造视觉文化符号,作为电影导演,他完全有权独具匠心地设计组织拍摄,但我们的受众如果信以为真,以为张导的片子上的货色就是中国文化,那就只能怨自己的无知了。

发表于《新民晚报》2012 年 2 月 22 日

中餐与西餐

莫言获奖,有人问他是否有意移居国外,他断然否定了这种可能性,原因之一是他爱吃或必须吃中国饭。

我还听一位旅美的华裔美女作家说过,她的中国胃是改不了的啦。

而我在一九九四年纽约中美协进社的一次演讲会上,回答中国人的爱国精神问题时说,第一我们有唐诗宋词,有汉字文化,这是中国心;第二我们有中式餐饮,这是中国腹。心腹都中国化了,还能不爱国吗?上海的一家中学以我的此说为由头,在高中入学考试中出题作文,还编辑了数本此题的作文选。

如果说中华餐艺、中华料理,还有各种中国名酒,是中国人的文化爱国主义的一个重要资源,是具有中华民族的凝聚力与吸引力的,我想这并不过分。

有一位我特别尊敬的领导同志曾经在法国谈到,按中国人的观点看,被西方世界极其推崇的法式西餐,属于尚未加工完成的餐食。

表面上看,有理。中国餐饮比较强调深加工,各种蔬菜、肉类、水产品直到五谷,在烹调过程中色香味都有较大的变化。吃某盘炒菜的时候,几个吃主猜测争论:这是什么?是豆腐皮还是肉食还是面筋?是小虾还是蛤蜊?是牛蹄筋还是猪手?乃至是银耳还是燕窝,是粉丝还是鱼翅,都成了问题,这是并不罕见的。

而西餐走的是明快与坦荡的路数。蔬菜就是蔬菜,肉食就是肉食。红的自然红,绿的自然绿。牛肉偏红,鸡肉偏白,鳕鱼很白很厚,三文鱼则偏于粉色。西餐也很讲究配菜,它的配法更像是烹调后的置放摆设,胡萝卜、菜心、豌豆、马铃薯即使放在一起,也各自保持着不同的应有的形体与色泽。这与文化有关,中华文化强调的是混一,浑一,定于一,一元化,是整体;而欧美强调的是具体,是多元,是个性与区别划分。

深加工好还是明快坦荡好,这还是一个问题。

根据我的了解,例如在美国,普遍舆论是法餐第一,意餐第二,中餐第三。为什么中餐第三?中餐的花样翻新、丰赡精深,确是无与伦比。但中餐也有弱点:口味重,用油多,爆炒炝锅污染重,奶制品与甜品都是弱项。相对来说,中餐重感官印象,适当用阴阳寒热的理论调节一下全局的养生效果,西餐则用较科学的理论调配营养成分。

还有西餐更重视食用的方便,很少带刺、带硬壳、带核的食品,对于儿童与老人,西餐有它的优越性。

西餐馆的杯盘大战,各色刀叉勺匙,上上下下,摆来耍去,也壮声威。

我们不妨注意一下,本来是比较低档的美式快餐,深受中国城市儿童的欢迎。这与它们的营销技术,如提供儿童游戏设备,提供变形金刚玩偶或小画有关,还由于那些食品甜咸合度,软硬适口,荤素搭配,易于消化。儿童不会受其他因素的影响,他们对于麦当劳、比萨、肯德基的兴趣,应该引起我们的关注。儿童餐饮,像儿童文学一样,是我们的社会生活的弱项。

还不能不注意到另一点,在欧美国家,中餐馆大量存在,但它们的价位偏低,在中餐馆吃一顿饭,多数低于一顿日餐,有时甚至低于韩餐。而在例如美国西南部,则是墨西哥餐大行其道,墨餐的辣味、玉米粉、芸豆酱,都很有特色。东南亚的泰餐,酸甜苦辣俱全,也很受世界欢迎。

中餐很好,但我们绝对不可关上门自我陶醉。中餐可以做得更精致更科学更健康。中国酒茅台、五粮液、加饭、花雕也很好,但我们同样不能不注意干红干白葡萄酒、白兰地与苏格兰威士忌,包括深受各界人士欢迎的啤酒也是从欧洲学来的。现在许多上档次的中餐宴会中也会上牛排、上鹅肝,以上二品都是来自西餐,后者更是法式餐食,再加上带有中国特色的美味酱汁,味道好极了。而一九九二年我在澳大利亚议会食用的西餐中也有豆腐制品。这方面,正如费孝通教授所说的,要各美其美,美人之美,美美与共。

发表于《语文教学与研究》2015 年第 24 期

坦荡荡与长戚戚

多年来,我得出一个结论:好人坏人的主要区别是,好人是有所不为的,例如他不能说谎造谣,不能设计害人,不能拉帮结派,不能吹牛冒泡,他做事是有底线的,而坏人的特点是无所不为。

无所不为者十八般兵器俱全,有所不为者只有六七样兵器:曰实践,曰规则,曰善意,曰实事求是……就这样,还被无知小儿或哗众取宠者攻击为太聪明了。正是因为有这样的区别,我们选择做好人就必须轻松,必须快乐,必须坦荡,必须阳光灿烂,万里少云(我不敢说绝对无云),还必须从容不迫,笑口常开,必须意态舒展,心情畅快,必须大肚能容,容天下难容之事。

我相信这个英明论断:君子坦荡荡,小人长戚戚。让·保罗·萨特认为,人是由自己的行为打造出来的。他说:"人不仅是他自己所设想的人,而且是他投入存在以后,所自愿变成的人。"我选择了用光明回答阴暗,用大度回答伤害,用该干什么干什么回答骚扰,用不在意回答小动作,用自省来回答误解,用趁机多多积累知识和经验即努力学习来回答封杀、冷冻,用另辟蹊径来回答阻挡,用打一枪换一个地方、天上地下任遨游来回答鼠目寸光与少见多怪,用见怪不怪、其怪自败来回答各种花招与流言蜚语,用恭敬诚恳来回答正派的批评帮助,用有所不为来回答无所不为。

简单地说,用正常和文明来回答一切的不正常与不文明。从这个意义上说,愿望的出现、姿态的出现、期待的出现就是事实的萌芽,这就叫"种瓜得瓜,种豆得豆"。种影子呢?也只能收获影子。而这也恰好说明了那句话:"君子坦荡荡,小人长戚戚。"

发表于《广州日报》2015年4月1日

比赛与人生十原理

对体育,我不怎么内行,但是一面看比赛一面联想到人生种种,觉得有点意味。

一

看举重,多次看到一个运动员第一次举分量比较轻的杠铃,没有举起来,第二次还是没有举起来。最后一次机会了,杠铃的分量已加了七八公斤,他或她豁出去了,硬是稳稳地举得端端正正。这是"背水一战原理""置之死地而后生原理",更是"发挥有待挑战原理"。

人生不要怕挑战,怕的是不能面对挑战。

二

看球,每一次赢球似乎都大体能说清楚,包括对方失误送来的分,你都能看明白。而忽然连输数分,你会觉得莫名其妙,毫无道理。因为你对己方赢球是有心理准备、有要求的,当事者也是有计划的,而己方的失利,对你则是计划外的,是无意求输硬是输——输于不经意间,输于一时恍惚,输于瞬间的走神。这是"胜负不平衡原理"。

我还有个怪想法,可不可以做任何事都有两套计划?一个是胜利,一个是受挫。

三

运动员是辛苦的，但我更同情教练。

教练多半是严肃的、沉重的、心有忧患的，他或她有时临场叫停，嘱咐两句，运动员的表情并不像多么听得进去的样子，但是叫停仍然能起很大的作用——问题不在于面授机宜，而在于改变比赛的节奏。

问题是，人生中应该如何适时叫停呢？这是"尽责、坚持与叫停原理"。

四

球赛当中，每一个球的成功与不成功，都带有偶然因素，我们还常用"运气球"这个词，令人艳羡却又颇不服气。

我试过多次，只要我一感到比赛的某一方运气真好，风水就轮流转上了，不走运一方的运气就开始来到了。运气的问题，是碰巧的机缘，大体上属于数学上所说的概率论的范畴，而概率论里讲究一个"大数定理"，就是说，只要比赛时间足够长，仅仅靠运气定输赢的可能性就非常小。

如果你抛一次硬币，其正面朝上的概率是百分之五十，但如果抛一百次甚至一千次呢？正面朝上的概率其实还是百分之五十。所以欧美有人说数学是上帝的语言，而按我们中华文化的说法，这就叫道法自然，天道有常，天公地道。这是"公平公正原理"。

五

但是有的运动员在获胜后连连说"我很幸运"，这也极可爱。这是风度，这是礼貌，这也是"谦虚使人进步"原理。但这同样是事实：

你不说，事情也有这一面。

这是"运气总会有一些，胜者不必太猖狂原理"。

六

我特别喜欢看的一个场面是比赛时拼得像灵魂出窍，比赛结束后双方热烈拥抱，或者至少是握握手，至少是互相拍一下手。

我认为地球的未来要靠这个——竞争关系，同样也应该是友好关系，竞争是友好交流的一个重要方面。我不愿意看到比赛结束后胜方牛得像要杀人，败方惨得或气得要自杀的场面。

这是"竞争归于友谊原理"。

七

我不喜欢运动员哭，尤其是获胜后的哭。压抑到这个程度，我觉得违背了奥林匹克精神，违背了中华文化精神，反映了某种不完美的体育理念。

这是"不哭原理"。

八

我也极不愿意听动辄讲什么压力。奥林匹克是光明的、健康的、自信的、快乐的盛大节日，您那么大劲儿把自己压过来压过去干什么？

有的说法我完全不懂，比如说："男队已经失利，女队的压力更大了。"这是个什么逻辑呢？谁能说清楚？

我们应该拼搏进取，我们应该追求表现优秀，我们应该珍惜荣誉，同时我们也应该君子坦荡荡，善于摆脱与转化压力，千万不要动辄把压力一词挂在嘴上。不论胜负、不论金银,都要心胸开阔、光明正大地共襄盛举,为自己,也为各国运动员的成绩欢呼歌唱。

这是"减压扩容原理"。

九

有些年轻运动员,有些"黑马",一上来,其精彩表现令人不禁欢呼。噼里啪啦先赢一场两场,对方的老运动员勉强招架,好不容易才没有落马。但到决胜局,新星突然崩盘,老运动员如有天助,以悬殊比分获胜。

越到紧急时候越看出真本事,越到决胜局、决胜分,越看出谁的功底靠得住。这是"决胜见真功原理"。

十

当然,也有"黑马"一出手就爆冷大胜的情节,这是"世无常胜,新旧交替,逝者如斯夫原理"。

发表于《抚顺晚报》2020年2月27日

文墨家常

何远之有？

　　《论语》提到一首诗："棠棣之华，偏其反而，岂不尔思，室是远而。"孔子评论说，"未之思也，夫何远之有？"

　　孔子将风中摇曳的花喻为美好的道德文化理想，视为世道人心的优化，提倡反求诸己：你好好去思之念之求之，你好好地去追求仁义道德，起码说明你自身的道德文化在往好的方面发展。

　　"棠棣之华"四字源于《诗经》，原诗中用棠棣之华比喻兄弟情谊，诗中还有"兄弟阋于墙，外御其侮"的句子。孔子干脆以之比喻一切美好的品德，叫做"诗无达诂"，窃以为更是"诗宜善诂"。不同的人对于同样的诗会有不同的感受。推其本源，《论语》中引用的，在《诗经》中找不出来的这四句诗，老王相信它最本来是情诗，是古代的《信天游》，应该把这四句歌词演唱起来，起码比现在的情歌高雅清纯许多。

　　而到了一心举逸民、继绝学、接续西周文脉的孔子与他的后世传人那里，此诗就是启迪，它就是契机，它就是知行合一；同时这就是一言可以兴邦，这就是抓文艺、抓教化，以正心诚意为修齐治平的核心，这就是国情。这就是先放一步，先承认"室是远尔"，承认想念而到不了手的悲情，承认人生之遗憾何其多也，再来一个不但华丽而且雷霆万钧的严重转身：孔子斥曰，远什么？哪里远？！你自己不好好去想、苦苦去想、甜甜去想,你责任自负!你活该!

孔子讲的是一种文化理想主义、道德理想主义,它可能很难完美实现,但是它是对斑斑驳驳的现实的照耀与感召,理想,当然是文化中不可或缺的一个元素。

温温恭人,如集于木

对"集"字的解释,《说文》上说是"群鸟在木上也",就是许多鸟儿栖息在树枝上,它们温良恭俭让,文文明明,客客气气,互敬互怜。

想想,挺好玩,鸟儿,有展翅高飞的时候,有成群结队的时候,有放单的时候,也有"温温恭人,如集于木"的场面。

至于底下的诗句"惴惴小心、如临于谷。战战兢兢,如履薄冰",就更不是鸟儿的常态了,鸟儿可以在山谷里也可以在冰面或者水面上飞翔,有什么惴惴小心、战战兢兢的必要呢?

好的,这里说的不是鸟,而是人。以"集"的状态告诉人们,集合、集聚在一起,要小心相处,避免发生冲突争拗。这表现了一种尚文的精神,斯文的风度,好礼的追求,道德的自律。

而网上竟有人将头两句诗释为"囚犯被锁在一大堆木头中间"。

这说明,大家文明地客气地和谐共处,是理想之美,是礼义之梦,锁与被锁的乖戾的可能性与现实性,恐怕也不能不正视。

读书读书,读了书,还是希望大家更文明些,同枝而栖,多一点温温恭人,少一点有我无你,有我无你太多了,最后往往是同归于尽。

当然,还有另一面:物竞天择,优胜劣汰。所以还要努力发展,免得落后紧了挨打。一味"温良恭俭让",弄不好彼邦彼人对你会是见了怂人搂不住火。一味斗斗斗,则逐渐从悲剧变成了喜剧、闹剧、恶搞。仅仅有温良恭俭让是不够的,全无温良恭俭让,怕也是野蛮,也不行。

狼 图 腾

世界至今没有狼写小说的事例,陀思妥耶夫斯基,也的确不是狼,而是公认的最出色的小说大家。

中国出了写狼爱狼乃至崇尚狼的某些特性的小说与电影:《狼图腾》。

狼是不是曾经是某个民族的图腾,这是人类学民族学文化学乃至宗教学的问题,它不可能由一部小说或一部电影来做结论。

至于狼这种猛兽,和其他猛禽猛兽一样,人们对它们的看法是多维、多向度的。牧羊人觉得狼是死敌,养鸡场觉得鹰是死敌,虎豹蛇鳄,也可能被百姓或某种行业视为敌人。但是人对于世界,尤其对于非人类的动物植物的感受,不可能只限于养鸡人牧羊人的一种角度。

从生态的平衡与保护上看,则是别样。从审美与怀旧上看,又有不同。保护野生动物,则已经成为人类的共识。

还有国人是不是缺少了狼性啦,或者是狼性太多啦,这都是文学与电影以外的玄学问题。反正小说与电影给我的感觉是狼太动人,狼们的凶猛、孤独、悲伤、忧郁、无奈,英雄末路,感人至深。狼在风雪中,狼在月夜,狼在被捕杀的时候,还有狼的嗥叫,令人泪下,少有其匹。随着现代化进程的加速,虎豹狼狮隼蟒……正在被压缩被消灭,姜戎的书与阿诺的影片饱含着一种怜悯与悲情,给我提供了一个完全不同的世界,我深深地被打动了。

什么叫看小说?什么叫看电影?世界除了畜养与保护的必要还有没有叫做欣赏、思考、感动与趣味的东西呢?这样的问题难道还需要从头论起?

十六字真言

中国的政治文化是真有绝的。

俺的同乡张之洞张南皮,曾经受过前辈高官鹿传霖的教导,十六个字:"启沃君心,恪守臣节,厉行新政,不悖旧章。"用现代的话说就是多向上面宣传报告,丰富与开拓上面的信息资源与胸襟眼界,同时严格地讲规矩、守纪律,不搞急躁越位冒险,不瞎忽悠。以一定的紧迫感认真改革,敢于尝试,勇于出新,同时尽最大可能尊重已有的秩序,避免旧势力的反弹。

您看得懂这十六个字吗?你解得开这十六个字吗?您参照得了这十六个字吗?

在厉行新政的时候如何不悖旧章,这话是有点费解,有一种说法是厉行新政的时候要不怕冒尖,敢于突破旧框框,显然这也是对的。但改革创新,并非易事,任何存在都有存在的道理,我们不能忘记黑格尔说的"凡是合理的都是存在的,凡是存在的都是合理的",谁也不要认为世界会因一念之新而焕然幡然。

人的本事正在于他们的不止一条单行线,又要启君心,又要守臣节,又要行新政,又要顾旧章,其道理与黑格尔的合理的要存在,存在的便合理之说是一样的。黑格尔,更哲学,鹿传霖,更官场,当然。

当然,什么也不是绝对的,灵活妙用,全在一心,参考参考,会参考的人便会充实丰富灵活,常常立于不败之地。怕参考的人容易干瘪贫乏,照本宣科,随波逐流,了无新意。长袖善舞,多财善贾,充实丰富了做不到游刃有余,总不至于动辄捉襟见肘,急赤白脸,恼羞成怒,头破血流。十六字微妙深邃,君意如何?

诗 教

孔子的总结是"诗三百,一言以蔽之,思无邪"。孔加上孟,提倡"乐而不淫、怨而不怒、哀而不伤",圣人们的境界就是高。

这不仅仅是孔孟的文艺学,更是孔孟的政治学。孔孟的特点是文化理想主义与道德理想主义,他们主张以文化育,以德引领,以礼规范。他们要在世道人心上狠下功夫,强调的是心性,是历史唯心主义。那么,文艺在心性上的作用是必须要强调的。他们要抓文艺。

经过几千年,谈到文艺,从艺术性上、虚构性、艺术个性上思考,也许提法应该会有不同,你看俄罗斯与苏联文学,可就有夸张,有极致,有疯狂也有梦呓。原因是如老子所言:"有无相生,难易相成,长短相形,高下相倾,音声相和,前后相随。"没有夸张也就没有适当,没有极致也就没有含蓄,没有疯狂也就没有正常与健康的保持有术,没有梦呓也就没有清醒的自持。有时候,容忍虚拟化文艺上的某些虚枉"颠扑",正是为了现实操作的妥当"不破"。

例如陀思妥耶夫斯基,他是癫痫患者,他曾经陪绑绞刑,他的小说写出来叫读者难受。高尔基说,如果狼写作,就会写出陀氏那样的作品。

但是让我们设想一下,狼吃人吃羊都应该受到自卫反击,狼如果写小说,说不定可能另辟蹊径,出点绝活,即使狼小说的负面影响,还是让它写出来试试看论论看更好。

苏联解体以后,原高尔基大街现彼得大街上,出现了陀氏的雕塑坐像。法国的雨果,邪劲上来也不比陀思妥耶夫斯基平和,读多了他们的作品你要爆炸。

啊，传播！

《战国策·秦策二》有说："昔者曾子处费，费人有与曾子同名族者而杀人。人告曾子母曰：'曾参杀人！'曾子之母曰：'吾子不杀人。'织自若。有顷焉，人又曰：'曾参杀人！'其母尚织自若也。顷之，一人又告之曰：'曾参杀人！'其母惧，投杼逾墙而走。夫以曾参之贤，与母之信也，而三人疑之，则慈母不能信也。"

这个有名的"曾参杀人"故事，已经成为成语，成为中华文化的对于人类弱点的一个认知。

类似的故事还有"三人成虎""众口铄金""积毁销骨""人言可畏"……它说明中国人早就预见了传播的力量，传播的荒谬，传播社会的可能与危殆。当然，传播社会带来许多进步与方便，那是另外的话题。

其实孟子的"不虞之誉、求全之毁"，也具有这方面的含义。

有些人靠传播的能力与机会得到了不相称的绩效，其实是水货。如白岩松的名言：找一条狗在他主持的电视节目上频频亮相，那狗就会成为中华名狗。也会有些人因传播的粗放与浅薄而被诬。

今春我想为一个被网民起哄攻击的诗人说话时，一家极好的报纸吓得问我的动机，搞编者注解说明"各抒己见是正常的"，以求免责，而且删去了该报曾经发表过我对此公诗作好评之语。王蒙乃戏曰："三人成虎实无虎，众口铄金确是金。曾参杀体尸何在？积毁销魂神未昏，人言可畏哭堪笑，好诗岂容假乱真？嘈杂未见成真器，诗语莘莘有苦辛。"

现在亮出周啸天的名字，看看他学习网骂的体会吧："今夕凭君借草船，逢逢万箭替身穿，同舟诗侣莫惊惧，与尔明朝满载还。"诗题《漫兴》。

诗到无邪合打油

近日来在报纸上看到记者用"打油诗"作为罪名抨击诗人的,深感不解。

杨宪益、黄苗子、邵燕祥就出版了打油诗的合集,评论曰:"诗到无邪合打油。"

例如杨先生的诗:"周郎霸业已成灰,沈老萧翁去不回……好汉最长窝里斗,老夫怕吃眼前亏。"

油里有血有泪。好的,打油的诗也比死诗呆诗蠢诗好,俚语曰,宁疯勿傻。(原语粗鄙,我为之去了村。)聂绀弩的诗也有打油的,写淘粪:

"君自舀来仆自挑,燕昭台畔雨萧萧。高低深浅两双手,香臭稠稀一把瓢。"

而聂老最刺激的诗句是:"文章信口雌黄易,思想锥心坦白难。"

个中酸甜苦辣,全在一心。雅人化粪为雅,俗人化雅为粪。油人化悲为油,悲人闻油而悲从中来。

叶嘉莹先生说,学中华传统诗词,好比学一种新的语言,你要学,你要背诵,才能掌握。

我的说法是,中华诗词,是一棵文化大树,你的诗语作品只有在语言上、逻辑上、风味上与此树匹配才能成为树上一叶一花。有些背诵不下几首中华诗词的人,硬要作诗,狗屁不通,实在是坑人害己。不如写快板或者"三句半"。

背诵得太多了,也要命。你写得古色古香,陈词滥调,平仄、对偶、音韵,什么都有,只是没有灵魂,没有你自己。

恰恰在聂绀弩的诗中,在杨、黄、邵的打油诗中,让人看到了希望,有古雅,有生活,有真情,有时代感,同时接了时令的地气。

酒足饭饱里隐藏着什么

《孟子·离娄》结束的时候讲了一个故事，一位有一妻一妾的齐人，每天吃得酒足饭饱后回家，告诉妻妾，自己与显贵们共进了午晚餐。妻子因从未在家见过显贵，不信，这天尾随追踪，发现一个是齐人走在街上无人搭理，一个是齐人到墓地等处乞食糊口，回来告诉妾，二人羞愧，相抱詈骂哭泣。

"君子观之，则人之所以求富贵利达者，其妻妾不羞也，而不相泣者，几希矣。"故事结束的时候，这样说。

表面上叫做富贵利达，实际上只能让大小老婆羞惭怨怼哭泣，不这样的人反而是"几希矣"。这个话够厉害的。

可能指的是发家史，人为了混入高大上，用尽了低微贱手段，包括韩信、樊哙、刘邦、刘备、朱元璋都涉嫌此类人物。所以历史与现实中都有一招，当真富贵利达之后，干脆把知道真情的老友老哥老姐们儿赶尽杀绝，令人不寒而栗。

其实齐人不属此类，他远远没有也不像会当真荣显起来的样子。他是金玉其外、下作其中，牛皮其外、无赖其中。他是瞪着眼说瞎话，硬要把自己打扮成 VIP 的那种癞蛤蟆。也无大恶：乞讨非罪，吹牛不上税，感到受伤的是妻与妾，最严重的后果无非是与齐人离婚。齐人之美闹成了齐人之丑之笑话之孤家寡人化。

说是在墓地乞讨，还说是如果讨不够，就到别处再乞讨。不知道怎么个讨法，能讨到饭应该就不错了，怎么还讨到酒喝？莫非这小子喝了祭奠用酒？再有就是《孟子》上的故事常常要标上孟子曰或是谁谁曰，这一段没有，不知其来历。是混入《孟子》的民间故事？而它的酸涩与不堪，它的犀利与带血令人沉重。

伊斯坦布尔的畅销书

二〇一五年十一月有机会在伊斯坦布尔市,见到土耳其畅销书作家艾哈迈德·于米特与他的全家,并阅读了他的名著《伊斯坦布尔(死亡)纪事》(中文版"死亡"二字原文无)。他在书中回顾了伊城纷繁辉煌的历史,也描绘了现代化全球化过程中现实生活与文化心态的分裂与危机。全书用几个杀人案件结构了那么多历史故事与对当今的社会批评,是畅销书也是历史文化书与对现实生活的愤怒批判檄文。至今为止,我还没有读过这样严肃丰富尽情的畅销小说。此书发行十余万册,与土耳其人口七千六百多万的基数相比,相当于中国作品在本国发行了一百八十万册,更不要说它的境外翻译介绍、流行程度了。

二〇一五年还读了德国作家尼克·巴科夫的《忧郁星期天》,也看了从这本书改编的、香港放映时更名为《布达佩斯之恋》的影片。它将对一个奇异的、据说是实有其事的催人自杀的乐曲的描写与对"二战"反犹事件中的一些人和事的勾画结合起来,引人入胜。读与看完我都奇怪:为什么我们的一些影片,一追求票房就弄得那样拙劣空心白痴,连洋标题到了咱们这里也要洒点狗血才能与水土相符。

艺术的品质与才华应该有能力有所发挥、有所突破,乃可以自信地在赢得市场、赢得某种艺术观的弘扬、赢得一些奇特规则的认可的同时体现才华、风格、创造能力、经典性与独特性。就是说,哪怕是比较难解的语境,比较特异的文化生态,叫做戴着镣铐跳舞,站在梅花桩上练功,艺术家仍然可以有能力贡献大气磅礴独具风格的奇葩,同时获得广泛的接受与普遍,感动。

假如生活欺骗了你

我发现,我这一代,一直到下两代,差不多的高中生都会背诵普希金的此诗:"假如生活欺骗了你,不要悲伤,不要心急……"

普希金的这首诗温暖了、安慰了几代中国读者的心。由于过于普及,未免失于通俗,你已经难以用这首诗安慰自己的例如失了恋的小朋友了。

起死回生,我发现了汉语新译本,题为"东北散文",作者是"不鸡盗",在微信上:"假如生活护龙了你/败鸡声儿/败上火/败扎乎/败嘟囔/败哭丧子个脸/败磕瑟/也就搁哪嘎达趴着/也败起来/……一直往前顾勇/总有一天/你会变成有翅膀的/扑楞蛾子/抖了个翅膀子/愿意咋飞/您就飞高枝儿吧……"

王某擅自作了点编辑工作。但是没有,也奉劝《读书》的编辑不要按《现代汉语词典》给改错字,千万别把"护龙"改成"糊弄"。

我间接把此版"普诗"发给一位婚姻生活遭到了不愉快的朋友,她笑了个一塌糊涂。她把自己的笑声用微信发过来了。而这里笔者要告诉大家的是:如果是用戈宝权的译本,绝对不能达到这样的正面效果。

我甚至改善了对于微信段子的印象。东北方言得天独厚,它接近普通话,却又多了泥土气息与不可救药的贫、逗、哏。我想象着赵本山朗诵此诗的情状。你搞一个粤语版、温州语版、闽南语版、哪怕是由红线女朗诵,恐怕没有东北话容易推广。

正版叫你哭,歪版叫你哈哈大笑。我建议搞点沪语特别是苏州话版,我还主张把《假如生活欺骗了你》的正版唱成弹词开篇。善哉!

终极与心在

几年前读到一本神学小册子,它定义说:"神学是研究人的终极眷注的学问。"

此语让我一惊,终极与眷注,这是多么文学的语言啊。后来看到别的定义,讲西方的神学在于论证基督教的教义。后来又接触了一下托马斯·阿奎那的《神学大全》,说法与终极说有别。

我在新疆的时候,与伊犁的维吾尔族农民生活在一起。有一次我与一个六七岁的女孩说话。我指着天空说"胡大"(约等于中原农村里说"老天爷")怎样怎样,小女孩笑对我说:"老王大队长(时任副大队长),胡大不是在天上,而是在我们的心里。"

小女孩的话对我的触动超过了那几本书。"心里的在",不是客观的存在,那么它们是一种概念、一种心情、一种敬畏与崇拜,那也就是人皆有之了。问题在于它怎么成了许多人的"心里的在",却又是被许多人怀疑与宣称不在的在。能否说是全主观的概念与心情呢?真正从唯物论看来,一切概念心情也都不可能是纯主体器官的分泌,而是客观存在的主观印象,问题只在于印象的准确或失真程度。

终极更容易理解了。谁无终极?何必某一具体教会的成员?唯物论者认为不依人的主观意志为转移的物质存在与客观规律是本源,是归宿,是真理也是主宰,这就是物质的终极性。物质也是伟大的,它产生了精神,产生了心在。宗教则认为神是终极。道家认为道是终极,万物生于有,有生于无,那么无是终极,有则是无的另一个方面,有无相生,高下相倾,就是道。儒家杀身成仁,舍生取义,那么仁与义是终极。活在当下,反而是佛理。

艺术观与艺术品

阅读《论语》《孟子》，会对二位圣人引用《诗经》、规范礼法、教化世道人心的思路印象深刻。不论这样一个以教化为核心的文学观是不是还有扩充的精神空间，但是它不会影响你对孔孟喜爱引用的诗句的看法。不论是孔子引用的"唐棣之华，偏其反而"，还是孟子引用的"谁能执热，逝不以濯"，还有脍炙人口的未被引用的诸多诗语："执子之手，与子偕老""窈窕淑女，君子好逑"，都是以诗味的隽永亲切、民风的纯朴生机、文字的简约诚挚、打动了数千年读者的心。

为教化而艺术、为兴观群怨而艺术，在中国源远流长。与为艺术而艺术、为发泄而艺术、为金钱而艺术，或绝对自由无目的无追求的艺术相比较，自有它的来历与道理。而在这种艺术观的笼罩下出现的作品，其意义，却不限于单纯的教化。

艺术精神是各式各样的。土耳其作家菲利特·奥尔汗·帕慕克所写的真实的或虚构的关于细密画的历史故事，令读者震惊。例如他的名著《我的名字叫红》中，所写的细密画家渴望自己眼睛变瞎，以摆脱凡俗肉眼对于世界的观察与印象的书写，代之以艺术的神性高扬与凛然郑重，就令人毛骨悚然。但是此种震惊无碍你对于特定艺术品的喜爱，它们优美迷人、牧歌情调、如诗如梦。九年前我有幸去过伊朗，对那里的细密画挂毯爱不释手。某种可能的艺术观或使你感到陌生、难于理解，但是艺术品却是喜人、醉人、与你无间无等差的。伊朗二十世纪细密画家奥斯坦·穆罕默德·法尔希奇扬的作品就无障碍地受到了全世界的肯定，被尊为"色彩神话的大师"。

胸怀开放的伟大诗人海亚姆

波斯诗人奥玛尔·海亚姆，郭沫若译他的诗的时候称莪默·迦

亚谟,有诗曰:

> 我一手捧着古兰经另一手拿着酒樽,
> 有时候我沾染不洁有时候绝对清真,
> 这蓝宝石一样的同一个苍穹下面哟,
> 为何搞成了穆斯林异教徒两者区分?

瞧,他是什么样的胸襟。他坦承自己有时候不洁,因为他是活人,他许多诗都写饮酒,而酒这个词就是由阿拉伯语的"不洁"构成的。

有趣的是我接触海亚姆不是从郭沫若那里看到了《鲁拜集》,不是从张鸿年教授那里看到其四行诗作来自波斯文原文的汉语译本,而是在"文革"中,从维吾尔知识分子手里得到了他的诗的乌兹别克语手抄本,我自己也抄录了一些,在我的笔记本上。

我还喜欢他的另两首,至今能背诵。一首是:

> 空闲的时候多读有趣的书,
> 不要让忧郁的青草在心头生长,再喝一杯吧,开怀痛饮,
> 哪怕是死亡的阴影正在靠近。

我把它译为五绝:

> 无事需寻欢,有生莫断肠,遣怀书共酒,何问寿与殇。

他的更加豪迈的诗我译为:

> 我们是世界的希望和果实。
> 我们是智慧之目的黑眸子。
> 如果偌大世界是一支指环,
> 我们就是镶在上面的宝石。

剃头能不能用锥子

北京人爱说"歇后语"。小时候有人教给我"电线杆子上绑鸡

毛——好大个掸(胆)子""一张纸画个鼻子——好大的脸",当时觉得是故意夸大,没啥意思。

后来在政治运动中没顶后,听到两个对我来说很新鲜的歇后语:"杀猪捅屁股——各有各的门道。""剃头使锥子——一个师傅一个传授。"妙不可言。后来再听到"树林大了什么鸟都有"的俚语,觉得可不是嘛! 自己算是成熟了一步。

意想不到的是一位老教授在回答外国人提问"为什么中国曾经有那么多政治运动"的时候,此位老哥说道:"阴天打孩子——闲着也是闲着嘛。"

这个回答超出了我的理解力,估计洋人更是听不懂。反映了老哥不怎么关心政治,对政治不上心,不理解,不掺和,不评论,近似说"无可奉告",又还有一点淡淡的批评,甚至还有一点大事化小,小事化了的幽默与无奈。他回答问题的方法,让我觉得他别有神功,奇门遁甲,要不就是瞎猫碰上了死耗子。

一九九六年我访德时在一位汉学家家里看到一本二十世纪二十年代出版的德国学者著作的中译本,里头提到了北京的歇后语,有"面茶锅里煮皮球——说你混蛋你还有气""面茶锅里煮电灯——说你混蛋你还有火"。也是此书里发现,当时的北京绕口令里就有"吃葡萄就吐葡萄皮,不吃葡萄就不吐葡萄皮",合乎逻辑。是侯宝林师傅把它反过来说,荒诞化成"吃葡萄不吐葡萄皮,不吃葡萄倒吐葡萄皮了"。侯宝林师傅同样有两下子,那么超前就有了使锥子理发的荒诞意识啦!

文学与文学奖

从前没有文学奖,屈原、李白、曹雪芹都没有得过奖,也没得过稿费版税。莎士比亚与巴尔扎克、但丁与塞万提斯,都与奖项无缘。现在没有了屈李曹莎巴但塞,却有了各种气势不凡、金额不俗的奖。这样的奖,规格高、风头劲、动静大、争议多,令人视网膜充血。

在挪威,人们说,当年易卜生的戏剧名声很大,但是内容与台词过于尖锐,最后诺贝尔文学奖给了另一位剧作家比昂松。在阿根廷,有人质疑为什么拉美文学的教父博尔赫斯没有得奖,却是哥伦比亚的加西亚·马尔科斯与秘鲁的略萨获奖。在日本,有人说,三岛由纪夫自杀除了他受军国主义意识形态的煽呼以外,也与开风气之先的他没有获得诺奖而是川端康成获奖有关。呜呼哀哉!

至于俄罗斯,更没的说,使中国的读者如醉如痴的托尔斯泰、屠格涅夫、陀思妥耶夫斯基、契诃夫……他们其实都赶上了诺奖时代,但他们都与诺奖不沾边。

那么在中国,由作家团体评一两个奖,每届奖了不少作品不少人,就更加众说纷纭了。有遗珠之憾,有不遇之悲,有酸涩苦辣,别一番滋味涌上心头,也有敢骂作协与红十字会的勇猛。

"文人相轻,自古而然……夫人善于自见,而文非一体,鲜能备善,是以各以所长,相轻所短。里语曰:'家有敝帚,享之千金。'斯不自见之患也。"一千八百年前,曹丕在《典论·论文》中已经说得很透。何况当今,文学奖除了有文学性以外还有政治性、意识形态性、公关性、话语权力性、涉嫌可操作性等。有几个写作人做得到有足够的文学自信,对于获得或不获得大奖清明淡定处之?

程序能帮助文学?

一九九三年,在纽约华美协进社的一次演讲活动中,美国一位咄咄逼人的女性笔会秘书,言之凿凿地告诉我:某一位中国诗人该年将获得最牛的文学奖,而且追问中国同行会有什么反应。我在表示对她发布消息的可信性有所怀疑的同时说:"有人高兴有人不高兴。"她一听二目放光,追问怎么会有人不高兴,我说:"您不知道吗,所有的作家都认为他或她自己才是最好的,他们怎么会承认某某是更优越的呢？"

我还在台湾说过，有两种获奖，一种是由于获奖而使某种奖项增加了权威性与公信力，一种是由于获奖而使获奖人沾光，突然走红。这些，都属于传播学范畴，与文学关系不太大。只有对于自身、对于文学没有信念的人才念念于斤斤于这些玩意儿。

至于致力于评奖程序的完善，对于从事评奖的工作班子非常重要，对于文学，意义天知道。文学需要妙悟，需要知音，需要掂量，更需要时间、历史、民族与人类的反复推敲判断探索。有多少一时热火朝天的书早已经被历史弃如敝屣，又有多少艰难挣扎出生的书历久弥新，行远益善。文学谈得无精打采、肤浅呆木，奖、程序与天知道有没有的内幕变成了传媒的热闹话题，这是中国之悲，文学之狗血，精神生活之枯萎。文学作品毕竟是大家看的，又是见仁见智、没有统一数字化标尺的，即使搞全民公投也未必评估得精准。关键在于能不能公开地、足够专业与认真地就重要文学作品研究讨论争鸣，努力去建立社会的文学评价权威。

美在简约，美在单纯

小时候学会了唱《卿云歌》，它是《尚书·大传·虞夏传·卿云歌》的头四句："卿云烂兮，糺缦缦兮，日月光华，旦复旦兮。"

七十多年过去了，越上年纪，越为这十六个字而叹服倾倒，热泪盈眶。"卿云烂兮"，这是说天空的云彩。仰望长空，心旷神怡，云霞灿烂，瑞气万方，昭昭天象，清平世界，敬畏感恩，颂而祷之，四个字什么都有了。

"糺缦缦兮"，有了一种动态，云霞纡缓、回旋、延长，从容不迫，动态中包含了无奈、沮丧与漫灭的忧伤，包含了对于虞舜禅禹的欢呼与对于舜的退休的依依不舍，内涵丰富。

"日月光华"，是此歌的重点，不但白天有日，夜晚有月，而且，天朗气清,光华澄澈,明亮通透,驱散阴郁雾霾恐惧困惑。这里最美的字是华,日月光华,四个字道尽了神州大地人子的幸福感满足感光明感颂扬感。

"华"字是中华汉字中最美丽的一个字,中华、光华、年华、华年、风华、岁华、精华、物华、华彩、华美、华章、华辞、华赡、华诞、华灯、华丽、华姿……都是那么美好酣畅。而少数"华靡""华而不实"的贬义说法,也提醒着物极必反的深刻道理。

"旦复旦兮"则包含着自勉、自强不息、自我驱动、一天一天,"所有的日子都来吧","逝者如斯夫,不舍昼夜"的含义。

非常原始,非常单纯,非常善良,非常快乐。那时候国人还没有学坏,那时天下为公,唐尧将天下禅让给虞舜,虞舜将天下禅让给夏禹。那时候没有那么多的权力斗争地盘斗争宫廷斗争阴谋诡计血腥厮杀。那时候人们没有学会说那么多的话,没有那么多的巧言令色忽悠牛皮。那时候正是"天何言哉?四时行焉,百物生焉,天何言哉?"的世道,四时行万物生的前提,正是"日月光华"的"旦复旦兮"啊。

为什么好古?

都知道孔圣人的名言,他说自己是"述而不作,信而好古"。他歌颂西周,向往文王与周公。不难理解,文王武王,父子两代,血流成河,付出极大代价才推翻了暴虐的商纣王统治,开国圣君、百废俱兴、制定包括礼法与音乐的种种规矩,孔子赞西周:"郁郁乎文哉!"

所有的朝代开国时节都有一番气象,没有新气象,怎么可能聚拢人心、形成对于改朝换代的期待与欢呼?北京俚语:"新盖的茅房,三天香!"就是这个意思,反之,年代渐久,缺少新意,再好的东西变成了陈谷子烂芝麻,再好的说法变成了陈词滥调,气数就往尽处走了。

到了庄子那里，西周都觉得太晚近，他连黄帝与唐尧虞舜也要批评，他肯定的是更加远古，只到神农氏为止。

人们可能慢慢明白，好古的原因不是由于呆板，而是由于相信人类至少是本地文明的初期更有气派，更有真诚，更有信心，更有活力。好古就像是怀念童年、青年时代，不是为了渲染老气横秋而是为了恢复当年的兴旺。过去如此，今天也是一样：革命家成功以后还会时时怀念监狱刑场、枪林弹雨、火烤胸前暖、风吹背后寒。企业家回忆的是自己两手空空、白手起家、艰苦创业。文学家会回忆自己不被了解、不被重视，突然一鸣惊人，洛阳纸贵的雀跃。

万事起头理想浪漫。万事期待成功。但一旦成功了欢呼了拥护了，各方面的期望值陡增一百倍，责任增加一百倍，批评者的声势强烈一百倍，变懒变贪的危险增加一百倍。善始容易善终难，难道不是这样的吗？

文艺的发生学

关于文艺的起源，说法很多。突出的有以下三种：一说起源于劳动，一说起源于宗教，一说起源于性欲——情爱。

而综合我的经验主义观察，我常常会理解为文艺起源于母亲给孩子讲的故事。中国孩子听的多是大灰狼伪装成外婆，侵犯门栓门鼻笤帚疙瘩三姐妹的故事。它提醒孩子，世界上有各种危险。它告诉我们，对于幼小的孩子来说，世界未免陌生，尤其在夜晚入睡前，幼儿会感到不安乃至恐惧，母亲的讲述，母亲的声音，母亲的提醒是孩子最需要的爱与引领。

关于讲故事的故事，则莫过于阿拉伯的"天方夜谭——一千零一夜"。它说的是，大臣女儿谢赫拉查达，嫁给乖戾的哈里发王，哈里发由于受过不贞妻子之骗，决定每天娶一妻，第二天早上杀头，拉查达带着妹妹，来到夫君这里，给妹妹讲了一夜故事。故事引起了哈里发的兴趣,要继续听谢赫拉查达的"欲知后事如何,且听下回分解",乃推迟杀妻行为,一天天地听她的讲述,一共听了一千零一夜,最后取消了杀妻,在这里,文学安慰了妹妹,文学战胜了暴力与死亡,文学温和了受伤的哈里发的心,文学拯救了生命与爱情。

这些都不足为奇,这里要说的是十余年前我应新加坡佛教团体功德林之邀到那里去做文学讲座,我讲到上面的话后,主持人总结说,他非常感慨与遗憾,因为现在新加坡的母亲一般都不给自己的孩子讲故事了,现在中产阶级家族的母亲,带孩子、给孩子讲故事的重任,都已经转移到菲律宾女佣身上去了。

进步的危险

人类用各种手段减轻或取代自己的天然义务与必须劳作,过去要每天跑许多路,现在有各种各样的代步与交通工具了。于是长短跑与马拉松的冠军不是出现在发达国家,而多半是出现在交通工具不算先进的肯尼亚、牙买加、埃塞俄比亚。过去要博闻强记许多知识与信息,现在有一个好的手机与学会上网就行了。人们沉醉于可以舒适便捷海量平面地吸收的微信与网络的海洋里,以至许多人患了 infobesity ——信息肥胖症。过去要学功夫、冷兵器、阵法、战法,现在都不用了,人们的体能其实是在走下坡路。过去是母亲喂奶,现在用牛奶、羊奶和各种人工合成的婴儿乳粉代替了。内蒙古地区,早就有人先是用录音机放盒带,后来是放 CD 来代替喇嘛的早祷,并因此而引起激烈的歧义了。

进展是巨大的,竞争是激烈的,各种科学技术正在取代人的努力人的辛苦,纷纷取代汗水与紧皱的眉头、紧张的心智。不幸的是,辛苦当中饱含着人的爱。当人们学会了一个又一个升级版的技术之后,原有的更接近人的天性的本领与情愫,会不会逐渐式微了?如果谢赫拉查达不是自己给妹妹讲故事,而是请女佣讲,甚至是以播放

CD或打开手机音频功能的方法来讲故事，她能感动哪一个呢？

科学技术在很多方面帮助人，无疑，但是人应该有自己的底线：腿应该能够走路奔跑与跳跃，胳膊应该能够抓举与推举重物，手指应该能够精工细作，皮肤应该能够调整体温感觉，头脑应该善于勤于学习思索记忆计算想象，尤其是心，应该能够爱人，能够付出，能够不忍，能够自责，能够贡献与燃烧。

简化字盖有年矣

迷迷糊糊地嘲笑简体字的朋友，不知道知不知道下列的事实：

一是汉字写法有一个发展过程，叫做甲骨文 → 金文 → 小篆 → 隶书 → 楷书 → 行书（商）（周）（秦）（汉）（魏晋）→ 草书，以上的"甲金篆隶草楷行"七种字体称为"汉字七体"。但这种说法也有商量，因为有一说认为是草书在前，隶书与草书作为参照，催生了现今仍然使用着的楷书。

二是早在太平天国时期就开始赋予民间简体字以合法地位。民国时期，胡适、钱玄同等屡屡提出简化汉字的思路与方案，得到该时期教育部采纳，民国的汉字简化工作动作频频，态度积极，是简化汉字的始作俑者。

三是自古以来既有官方的文字改革实行，更有民间的自动自发简写现象。在我小时候，早已经通行以叶代葉、以干代幹、以台代臺、以元代圓（货币单位）了。还有一些商人喜欢用的、医生喜欢用的具有行业特色的简体字等。至于解放区更有各种简体字，包括左君右中组成一个"君中"字作"群众"二字用。

四是新中国的汉字简化搞得有板有眼，有根有据，包括民间已有的简化成果并没有一律采用。说明简化工作还是非常慎重的。第四批简化字发布后不久也废除了。

此外简化方案吸收了古代的某些异体字，草书提供的简化路径，日语中汉字的简化书写等等,学问大了,可不是什么山寨版汉字。

至于说爱字一简化就无心了云云,作为段子或可一粲。文字是语言的符号,语言是世界的符号,符号有符号的规则、符号的世界,中国汉字的结构性逻辑性已经无与伦比,不需要再较劲了。

简化汉字的目的是为了扫盲,为了让更多的人识字,功莫大焉。

这是在"幹"什么?

谁知道风是怎么刮起来的,出现了回归繁体字的小潮流,偏偏又回得错讹百出。比如出的书叫什么大"係",乌兹别克斯坦的首都塔什干,偏要写成塔什"幹"。我还在一家食品店看到过"風幹牛肉"的软包装牛肉,吓了一跳。风怎么把牛肉给干了或幹了的呢?还有一个山区景点,赫然写着"神仙穀"三字。是神仙吃的穀粮——干饭还是稀粥?

这里先要说,有一类半简体半原字是把早先的几个字合并成一个。例如"干",这不是新创或新确认的简体字,而是天干(甲乙丙丁……)地支(子丑寅卯……)中的原字。塔什干,译名压根儿用的就是天干地支中的干字,现在莫名其妙地幹了起来,不通已极!

老年间还有一个当做干燥讲的"乾"字,决定简并成"干"字了,乾燥现作干燥。但乾字同时还有另外的读音与含义:就是与坤字连用时读 qián,作代表天与男性的一种卦象讲,例如乾坤,就是天地或男女。这个 qián,一直坚持不变。一些稀里糊涂的朋友,把"干"字一律还原成"幹"字,天干变天幹,风乾变风幹,干幹乾一起幹,这样"幹"下去可怎么得了?

从前,"係"当"是"讲,像广东口音;"系"则主要当"系统""系列"讲,再加一个"繫",也是三字合一成为"系"。而哲学系、中文系、文学大系、图书大系,作为原字,不存在简化与恢复繁体的问题。变成係,不是胡闹吗?穀简化成谷,对于穀来说,谷是简化字,但山谷,太谷县，原字用的就是谷，它们是不能毂起来的。

总之，您要是喜欢用繁体字，起码得学学繁体字。不然，繁出奇葩来，读者脸红。

咱们都还有潜能

我们的命运，我们的机遇是多学几样语言文字。

我在新疆的收获之一，是见识了少数民族朋友有需要更有能力学到多种语言文字。

例如人数约二十万的锡伯族人士，他们多数能掌握汉、满、维吾尔、哈萨克语，还有些知识分子同样也掌握俄罗斯语言文字。幸亏有个锡伯族，清朝的满语文档主要靠他们的知识分子解读。

事实证明，人学习多种语言文字的潜力大得很。辜鸿铭、林语堂、钱锺书、季羡林、金克木等大家，他们当中没有一个人因为被外语绊住了而荒疏了母语。学外语，永远不是疏于母语的借口和原因。减外语，一般也不是提高本国语文程度的好办法。一个善于学习语言的人，必能做到各种语言互补。比较语言学令人拍案叫绝。一个连母语都说不顺溜的人能够学好外语吗？一个有能力有知识以不同的语文词句互相比较参照的人，能够不把母语掌握得好吗？

我主张：白话为主，同时学点文言；普通话为主，同时保持各自的方言；简体字为主，同时把握繁体字；母语、第一外国语为主，兼学两三种非母语——包括外语与少数民族语。语言掌握得越多越能相得益彰、灵动启发、得心应手、开阔练达。如果发生了顾此失彼、捉襟见肘的情况，恐怕不是此种语言妨碍了彼种语言的学习与把握，而更可能是自己智力、心胸，还有方法上的问题。

尤其是简化与未简化的汉字，同属一宗一类一体，看看，查查，想想，大多无师自通，畅行无阻。有一次在台湾开会，一位同胞激动地谈简体字的"麻烦"，我即告诉他我可以负责一周内教会他简体字，教不会愿付罚款。

约定俗成就是将错就错？

好不容易我相当晚了才学会读荨麻疹中的荨字,知道它应该读成"qián",这时得知国家语言文字委员会明确它干脆改为读"xún"了,与"寻"字一致。

改就改吧,又说是读荨麻疹时读"寻",而说到荨麻这种植物时照旧读"前"。一下子脑袋就大了。

这个好办。最难办的是毛主席词《忆秦娥·娄山关》中的"雄关漫道真如铁"句,这里的"漫道"其实就是"莫道"的意思。它是从漫的随意、不着边际的含义发展成否定的意思的。《红楼梦》有对联:"漫言不肖皆荣出,造衅开端实在宁。"意思是您不可以任意胡言贾府的不成样子、不良光景是从荣国府出现的,其实真正起头出事的是宁国府。

还有:"漫言红袖啼痕重,更有情痴抱恨长。"一般也解释为不要只说红袖(指女性,一说指作者)如何悲伤痛哭,更要知道宝玉(一说指书中人物的感情)的痛苦遗憾。

网上360百科的解释是:"'漫道'是莫说、休说、不屑一说的意思。'真如铁'是说真的像钢铁般的坚固,描写了娄山关的险峻牢固、易守难攻,如今跨着大步从山顶上越过(从头越)。"赵朴初先生当年为此专门著文讲解过。

但现在将"雄关漫道"变成一个词组,作雄伟的关隘、漫长的道路来使用,越来越普遍了,甚至描写长征的戏剧名称也取《雄关漫道》,咋办呢?我已经绝望了,要不干脆就将错就错承认"雄关漫道"这个组词?倒也挺顺,只是与原作原意不符。方家教之。

老而不死是为贼

冰心是幽默的,她有一枚闲章,上书"是为贼",含义是"老而不死",表达的是她老人家对自身长寿的乐观、满意、自嘲,小小的嘚瑟,我以为。

原话出自《论语·宪问》。"子曰:'幼而不孙弟,长而无述焉,老而不死,是为贼。'以杖叩其胫。"孔子对他的老友原壤不满意,原壤劈开两条腿坐在那儿迎接孔子,缺少雅敬,孔子便说他是少年时不知道对兄弟谦让友爱,长大成人了无善可陈,现在老了,又不死,便成为老不正经;孔子用手杖敲打原壤的小腿。

在《论语》中,这一段不太一般。一是都说原壤是孔子的老友,这是可信的,如果不是老友,这样说话会引起暴烈的反击,用杖敲打,更无可能,因为会引起肢体乃至器械冲突。原壤的罪状无非是幼不逊不悌(注意,没有不孝),长而不述,乏善可陈(注意,没有作奸犯科),总之没有什么出息,但远远不是恶人,并无贼字本意中的残暴盗窃的记录。其次,并没有说他是由于老而不死才成了贼,而是由于少年青年成年时期记录中下,享寿不差,孔子不平,觉得苍天对他太宽厚了,便嘲弄之责备之摇头之敲打之,敲打中有某些玩笑与恨铁不成钢之友情。如果完全从口语上看,这里的"是为贼"与"你成了精啦?""你从哪儿诳来的寿命?""你简直是邪魔外道啊"的意思差不多。所以,冰心绝对不拿它当坏话,只是当趣话。谁不希望自己也有个"是为贼"的机会呢!

当然,在人过四十便该枪毙的激进心情中,骂一声谁谁老而不死,有希望老家伙快快让路腾地方的仇老心情。呜呼!

叶甫图申科的来信

上世纪末，一个做中俄民间贸易的朋友，转来叶甫图申科的信，并帮忙翻译，信中说：

> 我们曾经觉得，苏联好比是一台陷入泥沼的大汽车，我们都为苏联的停滞不前着急，我们一起拼命推车，终于，这辆车猛地开动了，溅得我们满头满脸都是泥。然后我们睁开了眼睛，然后我们的面前什么都没有了。

心照不宣。

普京的话则是，不怀念苏联的人没有良心，念念不忘苏联的人没有头脑。

现在已经没有太多人知道叶夫根尼·叶甫图申科了。他是苏共二十大后涌现的著名诗人，写过许多批评苏联个人崇拜时期社会生活的诗。上世纪八十年代，中苏关系开始走向正常化，他随苏联作家代表团来中国访问过。他那个扬着脑袋做深思状的做派，特别像中国人刘宾雁。

与他一起来的该访问团团长是莫斯科市作协主席米哈依洛夫，诗人，苏联国歌词作者。米主席的名言是带一群作家出访，还不如带一个动物园的全体动物出来呢。

网上消息：一个是叶夫根尼·叶甫图申科四月一日去世了；一个是陕西太白出版社出版了《叶甫图申科诗选》。还有就是去年，他来北京大学，领取了咱们的中坤公司颁发的"中坤国际诗歌奖"。这是我国诗歌界奖金最高的一种奖，八万元人民币。历次获奖者有：翟永明、博纳富瓦、绿原、顾彬、北岛、阿多尼斯、赵振江、牛汉、谷川俊太郎、痖弦、亚当·扎加耶夫斯基。

妙语连珠

上一篇谈苏联诗人叶甫图申科的文章中谈到另一位苏联诗人米哈依洛夫的妙语。米主席讲过一个精彩故事：一只猫追逐老鼠，老鼠遁入鼠穴，猫急得喵喵叫，越叫老鼠越不出来。猫儿改学狗叫汪汪。老鼠懂得"狗拿耗子多管闲事"的道理，便一头钻了出来，被猫儿按在爪下。猫嘚瑟道："这就是学外语的好处呵！"

我也喜欢苏联诗人特瓦尔陀夫斯基《瓦西里·焦尔金》中的名句：

> 战士的马合烟
> 像战士的老婆
> 苦、辣、呛、刺鼻、刺目
> 让战士又咳嗽又流泪
> 但战士离不开她！

维吾尔族（一说乌孜别克）大诗人纳瓦衣说："忧郁是歌曲的灵魂。"他怎么说得这样好？

讲究辞令的喀什噶尔人，当一个经营餐饮的老板发现食客们吃得高兴，忘记付账，他们不会追着要钱，而是温文尔雅地问顾客："先生，我该找给您多少零钱呢？"

……另一方面我又经常听到一些愚蠢、粗野、僭越、不文明、词不达意的话。比如收到物业通知："入冬后某月某日试用取暖设备，各家留人，否则责任自负。"

现在最时兴的就是让服务对象责任自负，让自己免责。最有趣的是有的海滨浴场拟出了让游泳者责任自负的协议书。敢情游一次泳得先签生死文书。我也在北戴河的一些堂堂皇皇的单位大门口看到过"严禁私自游泳"的布告，这不但使人怀疑我们的朋友的说话能力,而且怀念起毛泽东时代来了,我们再也得不到对到大风大浪里去锻炼的鼓励了吗?

也想念侯宝林,他讲的不会说话的故事,让人笑,更让人哭!

极 致

文无第一,武无第二。中国人的这类大俗话相当高明。文无第一是由于文章、文学作品缺少可比性,李白第一还是杜甫第一;托尔斯泰第一还是巴尔扎克第一,只有傻子才去企图弄出个说法来。武无第二,更是大实话,过去争武状元,是要互相搏斗的,弄个第二,弄不好会死在第一名刀下,你还二它个什么劲儿呢?

但是从我个人来说,我常常在阅读中产生极致感,到顶感,匍匐感。

比如李商隐的《锦瑟》,"沧海月明珠有泪,蓝田日暖玉生烟"句,阔大空明,于无情处恁多情,于珠泪中生暖烟,于日月中感亲近,于寂寞中得绝美,于形而下中触终极。对于我来说,这是语言的极致,文学的极致,世界与内心的极致,这是诗人的创造,这更是诗人的神性。也许,他是诗人的祷告?

崔颢的"昔人已乘黄鹤去,此地空余黄鹤楼。黄鹤一去不复返,白云千载空悠悠。晴川历历汉阳树,芳草萋萋鹦鹉洲。日暮乡关何处是?烟波江上使人愁"当然非常有名。我独欣赏其颈联,晴川历历,俯视清晰切近,长江黄河,就是这样,雕刻在唐代诗人的心上,好心疼啊。汉阳之树,大地上的植被,大地上的晴川阁、汉阳树,永远矗立在生长在我们的心里。芳草萋萋,醉其芳香,怜其茂密,鹦鹉的鲜艳灵动,沙洲的形状与流水的波纹,打动了每个读者的心。

过去读俄罗斯小说,常常感觉到他们对俄罗斯大地的倾心与忧思。我有时候叹息我们的文学作品似乎还可以有更多一点中华大地、神州胜景的刻骨铭心的描绘。我说的是,"晴川历历,芳草萋萋"

这八个字,使我刻骨铭心,使我热泪长流。

喜欢的说法

我有一些特别受感动的说法,例如:"无恙。"

《史记·范雎蔡泽列传》中,须贾见到在魏国饱受冤屈凌辱迫害,现在又佯作落魄的范雎时,惊道:"范叔固无恙乎。"后来还忘却前嫌,同情他"饥寒交迫",送他一件绨绸面的长袍,即京剧《赠绨袍》故事。其中对于范雎隐忍、细密、阴狠的性格描写令人难忘,但我最最不能忘的是"范叔固无恙乎"这六个字,我始终认为这六个字是全部故事、整出戏的灵魂。未动声色,贵在平常,敌敌友友,恩怨情仇,谋略机关与血腥争斗中忽出现平常心日常语,一字千金,一字百好。

《三国演义》中,赤壁之战曹操大败,在华容道口见到关羽,他也是只靠一句"将军别来无恙乎",构成了千古流传的佳话故事。这句话是很难翻译的。如果曹操见到关公问一句:"Are you ok so far?"估计关羽手起刀落,取了曹操首级,或者将曹缚将起来交给诸葛丞相发落了。

还有一句话叫做"仰天长叹",冯梦龙的《东周列国志》中常常写到政治斗争中的失败者,如何如何仰天长叹,四个字形神俱备,令读者也长叹。但是我要说一句,我此生虽然道路并不平坦,还真没有仰天长叹过。我缺少仰天长叹的气质,倒是有到哪儿说哪儿的不以为意与骑驴看唱本——走着瞧的兴头。

出自民间谚语的"涓滴之恩,涌泉相报"八个字,足以让我哭出声音来。我的体会是人需要有逆境的经验,正是在逆境中,锤炼自己的意志,反省自己的弱点,同时,恰是在逆境中,发现自己的无怨无悔的坚持,不妨考验一下的选择与明智,一生真伪总得知。而且恰恰是在逆境中,不要忘记师友人民的帮助关心开导恩惠。感恩的感觉是多么甘美、高尚而且强大!

有一种不会说话叫粗鲁

有一种不会说话叫做粗鲁,比如你到了一个交通工具上,听到广播说:"禁止这样,不得那样,严禁如此,违反者行政处罚,更严重者承担刑事责任。"道理都对,意思我赞成,也确知发生过在交通工具上闹事的混账事件,但是,能不能换个说法呢?能不能从正面说一说呢?或者,能不能贴一个布告,让有些话的声音分贝稍稍降一降呢?

有一种说话叫聒噪,比如在一个公共场合不停地给游人上课,提倡这个,制止那个……

有一种说话叫做一面理。例如我见过不知多少次这样的出书合同,说是依例必须写上,著作人方面,不得在作品中违反宪法,不得破坏社会秩序,不得分裂祖国,不得抄袭伪造,不得违反知识产权法令。当然,这是对的,还可以写上著作人不得嫖娼、不得吸毒、不得赌博、不得传销什么的。

问题是出版方就没有什么可能出现不得、不可以及需要禁止制止的事项吗?按同样逻辑,出版合同上应该写上出版方同样不得违反宪法、不得分裂祖国、不得破坏秩序,尤其需要写上不得隐瞒印数,不得疏于职守,看不出错别字,更不可将对字改成错字啊。

有些法律底线,与出不出书无关,难道不写书就可以违反宪法吗?这样的出版合同难道是暗示写书人特别危险吗?真有这样的危险分子,恐怕也不是靠订立措辞严厉的合同来解决的吧。

无怪乎当年夏衍老看到这样一份合同,说合同让他想起了他的作品《包身工》。

另一种话的奇葩

读者们不知听过这样一个广告没有,是宣扬一个突飞猛进的先进地区的，说那里是如何文明，一上来先讲：

文明是心中的积淀，是心里的梦想，是心头的蓝图……（大意如此）

受众听了几句就晕菜了。不是博士前硕士后您还真绕在那里了。

我读过香港城市大学教授郑培凯先生的一篇文章，提到一家电视台组织的选美活动的广告词："美丽是一种责任"，他吓了一跳。其实这个话我觉得是对的，在全面小康的时代，大家注意一下仪表，注意一下形象，为社会增加一点讲美求美维护真善美的氛围，不妨说也是责任。但总是突兀了一点儿。说讲究化妆美容衣着形象的朋友，原来是从尽职尽责出发的？恐怕不无牵强。

郑先生的文章中还提到他的一位台湾诗人朋友，说是不再想写现代诗了，因为发现，许多商业广告词，比某些现代诗还更现代派。

据说被评为最佳广告文字的是一家美容院的广告："请不要与从本院出门的女性调情，因为她可能就是你的外祖母。"广告词有些俏皮和想象力，夸张得不可信，未必能收到招揽顾客的商业效果。过犹不及，巧言令色，鲜矣仁，这起码是中华文化的传统，不该忘记。

改革开放，我们学到了好多新词，但也有些东西实在不怎么样，明星叫成天王、影帝、影后，幽默叫做段子，喜剧叫做搞笑，作品还有什么泪点、卖点、笑点，不但有作秀而且有秀悲情、秀深沉、秀高雅、秀善良，还有什么夸张致死、娱乐到死、消费痛苦、消费民粹。这样下去只能仰天长叹喽。

文学与艺术

艺术的特点是它们的直观性，造型艺术是看的，音乐歌唱是听的，戏曲、歌剧、电影是又看又听的，4D什么的则追求身体的其他感觉如震动等。

比较起来,文学相对是不那么直观的。因为语言是内心、生活与世界的符号,文字是语言的符号。描写一个美女比面对一个美女,更隔、更抽象,但是,比面对一个美女可能更纯净、更无瑕、更理想也更深邃。不论什么样的活人,有他或她的美的一面,也还有俗的乃至缺憾的一面。

《孟子·告子上》中早就说过:"耳目之官不思,而蔽于物。物交物,则引之而已矣。心之官则思,思则得之,不思则不得也。"就是说,耳朵呀眼睛呀不会思索,容易为外物所蒙蔽(王按:不会思索判断的耳目,对于人的心性来说,也是一种外物)。物与物打交道,很容易被牵引着走。心的官能是思索判断,思索就能有所鉴别、获得判断,不思索则不能鉴别判断。

问题就在这里,文学直观性不如其他艺术品种,思维性却可能超过其他。读书可能不如看戏看剧看电影热闹快活,但是,看书你的感慨思绪心得启示,你学到的想到的更多得多。文学的非直观性正是它的优越性所在。在多媒体大大发展的今天,出现了文学将会灭亡,尤其是小说将会消失的浅薄之论。胡说八道。

所以党的领导人谈文艺,主要篇幅是谈文学。但也有例外,那十年,谈文艺主要是谈京戏,最受冷落的是文学,全国只剩下一个作家。事出有因,正是在京剧上,显示了一种从传统出发,创造新纪元的野心,不能说是百分百胡来,但本身违背了太多的艺术规律,志大才疏,八篇一律,终非大器。痛哉!

万世心法

十六字万世心传,或者叫做心法,它指的是《尚书·大禹谟》上所说的"人心惟危,道心惟微;惟精惟一,允执厥中"。

记载说这是尧舜禅让时候的十六字真言,但是明清时期已经被确认其伪,有关史料是汉代博士伪造的:前二句《荀子》里面已有,后一句则出自孔子的思想。

　　但是它已经流传了几千年,并且这些话看起来精美,清朝的乾隆与咸丰两位皇帝都曾为之题写匾额。看来给中国传统文化定性并不容易,比如说岳飞的《满江红》也是伪造的;但它又是我们非常重要的文化遗产。

　　十六字真言令人印象深刻,它把"天"和"人"结合起来、"道"和"心"结合起来,天人合一,道心合一。最关心的是世道人心,这是儒家观点。实际上,这个观点一直到现在都有所体现。

　　为什么说人心惟危呢?因为人心是一个变量,它时时在发展变化矛盾运动之中。一方面,掌握权力的"心"是有危险的,可能碰到困惑,有可能上当、走上邪路,中了糖衣炮弹。比如说高官大臣变成人人喊打的贪腐罪犯。

　　另一方面,民心也不是一成不变的,可以载舟,可以覆舟,可能凝聚强大,也可能出现问题。所谓大舜给夏禹的忠告就是要认真谨慎地对待己心与民心人心,不可掉以轻心。

　　古人讲究"正心诚意","心"好了,别的事容易办好。所以王阳明讲知行合一,合而为心。孙中山讲知难行易,心好了,底下的事好办。而宋朝的陆九渊、王阳明干脆创立了心学。

　　这个"心"不要简单看成是一个主观唯心主义命题,它是和客观规律相结合的。

道心惟微

　　"道心惟微。"这"道心"是非常微妙的,但是"道"只有在人的"心"里面,人们才能够体会到它(祂)是微妙还是不微妙,或者说是否找得着北。如果道只是在九天之上恍兮惚兮,窈兮冥兮,也就没有什么惟微不惟微的了。反过来说,"心"又是在"道"里面,因为道的规律就是心体悟出来的终极存在与规律。还有,"道"就是"天道",

道就是天,天就是道。天是自然的存在,天又是道性的载体与标志。叫做"人法地,地法天,天法道,道法自然"。"道"是中华传统文化所涵养、寻求的一个"概念之神",到了"道"就是终极了,既是本源也是归宿,既是规律也是存在,既是自然也是精神、人文,既是信仰也是道德,还是行政。今人讲权力的"合法性",在古人那里,讲究的是"合道性"。天下有道,政通人和,太平盛世。天下无道,民不聊生,大乱不止。

"惟精惟一"就是你要下最大的功夫,你要对道心保持最大的敬畏。你要如临深渊,如履薄冰,容不得半点差错。"惟一"还有一个意思是坚持到底,始终如一,而马克思对他的女儿说,他最喜欢的品质是"目标始终如一"。

"允执厥中","允"是公允、深沉、谨慎、公正。"中"不见得是很多人解读的正中间,而是最准确的地方,中在这里也许更应该读第四声。而庸当然不是庸俗,而是正常与持续——我称之为中庸理性主义。孔子说小人反中庸而君子中庸。精神层次低的小人容易情绪化、片面、偏激,乃至于随大流起哄,败事有余,破坏性大于建设性。用现代语言来说,中庸就是反对极端、分裂、恐怖主义三股势力,三种邪恶。

富贵如浮云

孔子说:"不义而富且贵,于我如浮云。"

这话说得如此准确精当,恰到好处,你不能不服。是说,不符合义理原则底线的富贵,不值一提,不屑一顾,一时炫目居高,终无任何意义。等于说,如果义且富贵,成为成功者,可以首肯,却毋庸赘言。

没有说太多太重,说多了说重了反而显得过分在乎富不富,贵不贵了,反而俗了。再说,说的是不义,是道义问题尚不是作奸犯科,社会上总是难免有不义者钻空子占便宜的可能,通过不仁不义的手段富且贵了,却又不好齐之以刑。痛斥之为渣滓、罪恶、公敌、妖孽,也没什么意思。孔子嘲之曰,浮云而已。轻视之可也,并不红眼与仇富。

今天的贪腐分子,则不仅是不义了,是违纪,更是犯法,他们可没有高悬在浮云上的飘飘然,他们必须接受应有的惩处。

孔子称赞的是:"贤哉回也!一箪食,一瓢饮,在陋巷,人不堪其忧,回也不改其乐……"这是给义而贫贱的高士唱赞歌。

孟子还引用曾子的言论,专门分析说:"晋楚之富,不可及也;彼以其富,我以吾仁;彼以其爵,我以吾义,吾何慊乎哉?"就是说,要以仁义道德自豪,根本用不着羡慕富贵,无需在豪门大款面前自惭形秽。孟子又说:"有天爵者,有人爵者。仁义忠信,乐善不倦,此天爵也;公卿大夫,此人爵也。"

道德品质(应该加上才干)是天赐爵位,公卿大夫,不过是人间爵位。如此这般,怀才不遇之类的言语其实没劲。至于会不会某些时候某些地方当真不义者常富贵,义者却动辄贫贱狼狈,捉襟见肘,那又是另外的话题了。

掂量一下这个霸字

早就知道"霸"是个不好的字眼。孔孟圣人提倡文化立国的王道,指责仗势欺人的霸道。人民革命中,地主恶霸,说的是黄世仁。至于迫害吴琼花(样板化以后更名吴清华)的恶霸干脆名"南霸天",搞土改的时候,我们党在农村常常要搞"减租反霸"。北京一解放就枪毙了天桥一带的恶霸。外交斗争中我们一直打着反对霸权主义的大旗。毛主席晚年也反复宣示了"不称霸"的国策。称王称霸,压根儿就是人民公敌的另一种叫法。

这两年"霸"字突然变香了,似乎是。功课好的孩子叫做"学霸",戏唱得好的叫"戏霸",甚至用霸字称颂我们的国我们的军的文字也出现在媒体上了。写作同行人员中倒还没有啥人敢称"文霸",文人们虽多狂狷,但是他们对霸字的负面含义体会得深,他们摆脱不了闻霸而怒而恶心至少是而怕的条件反射。

我于是查《辞源》,发现古代"霸"确有正面即超胜于人的含义,而且正是刘勰有"文采必霸"之说。"霸"的另一含义是指诸侯之长。但在组词中,"霸道",是王道的对立面,并作行事蛮横解,出处是《红楼梦》。

我又查了《辞海》,霸字释为势力最强、居于首领地位的诸侯,释为依仗权势横行的人或势力,还有强横占据。

从两种权威的辞书中可以看出,时代的演化使霸字恶名化,霸字的恶名化应该与社会革命、阶级斗争的思潮有关。

我还想补充,如果说现在的世界格局中应该强调竞争中取胜,不能一味地亲爱温柔,也还可以强而不霸,真正有文化自信的强是不会多么霸的。至于学功课考试唱歌跳舞科研,更不必霸。

列子编的孔子故事

《列子》中,子夏问孔子:颜回怎么样。孔子说颜回很仁,我比不上他。子贡怎么样?子贡雄辩,我比不上他。子路怎么样?子路勇敢我比不上他。子张怎么样?子张严肃庄重,我比不上他。子夏就问,那些方面你都比不上他们,为什么他们跟你学呢?孔子说颜回仁心强,但不知变通;子贡善于辩论,但是他只知道会说,不知道谦让,不知道该沉默的时候沉默;子路只知道"勇"而不知道"怯"(想想,毛主席说过所谓军事就是"打得赢就打,打不赢就走")。子张有严肃一面,但是不知道怎么样该随和的时候要随和,要和别人保持适当一致。

倒也不全是列子瞎编,孔子确实说过"过犹不及",庄子也主张要寻找与各种末端保持距离的"道枢",立于不败之地。而《周易》讲究的是阴阳调和，是一阴一阳谓之道，老子讲的则是："有无相生，难易相成，长短相形，高下相倾，音声相和，前后相随。"

中国确实又古又大，所以中国的说法远远不那么单纯纯粹。一方面是君要臣死臣不能不死，臣死前还要谢恩；一方面是良禽择木而栖，良臣择主而事。一方面是忠忠忠，一方面是舍得一身剐，敢把皇帝拉下马；一方面是杀身成仁，舍生取义，一方面是穷则独善其身，邦无道则愚。

这样很有中国味道的说法，有些我们甚至觉得俗气，但是这些说法都有趣。这种思维模式是全面思维方式，是周而不比、统筹兼顾，既要这样又要那样，可以这样也可以那样的模式，是一种有巨大调整空间的思维方式。

为什么黑格尔不理解孔子？

中国一些学问家的名言都求简单，十六字真言已经算是非常多了，很多学者甚至希望只说一个字就扭转乾坤。中国"士"的最高追求是"为帝王师"，为帝王出谋划策可不是带博士研究生，帝王没有那个耐心跟你啰嗦好几年。所以孟子早就说"博学而详说之，将以反说约也"，最后目的就是简单化、简约化、实学化。因为中国学问是"经世致用"的。

黑格尔是学者，看完老子书之后惊叹不已，看完孔子书则很失望，说还不如不看，他觉得孔子说得太简单了，属于常识性的东西。孔子其实压根儿就无意当什么学者专家。但是伏尔泰不这么看，他认为孔子非常伟大，因为伏尔泰是做启蒙的，他反对的是什么东西都从上帝那边找根据。而孔子讲的是"己所不欲，勿施于人"，没有找上帝却把道理说得这么合乎逻辑、清晰明白，孔子的此岸性与明晰性令伏尔泰信服，认为这是全世界都找不到的伟人。

这种"经世致用"、追求简略的传统，使我们在看到诸子百家的许多名言时,有时候觉得伟大、可爱,有时又觉得简直没有办法理解,即便有名家解说,可能多认了一些字,也知道怎么上《辞源》去查了,却更不懂全文了。一个"心"字就够你闹半辈子的;一个"微"字讲得就更活活要人命了。

也有好处,话语越简单越有发挥和解释的空间,越有发展革新的可能与方便。中国传统文化认为,话与文,稀为贵。

戏 子

有关部门对于演员的收入做出了一些规范规则规定,网上出现了一批大骂表演艺术家的言论,强调演员旧社会称作"戏子",地位极其低贱,与娼妓差不多,而现在暴富,如何如何没有道理,并且欢呼一番,以为明星们会被收拾得与发论者一样惨淡了。

演员的收入标准,有所管理调整,这是对的,如此轻易地回到旧社会一般,戏子长,戏子短,却是暴露了另一个问题。长期的绝不公正的封建等级观念,原来在一些人的头脑里如此根深蒂固,如此容易死灰复燃,如此野蛮丑恶,如此乖张暴戾。

尊重艺术,尊重艺术家,尊重文艺劳动,这是先进文化。污辱文艺行业,污辱表演艺术,正说明这种人是何等可怜,他们的本事与处境距离"戏子"们十万八千里,才会恨得牙根疼。

也有一个问题,我们的一些演员的自尊自爱自强做得如何?为什么有的艺术工作者的社会形象变得那样不堪?艺术家的基本品德,基本素养,基本面貌到底是不是出了某些毛病?也许这里有可以反求诸己的地方。

还有一些"娱记",一些传媒,对于文艺生活的报道是不是大有改善的空间?

愿有价值有尊严的文学艺术得到人民的珍惜、理解与敬重。愿我们的文艺生活保持坚持一定的品位。愿我们的舆论语言不要开历史的倒车。愿我们的生活中多一些和平、理性、与人为善，而不是幸灾乐祸，等待从他人吃瘪中获得稀有的快感。

英才的下场

中国自古以来有一种说法，"天嫉英才""文章憎命达，魑魅喜人过"（杜甫）、"从来才命两相妨"（李商隐）等等。

我们还会想起被车裂的商鞅，被腰斩的李斯，流落而死的温庭筠，"举家食粥常赊"的曹雪芹，不必说被斩首之前大呼"痛""快"的金圣叹了。

洋人中的英才也大有倒霉者。苏格拉底七十岁在雅典被处死。伽利略、布鲁诺、哥白尼因为他们的科学发现而受到中世纪教会迫害。作曲家舒曼与勃拉姆斯先后精神失常。日本俳句大家正岗子规肺病早逝。还有惨不忍闻的荷兰大画家凡·高的走投无路的贫穷与精神病，他割掉了自己的一只耳朵。

除了所处地域的贫穷没落内忧外患分崩离析可能使得文学艺术家活得艰难困苦之外，也有文艺本身的因素。文艺的创造性、独特性、超前性、弹性、多义性、非常规性、夸张性、情绪性，常常造成黄钟毁弃、瓦釜雷鸣的局面。也常常使一些创造开始难以被人接受，还难以区分什么是艺术的惊世大才、什么是假冒伪劣的骗子。这方面需要适当的包容，需要耐心的观察与等待，还需要有发达的、具有公信力与学术资质、有修养也有灵气的文艺评论。

还有一类故事就是确是天才大家，同时是庸人眼中的成功人士，好不荣光。想来想去只想到了一人，德国的歌德。我去过法兰克福的歌德故居，比贝多芬故居牛气多了。我也去过魏玛的歌德公园，美得大得你无法想象。

李白与李贺的狂狷

李白《嘲鲁叟》诗云:"鲁叟谈五经,白发死章句。问以经济策,茫如坠烟雾……"李贺的《南园十三首》中有一首曰:"寻章摘句老雕虫,晓月当帘挂玉弓。不见年年辽海上,文章何处哭秋风?"

看来,唐朝的知识分子思想还是比较解放的。早在汉代董仲舒已经提出了独尊儒术主张而且被汉武帝采纳,李白、李贺仍是发出了狂狷之音。李白直接点出鲁叟来,只差点孔子的名。李贺的牛气不善,他自诩"汉剑",写什么"自言汉剑当飞去",最终却是"天荒地老无人识"。

这二位李诗人预警了某些读书人死抠章句、脱离实际、胸无良策、雕虫至死的可憎学风与可悲命运。反过来说,像王守仁、曾国藩那样,书气丰盈,地气坚实,立德立言立功,都有两下子的人士,也就受到历史的注意。

中华传统文化曾经得天独厚,地域独秀,打遍周遭无敌手。北方游牧民族的强大骑兵,即使战胜了中央政权,入主中原,也只能接受中原文化的教化,被融合同化。

优越性也带来了危险。汉字信息量大,形声义逻辑比照俱全,不停地抠哧一个个字,一个个词,一句句话,就能耗费你的极大精神、力量、时间。最后见树木而不见森林,是常有的。长期不接受认真的挑战,没有也不需要有认真的突破变革发展,再好的文化也会出现老套子、口头禅、僵化、酱缸化,乃至言行不一、空话废话连篇的现象。

二七一十四还是一十三?

一位学友因为鼓吹孔子承认二七一十三的故事而受到非议。说是二人争拗,其中一人坚持二七等于十三,并且打赌说不等于十三他宁愿断头。孔子认为断头比正解严重，就承认了二七一十三。

这很像我从张中行老师那里知道的四七二十七与二十八之争的故事。县官宣判二十七者无罪，杖责了二十八者，原因是，与二十七者讨论问题，争论乘法得数，本身就是极大的愚蠢。这样的愚蠢，杖责之后有可能得到纠正，而二十七者已经疯狂乖戾，打死也白打了。

显然，这是一个笑话，是个喜剧，是个极端夸张刻薄之语。嘲笑的对象是二七一十三与四七二十七的奇葩，而不是当真将放任荒谬、压制正确视为中华智慧。故事是这样讲的，古往今来，有几个杖责承认乘法的正确得数者，而放任并着力保护不识数的白痴的记录？大可不必将喜剧搞成正剧，从而义愤填膺。

传统文化、文化遗产摆在那里，有精华也有糟粕。全看怎么读怎么用怎么讲怎么发挥怎么消化怎么选择怎么出手。在弘扬、传承、发展、创新传统精神资源上，精神的主动权、精神的主体性不在古人而在今人身上。还有专家强调文化总是精华与糟粕共生，区分传统文化资源的精华性与糟粕性是太难了，或许是做不到的。

但是近一二百年，中国人一直忙活这个去其糟粕、取其精华的活计。全盘传统，半部论语治天下，那是自欺欺人。全盘洋化，那是自取灭亡。如果做不到分清精华糟粕，做不到善用精华而冲淡管控糟粕，那就误国误民误人误己了。

《红楼梦》里的诗

有人激赏红楼梦里的女孩儿和贾宝玉的诗作，甚至说什么林黛玉的诗把唐诗比下去了云云。

非也。《红楼梦》的诗不仅是诗，更是不同人物的个性与命运的谶语。这方面雪芹是天才，许多诗语隽永含蓄，有言外之意。我个人喜欢他在有些版本中说是黛玉所写、有些版本中则是宝钗所写的"焦首朝朝还暮暮，煎心日日复年年"一联，也喜欢黛玉收到宝玉赠帕后的题诗:"眼空蓄泪泪空垂,暗洒闲抛更向谁?"但是林黛玉的最感人的葬花诗却反而使我不满足。葬花诗句,抽出一两句,都感人肺腑,催人泪下,但堆到一起,太多,太满,太重复,说来说去无非是叹息人生几何,红颜几何。

所以香菱学诗一节,宝玉、黛玉都强调他们写诗的游戏性,说明写诗只是顽(玩),不可当真。这里甚至有免责的意味,他们身为豪门后人,尤其是闺阁女性,诗中不应有悲观厌世,不应有怀春思春,不该有尖酸刻薄,不该有嗔怨憾恨,干脆就不准写真情实感。一个顽顽而已,预先构建了免遭问责的工事。

林黛玉的诗创作不无泪痕血迹,但诗主张是很正统的,她要香菱学的是王维、杜甫、李白。她还表示极不喜欢李商隐,除"留得残(枯)荷听雨声"一句而外。很简单,李商隐的其他诗太抒(爱)情,太颓丧(这是贾政批评宝玉的诗的词儿),用其时主流意识形态衡量,他没啥出息。

毛泽东除喜爱李白以外还喜爱李商隐与李贺,这就比黛玉更有个性,更有叛逆色彩了。

香菱学诗

香菱学诗是《红楼梦》中的一段插曲,甚至是一节枝蔓。它脱离开宝黛钗的爱情主线与凤姐的家政主线,前无铺垫,后无余波。还有,其中开诗学诗艺课的教授林黛玉,讲得老一套,看不出天上掉下来林妹妹的个性,没有独树一帜的惊人之语。

脂砚斋评析说,这一段是不可或缺的,因为香菱的根基、容貌、端雅都不俗,不能不入(大观)园,而又没有她入局的机会,便闹出个她要学诗来。此说不无道理,但因此就写出半回"慕雅女雅集苦吟诗"来,那就成了以意强为文了,那可是写小说的大忌。

香菱是大彻大悟的甄士隐的女儿,她的基因高尚,而曹雪芹是重视门第的,看看他对赵姨娘的描写就能体会到这一点。香菱被人贩子拐卖,留下了呆气,同时仍然保持着雅气与正气。《红楼梦》中有这样一个命途多舛的人物,对于警告读者不要对人生抱太多的天真玫瑰梦十分必要。整个说来,却远不像其他几个"钗"写得那样动人。说明曹公写作中也有力不从心、笔不逮意的情形。

《红楼梦》是小说,但是频频出诗谈诗赛诗,尤其是"芦雪庵联诗"一节写大观园的青年联欢节诗歌节 BBQ 派对,生动活泼,青春万岁。昔日中国,诗与文章是雅的,是言志、立论、载道、够得着高大上的。而词、曲、小说,尤其是小说是引车卖浆者流的低俗段子,叫做"饰小说以干县令,其于大达亦远矣"(《庄子》),弄点闲言碎语,离高大上远了去啦。曹雪芹替那么多小说角色吟诗论诗,可能还有显示自己也够得着诗作的用意。

左右逢源

孟子讲:"资之深,则取之左右逢其原(同源),故君子欲其自得之也。"

这本来是好话,是理想,是说人的学问积累得深了,得了道啦,居之安,有了定力啦,可以俯拾即是,无往而不通,无往而不胜啦。左右逢源,指的是得心应手,指的是从必然王国进入了自由王国。

问题是当他老人家的名言变成了成语,被亿万民人挂到嘴上以后,"左右逢源"一语生发出了左右通吃、两面讨好、八面玲珑、狡猾善变等贬义。

是不是由于老百姓在社会上看到的两面派不乏其人,而看到的大才、大学问家太少了呢?一般地说,民人容易滑向经验主义,圣人容易走成教条主义。

还在于,学问高、大、上、深的左右逢源,与做人老练乃至滑头的左右逢源,老百姓确实不易分清。学问深与脱离实际、脱离群众也常常分不清楚。学问大与装腔作势分不清楚,周到全面与公关手段也分不清。还有登高望远与大言欺世,你还是分不清楚。

经验主义的特征之一是以己度人,多乎哉,小人也,以小人度君子、度圣贤、度大师,许多好话都变成了不打自招,许多赞誉都变成了嘲讽。左右逢源的遭遇还算好的。"呆若木鸡""槁木死灰"在《庄子》中都是深沉高明无敌的精神内功、精神境界,到了民人那里呢,只能望文生义,视这些说法是指呆傻痴木、脑残智障。

不知道这算不算传播学的一个规律,传播就要改造,普及难免降格,流行常常俗化,从俗化大众的愿望出发而孜孜不倦地努力,也许会被传播浅薄化。

《图兰朵》与《二十夜问》

普契尼的著名歌剧《图兰朵》已经日益为国人熟悉,它的《今夜无人入睡》咏叹调也被越来越多的人喜爱。

我常常想起六十年前读许地山(落华生)翻译的印度故事《二十夜问》:公主征婚,条件是求婚者必须提出一个公主所不可能回答得出的问题。当然,此位公主不但美貌,而且知识渊博,学问高深,无所不知,无所不能。最后提问的王子,只能以子之矛,攻子之盾,它的伟大问题是:"请问公主殿下,能够难倒您的问题究竟是什么呢?"没有等提问的话说完,公主已经起身投入王子怀抱,把自己给了英明绝配。他们在幸福的结合中,祈祷神明用霹雳结束了他们的生命。

这是以文学的方式去靠拢想象与体验、思辨与逻辑、哲学与宗教、数学与语言的极致。

《二十夜问》的逻辑与罗素的"理发师悖论"是一致的。理发师宣布,他只给"不给自己理发的人"理发,那么,他能不能给自己理发呢?如果给自己理发,他就是给一个给自己理发的人理了发。如果他拒绝给自己理发,他就是拒绝给一个不给自己理发的人理发,怎么都不对了。

更让人发疯的思考是说谎者悖论：公元前六世纪，希腊哲学家埃庇米尼得斯提出判定一句话的真伪的问题，即一个人说："我的这句话是假的。"如果认为他说的假是假的，那就证明他的这句话不是假的，不是假的，当然是真的。不是假的他说是假的，那么这句话不是真的，不是真的就是假的了。这么一说难倒了人类，真则假，假则真，这不是活活要人命吗？

子矛子盾

还有一个故事，也是数学悖论之一例。说是一个暴君规定，凡是每天第一个进入他的都城之人必须向卫兵说明自己来意，说的是实话，则放到火堆里烧死，说的是假话，则扔到河里淹死。于是再无外人敢进他的城堡。

一个聪明的孩子大胆地来了，他回答说我是来投河淹死自己的。怎么办呢？如果将他扔入河流，则证明他说了实话，应该烧死而不可淹死；如果烧死他，则证明他说了假话，只应淹死而不可烧死。

其实所有这一类悖论故事都与韩非子的"自相矛盾"故事原理相同。说是："楚人有鬻盾与矛者，誉之曰：'吾盾之坚，物莫能陷也。'又誉其矛：'吾矛之利，于物无不陷也。'或曰：'以子之矛陷子之盾何如？'其人弗能应"。

可以用数学公式来表述这种悖论。对于一般人来说，这更是一个语言、语义、语法与逻辑上的悖论，从某种意义上说，这是精神规则与世界实况的悖论。并不复杂，这里的问题在于"肯定"与"否定"的涵盖范围与定义。如果你主张的是肯定，那么，你肯定不肯定否定呢？如果你肯定了否定，不等于否定了肯定了吗？而如果你是一个否定主义者，你扬言否定一切，那么你否定不否定你的否定一切呢？如果你需要适当地否定否定一切的命题，那说明你的否定语义当中，同时蕴含着肯定。

中国人早就习惯于接受相反相成、互悖互补的思维方式了。中国人不那么较劲。太不较劲了,会不会影响某些较劲的学科如数学与逻辑学的发展呢?这本身又可能成为悖论了吧?

关于"阿尔法狗"

说是"阿尔法狗"赢了围棋当世中韩第一人,又横扫了国际象棋比赛,"阿尔法狗"已经无敌于天下。

这样的情节其实在茨威格的小说《象棋的故事》里已经预言。小说的主人公B博士经过四个月被监禁的绝对孤独与空虚,得到一本象棋棋谱,他疯狂地以自己的智力与心灵拥抱这本包括有一百五十局著名国际象棋棋谱的小书,B博士背诵了掌握了精通了这本棋谱,从而变成了绝世高手。但是他终于悟到了为这样的象棋能力付出的心性、感应、灵魂、观念与激情的代价,他精神分裂了。

那么一个现时代的电脑软件,自可以把握海量棋局,迅速调出,迅速比较运用,下得过一个现场的活人对手。电脑软件也是人制造的,它集中的不限于一个棋艺冠军的记忆与分辨能力,而是多个记忆与分辨选择的经验果实,它不但能汲取活棋手的棋艺,还能自我学习。还有,它没有自己的灵魂与欲望,心怀与寂寞,厌倦与反感,它可能死机,可能被电脑病毒困扰,但是不会发疯。

电脑是人的智慧与操作的产物。一个软件硬件,有可能汲取了许多智者、许多方面、许多时间的智能成果。然后,它制造得简单便捷,只需要敲几个键。好的商品适应不同水准的消费者,尤其是注意满足大多数并非专家学者与才华横溢者的使用便利。

结果呢,一批专家学者、能工巧匠,迷住了、战胜了、玩耍了成亿乃至数十亿的使用者。当然这只是一方面,更多的是它帮助了人们。

男人当中没有好东西

　　有些作家,特别是女作家,冤冤屈屈地写女性的感情史,写女性上当、受骗、被背叛和伤害的历史。她们最后告诉读者,在感情上,女性总是付出了百倍于她们所获得的代价。而一些被她们爱上的男子,欠了她们一生的情感债而抵赖不还,男人啊,没一个好东西。

　　幸好没有数学家、逻辑学家就男人皆坏这个命题进行悖论分析,否则这也会升华为理发师悖论、说谎者悖论,还有上帝悖论。最后一个悖论的提问是:万能的上帝有没有能力制造一块上帝也搬不动的石头?

　　我从女性的冤屈咏叹中感悟的不是逻辑也不是数学,而是活生生的情感。她们表达自己的渴望:好歹出现一个好男人吧,他应该英俊、诚实、忠顺、风趣、健康、富有、潇洒、永远年轻,一辈子守护着他们俩的爱情。

　　当语言表达小说、诗、祈祷、佛学和辩证法的时候,有非无,有非非无,有非有,无非有,无非无,无非非有同时无非非无。老子早就说过了,无为而无不为,万物生于有,有生于无,还有道常无名。还有禅的不可说,儒的述而不作,尽信书不如无书;还有道的知者不言,言者不知。

　　小说家也许照样可以使用理发师悖论情节,变成小说情节以后可以进入众妙之门。变成东方学汉学研究之后也方便得多,汉语中"人"字便有"他人"之意,人不犯我,我不犯人,不会引起任何误会。那么,理发师的给什么人理发不给什么人理发,压根儿就不会针对自己制造悖论。

媳妇和老娘

是不是洪峰在小说里写过,一个女生逼问情郎:自己如果和男生的老娘一起掉到水里,男生先救谁?罗素的理发师悖论,在中国一表现就是这个模样,变成爱情悖论、孝亲悖论、落水悖论与救生悖论了,中西比较文化学研究起来该多么有趣。

说是古代也有过这种模式的提问,皇帝问臣子:我与你爹都掉到水里了,你们首先救谁?中华悖论不是与哲学数学符号逻辑结合,而是与一出好戏或者一个恶作剧结合。皇上的提问没有人敢回答,回答先救君王,像是丧尽天良的马屁精。回答先救老爹,显得不忠至少是忠得有限,影响仕途。后来一个臣子回答先救爹,得到"其为人也,纯朴诚笃"的好评。

我的一个孩子回答,离谁近先救谁。把道德情感价值等三观问题技术化而化解之,孩子们也算有点道行了。

网上还有一个妙答,说是男生可以回答:"我不会游泳。谁也救不了。可俺妈是县运动会游泳第四名,我可以保证的是,咱们俩一起落水,俺妈一定先救俺。"

洪峰的小说,记得好像是男生声称自己不会游泳,然后女生愤而跳入水中,男生傻傻地、残酷地、眼睁睁看着她湮没了。

同名"湮没"的小说有北京女作家韩蔼丽一篇,写的是一个被错划为右派的大学生在边远地区湮没,感人之处在于,他的原女友,在此后的每一个动情时刻,都会想起被湮没者,从而丧失了爱的激动与勇气,从而她对此男生恨得肝疼。

楚狂接舆

《论语》里记载,楚国隐士在孔子到来的时候,质问天下:"凤鸟啊,凤鸟啊,这世道人心咋这德性了呢?过去了的没有办法,当下的就不能改好一点吗?完啦,完啦。"孔子找他,他不见。

入世还是出世,中国闹腾了几千年。接舆清高?于世何补?于他关心的德衰何益?孔子毫不犹豫地表示自己是"沽之哉,沽之哉,我待贾者也",但他的一生也如丧家之犬,没有做成太多的事。后来又抬得高入云端。当孔子说他嘉许的志趣是曾皙的暮春河边游的时候,当他肯定"冠者五六人,童子六七人,浴乎沂,风乎舞雩,咏而归"的时候,乃至于当他叹息"逝者如斯夫,不舍昼夜",他是不是也流露着某种失望与伤感呢?

问题是李白也一面说着:"仰天大笑出门去,我辈岂是蓬蒿人?"一面又声称:"我本楚狂人,凤歌笑孔丘。"李白的亲道与笑孔,孔子喜爱的"邦有道则知,邦无道则愚"与"不在其位,不谋其政",孟子的"穷则独善其身,达则兼善天下"也都有他们的追求,他们的无奈,他们的苦衷。倒是庄子坚决,不论如何,宁可做生活在泥水里的拆烂污乌龟,不做庙堂里的神物乌龟。

这方面更古典的例子是许由,唐尧要向他让位,他认为这种话是玷污他的耳朵,他去泉边洗涤了耳朵,至今有"洗耳泉"的景点。李白则讽刺他是假清高,为什么只洗耳而不洗凡俗之心呢?

入世乎?出世乎?清高伟大乎?装腔作势乎?曲线求名乎?中国知识分子闹腾了几千年了。

诗是"掩耳盗铃"?

李白吟诗说:"鲁叟谈五经,白发死章句。问以经济策,茫如坠烟雾。"诗仙还是爱自由,不喜欢烦琐教条章句之学。可是他追随永王谋反,站错了队,几乎丢命的故事,使你觉得他未必翩翩然"五岳寻仙不辞远,一生好入名山游"。还有他的"昔在长安醉花柳,五侯七贵同杯酒。气岸遥凌豪士前,风流肯落他人后。夫子红颜我少年,章台走马著金鞭。文章献纳麒麟殿,歌舞淹留玳瑁筵……"回忆中大诗人的嘚瑟,当然也有通俗性的一面。

问题是比李白晚了数十年的先锋诗鬼李贺,也说"寻章摘句老雕虫……文章何处哭秋风……"诗人与诗才,诗品与诗兴,不喜欢刻板、烦琐、呆木与禁锢,在某些时刻有助于保持一点精神免疫力,诚然。而仅仅是诗文的免疫力又是相当脆弱的。

反过来,像《红楼梦》里的是贾政这种人,无一技之长,无一分钟之情,无半点之幽默,无毫厘之俗务能为,对文学诗歌有一种天生的不信任感。听到家人李贵说是先生在教宝玉读"呦呦鹿鸣,荷叶浮萍"(后一句乃《诗经·小雅》"食野之苹"之误),贾政的指示是:"那怕再念三十本《诗经》,也都是掩耳偷铃,哄人而已……我说了:什么《诗经》、古文,一概不用虚应故事,只是先把'四书'一气讲明背熟,是最要紧的。"

对于贾政来说,哪怕是孔子亲自作责任编辑的《诗经》,也是掩耳盗铃、虚应故事之类不正经的书。这不是偶然的。那么,很有灵气的贾宝玉,越发反感于贾政的唯"四书"教育,越发成为使命感和仕途的对立面,更是自然的了。

传播与主持

说是现在进入传播时代了。一位著名的电视专题主持人坦白地说:如果我带一条狗来参加我主持的节目,那么一年以后,它就会成为中国第一名狗。

一些选秀节目令人五体投地,人造名人,改变了命运,成了歌星,成了网红,成了日进斗金的造币机,等等。

一些知识竞赛也红遍神州,博闻强记,妙语怡人,不惧生僻,对答如流,一批中华文化高潮中的能手,标志了传统文化的大繁荣,大兴旺,大发展。

出了一批主持人，形象体面，声音美好，仪容得体，名闻遐迩。他们被聘到一些活动上，纵横捭阖，谈笑风生，如入无人之境。被主持的院士、教授、专家、学人，在主持人的点拨下，在高级音响与变幻着的灯光助力下，被与会人众所张望推敲，欣赏消费。

传播者也许会自然而然地沉浸于传播自身，我见过一位娱乐节目的主持人帅哥儿在医学大师的会议上大放厥词，谈自己的童年顽劣。传播明星会不会取代真正学术、艺术、思想与科技、创新与发明的巨星，而用他们的眨眼代替学识艺术、道德文章放射出的光与热呢？

前辈中的学者巨匠，并没有遭遇过很多传播与主持，那时候科学界有钱学森、钱三强、钱伟长还有李四光等，哲学界有冯友兰、金岳霖、艾思奇等人，作家有鲁、郭、茅、巴、老、曹以及赵树理等等，那时候人们讲文化时注意的是这些人。

现在我们期待的是更多的文化人才与文化果实的阵容与实绩。领导说了，需要有文化的高原与高峰。

林黛玉的诗论与诗作

《红楼梦》中香菱学诗一节，请黛玉给香菱也是给读者上了一堂诗歌创作课。林老师说："我这里有《王摩诘全集》，你且把他的五言律读一百首，细心揣摩透熟了，然后再读一二百首老杜的七言律，次再李青莲的七言绝句读一二百首。肚子里先有了这三个人作了底子，然后再把陶渊明、应玚、谢、阮、庾、鲍等人的一看。"

后来香菱汇报自己读王维诗的心得，盛赞"大漠孤烟直，长河落日圆"，说："想来烟如何直？日自然是圆的；这'直'字似无理，'圆'字似太俗。合上书一想，倒像是见了这景的。若说再找两个字换这两个，竟再找不出两个字来。再还有'日落江湖白，潮来天地青'；这'白''青'两个字也似无理。想来，必得这两个字才形容得尽。"

同时黛玉告诫香菱万勿欣赏陆游的"重帘不卷留香久,古砚微凹聚墨多"这一类句子,说它们太"浅近"。浅近云云,是在说境界、格局、心胸、题材与意象;当然王维的大漠、长河、孤烟、落日、潮来、江湖、天地,以至直、圆、白、青,都比陆游那两句阔大雄浑深厚得多。

问题在于这些更像曹氏的也是长期以来古老中华的主流诗学,而没有太多的黛玉特点。从林氏名作"葬花词"与其他诗作中,实在看不出多少大漠长河江湖天地来。

对于小说人来说,最难于克制的诱惑是借小说人物说说自己的话,《红楼梦》这方面做得比较好,由于作者的生活底子深广,对于人物性格的把握透彻细致,林黛玉在"红"中更是最最性格化的人物之一。但是她的诗学课,艺术体会虽然敏锐直观,总体价值选择却是对于主流诗学的高度认同。

林黛玉的诗学

古代,我国诗、文的地位远高于词、曲、小说,《庄子》早已指出:"饰小说以干县(悬)令,其于大达亦远矣。"那时的小说一词与大道宏文是对立命名的,茶馆酒肆,引车卖浆之流的闲言碎语段子,够不着高大上的治平道理。曹氏更要在"满纸荒唐言"找一切机会卖弄诗文辞赋,尤其是诗学理论方面,更要讲得大气主流。

毛泽东的诗词也有了不起的成就,但他讲诗学,强调:"诗当然应以新诗为主体,旧诗可以写一些,但是不宜在青年中提倡。"甚至说自己的诗词:"这些东西,我历来不愿意正式发表,因为是旧体,怕谬种流传,贻误青年。"但臧克家在《毛泽东和诗》中转引了毛泽东的另一段话:"旧体诗词源远流长……旧体诗词要发展要改革,一万年也打不倒……可以兴观群怨嘛,怨而不伤,温柔敦厚嘛……"毛泽东还讲:"让我看白话诗。给一百大洋,我也不看。"

个人的创作与自己提倡的理论,有时有些不尽一致处,这很自然。林黛玉有此情况,毛泽东也有此情况。

至于李商隐的诗,长期以来不受主流诗学好评,主要原因是被认为此李颇丧雕琢,还有用典嫌多。商隐年纪轻轻的,一次考试不好,竟然写出"忍剪凌云一寸心"的惨痛欲绝的句子,负能量至此,一辈子能有多大出息? 出在中国这样的重视"诗教"的国家,有几个人敢大张旗鼓地褒扬他的写诗天才?

黛玉贬责义山,也是跟着主流走。说成是感情生活上黛玉敢爱敢恨,义山含混怯懦,偷偷摸摸,疑非是也。

别忘了那块石头

《红楼梦》原名《石头记》,是说女娲补天时剩下一块石头,因不材,未能用于补天大业,"因见众石俱得补天,独自己无材不堪入选,遂自怨自叹,日夜悲哀"。

这是《红楼梦》故事的根本,悲剧的纲要,先验的根源,疾病的病灶。不得已求其次,曹氏只能发现并死死缠住了爱、女性、青春、家族的主题。

今人不知道是不是因为头脑里科学太多了,竟常常将因之命名的石头的来历与悲哀耻辱忘到一边,只讲宝玉之唾弃功名,不事进取,归因于他反了封建。

他的反封建有限,不赘。他的反功名利禄则达到痛心疾首的极端。不论是谁,哪怕是周汝昌先生声称自己至爱的史湘云,只消一提功名,宝玉就愤怒痛苦,被戳中了最大痛点,如逢宿敌,乃口出不逊,一闷棍打回去。

宝玉的反功名反仕途,达到近乎歇斯底里的程度,原因就在于他的前身,他的本质,他的灵魂,他的安身立命的那块石头。那是被女娲选中又被女娲抛弃到青埂峰下的通灵玉石。

入世还是出世? 待贾而沽还是韫椟而藏? 怀才不遇还是终无大

用?出将入相还是一世蹉跎?全生保命还是拼上一把?历史上中国读书人的选择空间太逼仄了,贾宝玉的前一辈子已经惨败无救,怎么能够忘记他是带着日夜哭号、自怨自艾、悲观羞愧的先验着色,"枉入红尘若许年"的呢?

左右咸宜

荀子《不苟》章上引用了《诗经·裳裳者华》中这段话:"……左之左之,君子宜之。右之右之,君子有之。维其有之,是以似之。"一般解释这是周王赞美诸侯:"左有贤臣辅佐,君子感到得心应手。右边也有辅佐贤臣,君子感到有所汲取依靠。君子有他的人力资源和参议,所以大业能承继。"

这里的左与右,古人一直解释为君王左右,有贤明的大臣,为之出谋划策,因而左右咸宜。我读到这里大为雀跃,马上想到了今天人们讲的"左"与"右",更是拍案叫绝。我太希望能释义为:"天意(或实际情况)决定靠左走,君子走得适应适宜适度,天意决定靠右走,君子照样有自己的把握与尺度。"

不知道我的疏解是不是太现代化,乃至于太"党史"化了,但这样一个思路是太诱人了,何况它符合"不苟"的本义。

请看,荀子是怎样说到左与右的:"君子崇人之德,扬人之美,非谄谀也;正义直指,举人之过,非毁疵也;言己之光美,拟于舜、禹,参于天地,非夸诞也;与时屈伸,柔从若蒲苇,非慑怯也;刚强猛毅,靡所不信,非骄暴也。以义变应,知当曲直故也。"

君子的表现是立体的,多面的,该肯定该彰显的时候就肯定彰显,但绝对不是谄媚拍马;该批评斗争的时候也不回避义正词严,但绝对不是诽谤攻讦;师法圣贤,不是夸张张扬;温和妥协,不是怯懦;勇于斗争,不是凶恶暴躁……

看来,以现代语将《诗经》里的左右之说与现代反倾向斗争中的左右之论联系起来，并非全是牵强，倒也不妨学而习之，参考参考喽。

识字与误读？

世上有各式各样的误读误解。比如说，一位著名的友好的国外汉学家曾经将毛泽东诗词中的"不到长城非好汉"译成："不到长城，就不是真正的爱中国（爱汉朝或汉族）啦。"

再如很多字的读法，"仁者乐山，知者乐水"中的"乐"，是应该读成要（yào）的，一叶扁舟中"扁"，是应该读成偏（piān）的，还有《楚辞·渔父》题名中的"父"，是应该读为斧（fǔ）的，但我很长时间读错了，我没有受过正规的高等教育，认字露怯的情状，屡有暴露，太惭愧了。

然后什么把"滇（diān）"读成"填"啦，把"笔耕不辍（chuò）"读成"不缀"啦，把"莘（shēn）莘学子"读成"辛辛学子"啦之类的事屡见不鲜。还有把丰功伟绩说成罄竹难书的。而罄竹难书本来是指罪恶的。

怎么办呢？例如乐山与乐水的"乐"，其含义似与读音无关，读成"yào"也许反而听着费解。再说，荨麻疹的"荨"字，现在的解释是多音字，读 qián、xún、tán。用于植物名"荨麻"时读 qián，用于病名"荨麻疹"时读 xún，作为南方方言时义同"寻"。"荨麻"与"荨麻疹"在以前所有字典都是显示读 qián，我的妈呀，我只能承认自己是文盲了。

有一阵我因为学会了读荨作 qián 而沾沾自喜，可后来说是有关部门正式明确干脆读 xún 了，我糊涂了一阵子，再后来读到网上的全面解说，只觉得无地自容。

还有一个漫字，颇费口舌，据说"雄关漫道真如铁"的原义是莫道雄关如铁，正如"漫言不肖皆荣出"的含义是，不要说是荣国府出了不肖后代——漫者莫也，当年赵朴初为此还写过文章。但"雄关漫道"作雄奇的关隘、漫长的道路讲也很自然,合情合理,估计也就如此这般地"漫长"下去了。约定俗成,文字言语,也有走着瞧、好商量、直到将错就错的一面。

创造性的误读

有一年听一位德国汉学家讲,说是慕尼黑有一座中国塔,在一个英国公园里边,塔底下还有个啤酒花园,二百多年的历史了。那个塔样式古朴,五层木塔,有点东方的木制楼阁的味道,檐端挂着小铃,人们喜欢在那里喝啤酒,寻欢作乐。

汉学家说,其实那个塔与中国没有几毛钱的关系。那时欧洲人心目中中国是远东的文明古国,觉得有趣,半凭口头传闻、半凭想象杜撰,造出了一座中国塔。但是此塔非欧非亚、非德非华,造得很有创造性,受欢迎,成功之作。

不足为奇,比如歌剧《图兰朵》,是普契尼的伟大歌剧之一,号称表现的是中国故事,在中国也多次出演,它的名曲《今夜无人入睡》,更是脍炙人口。但除了歌剧采用了《好一朵茉莉花》的民歌旋律外,整个公主招亲故事更像印度和阿拉伯的传说,却实在不像中国故事。

什么叫误读误解呢?搞错了符码,如把"好汉"译成"喜爱汉室汉朝",是一种。虚构自己的想象,则是另外一种。虚构与想象,带有文艺创作性质,文艺因其想象性而更文饰,更艺术,更理想,更多情,更强烈,更魅力,更动人,更有趣。离开了文艺虚构就离开了艺术,正像离开了生活现实也同样会离开艺术一样。所以,对于声明自己只会纪实,只会写生,只会非虚构的艺术家,我有一些不解,也有一些遗憾。这样的写生性文艺家自有其特别可敬的一面,但也有他或她的不甚飞扬灵动与淋漓尽致的一面。可能吧。但艺术又有自己的悖论,任何拘禁、拘谨,对于常人是枷锁,对于天才是特殊的道具与风格;而任何天马行空的想象力,对于凡人是才能,对于另外的人来说是成于萧何、败于萧何的陷阱。

谁知道自己母亲的痛苦？

谁知道自己母亲的痛苦？这是我的一篇小小散文的题目，是唯一的一篇我写母亲的文字。

一天早晨我偶然读到湖南新锐龚曙光的《母亲往事》，说到他的母亲当年的聪明、好学、善唱、书写、活跃，同时她决然叛逆自己出身有污点和血迹的家庭，却永远没有逃得出去，她离开了旧有的码头，却永远驰不进"理想中的新港湾"。更妙的是，龚曙光写道："说起这些往事，母亲更多是淡淡地说：'我都不记得了。'"母亲后来长期生活在一个叫做"梦溪"的小镇，那里的百姓习惯于将据说的大是大非之争"演绎成胜王败寇的江湖恩仇"，"混淆成善恶报应的因果轮回"。"政治风暴来袭……但深植的人伦根须难为所动，惯性的生活节律难为所变……从未有幸置身事外，也从未不幸置身事中。风暴依然，生活依旧。"

相信读者已经与我一起击掌叫绝了。而"母亲"的生活与命运就这样消磨尽了少女的光芒：她曾经痛切地"要求进步"，她老了也仍然在认真读书报，整理文字与学习材料，她甚至退休以后还问过别人申请入党的事，同时，她波澜不惊，牢骚绝无，安分守常，走向衰老；高考因政审而未被录取，没有言语，工作中屡屡被贬，没有言语，"运动"中不无狼狈，没有言语。一辈子不言不语，任劳任怨。她比我母亲还无语，虽然她的年龄比我母亲小二十多岁。

只有给家人做起饭来，她显得比较现代，因为，她每周在家公布食谱。

龚曙光的散文集题名是《日子疯长》，这个书名也极其不俗，极其痛苦，日子疯长，一事无成，几辈子了，我们仍然拿不准自个母亲的痛苦，也还没有怎么想过帮助母亲。

爱情是不是误读？

谁的初恋没有误读呢？如诗如歌，如梦如醉，如幻如画，如影如花。

我常常想，如果罗密欧与朱丽叶爱情一帆风顺，直到二人发白发秃，耳聋眼花，腰酸腿疼，生活难以自理，交谈老是打岔……又将是怎样的一出戏呢？

于是美国有心理学家、精神病学家，发表研究成果：爱情是一种精神病，幻听、幻视、强迫观念、精神分裂种种，症状一应俱全。

那就不仅是爱情了，所有的奋斗，所有的大志，所有的假说，所有的追求，所有的革命家、理论家、企业家、文学家、科学家、发明家、艺术家、体育冠军，都有对生活的误读，都有对人生的误读。他们当中，可能只有千分、万分、十万百万分之一，大体实现了自己的初衷，另外更多得多的人则可能是马马虎虎，成绩不大，有意栽花花不活、无心插柳柳成荫，歪打正着，将错就错，不知就里，多方碰壁……反正是当初没有料到的。

反过来说，如果理解没有误差，预计没有不准，端端料事如神，件件心想事成，一辈子没有悬念没有期待，睡觉都用不着翻身，还辛辛苦苦地活一辈子做啥呢？

能不能为失去金钱而歌唱

很早就知道欧洲的一个名言：少女为了失去爱情而歌唱，商人却不会为了失去金钱而歌唱。

七十年前我就感到了一点狐疑：一沾了钱，就没有了歌曲和感情了吗？沉醉于歌唱与情爱的少女，只喝西北风，行吗？

据说金钱是有铜臭的，语出《续汉书》，说的是花钱买了官位，连儿子都告诉爹爹受到了舆论之讥讽。卖官鬻爵，其臭自不待言。

还有铜臭对墨香，铜臭对书香的说法，可以讲得通。但传统文化中也有书中自有万石粟之语，说明书香与铜臭也有互补与相生的一面，不一定要将二者完全对立起来。

用爱情的美丽来贬低或否定金钱，则未必说得通。荀子曾经断言，一个邦国里，如果太重视工商业，就必将变成一个穷国。这里，重农的思想当然可爱，但是轻工商的思想，则太古旧了。

爱情是人的欲望和梦想，是人生的向往和需求，是快乐与幸福的要素，也是纷争和纠结，痛苦和某些罪孽的来源。金钱则是事功的报酬，劳动的报酬，是社会生活与物资交换的媒介，是经济生活的数据化，是事业规模与进展的符号化。真正的企业家关心的并不是一己的消费、炫耀、贪欲、花销，而是事业的整体状况。商人也是有自己的境界的，也可以按冯友兰的自然境界、功利境界、道德境界与天地境界说来划分层次。如果大企业家的人生进入了道德与天地境界，他当然要歌唱，要吟咏，要慈善，要环保，要写作，要提升再提升。例如恩格斯也经商。

尤其是一旦企业受挫，他更有可能提升自己的精神境界，诗化、文学化、圣化、哲化。南方有个朋友，先是仕途受挫，改为赴港澳营商，最近又出起谈诗歌的书来了，不出所料，他的营商确不顺利。

好读书不求甚解

中国自古有无数提倡读书的说法，"万般皆下品，唯有读书高""腹有诗书气自华""读书破万卷，下笔如有神"。各种苦读攻读的故事家喻户晓，脍炙人口。

陶渊明的"好读书不求甚解"，略异其趣，适当读读，知其大意，可深可浅，可多可少，可清晰也不妨糊涂，不必较劲，不必钻牛角尖，不必死抠。李白则干脆写个《嘲鲁叟》："鲁叟谈五经，白发死章句。

问以经济策,茫如坠烟雾。"李贺呢,"寻章摘句老雕虫,晓月当帘挂玉弓。不见年年辽海上,文章何处哭秋风"。李贺是比较形式主义、唯美主义的,但是他在嘲笑与自嘲那种抠抠唆唆、脱离经世致用、没有活力的学风的时候,很明确也很尖厉。

更惊人的是我在扬州运河公园里看到的名联:"从来名士皆耽酒,自古英雄不读书。"当然,这会令人想起唐代诗人章碣的《焚书坑》句曰:"竹帛烟销帝业虚,关河空锁祖龙居。坑灰未冷山东乱,刘项原来不读书。"项羽不喜读书的故事见于《史记》,他认为学书"足以记名姓而已",学到会写名字也就对了,学兵法,"又不肯竟学",多少知道点也就行了。

古代英雄,离不开争夺天下,争夺天下,靠的是谋略、勇气、志向、天时地利人和气数,英雄靠的是胆识、魄力、人格魅力,读不读书,读多少书,未必有那么重要。

我们既有提倡读书的文化传统,又有贬低读书的说法;既有宰相肚里能撑船的宏伟,又有"无毒不丈夫"的警句;既有君要臣死臣不敢不死的训诫与被处死前的臣子要谢主隆恩的规矩,又有"王侯将相宁有种乎"的反叛与"良禽择木而栖,良臣择主而事"的机会主义。

那么,不求甚解,作为一种学习方法,是一种对自身选择权的预置,是一种姑妄言之姑妄听之的古代的妥协与放手。

典型、非典型、反典型

典型这个词,从来源上说,亦作"典刑",指的是旧法、常规。《诗·大雅·荡》:"虽无老成人,尚有典刑。"郑玄笺:"犹有常事故法可案用也。"苏轼《次韵子由送蒋夔赴代州学官》:"功利争先变法初,典型独守老成余。"同时典型当做模范、典范、样板解。宋苏舜钦《代人上申公祝寿》诗:"天为移文象,人思奉典型。"

但现实主义文学理论中的典型一词,则既强调旧法、常规、代表性、典范性这一面，也强调其个性、特殊性的一面，这可能与英语的典型一词 typical 的含义解释有关。

在我们特别强调现实主义，特别是"典型环境中的典型性格"，或"典型环境中的典型人物"的那段历史时期，一些大评论家用了不少笔墨解说典型不是平均数，典型不仅仅是代表性、共性，典型更是个性特殊性等等。

说到现代文学中的典型，人们往往会首先想到鲁迅写的阿Q，谈阿Q写得如何精彩深刻生动难忘，那是毫无疑问的，但是一想到代表性、典范性、样板性，再一想到他是贫雇农阶级弟兄，我就老不愿意承认他是典型，他是写活了写绝了写透了写神了的文学人物，然而，我常常觉得不必给阿Q戴上典型的桂冠。这是我的一种私人情绪，不是理论，不是抬杠，不算见解。

对于革命文学、左翼文学、普罗文学来说，阿Q也许可以说是一个反典型，写那个年代的中国贫雇农，喜儿才是典型，大春才是典型，《暴风骤雨》中的赵光腚才是典型，刘胡兰才是典型。

其实反典型正是一种典型，在一个群体里边，有一个人极其特殊，极其与众不同，实在难以代表这个群体，这不正是一种另类典型吗？《红灯记》中的钢铁英雄李玉和是工人阶级的典型，而王连举，不也成了叛徒的典型，"断了脊梁骨的癞皮狗"的典型了吗？

编辑成语

毛泽东主席喜欢编辑修改成语。原本成语是"知难而退"，后来被改成"知难而进"了。原文出自《左传·宣公十二年》："见可而行，知难而退，军之善政也。"其实毛泽东也讲过，军事就是"打得赢就打，打不赢就走"，还有"敌进我退，敌驻我扰，敌疲我打，敌退我追"。并不是只准进不可退。

后来，特别是在一九五八年"大跃进"年代，唱得响的话语是"知难而进"。至今，各种文件中讲"知难而进"的相当多，讲"知难而退"的绝无仅有了。其实同样是《左传·定公六年》中，就有"知难而行"的提法，其意接近"知难而进"，但"知难而进"的说法更具有移风易俗、破旧立新的正能量，具有将"知难而退"的涉嫌怯懦的说法干脆废黜的挑战性。

毛主席还将"前仆后继"的成语编辑为"前赴后继"，后者更具有广泛的代表性，但前者相当悲壮。秋瑾《吊吴烈士樾》："前仆后继人应在，如君不愧轩辕孙。"就只能是"仆"了。

其实呢，各有其针对性，各有其适用处，各有其真理性。有的事要知难而进，有的事要知难而退。正如"党同伐异"的说法，很自然，很难免，基本合理，但也不妨考虑一下，除了伐异以外，也还有析异、容异、存异、化异的选项。如果是文艺形式风格，语言系统之类的问题，党同喜异、党同好异也是可以考虑的。声乐的美声唱法、民族唱法、通俗唱法、戏曲唱法、意大利歌剧唱法与英美音乐剧唱法相互为异，芭蕾舞、秧歌舞与拉美舞之间差别更大，但是谁也用不着"伐"谁。

文学会式微吗？

十多年前，闹了一回文学式微的哄闹。事出有因，多媒体发展了，看《红楼梦》电视剧的人远远比读原著的人多，根据同名电影大讲什么"飘"的人也远比读过书的人多。新媒体的便捷、舒适、海量、小而鲜也远远超过纸质媒体。

我认为文学式微只是空穴来风的谣言。原因在于，咱们的《孟子·告子上》早就说过："耳目之官不思，而蔽于物。物交物，则引之而已矣。心之官则思，思则得之，不思则不得也。此天之所与我者。"

孟子的意思是，耳朵、眼睛不会思维，只限于听取与观看外物客观世界,也就容易受到外物的蒙蔽。外物碰到外物,仍然是被外物牵着走。而人心这样的器官,它的作用是思维,思维了,就有收获有心得,不思维,就没有收获没有心得。人心,这是上天给予人类的思维器官。

视听艺术、舞台影视艺术,具有"物交物"的特点,远远比语言艺术直观乃至省心力得多。语言只是符号,然而,这个符号是思维的符号,读文学书,可能没有听戏、看画、听音乐、看电影、逛街与进入建筑那样富有实感、质感、刺激感,但是阅读欣赏的思维强度远远高于视听的欣赏的思维强度。视听欣赏往往会吸引更多的受众,即使如此,思维的艺术,语言的艺术,仍然不式微,仍然绝对地不可或缺。一般地说,迷于读书的人,比仅仅迷于视听的人有可能获得更多的思维心得。

花落知多少?

此生我学的第一首古典诗是:"春眠不觉晓,处处闻啼鸟,夜来风雨声,花落知多少?"

八十年前背诵的这首诗,至今仍然令我入迷。"春眠不觉晓,处处闻啼鸟",有一种说快板的浅俗与平易,首先是春天睡懒觉,醒不了,这不像志士,不像有出息的优秀青年,不像加班加点的劳模,也不是花天酒地的少爷,不是沉湎于情色的狗男女,而是不折不扣的大俗人。处处听见鸟叫,在当时似乎不足为奇,一面不醒不觉晓,一面听鸟叫,不会是爱鸟环保主义,不像是养鸟遛鸟的闲适,而应该是被鸟吵了觉的抱怨。居然还能想起半夜有风雨,风雨有声闹腾,不像是雨打芭蕉的节奏感,更不像是寒蝉凄切的秋雨淋零——我说的是柳永的词《雨霖铃》。

关键在于花落知多少的提问,俗人俗思,那么大雨,花掉了多少?俗人缺乏高大上的境界,仍然不乏善良,一宿无话,没有什么要紧事,便为春雨打落花瓣操心。美丽,春光,鲜艳,明媚,都是揪心的,美丽也会有自己的弱点,有自己的短暂与克星,春季花朵最美,花朵最弱也最短暂,最美的春光也最令人担忧,最美的花儿朵朵也最容易变成落红满地……而且,孟浩然此诗到此为止,不必再一味悲伤下去,一味悲伤下去就变成了林黛玉,林黛玉的《葬花词》极感人,诗语反而写得太单调乃至太过分。孟浩然只是问一下而已:花落知多少?开了也就开了,落了也就落了,俗人还能说什么呢?用更时髦的词来说,孟诗有一种俗俗的淡定在焉,孟诗有俗中的大雅存焉。

数 与 诗

我有个癖好,喜欢诗里的数字,比如:"两个黄鹂鸣翠柳,一行白鹭上青天,窗含西岭千秋雪,门泊东吴万里船。"杜甫的七绝,四行共二十八个字,每行有一个是数字,两(2)、一(1)、千(1000)万(10000),让你看得很舒服,很顺当。原因之一是汉字的数字,没有特别与专门地符号化,如果写成"2个黄鹂鸣翠柳,1行白鹭上青天,窗含西岭1000秋雪,门泊东吴10000里船",就不灵了。

汉字的数字是数字,更是汉字,汉语对于数字也有自己的混沌印象化文词化作用。

我也极喜爱李白的《宣城见杜鹃花》:"蜀国曾闻子规鸟,宣城还见杜鹃花。一叫一回肠一断,三春三月忆三巴。"后两行,每句七个字里竟有三个相同的数字。这里有某种特殊的游戏感、亲切感与轻松感,当然,还有音律感与音乐感。

我更加留恋的是描红模子时候反复写的童谣诗:"一去二三里,烟村四五家,亭台六七座,八九十枝花。"

这也是名作,作者邵雍字尧夫,谥号康节,北宋著名理学家、数学家、道士、诗人,生于林县上杆庄,与周敦颐、张载、程颢、程颐并称"北宋五子"。

有趣的是说他乃数学家,从一到十,他都用到自己的儿童诗里了。邵公是数学化的诗人,邵公研究的是诗化的数学。

老词儿

有时候看谍战片,觉得革命的地下尖兵每分钟都在不打自招,投降自首。因为他们说的话只流行在解放区和解放后。而有些个历史片,让人觉得是穿越片,是中华人民共和国派人去了明朝或者更早先。

比如说领导,民国时期只可能说长官、上峰、局座,封建王朝时期只能说是老爷、大人……绝对不能叫领导。对官方机构也绝对不会叫组织。

比如说意见、提意见、批评、自我批评、方针、路线、汇报、指示也都是解放区的词,是根据地民主生活建设的表现,此前,人们只会说高见、计策、所见、所料、陈词、训示、训令、旨意、禀报、禀告、报告……反正是另一套词语系列。

过去,工作绝对不叫工作,叫当差、叫差事、叫事由(不是理由之意)、叫谋生、叫做事,反正从不叫工作,求职叫做找事,现在,找事主要是没事找事寻衅滋事的意思。

再比如一些称呼,我上学时,教师小学叫老师,中学叫先生,大学叫教授,不够教授的也叫先生。邮递员叫邮差,服务员叫听差、跑堂的,女服务员叫女招待(有微黄含义)、女仆,年轻男听差叫小厮。环卫工人叫清道夫,学校传达室工人叫管役,拉车的叫车夫,搬运工叫脚夫或扛大个儿的,挑水工叫水夫,淘粪工叫粪夫,老板当面称呼多叫掌柜的。

我费尽了力气想不出旧社会管组织叫什么,但看谍战片,一说到组织我就觉得是地下党员正在有意暴露自己。旧社会会说到官面、世面、江湖、知遇、恩相,不等于组织也不会说组织,干脆没有组织观念。这不是一个新词儿旧词儿问题。终于明白了，旧中国的组织观念等于零，是共产党带来了组织观念，是列宁说无产阶级除了组织没有别的武器，是共产党建设了新中国才把多少亿人组织起来的。

天地大手笔

二〇一九年受到媒体关注时，我表了决心："我仍是文学一线的劳动力。"二〇二〇年夏，一到中国作协北戴河创作之家，立即敲键写小说《夏天的奇遇》。我接受了一位老友的意见，在朗读着"青春万岁"的同时，开始写老年故事。

我写了一个九十七八岁的归国华侨，老革命游击队员、老共产党员、多才多艺、多方有成、身体健康、精力饱满、意气风发，老而弥坚，老而益壮。我们一起在烈士纪念日向人民英雄纪念碑献花，我们又都喜欢游泳，他每天游一千五百米，我的游距平日是他的五分之一，夏日下海，是他的二分之一。他比我大十几岁，他的存在给我鼓舞，也利于我反骄破满。实有其人为模特儿。

用两个老者谈话的方式，写了人生起伏、感情波澜、世界宏伟、历史壮阔、死者已矣、生者壮心未已。

略遗憾的是觉得还缺一笔有分量的结尾，毕竟两人的年龄加起来一百八十五岁了，态度积极也罢，还有什么要期待要奋斗的呢？

就在二〇二〇年，我的这位兄长朋友，在大海里游泳，心跳戛然而止，老哥无疾而终。人生一来，再有一去，有谁能像他走得这样浪漫、开阔、雄强、通达，而又安然、自在、顺遂呢？诗曰："纵浪大化中，不喜亦不惧。""不管风吹浪打，胜似闲庭信步。"我在为他的逝去而悲痛的同时，不能不佩服赞美他的活法与走法，认定想准：他是龙王的亲眷，他从海浪中升华与深潜，直返龙宫去也！来得好，活得好，走得好，诗又曰："应尽便须尽，无复独多虑。"生死亦大矣，天地之大手笔也！

陌生的珍重

有些个口语,过于流行,过于普及,成了俗话、套话、俚语,让人忘记了它的出处、结构的本意与风趣。比如北京人三四十年前、改革开放才启动,说一件事办不成,喜欢用的一个词是:"没戏!"说起这两个字,有点油滑,有点嘲弄,有点轻飘,我从来没有注意过它。

但是陈西滢长女陈小滢女士告诉我,她的丈夫已故汉学家秦乃瑞对这个词极度赞美。秦教授的说法是:"'no theater'("没戏"直译),北京人说话是多么有文化啊。"一句"no theater",陌生化了,连我都如第一次听到,服了,我的亲爱的京油子哥们儿!

我还与英美的朋友聊起过喀什噶尔的维吾尔人说话习惯,他们不喜欢直不愣登,常拐着弯通言语。例如有人在餐馆酒肆吃喝完毕,兴奋中没结账就走出去了,老板追了出来,绝对不会大呼小叫:"交钱啊!"他会笑眯眯地说:"尊贵的宾客啊,我还没有找您零钱呢!"当然,有这句话就都笑了,就都快活了,结账顺利完成了。

英美朋友对喀什噶尔人的绅士风度赞不绝口,喀什噶尔不愧是历史名城。但是喀什噶尔同胞,他们的说法直译是:"这里的人嘴太'臭'(维吾尔语:sisik)。"也许用汉语说应该译成太"酸",就是说不直截了当地说话,反被认为不那么和善与厚道。绅士风度大发了,百姓会觉得讨嫌与可疑。"酸"在维吾尔语里与"辣"又是同一词——"aqik"。亲爱的、绝妙的中华文化与人类命运共同体啊,我爱你们!

还有一点:"没戏"一词随着改革开放深入,不大说了,谁知道咋回事呢?

极限超限武器

《列子》里的奇谈太多了,最惊人的是利剑不杀故事。说是一个叫孔周的贵族，家有宝剑。弱者来丹，立志以己力手刃有杀父之仇的恶霸黑卵，找孔周借剑。

孔周告诉来丹："吾有三剑，唯子所择；皆不能杀人，且先言其状。一曰含光，视之不可见，运之不知有。其所触也，泯然无际……二曰承影，将旦昧爽之交，日夕昏明之际，北面而察之，淡淡焉若有物存……其所触也，窃窃然有声，经物而物不疾也。三曰宵练……驈然而过，随过随合，觉疾而不血刃焉。"

来丹为报父仇，借了"宵练"，觉得武器朴实些，可能好用，仍然未果。

因为剑出神入化，刃敌如电，剑刃坚硬度无限，锋刃锋利度极限超限——近零秒钟就可以劈过一头牛，被劈对象也只触动了近零毫米，斩断了腰，两截腰约零秒钟后立即复位吻合接好，与未斩前位差零毫米，无疾无大碍。斩断脖颈四肢也是一样。来丹挥此剑反复斩仇人黑卵之腰数次，最大效果是黑卵次晨腰部略感不适。

这样一个思路可能影响了古龙对于"飞刀小李"的描写，反其道而写之，飞刀小李砍掉敌人一臂，敌手先看到有一物落下，然后才发现原来自己的一肢已经脱身，然后血液开始喷涌。

万物万态发展到极限就会出现意外，走向反面，出现零现象、零奇迹、零荒谬、零功效，无为而无不为。这也是有无相生、高下相倾、前后相随。这应该叫做宝剑不杀，大智若愚，大方无隅，大器晚成。宝剑高高在上，太无敌太万能了，人人得而避之、服之、化之，无敌剑也就无战无杀无胜无事无功无可无为了。极利无利，极剑无剑，极武无武。这也算中华文化想象力一绝一神一奇葩了。

四种臣子

荀子说，那时有四种臣子，一种叫做态臣。这样的臣子主要是整日价表态做态，取得宠信，但做不成什么事。这已经让人觉得有点乐儿，有点戏了（与今年第二期封二谈的"没戏"可以对照）。

俗话里的"有戏"大致分两种：一种是有料，"有料"不是日语中"有料"是要你缴费之意，而是有料可爆，有黑幕之意；另外是有乐儿，有喜剧性，与此前说的"没戏"，并不构成严格反义。

第二种叫篡臣，就是说这样的臣子，一心扩大自己权势，架空天子君王，贪污腐化，唯利是争，还拉帮结派，扩张坐大。篡者非法夺取是也。

第三种叫功臣，被信赖的建立事功之臣，业绩取信，功劳说话，做事儿的。

第四种叫圣臣，就是说，他不仅忠实可靠，有执行力，有事功成果，而且有圣贤品格人格，有亲民爱民、高大而又亲切的反响，他们的存在对内可以树立榜样，得到尊敬爱戴，优化社会风气，优化天子与诸侯执政系统的形象舆情，减缩歪风邪气，减缩争拗离心倾向，对外可以使外敌有所敬重，有所忌惮，不敢轻举妄动。

天子，诸侯君王，最大的任务是用人，多信用圣臣，任用功臣，警惕与排斥前两种臣。当然，这说的是两千几百年以前的事，但四种臣子的说法仍然有趣，也有启发。

除了圣臣，荀子更是高看古之圣王，唐尧、虞舜、商汤、文、武、周公，流芳千古，光辉万代。当然。

专家与圣人

黑格尔贬低孔子，他的说法是："孔子……所讲的是一种常识道德……在他那里只有一些善良的、老练的、道德上的训诫，除此我们不能获得任何特殊意义上的东西……我们根据孔子的原著可以断言，为了保持孔子的名声，假使他的书从来不曾有过翻译，那倒是更好的事。"

而伏尔泰高度评价孔子，说他在孔子的这些书里找到了最纯洁的道德,却没有任何神迹、预言,甚至丝毫没有别的国家缔造者所采取的政治诈术。

也有国人为黑格尔贬孔喝彩。问题在于,黑是专家学者,孔不是。孔自嘲说:"我有什么专长呢?种地不如老农,种菜不如老圃,只有赶车还行,要不我的特长算是赶车?"

孔子要做的是圣人,不是学者专家。他要挽狂澜于既倒,为帝王师,化礼崩乐坏、民无宁日的危局为克己复礼、天下归仁,恢复三皇五帝与周公的圣王仁德传统,恢复西周的郁郁乎文哉盛世光景,达到为政以德,居其所而众星共之,做到道之以德,齐之以礼,民有耻且格。

为此他东跑西颠,周游列国,遭受无数困厄,未能成功,仍然杀出了一条血路,受到百姓、士、君子、天子君王公卿尊重,长期理顺了价值,提供了社会理想,提供了知其不可而为之的理想主义精神,凝聚了神州大地万亿人心,普及教育,培养贤人,古人的说法是:"天不生仲尼,万古如长夜……"

当然,面对近现代,孔子不够用。"五四"给孔子来了一场暴风骤雨雷电交加的洗礼,大难不死,孔子新生,礼失求诸野,仍是中华文化大大的资源。大学者德意志黑氏,您又能评对几许孔圣人呢?

爱情与金钱

爱情与金钱,是古往今来一个通俗小说主题,好莱坞影片也有以此命题者。大致公式:美女拜金,富男好色,以金易色,经不起风吹雨打,一旦金钱不够转,色相褪减,好梦打水漂。嫌贫爱富,美女丑态百出;另觅新欢,富男弃原妻如敝屣。更不要说当今那些官场贪腐臭男人,几乎个个供养轨外情妇,令人不齿。

还有现代性的离婚诉讼中,对于金钱的争夺血战,也培养了对于金钱,虽厌恶却要死争、虽轻蔑却又严阵以待、斤斤计较、死死抱牢的不尴不尬态度。相形之下,贫贱夫妻百事哀,相濡以沫最可爱,糟糠之妻不下堂,咸鱼翻身信有时。有什么办法呢?自古君子固穷、苦其心志、劳其筋骨、饿其体肤,空乏其身,人不堪其忧,回也不改其乐。清贫成就美名,富裕自来可疑。

但孔子仍然很讲分寸:"不义而富且贵,于我如浮云。"固穷也罢,并不仇富。浮云飘飘,远在天际,孔圣人没说富贵是臭大粪,罪该万死,需要搞一场天下大乱。

还有另一个角度,全面小康,发展是硬道理。孔子说:"邦有道,贫且贱焉,耻也!"合乎天道,应有所成。金钱给予所爱,多么天真自然,人生至乐!凭劳动与智慧致富,依真心与对于美好生活的追求而慷慨,给得纯正,用得可意,大丈夫何患无妻?大丈夫何患无能拉动内需?大丈夫何患无富?当代女性也一样,有本事有所爱有正当用途,当然不会有对心爱人的计算与抠唆了!

社会主义市场经济条件下,有人变坏变低俗,也有人变快乐变自信变豪爽变阳光灿烂,男男妇女,幸福感获得感成功感,慷慨痛快,其乐何如!

庄子的抬杠

庄子是前无古人、后无来者的大文学家,恣肆汪洋、上天入地、妙想奇思、鲲鹏盖世。最有名的是知不知鱼之辩:

庄子曰:"鯈鱼出游从容,是鱼之乐也。"惠子曰:"子非鱼,安知鱼之乐?"庄子曰:"子非我,安知我不知鱼之乐?"惠子曰:"我非子,固不知子矣;子固非鱼也,子之不知鱼之乐全矣!"庄子曰:"请循其本。子曰'汝安知鱼乐'云者,既已知吾知之而问我,我知之濠上也。"

世世代代的读者都佩服庄子的巧辩,然而这是诡辩。有点像象棋比赛中的"长将不死赖和棋"。

当时情况是:庄:鱼快乐。惠:你不是鱼,你怎么知道鱼快乐?

庄:你不是我,你怎么知道我不知道鱼快乐？王按,这时惠施完全可以同样地反问:"你不是我,怎么知道我不知道你不知道鱼快乐呢？"而庄可以再说:"惠既然不是庄,惠怎么会知道庄不知道惠不知道庄知道鱼快乐呢？"

哥儿俩到现在,传到他们的 N 代子孙继续辩论下去,也分不出胜负来的。

后边庄子更是讹搅了,惠施问的"安知",是怎么会知道之意,是 how could you know,庄子偏偏把它解释为人家问他"在哪儿知道",即 where did you know。

如果不讲逻辑学与辩论规则呢？两位才子,同游濠梁,庄子赏游鱼而喜,情趣盎然,万物同心,惠子来了个"子非鱼",巧辩为难,未必败兴,略作挑逗,机锋闪闪。庄子随即就势请君入瓮,巧言回击,不失为文人说笑佳话。倒是后人王蒙之说,故意较劲了吗？

嗝儿屁俚语系列

当年读满族民俗专家金受申先生《北京话词典》,说是北京语言中对于死亡的说法有几十种。联想一下,还真不少。包括死了、去了、没了、踹了、蹬了、嗝儿了、老了、走了、听蛐蛐儿叫去了、听喇喇蛄叫去了、吹灯拔蜡了、伸腿瞪眼了、闭眼了、升天了、驾鹤西去了、仙逝、寿终正寝、辞世、去世、逝世、离世、告别、驾崩种种。而最不正经的说法是"嗝儿屁、嗝儿屁着凉、嗝儿屁朝梁、嗝儿屁着凉大海棠"系列。有的地方具体解释为,人临死会打冷嗝儿,放热屁,浑身凉,仰面朝向房梁等等。

二〇一九年忽闻新说,令俺甚感兴奋:"嗝儿屁"其实来自德语。有的说是 krepie,上一个庚子年,八国联军带到北京来的词。讨教懂德语的朋友,得到首肯。网上更有说原文是"嗝儿屁人"——krepieren 的,朋友说不对,ren 这里是复数词尾。

北京人喜欢学新词,不仅嘎儿屁,而且说一个人做工生手儿,叫做"力把",也是从英语 labour(劳动)吸收进来的。至于瞜瞜来自 look look,我八十多年前就听老师说了。

北京话受我国北方少数民族语言的影响也非常多。旮旯是满语,胡同是鲜卑(锡伯)语,萨其玛是蒙古语,臬贴(niyat——心意)是回族吸取输入的阿拉伯语。尤其口音,当年利玛窦编著《北京话词典》的音标拼音,表明当时北京话属于吴语,或谓属于安徽中原官话,后来受兄弟民族蒙古族特别是满族影响,才发生了很大的变化。

文学的发生

文学产生于劳动,这是马克思主义的文学发生学。此外,产生于性欲、产生于宗教、产生于社交……也都言之成理。

而一说到文学的产生,我首先会想到母亲临睡前给孩子讲故事。我琢磨,小儿对沉入黑夜的睡眠不无恐惧,妈妈的故事具有一种温暖和保护性,鼓励小儿对于陌生世界的亲近感。

一次在新加坡,谈到此话题,主人叹息:"现在没有这种温馨了,中产阶级家里的小儿,都是由菲佣带着入睡。"

失去给孩子讲故事的母爱温馨,思之怅然。

我也喜欢琢磨关于讲故事的故事。说是当年天方(麦加)一位执掌政教结合大权的哈里发(新疆称海力派),因王后不忠,痛恨女人,每天娶一女子,第二天清晨杀掉。宰相之女谢赫拉查达主动"请缨",带妹妹前去,晚上给妹妹讲故事,讲到最佳妙处,天色破晓,不讲了,等死。由于她讲得引人入胜,宽限一天,续听说书。如此讲了一千零一夜,废除了原来恶俗。

美哉故事,美哉《一千零一夜》,美哉《天方夜谭》,化暴虐为和平,化屠杀为听故事,化血腥为动人的讲述,文学之伟力,出神入化!

这是《一千零一夜》又名《天方夜谭》一书的来源,这是别开生面的文学发生学。天方地名,美丽无边,谢赫拉查达名字,尊崇昂然。《谢赫拉查达》还是俄罗斯音乐家里姆斯基·科萨科夫的交响诗标题,香港制作影片《六宫粉黛》写的就是海军军官科萨科夫航行到阿拉伯国家获得灵感,写作美轮美奂的交响诗的故事。

四七二十七

我从张中行老师的文章中得知了一个"四七二十七"的故事:二人争论不休,一个说四七二十八,另一人坚持四七二十七。官员过问,问第二人,你是否确认四七二十七,回答绝对如此。官员说好了,无罪释放。然后下令打四七二十八论者的板子。此人大呼冤枉、不公,官员乃告之:"他都认为四七二十七了,你还和这样的人争论,不打你打谁呢?"

读后,甚受启发,还替官员多想了一句话:"打他?打死他也没有用啊。打你,打两下你不就学乖了吗?"

不能不为这样的中华笑话喝彩叫绝,似是不经意间足喝了一壶。荒谬绝伦,反讽,以更荒谬斥荒谬,笑煞人不偿命……味道够全乎的了;还可以加上玩世不恭,剑走偏锋,自嘲,挖苦……要吗有吗,吃吗吗香;但是绝非正道,不是论文不是策论,更不是律令;不可当真,更不能当做中华文化的价值原则予以臧否研讨气急败坏。

如果遇到只知道较劲不知道幽默的人呢?不妨就告诉他:这是一个精神病学的案例故事,讲的是这边厢一位四七二十七论者、一位以为四七二十八可以无敌于天下者、一位超常巧妙办案的为官者,哥儿仨都病了。

一个小孩写大字

童谣难忘,至今我记得童年的歌谣:"秋风凉,天气变,一根针,一条线,累得妈妈一身汗……"说的是母亲为孩子缝制冬衣的情景。

"小小子儿,坐门墩儿,哭哭啼啼要媳妇儿,要媳妇干吗,做鞋做袜,点上灯说话儿,吹了灯就伴儿。"说实话,远在童年,这个童谣仍然叫我觉得舒服。

"高级点心高级糖,高级老头上茅房……"产生在灾荒年代。

还有一个童谣,在五十多年前大行其道:"一个小孩儿写大字,写,写,写不了;了,了,了不起;起,起,起不来;来,来,来上学;学,学,学文化;画,画,画图画。图,图,图书馆;管,管,管不着;着,着,着大火;火,火,火车头,打你一个大奔儿头!"有点接龙的意思,语言文字组合,有点音声主义、结构主义、形式主义直到虚无主义。语言文字本来只是符号,但是汉语言的声音与形象,结构组成形成了一个自己的世界,它们的发音搭配能引起口齿唇舌的运动与快感、模仿与注意、兴奋与嬉笑、逗能与挑逗,会使孩子们感到熟悉亲切、好玩好笑。

人长大了以后也是一样。语言反映生活世界,但同时语言的韵母、声母、整齐、对偶、重叠、平仄、同义、近义、反义、多义、偏旁、对比、形状……也是一个小世界,它吸引着人的注意,都具有表意、修饰、点缀、深沉、戏弄、煽情、炫智、巧妙、朴实的意义。

读文学作品,语言提供的最初印象,就像情人的一瞥,歌吟的一闻,舞蹈的一个定格,戏剧的一声呼喊,决定了它他她在你心目中的地位和运命。

文墨与家常

应邀为《读书》杂志封二写豆腐块小文,已经有几年了。如今,一敲键,不好,有王郎才尽之窘。告退前先对付一下,给本专栏标题加一个字,原名"文墨家常",现更改为"文墨与家常",即生活与文字的互动吧。

诗文名句,俚语成语,进入生活,变成家常,事例多了去了。过中秋吃月饼赏月,离不开"明月几时有,把酒问青天"——苏东坡《水调歌头》。没有在家乡过节日,"每逢佳节倍思亲"的句子,刻在心上,挂在嘴上。而"量小非君子,无毒不丈夫"一语的狠劲儿、恶意与正打歪着(不是歪打正着)劲儿,超出了文墨范畴,带着一种江湖气乃至匪气的流露。

原文应是"无度不丈夫"。王实甫《西厢记》第五本第四折:"你不辨贤愚,无毒不丈夫"里的"毒",也是度量、程度、风度的度的代用字,平仄顺口,度而"毒"之,正打歪着。一毒,有了家常化,更易于普及上口。俚语中或会有点挑战捣蛋刺激性的耍弄,这是一例。

春天到了,心里出现的是"又是一年芳草绿,依然十里杏花红"。过大年了,哼哼唧唧什么"爆竹声中一岁除"。更意识到炮仗在大城市中已经消沉,至于王安石诗中说到的"屠苏""新桃""旧符",知之者不多矣。

而文字符号也有无用的证明,至今有住楼房的业主,到了电梯前按下"∧"键,又按"∨"键,电梯门一开,他先陪上再下,或陪下再上,耽误他人、耽误自己,妨碍他人、妨碍自己,这样做的人偏偏并不是文盲,还有时正是急于送货的快递小哥。这是否也是一种文化习性:先挤进去,再考虑去哪儿,先排上队,再问买什么。当然,全面小康的形势,使急于插队的现象大大减少了。

瘟 疫

说是人类历史上有多次大瘟疫,公元前四百多年雅典鼠疫、古罗马安东尼瘟疫、米兰大瘟疫、中国云南鼠疫、伦敦大瘟疫、十四世纪的黑死病、二十世纪的西班牙流感,还有什么莫斯科黑死病、马赛大瘟疫等等。

世界上有许多画作,描绘了瘟疫灾难。

我在德国科隆—波恩地区不止一处乡村看到了纪念瘟疫的雕

塑,主体是圣母像,是十字架,是悲哀的人类,是通向天堂的想象,是对逝者的哀思与记忆。从这些雕塑里,你会感觉到一种哀痛、无奈,仍有对于慰安的寻求。含泪是一种抚慰,记住就是纪念,纪念拒绝了历史与个人的虚无,是文化。没有纪念与追思,渺小的人还怎么活下去呢?

我也查到了不少写瘟疫的医学与文学作品。不知道为什么,查到的多数是美国人写的:威廉·麦克尼尔的《瘟疫与人》、理查德·普雷斯的《血疫》,此外还有《大流感》《逼近的瘟疫》《死亡地图》,中国当代作家迟子建的长篇小说《白雪乌鸦》有很大的影响,并被选定为全国政协委员读书活动的首批推荐书目之一。另外,有王哲写的《上帝的跳蚤》,则是科普文学。著名的加西亚·马尔克斯《霍乱时期的爱情》,标题很瘟疫,实际写的是爱情;瘟疫,则是某个时期社会贫穷混乱落后的一种表象。

文学艺术对于防治瘟疫是无能为力的,但是对于思索与感受饱含瘟疫过程的人类生活、命运、共同体与共同性、歧义性,还有某些人的恶意与罪孽、愚蠢与失误、孱弱与坚强、失望与期望、逻辑与报应,却也能收获与给予读者重要的启示。

凤凰涅槃

　　……我们更生了。
　　我们更生了。
　　一切的一,更生了。
　　一的一切,更生了。

　　……翱翔!翱翔!
　　欢唱!欢唱!
　　我们新鲜,我们净朗,

我们华美,我们芬芳,
一切的一,芬芳。
一的一切,芬芳。

……一切的一,常在欢唱。
一的一切,常在欢唱。

是你在欢唱?
是我在欢唱?
是他在欢唱?是火在欢唱?

欢唱在欢唱!
欢唱在欢唱!
只有欢唱!
只有欢唱!

欢唱!
欢唱!
欢唱!

不能忘记郭沫若的长诗《凤凰涅槃》,不应该忘记每五百年自焚一次,浴火重生的凤凰激情与献身浪漫,否则就没有中国现代文学,就没有诗词大会,就没有更生、翱翔、芬芳、欢唱、新鲜、净朗。

就没有一切的一,一的一切,哪怕考证出来此说法出自《华严经》,它也仍然极其中华,中华的一,翻过面来就是多,中华的一,是混一,是浑一,是黑格尔式杂多的统一,是万象万物万生的一。

也不必把一与多的关系想得太东方化神秘化,六年前我在旧金山看到一个已打烊的大商店的招牌,写的是 One is All———就是一切。我至少能想象:例如,它是一元店,即那里的货品全部只卖一美元。

不能忘记郭诗的气势与形式，更像交响乐队伴奏的大合唱，像贝多芬第九交响乐里的合唱《欢乐颂》。从目前的中文文本来看，郭诗比席勒的《欢乐颂》还要感人，因为郭沫若此诗里不仅有欢乐与光明，更有献身与使命，有奋进的气，有燃烧的火。

你咆哮吧

二〇二一年中国共产党建党一百周年，是年重庆媒体四月三日《党史中的今天》专栏中提到一九四二年四月三日，郭沫若的历史剧《屈原》在重庆演出。嗯，这是一件大事，说是以古喻今，批判了抗日战争中的投降主义与卖国主义。

二十世纪五十年代，我在北京青年艺术剧院看过赵丹、王蓓演出的《屈原》，高潮是屈原朗诵郭氏拟的屈子散文诗《雷电颂》：

你咆哮吧！

……啊，电！你这宇宙中最犀利的剑……你这宇宙中的剑，也正是，我心中的剑。你劈吧，劈吧，劈吧！把这比铁还坚固的黑暗，劈开，劈开，劈开……但至少你能使那光明得到暂时的一瞬的显现，哦，那多么灿烂的、多么眩目的光明呀！

还应该提到另一处台词："我们只有雷霆，只有闪电，只有风暴，我们没有拖泥带水的雨！"

太厉害啦。郭沫若本身就是雷电，就是他心仪的忠勇报国的三闾大夫。而到了摸索崭新的社会主义现代化建设之路的时期，他有一时辨析选择难免困难尴尬的地方，何足为奇？难道不是瑕不掩瑜？

郭沫若是浪漫的诗人与剧作家，更是研究屈原的学者。在我开始写《青春万岁》的时候，适逢世界和平理事会纪念世界文化名人屈原。我读起《离骚》中的诗句：

何昔日之芳草兮,今直为此萧艾也?

岂其有他故兮,莫好修之害也!

这话句句说到我的心里,变成浸润着的热泪,这是我以十九岁的"芳龄",要拼出一部长篇来勾勒与浇润芳草、不为萧艾的动力。

一以贯之

《自白——马克思答女儿问题》记载说:"您最珍重的品德:朴素。您的主要特点:目标始终如一。"

孔子的说法则是:"吾道一以贯之。"

这是价值、方法、义理的坚定性和明确性,它与马克思之说,语义上十分接近。他们都相信,三观并不复杂,不含糊,不会混淆也不必犹疑,其他怪力乱神也好,巧言令色也好,奇谈怪论也好,不必理睬。孔子又说:"吾道不孤,必有邻。"马克思的说法是:"理论一经掌握群众,也会变成物质力量。"同时,"批判的武器不能代替武器的批判"。这是文化自信,也是以人民为中心。

孟子说:"天下定于一。"孟子还说:"不嗜杀人者能一之……天下莫不与也……天油然作云,沛然下雨,则苗浡然兴之矣。其如是……则天下之民皆引领而望之矣。"

《孟子》的文章、文气、文采极好,"定于一"的说法干净利索。天下从大乱到以王道统一下来,只要不是变态杀人狂就行,这未免偏于天真。

荀子的说法是:"一天下,财万物,长养人民,兼利天下……圣人之得势者,舜、禹是也。"比孟子讲得务实一些。

老子讲"一"讲得最多:"天得一以清,地得一以宁,神得一以灵,谷得一以盈,万物得一以生,侯王得一以为天下贞。"就是说,天得到了那个一(应是指道)就没有雾霾了,地得到了那个一就不闹地震了,神得到了那个一就能灵验管事了,山谷得到了那个一万物充盈了,诸侯君王有了那个一就可以为天下的正义树立标准了。

一与多

其实,一切的一一,同时也是多,而多多的一一加在一起,总还是一。

一是有结构的,物质的最小粒子分子、原子仍然有自己的结构,这是向更小的质子、中子、电子分析,用亚里士多德的说法,物质是实际的分割,也有理论上或思想上的分割,潜能中的分割。所以细小如原子,也仍然是一的一切与一切的一。

一是不断变化的,一的每分每秒都可以1‰化为毫秒微秒纳秒皮秒,每个时间点都是一,也是多的合成。

从佛教的观点来说,一是指心,多是指境。从王阳明的心学与道教的观点来说,一是心,多是物。一切的物,对于心来说是境,而万物的投影与消化选择决策实足都在一心中——知行合一。

人是多多细胞、神经、血管、器官、毛发的统一。心中可能有家国、社会、天下、人类、世界、宇宙、万有,心其实也是一切的一与一的一切。

一个字,一个词,一个或一组符号,一个或一组发音与书写,一个概念,一个认知,都是一的一切与一切的一。

更重大的道理在治国平天下方面,"圣人无常心,以百姓心为心",圣人,古代是指圣王,对于庄子来说是指黄帝之先的轩辕氏、有巢氏、燧人氏、神农氏,对于儒家来说则是指唐尧、虞舜、夏禹、周文、周武、周公,又可称内圣外王,而玄圣素王指的是孔子。他们之成为一个圣人,正因为是来自他们对多、对一切的代表。庄子说,内圣外王的特点与标志是:"天下之人,各为其所欲",一而服众,一而得众,一而满足万众。伟哉,难矣哉!

道即一，一即道

　　崇尚服众、得众、悦众之最佳唯一，是民心的特色之一。

　　一个是无极而生太极。这里讲的是万物生于有，有生于无，万物的起源都是零，而零会成为一。零是无极，一是太极。

　　一生二，这个好理解，有了阳就会有阴，有了牡（雄性）就会有牝（雌性），有了日就会有月，有了白天就会有黑夜，有了热烈就会有寒冷，有了一就会有二，就会有对立的统一。

　　二生三，也很通俗，可以是生育化育孕育，有了父与母二人，就生出了孩子——第三个人；有了阴阳天地，就有了万物；有了酸与碱就有了盐；有了氢与氧就有了水。

　　出现三的模式不限于新生一种，鹬蚌相争、渔翁得利也是一种。出现了对立的双方，乃出现第三方中间路线也是一种。世上有长短、大小、善恶、智愚、强弱、刚柔、通塞的差别，也显露了介于二者之间中等中庸乃至中立角色。

　　生出三来以后，亦即二有了衍生增益的功能以后，这个世界就多起来了，热闹起来了，膨胀起来了。还有一个说法就是尚三，推崇三。说是家里有三个孩子就比较好办，因为当其中两个孩子冲突对立时，他们各自都会注意争取第三孩的理解与认同，这样就不能太极端，太绝对。一些西方国家也认为中产阶级是社会和谐稳定的因素，富人既得利益，容易保守，贫民愤愤不平，容易激进，有足够的中产人士，不容易出现混乱。还有人以承不承认、尊重不尊重三的存在与倾向，是一个避免极端化偏执化的大事。

　　一二三的关系比较好讲。一与零的关系就要更费些心思了。一有了生，二有了死，三就有了神的"人设"——应该说是"神设"了吧。

民间神设的家常性

中国的民间神设很热闹，门上贴着门神。最初是善于捉鬼的神荼、郁垒二位。到元朝，民间所贴的门神有所变化，其中秦叔宝、尉迟恭二人作为武门神比较流行。后来也有设定孟良、焦赞为门神的。门神像，是很可爱的民俗美术作品。

财神爷特别适合穷人的期盼。我的童年时期，阴历大年三十，到处是送"财神爷"图影的，形象粗率，身份不详，或谓是道教册封的，或谓是赵公元帅。此外还有道教、佛教二者不同的黄、白、红、黑、绿五位财神，对他们，各有不同咒语。

灶王爷每年腊月二十三过小年时回天宫汇报，所以要请灶王爷吃麦芽糖瓜，粘住他的嘴，使他不乱说乱报，"上天言好事，回宫降吉祥"。

有人评论说，灶王太接地气了，百姓对他叫做"近则不逊"，神祇与百姓打成一片了，还有什么威信。

另外，出天花有花娘娘管，海航风浪有妈祖管，科举考试有北斗七星管，其中第四星是文曲星，此外还有什么文魁星掌管科举名次，有个神龟等着状元独占它这个鳌头。

当然，还有关老爷管江湖义气，有送子观音管生子传宗接代，有月下老人，海螺仙子，观世音菩萨等管婚姻。有阎王、判官、小鬼等管阴间的事。此外土地有土地爷，河有河神，山有山神，有生活有自然有人生诸事诸物诸器诸灾难诸期盼，就有诸神。中国民间神祇的编制极大，专业极广。

中华文化是喜欢家常化的，孔子儒学讲德性从孝悌讲起，大臣见皇帝跪地磕头，道、禅都强调大道或佛禅存在于屎溺中，尤其是民间神祇阵容浓厚的生活气息，你觉得无比亲切家常。

中华哲学的终极性与信仰性

表面上看,中华文化里没有一个统一的强大的宗教信仰。

孔子说,"朝闻道,夕死可矣",表达的是道的终极性与信仰性。孟子则干脆提出"杀身成仁""舍生取义"。文天祥的《正气歌》,表达的正是信仰的忠诚与激情,自信与坚忍。革命烈士的诗篇"砍头不要紧,只要主义真",也现出中华文化的信仰的力量。

曾子则说,"夫子之道,忠恕而已矣",这是曾子对孔子思想体系的家常化。同时孔子又讲:"敬神如神在""不语怪力乱神""敬鬼神而远之",表达了他对于民间多神文化、家常神文化、人格神文化、民粹神鬼文化的不挑战、适当敬意、拉开距离的智慧与火候拿捏。设想当年,很难做得比他更清醒适度。

孔子强调丧葬大礼、隆重祭祖、慎终追远,他是作为义礼、礼义来强调的,他信仰的是义理与礼法,不是神鬼。当然,他也不嘲讽贬低神鬼,不作神鬼民粹的对头。老子则更哲学,他强调的天,既是自然的存在,又是道的依据与源泉。老子的终极概念是道。孔子的终极概念也是道,是天性、天命、天心。朱熹的天理与冯友兰的"新理学",与孔老的重道是一致的。王阳明的心学、心即理、知行合一,离不开孔孟的性善说、道德上的天人合一说,庄子的自然意义上的天人合一说,佛禅的境界说。

而道也就是后世所说的理、规律,还有天网的全面与恒久覆盖,是生的源头与灭的归宿,是先验的大神一般的概念。

西方的一派神学理论,认定终极眷顾——终极关怀就是神学。中华传统文化中的士大夫走的不是上帝的儿子、耶稣的母亲、圣徒与天使、菩萨与诵经、祈祷、礼拜的人神与神人的路子,而是追求一个高大上概念,在精神世界中缔造一个概念神的思路。

神是概念

　　人的感官只能接触到具体、有限、一时、一地、一物，但是人的思维能感知、想象与理解抽象、无穷、永恒、宇宙、万有、普遍。神是对于人与人间的突破。突破了肉身人体、生老病死、能与不能、行为与移动的一切障碍。神大致是数学上的无穷大：∞ 。

　　神是超人间的。基督教说耶稣是上帝的儿子，圣母玛利亚是耶稣的母亲，但耶稣是从圣母的胁下生出来的，这样就摆脱了难以想象的某些器官的困扰。但是中世纪很长一段时间为耶稣是否会进洗手间而争得不亦乐乎，捷克作家米兰·昆德拉的《生命中不能承受之轻》里介绍了这个神学难题的争拗。

　　许多著名的教堂里都有极好的油画与雕塑，有圣母像、耶稣像、十二个圣徒像等，但是耶稣的天父耶和华是没有形象的，一有形象就会被人体人形人器官拖进凡俗乃至低俗。至于中国佛教的佛像，寺庙门口的保卫之神韦陀菩萨、第二道门的阿弥陀佛、大雄宝殿的如来佛即佛陀释迦牟尼，和最后的观世音菩萨，则是在人形的基础上充分升华，呈现出一种超人体的圆满、通达、圆桶体型、大耳垂肩、大眼睛平视，具有一种国人喜欢的福寿绵绵的福相。

　　伊斯兰教更是摈弃一切具象的。

　　中国士大夫的天，保留了某些高大上的感知，但天道天命天理天心天意天良天机，更强调的是从天的高大上衍生出来的思维的高大上即形而上，概念的高大上，概念的涵盖功能，概念的崇高地位，概念的生发、更新、组合与变化的弹性、机动性、伸展性、可匹配性，词汇的可增加可模仿可出新性，反义词近义词匹配词的可创造可出现性，语言，正是人类与天地、与无穷、与上苍与终极、与老子说的"大曰逝，逝曰远，远曰反"的大道相通的途径。

语言的力量

二〇〇三年十一月,我到哈萨克斯坦阿拉木图市图书馆中国文化中心访问,接受东道主宴请的时候,图书馆馆长夫人说,我们是重视语言的,认为语言可以通天。

后来我理解,这与作为当地主要宗教信仰伊斯兰教的摒弃偶像有关。《古兰经》是用诗性的语言写就的,那是经典,那是通天的途径。

各种宗教都有自身的经典,都是用特定的语言文字写就。其他赞美诗,只是给语言配上了曲调和节奏,插图与教堂美术作品,地位也不能与经典相比。

一些非宗教的政治与文化艺术、学术行业团体,同样离不开语言文字的说明、规范、鼓动与启示。

随着新媒体、融媒体的流行,有一种对语言文字乃至文学的轻视。很简单,读书看报开会研讨是费脑筋的,而看短视频、图片,听音频,接受脱口秀和电影、电视剧要轻松、舒适得多,吸引力、诱惑力都巨大得多,趣味得多。

打开网络,查《红楼梦》三个字,网页几十页过去了,基本上还都是介绍电视剧的,你会无数次看到演员与导演的名字,而不是书的写作者与版本的名字。

我担心,《红楼梦》会不会从此受到伤害与涂抹呢?

看书,很可能看出点学问知识来,可能培养出点学习的习惯。而只知看短视频和段子,哪怕是迷上电视剧,闹不好是培养出思想的懒汉与白痴。

发展你自己

无疑，大多数人是相信进化论、相信科学技术在人类进化中的积极作用的。

科学技术进步，减轻了人类体力劳动，减轻了大自然对人类生活的挑战与压力，减轻了生活的艰苦与代价，提高了生产与生活的效率，使人们的物质生活日益提高，迅速提升。同时科技进步代替了人的肢体的相当一部分努力。车、船、飞机，代替了走路攀登游水，加速了生活节奏，增益了一生的见闻与经验，同时，也弱化了人的奔跑、行走、游泳、登山能力。国际田径比赛中，有些径赛的高手，恰恰出在道路崎岖、代步困难的不发达地区，不是偶然的。

无菌化环境，可以一时避免病毒病菌传染的疾病，但是正常情况下弱化人身上的抗体、免疫力的形成。空调的发达使人少去为炎热或严冬叫苦，但是削弱了许多孩童的抗热抗寒、调节应对气温变化的能力。

那么电脑的发达，人工智能的发达，它取代了一些人在博闻强记上的艰苦奋斗，取代了学术研究的求证求源泉的千辛万苦，取代了一大部分分析、选择、列式、计算……作业，会不会引起智力的某些下降呢？

钻研电脑科学、制造轻便好使的人工智能工具机器的人，突飞猛进，一日千里，造出来的新产品操作简单，只剩下一组组电钮，或钮也根本不需要，只需要一些触摸点，轻抚即可。大量的人的生活与劳作简单化点击化现成化，人最后变成了机器的奴隶，人变成了知其然而绝对不知其所以然的操作执行者；电脑的专门软件，击败了专门人才，电脑"深蓝"，击败世界棋王……这预示着什么呢？

至少我们可以做也必须做的是，面对大量白痴化的电脑游戏转过身去，有意识地费脑筋，发展你自己。

发表于《读书》2015—2022 年

火 之 歌

一

"结论是什么?"

台灯的光线投射在这五个字上,这是他正在写作的一部中篇小说的题目。

这些年,发生了多少令人眼花缭乱的事件!拉长了声音高呼"最最最伟大"的奸佞制定了用火焰喷射器暗杀革命领袖的计划;咒骂旁人走了资本主义道路的"左派"拔出匕首要党票要官;穿插于敌人的千军万马如入无人之境的神勇将领临死时喝不上开水;素日被崇敬的一切在一个早上突然统统踏在了脚下,而新的隆重的仪式却被证明是完完全全的骗局。冲动在变成冷漠,批判在变成实际上的推广;希望和失望,沉默和呐喊,对政治的厌倦和前所未有的政治热情正在交织转化……啊,光明而又阴暗的祖国,庄严、动荡而又滑稽的岁月!

这些年,他留下多少纷乱的脚印:头戴寒光熠熠的钢盔、手执大棍去武斗;一口气背下一百二十三条语录;扑哧扑哧地踩在一年四季不撤水的"千年水沤田"里拉犁;掀开筐箩端起一盘由不留名姓的老农送来的鲜毛豆;领取专区仰泳冠军的奖牌;歪起脖子演奏开塞的小提琴曲;阅读《罗斯福传》和《海底两万里》;在电子计算机软件会议上发言……啊,这黄金般珍贵、烈焰般火热、树叶般飞旋、麻团般纷繁的青春年华!

他凝视着这一切,思索着什么是结论,在一九七五年冬季的一个寒冷的周末夜晚,在南京大学数学系的教师宿舍里。

要不要思索呢?他的耳边响起了一阵哄笑声。他曾对同龄伙伴们说过:"我要探求真理。"结果,却有几个人嘲笑他:"你算老几?用得着你探求?"他惶惑了。过去,仁人志士为追求真理而抛头颅、洒热血,而历尽艰辛;如今呢,莫非生活中的真理已经变成了一盘现成的、松软适口温凉合度的蛋糕了?不必用脑,甚至闭上眼也可以,只需张口吞下去?

敢不敢思索呢?他的眼前出现了一个友好的、由于恐惧而变了形的脸。"你这样说,会变成反革命的……"因为他早就对那种"几百年出一个""几千年出一个"的鼓吹表示过怀疑;因为他还说过:"早晚有一天,高中毕业生还会直接考入大学的。"这吓坏了他的青年工人同伴。

夜深了,火车汽笛声从远处传来,又消失在无边的寂静清冷里。

他点起一支烟,深深地吸了一口,吐出了几个烟圈。突然,他的手颤抖了,一滴泪水落在了稿纸上。他想起了自己的单纯的、天使一样的童年和同样单纯、轻信、乐天而又自得的少年。他想起自己有多少最宝贵的时光被林彪、陈伯达一类骗子骗走了。他更坚定了学习、总结、求索的决心,他不相信世上有闭目噤声的革命者。毛主席近年来也反复号召辨别真伪。不敢看,不敢想,又怎么能辨别呢?

所以,他要写小说。在农村,他也以同样的心情写了长诗《生之歌》。他从小坚持记日记。他不想当作家,从未把自己的手稿寄给编辑部。他所以常写不懈,是因为他勇敢地、痛苦和执着地面对着现实,极力从混乱和矛盾中去寻找和把握真理,去发现祖国的前途,"文化大革命"的意义,人生的光。

他有一个严肃的灵魂。

他有一颗燃烧的心。

二

　　他名叫李西宁,身高一米八〇,体重七十五公斤;熊腰虎背之上是他那圆圆的、孩子气的脸,掩不住的笑靥使他总显得喜滋滋的。大而尖的鼻子、小而尖的下巴,儿童式的"学生头",一绺头发斜伸在额头,表露出一种善良、正直还有些幽默的性格。一九七五年,他二十三岁,相当懂事却又不失赤子之心,跃跃欲试、敢冲敢闯却也懂得了深思熟虑和冷静自制的价值。二十三年来,他历居南宁、张家口、扬州、南京;他当过小学生、农民、电工、工农兵大学生、教师和政治工作干部;他加入了少先队、红卫兵、共青团、共产党;他爱好和涉猎过组装矿石收音机,收发报,唢呐、二胡和小提琴的演奏,游泳,擒拿搏斗,史学研究,文学创作和评论,最后学了电子计算机专业。他失去了很多(譬如系统的、不间断的文化基础知识的学习,不吸烟不喝酒的良好习惯,对人生的天真烂漫的幻想),然而,他得到的也许更多……

　　一九七五年的这个冬夜,当他回顾二十三年的脚步的时候,首先想到的是什么呢?是老八路的父母的严教吗?是扬州中学良好的校风和难忘的校训吗?是挽着手臂保卫扬州地委、受到款待大吃肉丝汤面,紧接着又造起地委的反来的荒唐的经历吗?是高歌、欢呼、行礼,以少年人的热烈衷心表达着对伟大领袖毛主席的赞颂,而这一曲真诚的颂歌却被林彪纳入到他那欺世盗名的"三忠于"的鼓噪中的可感、可叹亦可哀的往事吗?真是一出滋味百般的悲喜剧啊!

　　也许,他更多地想着的是工厂的生活?一九七〇年到一九七二年,他是扬州钢铁厂的电工。刚进厂的时候,他大胆地踩着三架板攀上了十几米高的线杆顶端,却没有学会放板降下的技术,他下不来了,惹来了一群哭笑不得的围观者……后来呢,他已经是电工班的骨干、先进生产者,能够熟练地单独高空带电作业了。

　　他难道能不怀着深情,含笑回顾在工厂的那两年的热情的行进吗？一九七二年春节，他和另外六个基干民兵穿着游泳裤在雪地上打滚，等到全身通红，随着发令枪响砰然跳到刚刚被前导船破冰打开一条窄路的河里，进行武装泅渡……以他为首的几个青工成立了书评小组，他们读马列的书和毛主席的书，读历史，读国际政治资料，读曹雪芹、施耐庵、托尔斯泰、巴尔扎克、塞万提斯和儒勒·凡尔纳的小说……"旗手"的禁锢有多么严酷，他们突破禁锢的劲儿就有多么大。他们连夜讨论书籍和人生的重大问题，关于文学、关于命运、关于有没有救世主，他们要一一求个分晓。

其实，更值得骄矜的是一九七二年到一九七五年这三年的大学春秋啊。他以实际上只有小学毕业的程度进入了大学，通过每天十六七个小时的紧张努力，四个月补完了中学五年的数理课程。他跟上了，成绩优秀，两次参加了四机部召集的电子计算机软件会议，并做了学术报告……与此同时，他积极学习政治、担任团的工作，光荣地入了党，他还是文艺宣传队的演奏员……青春是火，它炽热、活泼、勇敢而自由，它要求燃烧，要求升腾，要求开辟自己的道路，要求大放其光和热。这是任谁也绞杀不了的。

三

这一切都是值得纪念的。然而，还有更重要的。

李西宁兴奋起来了，他放下钢笔，摘下眼镜，在宿舍里踱来踱去。他想起了从一九六八年到一九七〇年在兴化县农村接受贫下中农再教育的日子。

我快乐吗？是的，我快乐地歌唱：

> 我们也有了财产——
> 　大锹、锄头、三间草房，
> 我们也有了家庭——
> 　哥哥、弟弟，年龄相当，

我们煮熟了第一锅饭,

啊——好香!

我们就像长成羽毛的小鹰,

在天空中初试翅膀……

但是后来你苦恼了,是么?

早春,仅有的几条水牛经不住水田的寒冷,只好由我们几个男青年去拉犁……我们这个队困难、缺粮,要向富裕队借,春天借一斤大麦,秋天还斤半稻谷……当然,比起解放前的逃荒要饭、卖儿卖女,不知要好多少。然而,文攻武卫、红海洋、形式主义……对生产力的破坏却是令人痛心的现实。

我彷徨过吗?是的,我彷徨过。"今吾欲登仙人路,只恨无人来指点",我写过这样的诗句;"我生命的航船,为何这样奔忙?转眼过了十七年,而一夜却这样漫长。宝贵的青春,对着昏黄的灯光……"我发出这样的哀音。

我们有时感到苦闷和无聊,感到中断学业的痛苦。我们一晚一晚上地打扑克,一支接一支地吸烟使嘴唇麻木。我们最爱唱的是《知青之歌》,歌词是一个女孩子写的,是一个凄凉的调子……

但为什么要说这些呢?这不能代表本质和主流。作为共产党员、团总支书记……

请不要紧张。只有神经衰弱的人才不敢正视自己的脚印。

不用怕烟!当闻到烟的时候,火还会远吗?

问题并不在于我曾经苦闷,事实是我战胜了、跨越了这种消沉。父母、师长、贫下中农、稻田、运河、每一行庄稼和每一株树,都在鼓励我,鞭策我:

"不能堕落!只有向前!向前!"

我们毕竟是生活在红旗下的,我们自幼受着党的哺育。被实践摒弃了的是我们的幼稚、空想和廉价的自满自足,而不是我们的信仰、道路和我们的世界观的基本原则。

我们和最强的劳力摽在一起干活,赶车、摇船、拉犁、扬场,从不含糊。我们预备了推子,为贫下中农理发……五月节,回到"家",桌上已摆好大队支部书记送来的粽子,老乡把自己抽了两口的烟袋递给我们。艰苦的物质条件淹没不了劳动人民的乐观、情谊。

人民,我的母亲!只是在农村,我才了解了你无私的胸怀和额头的皱纹。你勤劳勇敢,刻苦坚忍。你要求得最少,你干得最勤。你一句空话也没有,却用双手捧献出了你的一切。你就是一切美德的荟萃,你永远使我爱恋,使我倾心!

我要和你在一起,我要做你的忠实的儿子。现在我可以回答,什么是二十三年最难忘的生活画面了。

……南方的七月,烈日在头顶上燃烧。我赤身露体,背着长长的纤绳,光脚走在潮湿的黄泥路上,沿着古运河,拖动笨重的木船,从兴化县到扬州城,一个单程就要走三天。纤绳愈来愈像刀剑一样切割着我的皮肤,我的肩红肿、出血了。汗水流遍了全身,杀痛了脊背,杀痛了脸颊,湿透了唯一蔽体的短裤,顺着脊梁骨向下流淌。汗水又像一层棕色的油彩,涂遍了我的全身,一次比一次更黑、更亮、更放光。渐渐地,我简直分不清是我在拉着船前进还是船在拼命把我拉向后倾,我的腰腿渐渐不支,我的步伐渐渐凌乱,但我挺住了,因为和我一起辛劳在运河边的是人民。我们的赤脚在纤道上留下了一行行清晰的脚印,我的脚印虽然歪歪扭扭,然而也和老船工的一样深。

这就是李西宁,十八岁的青年。他没有辜负毛主席关于到农村去接受贫下中农的再教育的教导,他懂得了生活的艰辛,他迈出了真正劳动者的脚步,他知道了历史放在自己肩上的分量。在全国千万知识青年上山下乡,以生活实践去检验、去改造和充实自己的世界观的奇观壮举之中,他俯视着辽阔、美丽、富饶而又贫困的大地,他紧贴着亿万人民,他不再彷徨,不再迷乱,而是抢担重任,咬紧牙关,一往直前。正像维吾尔族的谚语:火也是花。李西宁的青春的火焰,像鲜红的石榴花一样,终于扎根到厚实的土壤里。

四

　　寻求结论,这将不靠冥思苦想,而要倾听生活实践的声音。当李西宁头顶烈日、背负蓝天、汗流浃背地拖着载满五吨化肥的木篷船前行的时候,他岂能听不见古老的运河、古老的木船和用相当古老的方法耕作着的土地的呼唤! 人民最懂得发展生产力的必要,因为,他们本身就是生产力,就是历史的能源。在工厂和大学,李西宁进一步看到了世界,看到了中国在生产和科学技术上的差距,这使他忧心如焚。一九七三年,他在日记里写道:

　　"我就不相信中国会永远落后、愚昧下去。楚虽三户,亡秦必楚,何况九百六十万平方公里土地,八万万人民!"

　　要给人民以实际的利益,要使祖国真正自立于世界民族之林,就要安定团结、发展生产、发展科学和文化。运河边的人民在眼巴巴地盼望着、焦渴地等待着祖国在经济和文化上的飞腾,不理会这一点,就是背叛了人民!

　　这就是李西宁在一九七五年的那个冬夜的前前后后得出的结论。它平凡、朴素、透亮如同白开水,它与一切符咒和骗术不相容,与一切信口雌黄、巧言令色不相容,它无比的严峻。

　　所以,当一九七五年初,周总理在四届人大上根据毛主席的指示提出四个现代化的宏伟蓝图以后,他泪盈眶,喜欲狂,有了理想,有了奔头! 车轮走上了轨道,被扭曲、被肢解、被奸污的历史显示了尊严。被"权、线、观""站队""爬坡"搞得眼冒金星、疲惫不堪的人民,不啻在炎热的沙漠里看到了汩汩的清泉!

　　所以,他感激地注视着邓小平同志主持中央日常工作以来为人民办的每一件好事。"这样的措施暖人心肺……"在他一九七五年的日记中多次这样写着。

　　他没有停留在赞美和雀跃上。"你为二〇〇〇年贡献些什么?"

他在全系共青团员中发起讨论,组织学习了华国锋同志在第一次全国农业学大寨会议上的报告,他点起了希望之火、建设之火、劳动之火,他组织了支农突击队,利用假日去农村积肥、运肥……

然而现在呢？脏水如雨,向希望之火泼来……

李西宁砰地推开了窗户。落尽了肥大的叶子的法国梧桐像一个个黑魆魆的怪影。树枝间发出一种"呜呜"的烦人的声音。夜未央,风正紧,心如潮……

五

三年以后的一九七八年十月,李西宁在北京出席共青团的十大。当人们谈起他在一九七六年春"南京事件"中带头搏击的情形,称赞他是一个勇敢的人的时候,他真诚地抬起他那孩子气的脸,不解地眯一眯眼睛。他说:"又有什么勇敢的呢？我只是忍无可忍罢了。"他又说:"那时候,南京全城像浇了汽油的干柴,我不过是划了一根火柴……"

好一个"忍无可忍"！好一个点火者！

这里,无须重述那时人民的愤懑,它已经嵌刻在你、我、他的心上,嵌刻在中华人民共和国的编年史上了。这里,先让我们温习一点叫人不好意思的旧话。

"情况不明,就地宿营,两边打炮,就地卧倒。"这是当时流行在部分人中的口头禅,他们显然也不满意笑着的豺狼的倒行逆施,然而,他们用"不明"掩盖着怯懦。

有一个聪明人,他只有鼻子,却没有心肝和大脑,"现在去追悼,符合'中央'的大方向吗？"他问。瞧,他比谁都正确！

有这样一个人,他担任一点职务,他是后来才对李西宁进行"审讯"的。他显然不是帮派分子,但他严厉地、"义愤填膺"地质问李西宁:"你怎么胆敢反对江青？江青是什么人你不知道？"由于江青的特殊身份,所以江青代表党、代表革命,反江青就是反革命,这就是他的小小的可怜的头脑里"马列主义、毛泽东思想"的"根本原理"!

还有些人同情李西宁,但又怕连累自己,他们不正面反对,却挖空心思把计划中的活动磨平磨光,"何必我们数学系先去呢? 等一等吧……"诸如此类。

但是,在李西宁和他的战友身上,一扫这种怯懦和奴性的精神负担。因为,一九七六年的李西宁,经过了曲折的道路、多方面的实践、刻苦的探求,结论是什么,他心如明镜。"中国面临着一场决战。"他在日记上清醒地分析着政治形势,他没有被蒙骗、被吓倒,不管魔鬼们祭起怎样的旗号。

三月,这位播火者召开了团总支委员会,他说:

"《文汇报》中伤总理,他们向八亿中国人民的心尖子上戳了一刀。我们已经到了忍无可忍的时刻,不在沉默中爆发,就在沉默中灭亡!"

他召开了多次公开的和不那么公开的会议,激昂慷慨地宣传鼓动,冷静灵活地制定策略。他们决定要声势浩大地去梅园新村,要让《文汇报》的小丑及其后台知道人民不是好惹的。他们要利用坏蛋们还不敢公然反对周总理这一弱点,大张旗鼓地号召悼念总理。但是要快,要抢在可能的禁令下达之前。要请示各级领导,调门可以低一些,以免被坏人钻空子,也免得各级领导干部承受更多的压力。连怎样把总理的巨幅画像拿到手,怎样做花圈和挽幛,梅园新村的管理人员不在怎么办,大门不开怎么办,发生意外怎么办,都做了周密的部署。

他们分头活动着,得到了学校党委两位书记的支持。他们本来估计,经过做工作,全校可以有几千人参加这一悲壮的进军。但是,他们面临的不仅有帮派分子的破坏,还有怯懦和奴性的这两位"伥鬼"的阻挠,一直拖到了三月二十八日。果然,不准去梅园新村的禁令透露出来了,李西宁果断地决定,抢在禁令尚未传达之前,连夜刷出海报,第二天一早就动身。

三月二十八日这一夜,是在怎样激越的气氛中度过的!"脑袋掉了碗大的疤",李西宁笑着引用了老百姓的这句略带粗鲁的豪言。当做好了献身的准备的时候,人们的精神获得了怎样的升华和解脱!斗争就是幸福,斗争才有幸福,敢于斗争的人才真正懂得幸福。李西宁和他的战友们在学生宿舍一面制作白花,一面联句:

"敬爱的"一二三首长啊①,当年,是您带领我们"文攻武卫",打伤了这个,踢伤了那个;是您领着我们揪出了一个又一个、又又一个"走资派",是您为我国妇女炮制了奇形怪状的"布拉吉"……如今,您又挥"巨手"了……我们一想起您,就感动得眼泪鼻涕一起淌啊……

众人你一句我一句,嬉笑怒骂、入木三分,不一会儿,联了一百多句。人生快意能几回?在"四人帮"横行、毛主席病重、周总理尸骨未寒便遭中伤、邓小平同志蒙冤被陷的严重的时刻,这几名聪明而又勇敢的青年,敢说、敢骂、敢笑,为"女皇"勾勒尊容,粪土当今万户侯,真是痛快淋漓,千古豪兴!

他们豪迈地说:"明天,就要在南京烧起一把火!"

六

南京烧了!

三月二十九日,以李西宁为首的南京大学四百名师生,高举周总理的巨幅画像,抬着大花圈,打着写有"光辉永照后来人"的横幅,绕道闹市新街口,向梅园新村进发。南京市民伫立围观,各路口水泄不通。

---

① "一二三首长"是南京人民给江青起的绰号,一竖、二横、三点水,江也。

三月三十日，511厂工人四路纵队到梅园新村去，他们高举周总理遗像和高顶到无轨电车电线的大花圈，上面扎着七十八朵大白花。同时，从南京大学开始，各单位出现了"质问《文汇报》"和"谁反对周总理就打倒谁"的标语。

　　更多的工厂、学校、机关的群众走上街头，悼念总理。南京大学学生到火车站刷标语，铁路工人抬来白漆、沥青、大刷，支持他们把标语写在列车上，让人民的怒火烧遍全国。南来北往的乘客纷纷向刷标语的学生慰问致敬。与此同时，南京街道上出现了点名批判张春桥的大字报和传单。

　　四月一日，石头城的每一块石头都在喷火，怯懦和奴性的樊篱焚毁了，任何一个人如果在马路上高呼一句"打倒张春桥"，立刻就会有成群的人振臂响应。

　　全国各地，特别是在祖国的心脏北京，成百万的人民群众在天安门广场，用他们的诗与泪、爱与仇、血与花保卫了毛主席的路线与周总理的英名，照亮了中华民族的历史与未来，谱写了中国人民革命史上又一壮丽的篇章。

　　青年走在前面。这一页历史上将写下李西宁的名字，写下窦守芳、周为民、贺延光、韩志雄、庄辛辛、韩爱民、李洪刚、刘秀英……的名字。

　　我们民族五千年来可歌可泣的历史，我们祖国的九百六十万平方公里的锦绣山河，我们的九亿饱经忧患、茹苦含辛的人民，我们的毛主席、周总理、朱委员长等老一辈革命家，以及十年"文化大革命"的惊涛骇浪，哺育了、造就了这一代人。他们在最困难的时候帮助了党，这也是党的胜利！到处散播愚昧、迷信、恐惧的人，收获的是使他们这些人类渣滓化为灰烬的空前的革命烈火。内心深处印下了斑斑伤痕的青年人，成为了那些伤害他们的恶魔的掘墓人。当他们认清了是谁在扼杀他们的青春、玷污他们的心灵、毒化他们的头脑、玩弄他们的热情、摧毁他们的意志、窒息他们的前程，是谁在把祖国和人民浸在血泊和苦难里以后,他们冲上来了。伤痕使他们增加了十倍的决心,百倍的仇恨,千倍的勇气。

李西宁和他的战友们就是这样地完成了历史赋予他们的使命。他被称为"南京事件"的带头人。他们面对赫赫的邪恶势力,甘以血肉之躯去冲杀出一条生路,是之曰革命者。

李西宁就是这样燃烧的。在一九七六年的中国,他的青春的火苗和人民的怒火,和真理的永恒的光焰连在一起,这就是"四五"人民革命运动的燎原烈火。

这样的烈火炼就了合金钢。李西宁说:

"……我们这一代青年的经历和头脑都比较复杂,我们的心灵里有一些杂质。正因为如此,我们的心灵成了合金钢铸就的了,它虽然不太纯,却更加坚强……"

愿我们的年轻人都成为这样的合金钢。愿他们像李西宁一样的勇敢、坚强、坦率、热爱人民;愿他们像李西宁那样敢于睁开双眼、敢想、敢钻研、敢实践、全面发展、又红又专。当祖国需要的时候,就像李西宁那样化为颗颗炮弹,化为火与力,呼啸着向着一切邪恶腐朽的势力冲去。

有这样的青年,可怜巴巴的"余悸"该可以掷诸东流了吧,还等什么呢?

发表于《人民文学》1978年第12期

瘦 骨 嶙 峋

一

他精气神十足,他病病歪歪。他蒸蒸日上,他命途多舛。他掌管着六千多万元人民币的出出进进,他自己连一台半导体收音机或一个帆布箱子都不趁。他为十三万马克与西德技术人员力争,他是这个纺织企业的一位大拿。他骨瘦如柴,体重只有八十九市斤。他深受领导与群众的信任,有职有权,出头露面,他——申请入党多年也没被批准。

一九五八年"大跃进"当中,这位上海国棉十七厂的总仓库主任,临时充当了烧洋灰的技师。他一边看着技术书籍,一边指导烧灰,洋灰质量竟然达到了六百号,他累得发昏,一头栽到洋灰炉里。幸亏伙伴们及时切断了鼓风机的电源,否则,岂不要提前火化了?他被烧光了胡须、眉毛和头发,摔掉了一颗半门牙,摔破了上唇和人中。伙伴们扒开炉砖把他救了出来,送到医务室,他上了点药,戴上一个大口罩,继续干活去了。

接着他又被皮带轮卷了进去。麻烦出在那条该死的围脖上,围脖把他和皮带扭结到一起,他被甩出去了二十米,哪当!趴到了地上,没事,又爬起来了。

这可不是卓别林主演的喜剧影片里的镜头,这是当今广西南宁绢纺厂主管生产的副厂长苏臣顺当年的一段真实的经历。这经历里有血,有疼痛,有伤口,也有倔强、毅力和火一样的热情。

这样的事还多着呢。"文化大革命"中,担任供销科副科长的苏臣顺也难免一"批"。"批"完了,精神恍惚的他骑着自行车平地摔跤,一块卵石的断裂面竟然插入到他的膝盖骨内,等养好了伤,右腿也不会打弯了。老苏有他的"土"办法——双手捉住一根绳子套住自己的脚后跟,用力提拉,伤口鲜血迸流,但腿也弯过来了。就这么着,伤腿居然被他治好了。解放前,少年时候在上海的布店学徒,背布累得他就吐过血。一九六八年肺结核严重浸润,肺上烂了三个洞,上海和镇江的医院已经初步诊断他的肺组织发生了癌变,而他也已经因为卧床二十个月长了褥疮……然而,他没有死,他活过来了。就在去年三月,清晨六点多钟就来工厂上班,肺源性心脏病犯了,他晕厥在大门口,到医务室躺了两个小时。两个小时以后,他又在工作岗位上了。

请勿伤感!可别以为这里要介绍的是一位受到命运不公正待遇、可怜巴巴、萎靡畏缩的病快子。完全不是这样,他并没有病容,清清爽爽,还颇有点风流倜傥的风度呢。嶙峋瘦骨,又密又深的抬头纹,中等个儿,尖头顶,尖下巴,方脸庞,像拉长了的六边形,看着颇有些灵秀之气。为什么他看起来并不干巴、并不孱弱呢?全靠那明亮的眼睛,利索的举止,侃侃的谈吐和洋溢在他身上的干劲、钻劲、强悍精明。这是一种多么强大的精神力量!

二

一九八〇年上半年,南宁绢纺厂准备选拔两名副厂长。认真执行职工代表大会制度的厂党委,把选拔的标准和"荐贤书"发到代表手里。全厂一下子轰动起来了,由工人群众挑选自己的领导人,这种民主精神大大激发了人们的当家做主的责任感。不论是代表还是非代表,七嘴八舌,议论纷纷。然而大家的意见非常集中,"荐贤"和党委酝酿的初步意见完全一致。

人们首先推荐的正是当时四十九岁的计划科科长苏臣顺。党委书记说:"对于生产和经营的每一个环节,老苏都是心中有数的。"工人们说:"找老苏就是解决问题。"

从供销科调到计划科,刚上任的时候可并不是这样。一九七八年十月,他刚上任,正碰到厂里因为印染上不去,大批停产。他下到车间,听说是运输工具不够。老苏保证说:"一个月内解决。"车间里的人付之一笑,这样的空头许诺,他们听得多了。然而老苏并没有健忘症,从做出许诺的头一天起,他来到机修车间,他找到厂领导,把任务落实到木模、翻砂、锻造、车工、钳工、木工、电焊、油漆……每一个环节,紧紧咬住不放。结果,一个月的期限未满,六十部元宝车就做好了。

恕我不详细写那些我很不熟悉的技术问题了。总之,他不懂的或不完全懂的,就去请教行家和书本,他弄明了情况以后就敢做决定。老苏爱说,当领导要抓十二个字:调查研究,解决问题,承担责任。老苏还爱说,难就难在不懂上,难者不懂,懂者不难。他刚到南宁的时候,不是许多人都说化学、染料如何之复杂,如何之难懂吗?苏臣顺呢,愈是不懂的愈要学,他找来了有关化工染料的书籍,读懂了,一个月后,他就代表"南绢"去参加化学、染料订货会议去了。

所以多年来人们常常对他有一种印象,叫做骄傲,少数人还有过一种意见,叫做手伸得长。考察一下吧,他骄傲吗?对上级,对群众,他都是尊重的,然而他好学多能,他从来不承认生产上的问题、经营上的问题会使他束手无策。至于伸手,他抓权、抓利、抓名誉地位了吗?也没有,只是遇到工作中的问题,他禁不住要挽袖子,因为他鄙视现在颇为流行的"多一事不如少一事"的那套哲学。他到精炼车间解决风斑麻、虫斑麻等次品的合理利用问题时,给"废品"派了用场,大大降低了生产成本。同样,他建议建立了落棉仓库,把过去当"废品"卖掉的落棉与有一定比例的羊毛混纺,制成了深受消费者欢迎的物美价廉、质感良好的混纺粗呢。而当商业部门不再搞统购包销,市场的压力刺激着工厂不断改进自己的产品的花色品种、竞争能力的时候,苏臣顺主持了一个大胆的改造印染的"革命行动"。他一面制造染桶,修建烘房,一面先用土法上马,手染日晒,立即扭转了只能生产单色布所造成的大批产品积压的被动局面。而在一九八〇年下半年,当外贸任务完成缓慢,国家面临信誉损失和经济损失的危险的时候,他和负责技术的徐副厂长一道,重新部署和调度了生产,终于使本来被认为完成任务无望的这个厂超额完成了任务。

现在呢,他又在考虑着,在隐条腈涤大批生产接近饱和之后,怎样在一九八二年向新的花色品种发展。花呢?彩点?提花?色织?用七十二支纱制造超薄麻涤"的确凉"?麻涤"的确凉",这是南宁绢纺厂的宠儿,穿起来又薄又轻又吸湿又结实又舒服,外宾内宾,到南宁的都要争着买一点。然而,麻纤维是比较脆、易断的,麻纺的难度很大。衣服好穿,衣料难生产啊!瘦瘦的苏臣顺啊,你又在绞脑汁了吧?

三

苏臣顺哪儿来的这么大本事?他是科班出身吗?他是哪国留学或哪个名牌大学毕业的吗?

说来难以置信,关于他的正规学历,只能填写一个零。小时候他上过五年私塾,熟读了"子曰""诗云",练就了一笔秀丽的小楷。然而,当一九五三年办夜校的时候,他连三位以上的阿拉伯数字都不认得。老苏——不,那时候当然只是小苏,真不知道自己的程度够得上几年级。壮壮胆子,报了个五年级,那么大的人,总不好意思再从小学一年级上起。上了两堂课,原来并不艰深,他干脆把高小课本全部买回来,用半年时间自学通了,便跳级进入了初中。上初中后,如法炮制,又用了半年时间,他再次跳级考高中去了。职工业余校的领导同志对他这种不安分守己的学法开始是颇不以为然的。他要求面试,成绩优良,于是这个"小学五年级"学生,用了一年时间,变成高中生了。

又过了一年,他奋力考上了财经学院。小苏不满足于只学经济,于是,下一年,他又考上了华东纺织学院夜校部。上这个夜校容易吗?当时他所在的工厂位于上海东部的杨浦区,而夜校是在上海西部的延安西路口。一东一西,穿过上海市区,乘无轨电车单程要一个半小时,而这是夜校,是在八小时工作之后的业余学习呀!五十年代,刚刚获得了国家主人地位的苏臣顺身上有一股子多么顽强的学习精神:一下班,匆匆吃两口东西就往夜校赶,上完四节课,回到宿舍,往往都快午夜一点半了。"何必呢?看,你又瘦了!"好心的朋友们劝他把弦放松,他只是笑笑。他想,学习,这本是有着无限乐趣的事啊!

苏臣顺就是这样牺牲了休息和娱乐,用文化科学知识武装自己的。如果说贪婪也是一种"人性"的话,那么,这也是一种"贪婪"。夜大学三年,他不但读了高等数学、高等物理、理论力学、材料力学、金工学、电工学、工业电子学、棉纺工程和工程制图,更重要的是,他还学会了一套自学的方法,增加了自学的信心。什么凝胶物质,什么消防工程,什么染整工艺,什么化工染料,以至于日本的企业管理、马克思关于再生产的理论,都是他积少成多,自己慢慢学到手的。而且,他读书总是和总结实践经验结合起来,不管什么权威著作,他不但要圈圈点点,而且要批批注注,特别是遇到书本上的论述与自己的实际经验不相合的地方,他都写上详细的批注,以进一步弄个究竟。同时,他也注意整理和提炼自己的经验。早在六十年代,他就根据自己多年从事仓库、采购、计划、统计、财务、调度、检验、绘图……工作的经验,写了一本《棉纺织物资组织供应手册》,受到有关部门的重视。来南宁以后,他补充和发展了这本手册,并据此给青工讲课。至少在本厂,他是一个最没有学历而又被公认为最有知识的人。人,是可以自己塑造自己的，这个塑造的方法就叫做学习。

四

按现在许多人的说法，八小时以外的时间属于自己的。按照养生和乐生的要求，一个人在八小时以外有多少高雅的和粗俗的，热烈的和清静的事情可做啊！

然而，"我的生活是很枯燥的。"苏臣顺常常这样说。是的，他把全部业余时间都献给学习和工作了。三十年来，他的家一直安在农村，他既没有家庭的温暖也没有休息的轻松，他不会喝酒行令，也不爱电影戏剧。老苏说："只是我学习起来就入迷，什么事也不像读书那么有意思！"说得真好。入迷，就是难分难解，就是如醉如痴！我想，别人说的他的枯燥，正是摒弃了表层的五光十色之后深入到了生活的内蕴，升华到了知识的峰巅，飞翔，向上，不断地充实和发展自己，不断地过关斩将，解决工作中的难题的一种专一。

很可能这里还存在着一个语义学上的问题，他的"枯燥""单调"，指的也是清贫。总算是破例照顾，去年，在工厂用超额完成的利润提成盖起的崭新宿舍楼以后，他也领到了两间房，把在农村的爱人接了来。两室一厅，房显得那样宽敞，因为除了新购置的用塑料皮做的两把"藤椅"、一个方桌、一个自己装配的竹躺椅和一个柳条包以外，没有其他的东西。他没有自行车、缝纫机、照相机、电视机，甚至连一个半导体收音机也没有。他每月工资八十几块钱，老伴和孩子都有病，农村还有亲人需要他的接济。最近，老伴和一个孩子才找到了临时工作，经济状况有了改善，他已经决心买一台半导体了。别的呢？"以后慢慢来。"他笑着说。他更多地考虑的是，由于涤纶降价，明年工厂的利润有可能减少四百万元，怎么样把四百万元找回来？他考虑的是，西德一家公司帮助改装的细纱机并没有达到合同所规定的要求，而十三万马克已经支付给了对方，应该据理力争，把十三万马克的损失找回来。而在一九七九年刮洋跃进风的时候,一个搞所谓三个第一流(设计、工艺、产品都要世界第一流)的机构要他们厂拿出五百万美元以买出一个"现代化来",却被他和设备科长、归国华侨刘顺胜给顶住了,他们阐述了"三个第一流"的提法和买"现代化"的做法的反科学性,五百万美元的外汇,一元也没有动用。

这就是这位企业家的个人生活,这就是他的情操。如果不是亲自到他家里看一看,笔者也是不会相信的。他没有多余的脂肪,他没有多余的娱乐嗜好,他唯一的奢侈,大概是每天要喝两碗中药……

五

老苏也有让人特别是让一个采访者失望的地方。市里评定职称的考试,他的政治经济学考得不及格。他很早就申请入党了,至今未获批准,主要是因为有的人不喜欢他。现在厂领导干部很多,光副厂长就有五个,加正厂长是六个人。他是六分之一,管事多了,难免踏入他人的领地,而这是违反权力学的基本定律的。上级来检查工作,外宾来参观,党委经常叫他去介绍情况。这种事多了,也会引起某种酸溜溜的反应。幸好绢纺厂党委倒还没有迁就某些人的情绪而不支持他的工作。

最要命的是他不太懂得抽象的意义,不懂得从理论上提高自己。如果问他"你为什么这样努力工作"?他只会说"这是我的责任"。如果再问"你为什么努力学习"?他也只会说"我爱学"。他谈起一九六四年来南宁建厂时,现在的厂址只不过是一个秃山坡,而今天已经颇具规模的时候,也颇为感慨,但是他就不会加一句:"这鼓舞我为四化献出自己的一切。"

其实,他已经献出一切了。他只是不善于把献出一切挂在嘴上罢了。工厂是具体的,苏臣顺的工作是具体的,实打实的。他当然不是口若悬河、语出惊人、呼风唤雨、扭转乾坤的英豪。他只能为南宁绢纺厂这样一个不大的厂子的六个车间卖力,为腈纶和麻涤衣料操劳。他现在是行政十八级,我很怀疑他这辈子能不能升到例如十五级。然而,看一看他仅有的那一把嶙峋瘦骨吧,钢一样的骨头,水晶石一样的骨头,你不觉得眼睛发热吗?你不觉得骄傲吗?支持着我们的共和国的大厦的,正是这样的被贫穷和灾病练就的坚忍不拔、具有非凡生命力的瘦骨!也许他的平淡无奇的生活和工作,能使我们略感惭愧吧?

发表于《工人日报》1982年3月12日

群 山 如 潮

　　这里离北京不过五六十公里，对于吉普车来说，不过是一个多小时的距离。这里完全是另一番天地：重山叠嶂，大河滔滔，牛羊庄稼，村烟袅袅……这里也是北京，但这里完全不像北京了。
　　就在门头沟区，有这么一道山沟，虽然用的也是北京市的粮票，虽然从东单、王府井寄信到这里只需要四分钱的邮票，然而，许多熟悉东单、王府井的北京同胞却未必知道这儿。一九五八年八月一日，不满二十四岁的我，扛着一卷大行李，来到了这儿。从西直门站上的车，四十多分钟后，在山势险峻如大雁翅膀的雁翅站下了车。在雁翅小饭铺吃了点东西之后，开始了三十六里的山路负重行军——那时候还没有"拉练"这个词。先期下放的同命运的人等已经来信告诉过我，离了雁翅小饭铺，再想吃细粮就难了，所以那顿饭我吃得相当用心。一路上大山巨石，激流浅滩，显得威严、坚硬、辽阔、实在。傍山依水，是北京市商业系统的筑路大军，正在修斋堂公路。打钎的、放炮的、推土的……一片铁器与山石撞击发出的铿锵之声，加上人的喊叫与机器的轰鸣，奏出了富有一九五八年特点的"跃进交响曲"。我这个从小在城市里生长的青年，见到这种情景，刹那间确实忘掉了自己身处逆境，只觉得振奋、折服，更增加了与群众结合、改造自己的决心。这样边看边走，大约用了六个多小时，肩膀和后颈都被行李绳勒出了血印，最后到达了目的地——门头沟区斋堂小区军响乡的桑峪村。

在二十四年以后重访桑峪——斋堂,首先给我印象的仍是雁翅,两旁树木成行,房屋齐整。离雁翅后进山的第一个村落叫青白口,这里建立了一个热电厂,厂房烟囱,十分壮观。当然,这已经不是当时我扛着行李走过的那条河滩便道了,现在的路是一条高标准的国家公路,像一条闪闪发光于绿树红房之中的银色带子。这条路是在当年沙石路的基础上修起来的。青白口、傅家台的几座桥梁旧貌未改,更易让人们想起二十四年前的旧事。那时,筑路大军白天在钢与石、炸药与山的战斗中进行着艰苦卓绝而气势雄伟的努力,晚上还要开会辩论、补课、追查、深挖,这种会议的喊叫声有时一直传到村里。再有就是当初我所在的单位的下放干部当中,凡是被"扩大"戴了帽子的,每逢休假都不坐汽车,而是半夜三点起床,走三十六里路到雁翅上火车。两条腿一走,对这条路的感情就更深了。

俱往矣,如今的青白口、傅家台是平静的,道路是平坦的,汽车如飞,群山涌来,一个个的山头围着车旋转离却,而远山显得更加苍茫沉郁。你可好?我的军响,我的桑峪,我的斋堂,我有生以来第一次下乡,第一次毫不含糊地得到了严峻的锻炼的地方!我在你这里深翻地,我在你这里开万人大会欢呼"人民公社好",我在你这里早上三点起来爬山收秋背萝卜,中午在地里吃炸油饼,到了冬天只剩下一天两顿楂子粥。我是你这里的那一段神圣、严厉、热烈、荒唐的岁月的见证……二十四年以后,你又怎么样呢?

军响和桑峪两个自然村相距甚近,过去统称军响乡,现在统称军响公社。这次到达军响前,人们已经给我打了预防针,说这里的工作不算先进,社员的收入不算高,面貌变化不大。来到军响以后,在家主持工作的支部副书记向我们介绍情况的时候也多是自谦之词。但我来到这儿,发现的仍然是巨大的改观,巨大的变化。

班次固定的从门头沟河滩开往斋堂以西的清水与开往斋堂以北的燕家强的两路长途汽车都要经过军响。在军响车站边,沿公路是供销社的百货门市部与食堂。两个店的房子新,地方宽敞,百货、食品齐全,与当年石头砌起的光线暗淡的山村小店无法相比。迎着两个店,隔一条公路,是昼夜喧响的清水河。由于斋堂水库的修成,清水河的流量得到了控制,再也不会发生从前常常发生的山洪暴发的灾害了。斋堂水库上,还修起了一个功率不太大的水电站。一九五八年,北京大学的下放干部、师生,为修这水库和水电站出过不少力。

公社办公室、招待所整整齐齐,也不是当年的破屋子所能比拟。党委组织干事——一位女同志在值班,她衣着整洁时新,发饰入时,说话没有一点山里人口音。经过她的张罗,副书记来了,陪我们漫步到桑峪去。别来无恙的桑峪,古树、戏台、圈门、归牧、收割堆放好了的玉米秸与在夕阳下碧绿喜人的大白菜,大致还如往昔,但是村庄的面貌,生活的面貌,特别是人的精神面貌已经大变了。

也巧,正赶上桑峪村的供销社新门市部落成,玻璃柜里的货物刚刚摆出来,有几位年轻的姑娘来参观这个新门市部,她们有的穿着紫色呢子短大衣,有的穿着绿色毛线衣,有的穿着灰色涤卡上衣,体态健康、端正,发育良好,容光焕发。走出门市部,正好有一位妇女背着一篓子玉米棒子走过来,这位妇女身穿一套褐色毛的确良西服,大翻领,黑皮鞋,尼龙袜。穿西服背篓子,这是我到达桑峪后得到的第一个强有力的冲击。

再看看周围,男女老少,都穿得很好。特别是少年儿童与中年以下的妇女,穿戴确实不在北京市内之下。我立即想起了当年人们的穿戴:土布白小褂,飞花棉袄,大裤裆大裤腰(裤腰要缅起一大块,更使得腹部臃肿)的裤子,厚厚的布底鞋。能这样穿得囫囵的还是少数,多数是尘土、油污、汗渍、补丁,掩盖了衣服的本色本形。

不光是穿得好,最令人惊奇、令人兴奋的是人们普遍比原来都更健康、漂亮了。这里出门便是山,远的要走两个小时才能到车站。春天背粪、背种子农药,秋天背收获的粮食、蔬菜、干鲜果,都要使篓子。篓子背在身上,人前倾四十度,篓中物品的标准重量是一百至一百五十斤。背上以后上山、下山,除了中途在梯田堰边可以略事休息外,到达目的地以前再也不能直腰。这种弯腰曲背的重体力劳动，使这里的农民几乎十有八九都有轻微的驼背、罗圈腿和气管炎。一到秋冬，走在村子里几乎到处可以听见咳嗽、哮喘的声音。现在呢，人们告诉我，篓子已经用得少多了，川地大都用大、小车辆做运载工具，而远处的山地梯田，从六十年代一大批壮劳力转向煤矿以后，就不再种了。

人们的劳动强度大大减轻了，篓子的少用还只是其中之一。更引人注目的是自来水与电力给人们的生活带来的变化。山区水位低，过去，村头有辘轳深井，这里的习惯又都是用大铁桶挑水。摇辘轳和挑水，是相当重的劳动，我是颇有体会的。遇到栽薯秧的时候还要挑起水来上田、上山。再有就是妇女们的两项"额外"劳动，一个是推碾子，原粮加工全靠石碾子。一天"跃进"完毕，妇女们还要在碾子边排队，有时一直推到深夜。我至今深深记得女农民们（其中还有好几位是缠足的）在深夜边推碾子边用小笤帚枯哧扫粮食的情形。现在呢，都用电磨了。当然，电气化带来的方便不只是这些，像打场扬场这一类过去靠人力、畜力干的活儿，现在也是靠电了。

再一条是纳鞋底子，山地费鞋，多少女同胞把自己的少女时代、青春时代、壮年时代随着针线、锥子纳到山里人的脚底下了。

现在，都买鞋穿了。生活的变化带来了人自身的变化。与过重的篓子相关联的驼背、哮喘、罗圈腿已经很少见了。女孩子们的眼睛都炯炯有神。我坚信过去十个女子有五个半是暗淡的斗鸡眼，乃是不停地纳鞋底子造成的。由于加碘盐的推广，过去这里常见的甲状腺肿大的病也已经绝迹了。生活水平提高，健康状况改进，再加上衣饰的"革命"（我以为，这一山区人们的服装已经发生了"革命性"的变化），人们——特别是女孩子们又敢于打扮自己，无怪乎我到达山村的第一个印象是人们更健康也更漂亮。

"请帮我打听一下，五十年代这里有一个叫老四的孩子，官名张克大，现在还在这里吗？"我向副书记提了出来。

一问便知,还在这里,还在老地方。我们去到他家的时候,只有他的妻子和还在哺乳的婴儿在家。我想起了这条街巷,想起了这东房和西房与坍了的北房的房基,想起了他的房屋里的所有陈设:迎面的大土坑,口小肚大的水瓮,连灶火也还在原来的地方。一九五八年,这一家人曾经给过我许多照顾,嘘寒问暖,像对待自己的亲人。当时,只有十六岁的少年张克大问过我:"你们怎样思想不好了?我看你们思想挺好嘛!"他的简单、天真、诚挚的问话,使我至今想起来还要流泪。他的父亲患有严重的哮喘病,他的母亲双目失明,但就是这样,他们关心的并不仅是他们自己。"王,歇歇,别使着。"他们常常这样对我说。"使着"是当地的方言,即累坏了的意思。遇到干活太累或者天气太冷的时候,他们还找我去偷偷喝一杯酒,吃一枚腌鸡蛋,补充营养,活动血脉。就是这样的农民,自己处境艰难,贫病交加,满心却是对旁人的信任与怜恤,难道我们能不念着他们吗?

我在门口等着,克大回来了,老远就认出了我。"这不是王蒙大哥嘛。"他说。如今,他也是四十出头的中年人了,整整二十四年我们没见过面,也没通过信,但他还是一眼认出了我,含着泪向我问好。大伯大妈早已经去世了,由于有小孩,爱人身体不好,家里只有他一个人劳动,他说他的生活状况是全村最差的,但也吃饱穿暖了。他是从劳动工地回来的,但他确是我看到的今天的桑峪人中衣着最差的一个,衣服上有大补丁也有小补丁。但他没有诉苦,也不喜欢诉苦,他强调说这几年生活已经好过多了,而且张罗给我们做饭。

队里也说他是比较困难的一户。就在他的院子周围,我不但看见了盖起来的新房子,而且看到了房子上的鱼骨天线。随着山村人民生活的提高和斋堂煤矿转播发射塔的建立,电视机在这里已经完全不是稀罕物了,不但队里有,而且许多社员家庭也有。至于收音机、手表,早已经司空见惯了。

这里的人们把手表"占领山村阵地"的过程告给了我,那倒是很有趣的。据说开始有人戴手表时遭到了老年人的嘲笑。老年人满心狐疑地问他们："戴这个干啥？没有表你就不知道啥时候天亮啥时候天黑？啥时候该睡啥时候起？啥时候饿了该吃饭？"这个质疑倒是很合乎逻辑，戴表的目的是为了看时间，看时间的用意无非是为了按时起炕、吃饭、上工、下工、睡觉。世世代代没有表不是照样吃饭、睡觉和干活吗？天黑、天亮、肚子饿，不是比手表更手表吗？这样的质问在逻辑上是无懈可击的。然而，没有几年，发出过质问的老人也要买一只表，尝尝戴表的滋味了。原来，贫穷有贫穷的逻辑，富裕有富裕的逻辑，二者并不那么相同啊！

我们没有在张克大家吃饭，趁着天还亮再转一转。我们看了几处"四角硬"的新瓦房，和新安装的自来水。有一位壮年人在推现在看来似是历史文物的很少人问津的石碾。我感到奇怪，开口一问，原来他喜欢养鸟，这是在为鸟碾一点饲料。好几个我还记得的老农，一问，都已经长逝了，如今只能祝愿他们的劳苦终生的灵魂安息。看到子孙后代的日子愈过愈好，生活正在发生日新月异的变化，他们的在天之灵可以得到些许安慰啦。

令人高兴的是谭增广大伯精神矍铄，老当益壮。谭增广大伯是抗日战争时期入党的老党员（斋堂川是老根据地），一九五八年时担任社长，对当时的浮夸风、共产风颇有抵制，结果一九五九年被当做"右倾机会主义"的"根子"七斗八斗，还弄到门头沟的俱乐部里开大会斗了个不亦乐乎。到第二年，一九六〇年，就吃不上饭了，要搞调整、巩固、充实、提高了，便又把谭大伯请出山来。调整了四年，吃饱了肚子，气势汹汹的"四清"又开始了。一九五八年直接领导我的老党员李尚三同志，便是在"四清"中想不开，寻了短见。唉，折腾啊，农村干部也难幸免啊！

谭增广大伯年岁大了，调到公社林场工作，家里盖了新房子，到处悬挂着玉米、南瓜、辣椒。不用说，家底殷实，精神振奋。他已不记得我了，几十年来，他见的干部也是成百成千，怎么能个个都记得呢？他的顶风与挨斗，却是我所忘不了的。

其实农民是天生的用实践检验真理的朴素唯物派。记得一九五八年，我们一面高唱着"盘龙山上锁盘龙""荒山变成米粮川""一天等于二十年"，一面给社员读报，宣传各地的"卫星"。其中有一个白薯卫星，说是一亩地打了八十万斤白薯。八十万斤，对于我们这些下放干部不过是一个令人惊喜的大数字罢了，对于农民，可就具体多了。记得一个农民在读完报私下对我说，"八十万斤，打不了。就算每块白薯长得和咱们俩一边大，一个紧挤一个，八十万斤都要挤出一亩地去。"这样的评论，在当时全国的农村中恐怕并非少数吧？如果我们注意倾听人民的声音，不是会少犯一些错误的吗？

晚上回到军响公社，我表示希望能吃到典型的山里的饭：小米山药（即土豆）饭或玉米楂子粥，但公社同志告我，现在斋堂川的农家已经不吃这样的饭了。"大跃进"以来，试种冬麦成功，加上水利化的巨大进展，这里的耕作制度已有了大变化，平川地作物是以小麦为主，有一些玉米，也都磨面吃了，低产的谷子，更是少见。国营粮店还要供应相当一部分细粮，不少职工家属户，更分别掌握一些米票、面票，所以绝大多数农户，如今吃的是细粮。这可真了不起！原来斋堂川不种麦，谁家吃一次白面，堪称重大事件。吃饭不要钱那一阵子，有一次桑峪村食堂吃馒头，结果十里八里外邻村的乡亲，都有赶来吃馒头的。如今，在为吃不上楂子粥和小米饭而遗憾的同时，又怎能不为桑峪人家家吃细粮而欢欣鼓舞呢！

饭后与公社同志纵谈这四年来的巨大变化和二十几年来的成败得失。社员的家底、公社的家底大大地厚实了。不仅公社有煤矿，而且几乎队队有自己的小煤窑，从而增加了社员的现金收入。汽车、拖拉机、手扶拖拉机……运输力量也大大增强，与二十年前相比，当然不只是鸟枪换炮，而是鸟枪换了中程导弹了。目前正在抓进一步贯彻联产计酬的责任制，多年撂荒的远地梯田，也准备包给社员自己去种。区上提出来了，斋堂一带的公社的经营方针应该以山林为主，但在"学大寨"中果木树林受到了极大的破坏，由于盲目贯彻"以粮为纲",有些大核桃树竟是埋下炸药崩掉的。今年幸存无多的核桃树又受了病,许多枣树也得了疯病。怎样贯彻靠山吃山、山林果木为主的经营方针,还是个大问题。

在欢呼劳动强度降低的同时,老人们却大骂现在的人愈来愈懒,老年人实在看不惯。在欢呼收入增多的同时,老年人却怀念这个老区的纯朴的民风,特别是在战争年代抬担架、出民工、救伤员的情景。现在的人变得奸了,这又是一种严厉的贬评。在欢呼交通方便、广播、电视扩大了山里人的见闻的同时,人们又批评电视荧光屏幕上"搞对象"的镜头太多,影响青年人思想的纯正。还说到前两年喇叭裤与"迪斯科"的风曾经刮到了这里,有些青年人穿着"奇装异服"在大渠渡槽边照相,经批评教育后,已经扭转了这种不好的风气。女青年喜欢穿半高跟鞋,也引起了长辈们的不满,不满的理由主要是穿这种鞋走山路容易崴脚。其实买高跟鞋的女青年都是很爱护自己的脚的,倒没有听说哪一位的脚因高跟鞋而扭伤。如果上山背篓,篓子里"货物"有一定的重量,高跟鞋自然也就会靠边的。至于斋堂川的青年当中居然一度出现了摇摆舞,这件骇人听闻的新闻真叫我张大了嘴巴说不出话来。我想起了一九五八年,一位现已长逝的铁匠田老力,用他那嘹亮的大嗓门儿说过:"我们山里人大马大肚量大,不像城里人吃的饭像是猫食。城里人喝的葡萄酒那是酸泔水,喝的啤酒那纯粹是马尿,城里人没见过挂在树枝上的青核桃,以为是酸梨,偷偷摘下一个来咬,涩得闭不上嘴……"多么粗犷、纯厚、自豪的山里人,怎么能不对电视荧光屏上的比酸泔水还要酸的镜头提出抗议呢?如果田老力看到了一度跳摇摆舞的不肖子弟,会不会愤怒地举起他打铁的大锤头迎头砸去呢?

一夜难眠,即使在深夜,巨大的山影也在提醒着人们注意它的坚实的存在。山里的空气比北京市区强多了。秋虫曜曜啼鸣。公社招待所院内的电灯彻夜不熄。明天还要去最窄小的山沟田寺和已经开辟成旅游点的燕家台。晚上要回到斋堂,后天便在东、西斋堂活动。

斋堂是这个小区的首镇,一九五八年我们曾经举着红旗彩旗步行到斋堂开会,欢庆斋堂大公社的诞生。两个月后毛主席老人家发表了他的给农村生产队长以上干部的"降温"的信。大斋堂公社又按原来乡的建制分成了几个小公社。想想当年敲锣打鼓,给玉米打针灌香油,给猪割甲状腺……的情景吧。从那个时候起我们没少折腾,没少走弯路,没少流汗,也没少绞脑汁"卖块儿"。教训是深刻的,"学费"却没有白付,成绩仍然是伟大的。一条大公路,一个水库和一系列成龙配套的水利基本建设,大大小小的煤矿以及社员饭桌上的白面馒头,这仍然是"大跃进"的果实、社会主义新生活在山村艰难前进的丰碑。如果不那么大闹一下,路和水库、冬麦大概都不可能上得这么快。一九五八年人们在这里出的力,流的汗,唱的歌,喊的口号,并没有全部付诸东流。不,我们不能否定一切,否定自己,当我们回首往事时,绝不仅是叹息。

如今,终于稳定了,聪明了,成熟了。正在前进、发展、变化的斋堂——桑峪将会发展得更加迅速而且扎实。据说,按照北京的建设规划,到本世纪末,斋堂将成为拥有五万人口的北京市的一个卫星城。那时候斋堂的人,桑峪的人,山里的人,又将是一副什么样的气象呢?斋堂——门头沟——王府井的差距将会渐渐缩小么?这些自称祖先是从山西洪洞县古槐树下迁来的山里人的尾高音的方言将逐渐被淘汰吧?将来来到军响,年轻人说话也是"镇了""没治了"吗?在人们吃饱、穿暖、住踏实之后,对于文化教育生活的要求就会愈来愈高吧?公社干部不是已经在抱怨了:三中全会以来什么都好,只是有一点,有本事有门路的知识分子——医院和学校里的骨干——先后回到了城里工作,学校的师资水平和教学质量下降,医院购买了一些进口设备现在却无人会掌握操作了。新的生活、新的进展与新的困扰交织袭来,每天都发生在这貌似万年不变的大山底下。生也有涯,变也无涯。文章有涯,生活无涯。我不能忘记这如潮的往事,如潮的群山,如潮的新生活的势头。我不能忘记这像大乐队的各件乐器一样轰鸣着、奏响着、合唱着的群山,这是一部充满了回顾与前瞻、光荣与惭愧、劳动与战斗的交响曲,是一部连接着历史与未来、城市与农村的交响曲。

这次匆匆造访,我只是听到了这个交响曲的序曲,感到了这个交响曲的气势。我祝福青白口、傅家台、军响、桑峪、东西斋堂、上下清水。我还要再次来倾听这个交响曲。我还要把我自己的微弱的内心的声音加入到这伟大的交响曲里边。

发表于《时代的报告》1983年第2期

新的年代新的梦

——寄自大韩继

一九八二年十月二十九日晚上七点多,北京市房山县委的汽车把我送向周口店公社大韩继大队。平坦的柏油马路,高耸而又齐整的白杨林带,深秋的收割完毕了的田野都融化在夜晚的寂静、深沉或许还有一点神秘里。忽然,远处出现了一片光明,一片欢声笑语,一片龙腾虎跃。夜幕背景前的众多的聚光灯下,是分别穿着红色与白色运动衣的生龙活虎的小伙子,他们正在运球,跳起,上篮。四周围满了人,哨子响了,掌声如雷。

我从车上走了下来,碰到一个烫着相当长的头发,身穿米黄色镂花毛线衣,笔挺的深褐色筒裤,脚蹬半高跟皮鞋的女孩子,袅袅婷婷地向球场走去。听到车门响,她回头望了望,我看到了她的打扮得漂漂亮亮的年轻、健康、红润的脸庞。我看到她走到了那一群穿着齐整、发育良好、兴高采烈的男女青年当中。噢,不仅是齐整,看那男青年的高领尼龙线衣和色彩鲜明的尼龙绸外套,那女青年的毛线衣、西服上装吧,那是相当时兴,相当讲究呢。嚯——哨子又响了,跳球,裁判员把篮球托了起来,红衣与白衣运动员凌空跳起,激烈的争夺在雪亮的灯光下展开……

灯光球场周围挤满了人,有青年,也有老人,还有抱着孩子的妇女。亲爱的朋友,在这一刹那,眼泪涌到了我的眼眶里。

这就是我们农村、我们的农民吗?这就是李顺大与陈奂生的子

365

弟、黑娃与荒妹的同龄人吗？可是当真？

灯光球场！就像城里的东单球场，头顶上是一片方正齐整的白炽灯光。就像电视屏幕上常常出现的那种正式的球赛场地，如今，出现在京郊一个小小的村落里了。

但我必须先控制一下我的情感，大队支部副书记王振华与团总支书记齐忠前来迎接我们。我们一起走过三层台阶式的大花坛。这样的大花坛左右两个，即使在黑夜里也呈现出一种富裕而又优美的姿容。然后，走进了三层俱乐部大楼。

短短的几年，贫穷与饥饿已经再也不能威胁这里的庄稼人了。

穷怕了的中国人，穷够了的中国人，被贫穷折磨着、压迫着、锻打着的中国人，当他们摆脱了像毒蛇般缠身的"贫穷"的时候，他们将呈现出怎样的崭新的面貌！大韩继大队位于北京猿人的故乡、京西龙骨山下。从北京猿人到现在，整整五十万年过去了。从有历史记载到现在，我们中华民族也已经辛勤劳作、勇敢战斗了四千多年了。从新民主主义革命的开始到现在，是六十余年。解放以后也三十多年了。在十一届三中全会的三年以后，大韩继的农民不穷了！大韩继的俱乐部盖起来了！花坛修起来了！球场修起来了！一排又一排暗中竞赛着的民房也修起来了！看看这些给我们端茶的年轻人的衣着、体态、精神面貌和谈吐教养吧，除了更健康、更朴实、更亲切以外，哪里比城里人逊色？阅览室里摆着图书、报纸、杂志。乒乓球室里男、女社员分别打着乒乓球。书画室里陈列着社员和来宾的字画。电视室里摆着的是二十四英寸的进口电视接收机。乐器室和排演室现在是空着的，因为更多的人被大队——采石场的篮球友谊赛吸引去了，何况球赛以后还要放电影，白色的幕布已经悬挂起来了。大队有两台十六毫米的电影放映机，每星期都要演两次新电影哩。

"这两天，来参观的人可多了。前天，民主同盟组织了三百多人来看三中全会以后农村的新气象，钱端升老也来了。"

"都是些老人吧？"我问。

"都是老人,都是老人,他们可高兴了。"王振华、齐忠还有几个女青年七嘴八舌、兴奋地说。一下子看到了三百多个老而弥壮的城里来的高级知识分子,大概也是很稀罕的。

"上星期六来的是清华大学的师生,和我们组织了文艺节目联欢和篮球友谊赛,直到夜十点他们才依依不舍地走了。"

"赛篮球,谁赢了?"

"唉,我们哪儿打得过清华队,一百一十八比五十三……"

答话的人是大韩继篮球队的队长宋春,他现在在队办企业铸锅厂做工。他说,开始组织篮球队时许多老年人看不惯,现在呢,只要有球赛,差不多全村男女老少都来,看上一两次,就有了兴趣。他还说,他已经做了父亲。开始,妻子反对他打篮球,他每次到球场,都把孩子带上,于是妻子也跟来了。看了几次以后,妻子也成了球迷,家庭也更和睦了。他还告诉我,过去一些吃饱了没事、寻衅捣蛋的年轻人,现在通过参加俱乐部的文娱体育活动,走正道了。

穷有穷的困难,富有富的问题。吃饱了、穿好了又有了一定的文化知识的新农民,不满足于干活吃饭,蹲在炕前吧嗒烟锅子(我们电影里的农民有多少是这样的形象呵)消磨时间了。正是在"转富"以后的一九七九年,这里的青年问题、工余生活问题、社会秩序与社会风尚问题变得突出起来了,刺激了党支部下大力量抓精神文明的建设。

最令人难忘的还是业余女乒乓球运动员萧书芹,她梳着两条长辫子,两只大眼睛很有神采,说话开朗大方,头头是道,很有些"社会活动家"或者"外交家"的机敏与气度,没有一点农村妇女的畏缩劲儿。她大方地说,她现年三十二岁,已经是两个孩子的母亲了。她是周口店中学一九六八年的高中毕业生。农村女孩子的青春是短暂的,只在上学的时候还有点幻想、快乐、闲暇,不久,学校生活结束了,嫁人、生孩子、出工、收工、砍柴、割草、做饭、喂猪……终日只是为了维持生存而生存、为了维持生存而挣扎奋斗,哪有什么乐趣?农村的女孩子,老得太快了!

亲爱的朋友,当你听到一个三十多岁的农村少妇告诉你她怎么从十年前就开始变老的时候,当你想到我们的多少亿同胞姐妹世世代代正是这样(或者更坏、更差)生活着的时候,你能无动于衷吗?你不感到同情,感到惋惜,感到有责任帮助她们吗?

萧书芹说话的时候,脸上洋溢着喜悦和自豪:"我其实上学的时候最爱打乒乓球了,打从毕业以后再也没有摸过球拍。今年春节,听说大队要赛球,开始我还有一点不好意思,怕人家说我疯,说我不守妇道……我实在憋不住了,就去问大队赛乒乓球有没有女的……结果,我得了冠军,还得了奖品。"

"从参加了队里的文化生活,我觉得自己变得年轻了。今年正月十五,我和爱人、孩子到俱乐部来猜灯谜……现在我们已经成了习惯了,每天都想到俱乐部来看看,想知道有什么新鲜事没有……"

新鲜事可多呢!这里已经组织过十次讲座了,内容包罗万象,画家李滨声给这里的年轻人讲过绘画,当地农民作家王凤梧讲过写作,老书法家讲过书法并举行过大队的书法比赛,建筑学家来讲过建筑工程,农学家来讲过作物的生长。从一粒种子种到土里讲起,到长出子叶,到长出真叶,他讲了一个半小时。听的人津津有味:想不到世世代代种植着的庄稼,还有这么多奥秘!

最大的新鲜事,还是这个大队的党支部书记齐凤龄。农村的支部书记,在你的心目中是一些什么形象呢?熬红了眼睛的?满脸皱纹的?在连年的政治风云中时而抬起,时而"揪出",时而"靠边",时而拉套,因而变得沉默寡言、工于心计或者油嘴滑舌、左右逢源的?不论个性有什么不同,他们整个的身心都浸沉在上级的指示与指标,社员的不能令人满意的出勤率与劳动效率,上缴公粮的完成与多留一点口粮的解数,说来就来说走就走的工作队,以及虽然长居此地却一会儿举你的手一会儿造你的谣、揭你的底的乡亲们的夹击里。他们是一些既有实权又没有地位,既被许多人敬畏又被一些人咒骂,辛苦辛苦、未老先衰的人们啊！我的画像可符合你的设想？至于像近年某些小说里时兴的那样，把农村干部往坏里写，就更不必提了。

然而齐凤龄不是这样的人。虽然令人惋惜的是，由于他外出参观，我没能亲眼见到他。他今年刚满三十七周岁，初中毕业，曾经做过工。全部农活难不倒他，春耕大忙时节他驾驶着"铁牛75号"耕地，基建大忙时他驾驶着解放牌卡车备料。生产上的"全活"与能手使他树立了牢固的威信，他又善于经营，为提高社员的收入做出了实际的贡献。难得的是，他还是一个热爱文化活动的积极分子，充满了对文化的追求和幻想。他喜欢书法，喜欢画画。他手把手地教喜欢美术的青年人画花鸟人物。为了开展大队话剧团的活动，他开了一夜夜车把一部长篇小说改编成了话剧，又利用晚上亲自担任导演来组织话剧的排练。他会打乒乓球，还参加了合唱团。听了王凤梧的讲座以后，他雄心勃勃地准备开始小说的习作……就是这样一个文武全才的支部书记，在一九八〇年下了决心，掏出二十五万块钱来建设大队的文化体育设施。他说："整天说社会主义新农村，我就是要干出个样儿来。"他知道人活着不仅是为了吃饭，中国的农民吃饱了以后一定要过富裕的、文明的、高尚的、丰富多彩的生活。

朋友，这些年我们写了多少有关人的尊严、人的价值、人的异化与复归的小说与报告文学噢！我无法预见我所未能见到的齐凤龄同志是否能够写出一篇适合《人民文学》刊用的、涉及人的尊严问题的小说。然而，他的一手抓物质文明，一手抓精神文明建设的成果，他所领导的大韩继大队面貌的深刻变化，正是一曲关于人的尊严和人的价值的昂扬舒展的礼赞。这是一个脚踏实地的而非虚无缥缈的，壮阔的而非狭隘的，真正的而非空想的关于人的尊严与价值的实现的新乐章！

在五十年代，我们做过许多的梦。人们说一只燕子的到来就预示着春天。五十年代，我们面对满天的燕子，怎能不做满天的梦？也许，我们的荒唐，我们的悲剧，正在于混淆了梦与现实？梦游者是可笑的，有时候是危险的，虽然，他也许梦得真诚。

我们终于懂得了，如何在中国这块可爱的却又是贫穷落后得叫人揪心、叫人掉泪的土地上建设新的生活。我们会脚踏实地走路了。于是有人说，现在的人们变得现实了，不做梦也不相信任何梦了。有一篇小说叫做《我们年轻时候的梦》，似乎在写一些人的梦的失去。然而在我们失去应该失去的东西的时候，我们正在赢得我们希望赢得的东西。十一届三中全会以来的新的政策、新的生活、新的现实正在产生着新的理想、新的梦。那些与八十年代的新农民赛了球、联了欢、唱了歌、跳了舞的清华大学生，当他们于午夜回到清华园以后，当他们终于在双层铺上入睡以后，他们能够不做一些美好的梦吗？反正在大韩继，我看到了新的现实，也看到了比五十年代的梦更美好、更新鲜也更有坚实的基础的新的梦。

支部书记齐凤龄就是这样一个既脚踏实地地苦干从而能服众，又充满了大胆的梦想从而能走在生活前面的人。开始修俱乐部的时候也曾引起一些老农民、老干部的怀疑和困惑的目光。文化，那不是"虚"的吗？自古以来（不知道应是从北京猿人算起还是从黄帝大战蚩尤氏算起），占人口中最大比例的农人的毕生任务不就是为别人吃饱肚子和自己、自己的妻儿老小吃饱肚子而流汗流血、土里刨食吗？不是甚至在解放以后，陈奂生还当了那么多年的漏斗户主吗？光景稍微好一点的农家的最辉煌伟大的梦不就是三间大瓦房吗？给自己盖完了房，儿子已经大了。等给两个儿子各自盖起了房，自己也就精疲力竭、老态龙钟。再盖，就该给自己盖坟头了。遇到李顺大那样的倒霉蛋，硬是近三十年盖不成房！难道能够想象一个大队拿出二十五万块钱修俱乐部？这不是发了疯？

发疯的事也不是没有干过，什么三个月消灭文盲啦，一个农民一天做十首诗啦，风过烟灭。俱乐部、文化室……各种名堂过去也不是没搞过。"四清"工作队队员们曾经多么辛辛苦苦地包办布置过供参观、供评比、供总结、供推广的文化室啊。然而，在农业政策被左倾教条主义所歪曲、劳动生产上不去、口粮不足、文化底子又差的年代，文化室不是纯粹的奢侈吗？不要小看大韩继大队目前蓬蓬勃勃开展起来的精神文明建设，这是历史的酸甜苦辣的结晶。它出现在一九八一年的中国，并在一九八二年受到了各方面的重视，这应该算是一件划时代的事。

当历史条件成熟了的时候，"英雄"便应运而生了。为什么在同样的历史条件下，有着同样的或者更高的收入，有着同样的文化教育底子（目前大韩继的青年百分之七十是初中毕业以上的程度）的其他队，没有搞起这样的文化生活呢？

这就是齐凤龄的"历史功绩"了！这是真正的新农民，党的新型基层干部，新的时期的新的人！

亲爱的朋友，第二天白天我们再次来到了大韩继大队，心帆被这晚秋的春风吹得满涨。卫生街、团结路，代替了过去的"脏乱差"和院里纠纷。这也是老齐——或者还是叫小齐吧——的主意，在"五讲四美"月中，他提议把过去最脏的一条街改名为卫生街，并组织了一个由老年人组成的卫生队，负责打扫街道和保持卫生。又把一条因房宅地基问题刚刚发生过争吵斗殴的路，改为团结路，充分进行了安定团结与心灵美的教育，女子乒乓球"冠军"萧书芹也说，开展文化活动的效果之一是纠纷少了。过去妇女们下了工无事可做，便东家长西家短地传闲话。至于家家都是电灯、自来水，个个都穿得齐整、时兴，就更不在话下。我从小生活在城市，一九五八年第一次"下放"就是到京郊农村，我没有忘记那煤油灯、那用辘轳从深井汲水的情景。我没有忘记每天深夜，妇女们排队上碾盘，咿咿呀呀地推着碾子，边推边用小笤帚枯哧扫，然后拿着大号与中号与小号的箩，一遍又一遍地筛的情景。现在，碾子和辘轳井，都成了历史遗迹了。

农民的穿着方面的变化也是令人感动的。五十年代北京远郊的农民大多穿着肥裤裆的缅腰裤，衣服是千疮百孔。六十年代布票不够用的农民找了个窍门，买两块大手绢，缝在一起便是摩登马甲……

如今,我的朋友,那些年轻人穿的可比咱们强得多呢。

　　生活的提高、文化教育的普及与提高使人们的形象举止也发生了变化。房山县以及前几天我重访的门头沟区斋堂沟的青少年们,比五十年代、六十年代的青少年肯定漂亮了许多!女孩子看不见斗鸡眼了,我想这与不用纳鞋底子了有关系。连"样板戏"里的江水英,也是纳着鞋底子出现在舞台上的。大脖子病,随着加碘盐等的推广也早已绝迹。再加上服装的飞速改善,洗浴设备的建立(大韩继便有淋浴室)和人们敢于打扮自己,年轻人的爱美的天性终于开始得到满足。而文化教养同样会影响一个人的举止乃至形体给人的印象,如今咱们京郊的农民,不但不再是杨白劳、阿Q式的农民,而且也不再是李顺大、陈奂生、小豹子式的农民了!

　　去年我去新疆农村的时候,就曾为农民家里有了沙发而激动过,陈奂生面对沙发的洋相不过刚刚发生在昨天。在大韩继,不仅农民家里有沙发、有收音机的相当普遍,而且全部农户的五分之一以上已经有了电视机和电风扇,有的农民家庭已经购置了洗衣机、收录机和电冰箱了。

　　大韩继还有一位可爱的青年,他叫高春久,是大队的电工。他像猴子一样的灵活,一会儿在三层楼顶上作业,一会儿又规规矩矩地坐在桌边与我们座谈。一九七九年以前,他是这里有名的"十大尖头(即刺头)"的"老三",这"十大尖头"在学校不上课、逃学、砸玻璃、打架、骂人,甚至引起了公安部门的注意。在团支部的帮助下,他从参加大队合唱团的活动开始,逐渐受到了思想、道德、法律与文化的熏陶,他在今年五四青年节入了团,义务看果园,义务帮助孤儿,现在成了建设精神文明的积极分子。他的家一排五间崭新的瓦房,木雕的窗棂,明晃晃的玻璃,用石料做成的带图案的墙脚,廊檐下是大盆夹竹桃、波斯菊和各种我叫不出名的花草,简直像花园一样,引用一位城里来的参观者的评语,叫做"比部长的家还漂亮"呢!

　　亲爱的朋友,你在忙些什么?你在想些什么?无穷的琐事摩擦,无止无休的闲气和闲话？摆脱这一切吧，书斋方七日，山下已千年！生活已经发生了和正在发生着急剧的与深刻的变化：黑娃正在背起海鸥牌相机，李顺大正在安装电加热淋浴喷头，陈奂生坐在沙发上看电视里的《世界各地》，而荒妹与荣树明年将要旅行结婚。请想想看，这刚刚开始的变化，将会产生怎样的故事、怎样的戏剧冲突、怎样的革命现实主义和革命浪漫主义乃至怎样的意识流吧。它比我们过去熟知的现实还要实在，它比梦境还要大胆。它发生在我们的身边，离我们的住所不过几十公里。

发表于《人民文学》1983 年第 2 期